ALEXANDER BESHER

Virtual Tattoo

Buch

2036. Ein neuer kalter Krieg ist ausgebrochen, doch diesmal tobt er im Internet: Der East Cyberspace bedroht den West Cyberspace, getrennt nur durch eine neue, virtuelle Berliner Mauer. Die tückische Waffe in diesem Krieg der Megabytes ist MIR 3.0 – ein intelligenter Virus, der aus Weltraumtiefen die russische Raumstation MIR befiel und zur Erde gebracht wurde. Jetzt droht er, alle Online-Bewohner des Free Web in eine Art geistigen Gulag zu sperren. Als Überträger fungieren virtuelle Tattoos, die durch Epidermisprogrammierung von Hackern der Subkultur freigesetzt werden. Als Trevor Gobi, Sohn des legendären VR-Forschers Frank Gobi, feststellt, daß seine Freundin Nelly von einem solchem Tattoo befallen ist, beginnt eine Tour de force durch das World Wide Web, die in ein grandioses Finale in Form eines virtuellen Woodstock zur Feier des Endsieges der digitalen Welt mündet.

Alexander Beshers Roman steht in der Tradition von William Gibsons »Neuromancer« und Neal Stephensons »Diamond Age«. Die Presse jubelte: »Hochoriginell, exzentrisch und brillant – ein einziges Vergnügen.« *Booklist*

Autor

Alexander Besher wurde als Sohn weißrussischer Eltern in China geboren, wuchs in Japan auf und war Chefredakteur des Chicago Review. Gleich sein erster Roman, »Satori City 2.0«, wurde für den renommierten Philip K. Dick Award nominiert. Alexander Besher lebt in Kalifornien und arbeitet an einem weiteren Cyberpunk-Thriller.

Bereits erschienen:

Satori City 2.0 Roman (23691)

Weitere Bücher in Vorbereitung.

Alexander Besher

Virtual Tattoo

Roman

Aus dem Amerikanischen
von Michael Nagula

GOLDMANN

Die amerikanische Originalausgabe erschien 1998
unter dem Titel »MIR«
bei Simon & Schuster, New York

Umwelthinweis:
Alle bedruckten Materialien dieses Taschenbuches
sind chlorfrei und umweltschonend.
Das Papier enthält Recycling-Anteile.

Deutsche Erstveröffentlichung 2/99

Published in arrangement with the author

Umschlaggestaltung: Design Team München
Umschlagmotiv: Agt. Schlück/Orbit
Satz: deutsch-türkischer fotosatz, Berlin
Druck: Elsnerdruck, Berlin
Verlagsnummer: 25011
Redaktion: Alexander Groß
V. B. · Herstellung: Peter Papenbrok
Printed in Germany
ISBN 3-442-25011-0

1 3 5 7 9 10 8 6 4 2

Für Shurinka
dafür, daß sie mir das Tor nach Rußland
öffnete – und für mehr

Für Françoise
dafür, daß sie stets zur Stelle war

Für Pam
Danke für all die intelligenten
Tattoos und Piercings

Für Nicky
dafür, daß sie an der Reise des
Schriftstellers teilnahm

Für Mama, Papa und die Family Everywhere,
im Gedenken an David Kidd – und für Morimoto
und alle Streuner auf der Welt …
Mir.

Danksagung

Ich möchte gern Pamela Engebretson meinen aufrichtigen Dank für ihre Unterstützung und die Lyrics des Songs »Katzendreck-Kekse« sowie die Pathologie des Aryudashigda-B9-Virus aussprechen, desgleichen Manabu Ishikawa für das Heraufbeschwören des Tiers, Françoise Bollerot für geduldiges Redigieren und hilfreiche Vorschläge und Alexandra Moari für all die russischen Geschichten und Anekdoten und insgesamt für ihren unersetzlichen Beitrag. Darüber hinaus möchte ich noch Geoff Leach, Serafina Clarke, Tim Holman, Sky Nonhoff, Joachim Burger und all den andern danken, die mir bei der Niederschrift des Romans beigestanden und mich ermutigt haben. Vielen Dank auch an Bob Mecoy, meinen Lektor bei Simon & Schuster, für sein Vertrauen in die *Rim*-Serie. Und vielen Dank dir, Dostojewski, und all den anderen gepeinigten russischen Schriftstellern, daß ihr mir den Weg geebnet habt.

Extropische Kongressbibliothek: Akte 10819 // Gobi-Archive; Gobi, Trevor, geboren am 26. April 2013 // Sohn von Gobi, Frank und Frederick, Melissa // aus den Gesammelten e-mails (»Alaya-Briefe«), 2036–2048 // thema: »Erinnerungen, Mir/Aryudashigda-B9-Virus (AyDDA B9)«.

Liebste Nelly,

ich dachte mir, daß der Artikel von Sergej und Wladimir Kaminsky, in dem sie ausführlich die Pathologie des »Aryudashigda B9«-Virus beschreiben, Dich vielleicht interessieren könnte und Du ihn gern lesen möchtest. Ich habe ihn Dir zu Deinem Vergnügen beigelegt. [Anmerkung des Herausgebers: siehe Anhang A] *Er ist gerade in der neuesten Ausgabe ihrer* Enzyklopädie der Psychosynkretistischen Virologie *erschienen. Ach, diese Russen!*

Kannst Du Dir vorstellen, daß sie ihn als »Psyloviridae« *klassifiziert haben – als psychologischen Virus, der auf psychoenergetische Weise übertragen wird? Nach all den Jahren haben sie ihm endlich einen wissenschaftlichen Namen gegeben. Da ist mir die alte Bezeichnung, die* wir *für ihn hatten, fast lieber:* »Liebe«.

Natürlich gibt es alle möglichen Arten von Liebe – das ist ein weites Feld. Und es entwickelt sich ständig weiter, nicht wahr? Genau wie wir selbst. Die reinste Science-fiction des Herzens!

Es kommt mir wie Ironie des Schicksals vor, daß wir jetzt gezwungen sind, alles aus einem viel weniger anthropozentrischen Blickwinkel zu betrachten – all unsere Gefühle, das Drama des Menschen, der ganze kosmische Kram. Wir sind nun offiziell eine »Illusion«. Wer hätte gedacht, daß wir Teil einer virtuellen Welt sind, die anderenorts von einer anderen Spezies generiert wird? Wir sind ihre *VR…*

Das Leben – und die Liebe – gehen weiter, durch alle Verwandlungen hindurch, welche das auch immer sein mögen, wohin auch immer sie uns bringen mögen.

Mit vielen kosmischen Umarmungen & Küssen & stets in Liebe, Dein

Trevor
Big Sur – San Francisco
22. Dezember 2046

Prolog

AIEF-Büro (SF)
Büro für Avatar-Immigration
& Einbürgerungsfragen
San Francisco, 26. April 2036
23:42 GMT

»Tut sich heute nacht da draußen was, Burt?« fragte die junge Rothaarige ihren Kollegen, als sie das Büro betrat. Sie ließ lässig ihre Tasche auf den Schreibtisch fallen und schüttelte sich die Feuchtigkeit aus dem Haar. Es war ein typischer San-Francisco-Abend. Der Nebel war so dicht wie die Wimperntusche beim Black & White-Ball der Avatare.

Burt war ein kräftiger Dispatcher Anfang Zwanzig. Er arbeitete schon für das AIEF, seit er an der Cal Neuro in Pasadena seinen Abschluß gemacht hatte. »Nö, nich' viel«, erwiderte er und biß von dem Take-away-Burrito ab, den er gerade aß. »Die üblichen Blips im TijuanaNet ... und der übliche Haufen Russen, der uns von Kremlinsoft aus um politisches Asyl anfleht.« Er wandte sich im Sessel halb um und winkte ihr mit der freien Hand zu.

»Hi, Alex, wie geht's denn so?«

»Ich klinke mich ein.« Sie warf einen Blick auf den Beobachtungsmonitor. »Wer ist da draußen in Vektor 6? Lena? Das ist doch meine Patrouille. Sollte sie nicht längst zurück sein? Sie ist spät dran.«

»Lena trödelt ständig herum.« Burt zuckte mit den Achseln. »Du kennst sie doch, einem Schnäppchen konnte sie noch nie widerstehen. Sie hat diese Sammlung digitaler *Bonsai*-Bootlegs und alter Anzeigen für Calvin-Klein-Unterwäsche. Ihre Vorliebe für Kitsch ist unersättlich.«

Burt zog eine Grimasse, als er das Flußdiagramm für die Belegschaftskontrolle auf dem Monitor musterte. Der optische Scan zeigte das Gittermuster einer Anzahl Lagerhausreihen und eines Teils des Digibank-Komplexes, in dem unablässig die eingebürgerten Avatarn-Identitäten verarbeitet wurden. Er schnippte gegen den Bildschirm, doch nichts tat sich.

»Du kannst jetzt wieder heimkommen, Lena«, sagte er ins Mikro. »Die Friedhofsschicht ist eingetroffen. Lena? Hörst du mich? Melde dich, Baby.«

Alex warf einen flüchtigen Blick auf Burt, der vor seinem Schirm kauerte. Seltsam, wie diesen Spinnern immer die Hose über den Hintern rutschte. Es war fast so etwas ein Sinnbild ihres Glaubens. Nicht, daß es sie störte, doch offenbar bildeten sie sich auf ihr verwahrlostes Äußeres sogar noch etwas ein.

Sie runzelte die Stirn, als sie Berichte las, die mit von Langley ausgesuchten allgemeinen Infotexten aus dem Hauptquartier in Washington, D.C., hereingekommen waren.

»Sie treiben im ReichNetz wieder jüdische Avatare zusammen und stecken sie zur ›Umerziehung nach nationalistischen Idealen‹ in ›Konzentrationslager‹. Klingt das nicht alles schrecklich vertraut?«

»Ich schätze, die Geschichte klont sich selber ... Aber hast du schon gehört, was ihr Propamedienminister Josef Großmeister jetzt behauptet? Daß das nicht schlimmer sei als die Art und Weise, wie wir mit *unseren* Ausländerproblemen umgingen – unseren *eigenen* ›Zigeunern südlich der Grenze‹ ...«

»Ja, aber wenigstens rufen wir nicht das ›Neue Volkstum‹ aus – die ›Herrenrasse der Avatare‹ ... das ist doch echt krank.«

Burt schaute sie voller Mitgefühl an. Alex war Jüdin. »Ja, das ist wirklich krank ... *Scheiße*, Alex!« rief er, als der Bildschirm wie wild zu flackern und zu flirren anfing. »Ich glaub's nicht ...! Das ist Kode 1! Roter Alarm! Was zum Teufel geht hier vor?«

»Officer Lyubowitsch.« Burt schaltete den alternativen optischen Kanal ein. »Geben Sie Meldung über ihren derzeitigen Status ...« Hektisch hantierte er am AV-Comp herum. »Lena, um Himmels willen! Wenn du in Schwierigkeiten steckst, sieh zu, daß du dich sofort absetzt!«

Burt warf Alex einen todernsten Blick zu. Sein Gesicht war so weiß wie die Maischips, die auf seiner Papierablage verstreut waren. »Wenn sie nicht bald da rauskommt, driftet sie uns noch weg. Schau, ihre Gehirnwellen spielen schon verrückt. Verdammt! Hol sie besser zurück, Alex!«

Alex war schon zur Eincheckkammer unterwegs.

Sie betrat die Kammer und machte rasch Officer Lyubowitschs Treckkapsel ausfindig. Lena war eine schlanke Brünette Mitte Zwanzig, stets voller Pep und Elan. Sie trug noch ihre Straßenkleidung, einen blauen Kaschmirsweater und Jeans. Ihre Schuhe standen ordentlich nebeneinander auf dem Boden.

Doch Alex entging nicht, daß die Frau an heftigen Krämpfen litt. Ihre Troden lösten sich, ihre Haut war blaßgelb und das weiche braune Haar klebte naß an ihrem Kopf. Sie biß vor Schmerzen die Zähne zusammen.

Alex starrte auf den Monitor für die VR-Lebenserhaltung. Lenas Werte waren in hellem Aufruhr, und mehrere spitze Ausschläge ließen darauf schließen, daß ein Synapsenversagen kurz bevorstand. Während Alex hilflos hinsah, blähten sich Lenas Nasenflügel, und zwei rote Blutstrahlen schossen hervor.

»Ich geh rein, Burt!« rief sie dem Dispatcher draußen zu. Alex rannte zu ihrem Spind, der sich in einer Ecke des großen, mit Halogenlampen beleuchteten Raums gleich neben dem von Lena befand. Sie zerrte ihren gewohnten Trodenanzug heraus und stieg hinein, dann zog sie den Reißverschluß bis zum Hals zu. Sie schnappte sich den Omnivisor vom Haken und beeilte sich, in den Bänken der AIEF-Stationen eine leere Rutsche zu finden.

Die Hälfte war heute abend schon besetzt – Alfonso tourte in der Karibik, Patrice im Free French Canada, Hanako im Ostasiennetz, und Emily überwachte den Neutral Omnispace. Sie alle taten ihren Job, ohne sich der Notlage ihrer Nachbarin in Kapsel 8 bewußt zu sein.

Alex ließ sich in Kapsel 7 gleiten und klappte die Rutsche über ihr zu. »Countdown 10, 9, 8 …« Sie bewegte sich automatisch. Sie hatte den Durchgang schon tausendmal in ihrer Laufbahn vorgenommen, und immer war es Routine gewesen. Doch diesmal war es anders. »Halt durch, Lena!« rief sie durch das Glas ihrer stumpf dreinblickenden Nachbarin in der nächsten Kapsel zu. »Ich bin gleich bei dir … 7, 6, 5, 4, 3, 2, 1, 0 …«

»Burt, bring mich zu den genauen Koordinaten«, setzte sie sich mit dem Dispatch-Jockey in Verbindung.

»Roger, gebongt, du bist schon so gut wie da …«, hörte sie die Antwort wie aus einer Million Lichtjahre Entfernung. Eine Sekunde später stürzte sie durch die Spiegelmatrix und erhob sich wieder, paßte sich an den Boden von Vektor 6 an.

Der erste Schritt war immer etwas wackelig, doch Alex hatte damit Erfahrung. Sie befand sich in einem dunklen Lagerhaus von Digibank 22 in Vektor 6. Hier wurden die registrierten Identitäten der legalen Avas aufbewahrt, jener, die vom Büro für Immigration und Einbürgerung gutgeheißen und registriert worden waren. Etwas war entschieden nicht in Ordnung. Normalerweise war es hier grabesstill, obwohl diese Räume millionenfaches Leben im Nanokosmos beherbergten – die Quellkodes der ausländischen Avatare, denen es erlaubt war, im amerikanischen Omnispace zu arbeiten, zu reisen und zu wohnen.

Ein Zischen lenkte ihre Aufmerksamkeit auf das gegenüberliegende Ende des Lagerhauses.

»Lena?« rief Alex vorsichtig und leuchtete mit dem Handstrahler in Richtung des Geräuschs.

»Alex, bist du okay? Was ist los? Hast du Lena gefunden? Beeil dich, sie driftet ab …«

Abdrift war das erste Stadium des virtuellen Absturzes, bei dem das 3D-Holoskelett sich an den Verbindungsstellen zusammenzuziehen begann, bis die Abbild-Entität in ihre eigene Bauchhöhle kollabierte. Was folgte, war so schrecklich, daß man lieber nicht daran dachte – mentale Spaltung, die einen in die Echtwelt zurück verfolgte. Vor ihr gab es kein Entrinnen. In der Fleischdimension nannte man das »Tod«.

»Bleib dran –« Sie bog um die Ecke des Metroarchivs und erstarrte für einen Moment. Unwillkürlich fuhr ihre Hand zur Ava-Schutzvorrichtung, die an ihrem Gürtel festgeklemmt war. Wenn sie welche zerstrahlen mußte, würde sie es tun. Doch sie zögerte, weil sie fürchtete, statt dessen vielleicht Lena zu treffen.

»Alex – was ist los!? Wie ich sehe, bist du direkt vor Ort. Was geht da vor, um Himmels willen –« Burts Stimme drang wie von weither an ihre Ohren.

Sie krochen überall auf Lenas Avatar herum wie eine giftige Woge gefräßiger Tausendfüßler, verschwanden in sämtlichen Körperöffnungen. Einer krabbelte aus ihrem offenen Mund heraus, ein anderer duckte sich unter eines ihrer Augenlider.

Alex stürmte vor, feuerte dabei in alle Richtungen und bemühte sich, auch nur eine flüchtige Berührung mit Lenas Holokörper zu vermeiden. Es waren Tausende! Sie flitzten unter den Regalen dahin, huschten in Spalten, verschwanden in Sekundenbruchteilen. Wovon ernährten sie sich hier? Sie erschauderte, als sie die ausgetrockneten Biofraktale sah, die neben einem Regal mit Akten auf dem Boden verstreut lagen. Lena mußte sie dabei überrascht haben, wie sie über die Quellidentitäten der Avas mit Aufenthaltsgenehmigung herfielen …

Alex kniete neben ihrer Freundin nieder und drehte sie herum. Sie fühlte ihren virtuellen Puls.

Negativ.

Lenas Augen waren als Projektion ebenso stumpf, wie sie es daheim in der Basis in der Kapsel der Eincheckkammer gewesen waren.

»Scheiße!« Alex schrie auf, als einer der Tausendfüßler über ihr Handgelenk huschte. Sie wischte ihn mit dem Griff des Strahlers herunter. Doch er hinterließ trotzdem eine Spur, wie ein zartes Font auf ihrer Haut. Nun richtete Alex das Licht geradewegs auf Lenas Gesicht und versuchte zu begreifen, was es mit dem Mal auf sich hatte, das sich vor ihren Augen spiralig zu einem purpurnen Spinnwebmuster entfaltete. Alex hatte so etwas schon gesehen – sie blinzelte, als sie sich erinnerte. Sie hatte es in einem der Tattoopaläste der Haight Street in einem Musterbuch gesehen. Es war das »Rad des Lebens«, ein tibetisches Muster, bei dem das Innere nach außen gekehrt war.

Erster Akt

»Ein Revolutionär ist ein dem
Untergang geweihter Mensch.«

Bakunin

Tattoo

Cagnes-sur-Mer,
französische Riviera,
13. Juli 2036

»Ich wünschte, ich hätte mich nie tätowieren lassen«, sagte der rothaarige junge Mann mit den Sommersprossen mürrisch zu seinem Begleiter.

Er trug einen knappen blauen Badeanzug und ein »Bakunin«-T-Shirt mit einem Slogan in russischen kyrillischen Buchstaben, der lautete: EINE SALVE FÜR DEN TOTEN RUSSISCHEN ANARCHO IN UNS ALLEN. Er war redaktioneller Mitarbeiter des *samizdat* und auf unbegrenztem Urlaub von der Heimat, in der er auf der kurzen Liste gewalttätiger Revolutionäre stand, die von der Geheimpolizei des Zaren gesucht wurden.

»Tja nun, da kann man wohl nichts mehr dran ändern, Alyoscha«, erwiderte der Begleiter des jungen Mannes, der Boris hieß. Er hatte einen dunklen Teint und trug einen georgischen Bart, der ihm wie ein umgedrehter Kandelaber von der Unterlippe hing. »Was geschehen ist, ist nun mal geschehen.«

Sie saßen gemeinsam am Strand dieses kleinen französischen Küstenorts zwischen Nizza und Cannes und schauten auf das flache blaue Mittelmeer hinaus. Nicht eine Welle weit und breit. Kein Wölkchen am spiegelglatten blauen Himmel. Die *galets* am Strand versengten ihm den Hintern, und immer wieder setzte er sich auf und streckte unbehaglich die Glieder aus. Er schnippte die Asche seiner Gauloise in Richtung einer einbeinigen Seemöwe, die auf ihrem verkrüppelten Stengel zwischen den Steinen umherhüpfte.

Alyoscha brütete vor sich hin, fühlte sich diesem traurigen Vogel seelenverwandt.

Ein Franzosenjunge von etwa acht Jahren schlich sich mit einer Wurfschleuder an den Vogel heran. Seine Eltern strahlten ihn von ihren klappbaren Strandstühlen aus an und hießen das offenbar gut. Ein Radio spielte nordafrikanische Popmusik der heißesten Band des Sommers, der Nasty Chiracs. Überall um sie herum lagen Körper, Körper und nochmals Körper, darunter die übliche Sommerernte barbusiger Frauen, jung, alt und irgendwo dazwischen, die an Wasserflaschen nippten und sich ihr bronzefarbenes Fleisch mit Evian-Dunst einsprühten.

Weit entfernt auf der anderen Seite der Bucht konnten die beiden Russen, die sanft und leise miteinander sprachen, die eleganten weißen Yachten der Superreichen sehen, die in Antibes vor Anker lagen, farbenprächtig mit französischen Flaggen geschmückt. Es war später Nachmittag am Jahrestag des Sturms auf die Bastille, kurz vor sechs Uhr, und noch immer brannte die Sonne herab, ohne daß auch nur eine leichte Brise Linderung von der Hitze gebracht hätte.

Schon begann auf der Stadtpromenade das Feuerwerk. *Plopp! Plopp! Plopp!* Eine Anzahl Chinakracher gab Geräusche von sich wie knackende Fingerknöchel.

Sie hörten das *Swuuusch* einer schlecht gezielten Rakete, die jemand dicht über ihren Köpfen abgefeuert hatte, und beide duckten sich instinktiv. Boris warf sich auf die heißen Steine, sehr zur Erheiterung der Eltern des Achtjährigen. Der Junge hörte auf, seine Schleuder zu schwingen, weil die Seemöwe jetzt davongeflogen war.

Er deutete auf die beiden Männer. »Schau, *maman*, der Fremde gräbt mit seiner großen Nase den Strand um!«

Der Junge riß erstaunt den Mund auf, als er sah, daß der Rothaarige etwas, das einer Waffe ähnelte, aus dem Rucksack zog. Ihre Blicke trafen sich. Der Junge schrumpfte unter dem kalten Starren des Russen, als bedrohe ihn ein gefährliches Spielzeug.

Die Waffe verschwand ebenso rasch wieder im Rucksack des Mannes, wie sie aufgetaucht war.

Der Franzosenjunge blinzelte, dann platzte es aus ihm heraus: »Papa, der Mann hat eine Waffe!«

»Schluß jetzt mit deinen Possen, Marcel!« Sein Vater, ein großgewachsener, schlaksiger Buchhalter aus Paris, der mit seiner Familie hier Urlaub machte, gab dem Kind einen Klaps an den Hinterkopf. Seine Nase und seine Schultern waren rot, alles übrige an ihm war teigig weiß. Sie waren erst heute morgen angekommen.

»Also wirklich, wie konntest du nur den Vogel verfehlen, als du die Chance hattest! Geschieht dir ganz recht!« Der Vater drohte dem Kind mit dem Finger und zog es wieder mit sich zu ihrer Stelle am Strand. Als er an Alyoscha vorbeikam, warf der Franzose ihm einen argwöhnischen und verächtlichen Blick zu.

»Diese verdammten Russen glauben, ihnen gehört jetzt der ganze Süden Frankreichs, nur weil sie mit ihrem Mafiya-Geld alles aufkaufen …«, hörten sie ihn haßerfüllt zu seiner Frau sagen.

»Gehen wir, Boris«, sagte Alyoscha und sprang auf. »Es wird sowieso Zeit.«

»Scheiße, ich dachte schon, du fängst zu ballern an. Deine Nerven, Alyoscha! Halt dich besser im Zaum. Dreh jetzt bloß nicht durch.«

»Du hast leicht reden«, murmelte Alyoscha, als sie sich einen Weg zwischen den ausgestreckt daliegenden Körpern hindurchbahnten.

»Hör mal, Alyoscha.« Kaum hatten sie die Treppe erreicht, die zur Straße hinaufführte, schob sein bärtiger Begleiter sein dunkelhäutiges Gesicht dicht an seines. Er packte ihn am T-Shirt. »Bau jetzt keinen Scheiß. Du weißt doch, was passiert, wenn du Scheiße baust, oder? Eine Menge Leute zählen auf dich. Kapiert?«

»*Spokoyna*, beruhig dich!« Alyoscha stieß seinen Freund zur Seite. »Ich bau schon keinen Scheiß. Wenn hier jemand Scheiße baut, bist du das.«

»Durak, du Idiot!« fuhr sein Kumpel ihn an. »Dieses Tattoo, das du dir hast machen lassen, war nicht gerade ein Geniestreich. Wenn die französische Polizei es nicht schon getan hat – sie laden täglich alle Tattoos runter, die übertragen werden, alle vierundzwanzig Stunden, Alyoscha –, dann scannt die *Azef* es wohl gerade«, er spie den Namen der verhaßten russischen Geheimpolizei regelrecht aus, »und vergleicht es mit den Dossiers aller russischen Subversiven, von denen bekannt ist, daß sie sich im Ausland aufhalten. Scheißfaschisten! Zum Teufel mit denen und dem Zar! Und zum Teufel mit dir, weil du in deiner Blödheit unsere Sicherheit aufs Spiel gesetzt hast.«

»Wie hätte ich das wissen sollen?« sagte Alyoscha, und ein Anflug von Panik klang in seiner Stimme mit, während er sich den Unterarm an der Stelle rieb, an der er sich vorige Nacht in der Altstadt von Nizza hatte tätowieren lassen.

»Wo ist es hin!?« Boris fluchte, als sie beide auf die leere Stelle an seinem Arm starrten. »Verdammt, dreh dich um!« Er zerrte seinem Kumpel hinten das T-Shirt hoch. »Da, es kriecht auf deinem Rücken herum.«

»Ehrlich, wie hätte ich das wissen sollen?« wiederholte Alyoscha und spähte über seine Schulter auf das spinnenartige Tattoo, das gerade unter seine Achsel huschte, um sich dort zu verstecken. Es war ein intelligentes Tattoo, ein neumodisches Ding, dem der persönliche Avatar-Kode seines Besitzers eingeprägt war. Im Grunde funktionierte es genauso wie diese schwammartigen Spielzeugtiere, die sich beim Baden zu voller Größe entfalteten. Doch seine intelligente Programmierung erlaubte es ihm, den Körper zu verlassen und online zu gehen, wobei ihm die vollen Avatar-Funktionen seines Herrn zur Verfügung standen. Man konnte Dateien in das Tattoo laden und ihnen dann im Netz freien Lauf lassen. Jedenfalls *sollte* es so funktionieren. Epidermisprogrammierung war noch ein brandneuer Bereich. Der Programmentwickler dieser speziellen Richtung neuartiger Tattoos war in den Untergrund gegangen, als sich die

Klagen wegen Pfuscherei zu häufen begannen. Er war nicht mehr aufzutreiben, weil er seine Spuren verwischt hatte.

»Warum, um Himmels willen, hast du dich nur in der Nacht vor dem Unternehmen tätowieren lassen?« sagte Boris und schüttelte fassungslos den Kopf.

»Und wo hast du gesteckt? Andenken eingekauft?« entgegnete Alyoscha mürrisch. »Hast du etwa diese handgeschnitzte marokkanische Garrotte gefunden, nach der du gesucht hast? Du großer Kunstsammler, du! Außerdem ist das Ding verschlüsselt, jedenfalls hat der Typ das gesagt. Es ist sicher. Keiner wird die Fährte aufnehmen können.«

Boris blickte finster drein. »Zunächst einmal ist es gegen das Gesetz, Tattoos zu verschlüsseln. Sie müssen registriert werden. Zweitens macht es sehr viel mehr Arbeit, Tattoos *wirklich* zu verschlüsseln, deshalb kosten die auch mehr. Du warst dem Typ scheißegal – er wollte nur an dein Geld. Wenn es verschlüsselt *wäre*, dann würde es jetzt ruhen und wäre nicht lebendig und würde überall auf deinem Körper herumwuseln. Dein Tattoo ist aktiv. *Aktiv*. Begreifst du das denn nicht, Alyoscha? Du hältst dich immer für so verdammt clever! Wenn das hier vorbei ist, dann gehen du und ich getrennte Wege. Tut mir leid.«

Alyoscha starrte Boris an. »Soll mir recht sein.«

»Los, heb deinen Arm«, befahl Boris. »Werfen wir noch einen Blick darauf. Was hat es jetzt vor?«

Alyoscha hob gehorsam den Arm. Da saß es, verbarg sich wie eine in die Enge getriebene Schabe im Dickicht des krausen Achselhaars, und die Biofühler reagierten auf ihre prüfenden Blicke mit einem leichten Erbeben der Sensoren.

Boris' Gesicht lief rot an, und abermals ging er in die Luft. »Mein Gott, bist du total verblödet oder was? Wie konntest du dir nur *dieses* Muster aussuchen?!«

»Das kapiert doch keiner.« Alyoscha bleckte die Zähne. »Nicht mal Trotzki würde es kapieren, wenn er noch am Leben wäre. Schließlich is' das bloß 'ne *Abkürzung*. Sie könnte für alles mögliche stehen. Für die Anfangsbuchstaben von Freundinnen. Komm schon, was stimmt daran nicht? *M* für Marie, *M* für Margot, *M* für Michelle … es *muß* keine besondere Bedeutung haben!« betonte Alyoscha. Er klang längst nicht so selbstbewußt, wie er sich den Anschein gab.

Das verdammte Tattoo war eine Abkürzung für einen der Slogans ihrer revolutionären Terrorgruppe.

MMM. Das stand für »Meuchelt die Massenmedien«.

Beide Männer blinzelten zur gleichen Zeit. Das Tattoo nahm jetzt Reißaus, dann legte es sich über Alyoschas Herz auf den Rücken, so daß es eine interessante neue Stellung einnahm, die eine weitere geheime Bedeutung ihrer Organisation preisgab.

Da, es war unmißverständlich … *WWW*. Das umgedrehte Zeichen des Antichristen der Matrix – die 666 des World Wide Web.

Der Glockenturm auf der Promenade von Cagnes-sur-Mer begann sein volltönendes Sechs-Uhr-Geläut.

»Ich muß gehen. Ich will nicht zu spät kommen. Wir treffen uns um Punkt halb sieben an der Ecke Rue Le Pen. Sei da«, sagte Alyoscha gebieterisch, während er eine Windjacke über sein Bakunin-T-Shirt streifte. Er wollte seine Erniedrigung wettmachen, indem er im Brustton der Überzeugung sprach.

»Klar«, sagte Boris. »Besorg nur das Scheißding, damit wir uns hier vom Acker machen können.«

»Keine Sorge, das werde ich«, entgegnete Alyoscha und machte sich in Richtung Stadt auf den Weg.

»– und sei vorsichtig«, rief Boris hinter ihm her, doch Alyoscha drehte sich nicht mehr um. Er war schon in der Flut der Feiernden verschwunden, die sich auf den Tag der Bastille vorbereiteten. Auf den Straßen wimmelte es heute nacht von ihnen, von glücklichen Urlaubergesichtern, die entschlossen waren, den französischen Nationalfeiertag zu genießen. *Wenn sie wüßten, was für einen Feuerzauber es heute nacht noch geben wird,* dachte Boris. *Dann wären sie vielleicht nicht mehr so glücklich.*

Monokel

Alyoscha verdrängte seinen Streit mit Boris rasch, als er anonym mit der wogenden Menge auf dem Markt verschmolz. Der Trubel auf dem Platz hatte eine eigenartig beruhigende Wirkung auf ihn.

Er ging zügig am geschäftigen Treiben der Läden vorbei, an den überquellenden Cafés, den Restaurants mit Außenbestuhlung und den farbenprächtigen Blumenständen mit ihren rubenshaften Buketts roter Rosen und mediterraner Pflanzen. Der warme süße Duft wohlriechender Lilien, Orangenblüten, Veilchen, Mimosen und von Jasmin wehte im goldenen Sonnenschein zu ihm heran.

Aromatherapie für Terroristen? Alyoscha lächelte bei dem Gedanken und fühlte sich wieder glücklich und frei wie ein Kind, dessen Eltern gesagt hatten, es sei schon in Ordnung, wenn er sich jetzt aufmache und die Fenster des Nachbarn einschlage. Wie dieses Kind, das am Strand die Seemöwe hatte steinigen wollen. Ein richtiger kleiner Bastard. Vielleicht würde er eines Tages als Erwachsener einem irren französischen Politiker Bomben aufs Dach werfen. Also, wer war hier der wahre Terrorist? Papa, Mama, *Babuschka*, *Deduschka*? Wie weit zurück reichte die Genealogie des Terrorismus? Bis zu Adam und Eva? Man brauchte sich nur einmal anzusehen, was sie im Garten Eden getan hatten – mehr Macht den ersten Menschen!

Im Grunde unseres Herzens sind wir doch alle Terroristen, dachte er. *Aber nur wenige von uns haben das Format, echte Revolutionäre zu werden.* Das war der eigentliche Unterschied. Er fühlte sich wieder ausgeglichen und zuversichtlich angesichts der bevorstehenden Tat.

Er lächelte den hübschen Mädchen zu, die Obst, Melonen, Datteln, Feigen, Oliven, haufenweise Pistazien und zu Pyramiden aufgestapelte Süßigkeiten und Gebäck verkauften. Mit ihrer olivfarbenen Haut, den dunklen italienischen Gesichtszügen, den langen braungebrannten Beinen und kleinen goldenen Kruzifixen, die sie zwischen den runden Hügelkuppen ihrer Brüste trugen, waren sie der Inbegriff mediterraner Schönheit.

»Eh, bien, m'sieur!« bot eine von ihnen ihm lächelnd eine saftige Pfirsichhälfte an.

»Non, merci!« antwortete er.

Seht, er konnte der Versuchung widerstehen. Ein weiterer positiver Zug an ihm.

Alyoscha ging an den Ständen mit glitzernden Fischen vorbei, die auf ihrem Bett aus gehacktem Eis ruhten, Seebarsch, Dorsch, Roter Knurrhahn, *rascasse* mit seinen dornigen Flossen, sogar Meersäue mit ihren stacheligen Schnauzen und giftigen Rückenflossen, Krebse, Langusten und ein Kindergarten aus kleinen Babytintenfischen, die hilflos ineinander verschlungen dalagen.

Das Leben ist eine Bouillabaisse, dachte er düster. *Ein Eintopf aus allem, was es fertigbrachte, sich in seinem Netz fangen zu lassen. Man gebe ein wenig Olivenöl, Mayonnaise und geriebenen Knoblauch hinzu und esse es auf. Besser noch, man schlinge es hinunter ...*

Mein eigenes Leben, sinnierte er, *ist eher eine Art Borschtsch. Eine Frage des Geschmacks, nehme ich an. Mit reichlich Sahne, Kohl und Fleisch, das am Boden treibt, den meisten Einheimischen widerwärtig, die es vorziehen, ihren Kannibalismus mit mehr Kultur anzureichern.*

Plötzlich nahm Alyoscha den schwachen Duft von Gewürzen wahr, von Pfeffer, Safran, Thymian, Lorbeerblättern, Salbei, Fenchel und Orangenschalen. Seine Nase kribbelte, und er merkte, daß er gleich niesen mußte. Doch ehe es dazu kam, fing er einen stechenderen Geruch auf, der von einem Tisch mit französischem Käse herbeiwehte.

Puuh! Er schniefte. *Kein Wunder, daß Picasso seine Gesichter mit mehr als einer Nase malte! Um in dieser Umgebung atmen zu können,* muß *man ja praktisch Kubist sein!* Das war etwas, woran er sich nie richtig gewöhnen konnte, diese stinkenden *fromages*, die wie alte Socken mit schlechtem Gewissen rochen …

Die Franzosen verstanden sich darauf, einen durch die Sinne anzugreifen, eine viel bessere Verteidigung als die Neue Maginotlinie, die virtuelle Front, die sie als Wall gegen das Eindringen des ReichNetzes entlang der französisch-belgischen Grenze errichtet hatten.

Alyoscha eilte an dem Käse vorbei und hielt sich dabei die Nase zu. Er betrat eine Seitenstraße mit Kopfsteinpflaster. Hier hatten die Häuser rosa und ockerfarbene Mauern, überhängende rote Ziegeldächer und mit Glyzinen und Kletterpflanzen bewachsene Balkone. Wäsche in allen Farben hing draußen zum Trocknen. Aus dem Kopf eines Steinlöwen ergoß sich ein dünnes Rinnsal Wasser in ein verwittertes Becken. In einem zurückgesetzt liegenden Hof, den Platanen vor der Sonne schützten, spielten Jung und Alt gleichermaßen *boules*, nahmen Eisenkugeln zur Hand und warfen sie. *Pock!*

Sein Schritt verlangsamte sich, als er sich dem *Bistro du Chat Noir* am anderen Ende der Straße näherte. *Ganz ruhig. Vergewissere dich erst, ob die Luft hüben wie drüben rein ist.*

Er zündete sich eine Gauloise an, indem er die Hände um die Flamme wölbte, und nahm mit schmalen Augen die Situation in sich auf. Kellner trugen Tabletts mit Aperitifs und stellten sie auf Tischen ab. Er hörte perlendes Gelächter. Leute bissen von Pizzastücken ab, tranken Rotwein, aßen Ravioli, tunkten ihr Brot in Schälchen mit pürierten Anchovis und schwarzen Oliven.

Alyoscha stand einige Minuten lang einfach nur da, um sicherzugehen. Er sah eine neapolitanisch wirkende Kellnerin aus der Küche kommen, die ihre breiten Hüften schwang; auf der linken Gesäßhälfte ihres engen schwarzen Kleids zeichnete sich der Mehlabdruck einer Hand ab.

Sie kehrte in die Küche zurück und kam wieder heraus. Jetzt waren es *zwei* Abdrücke. *Vive le chef.*

Nu dawai, dachte Alyoscha. Auf denn. Ziehen wir's durch. Er warf die Zigarette in den Rinnstein und spürte das beruhigende Gewicht seiner Pistole in seinem Rucksack, als er zu dem Bistro hinüberging.

Er setzte sich an einen Tisch neben einen kahlköpfigen Russen, der ein Exemplar der gestrigen Ausgabe von *Le Figaro* las. Der Mann trug ein kurzärmliges weißes Hemd, eine graue Hose und altmodische Ledersandalen mit Socken, als stelle er sich so die Kleidung des Proletariats vor.

Ein Jammer, daß sein Monokel ihn verrät. Scheißaristokrat.

Nach einer Weile faltete der Mann die Zeitung auf dem Schoß zusammen. »Sieht so aus, als gewinnt Olympique de Marseilles die Meisterschaft.«

»Tut mir leid, Fußball interessiert mich nicht.«

»Machen Sie hier Urlaub?« Seine hellen Augen musterten Alyoscha argwöhnisch. Der Austausch von Paßwörtern begann.

»Ja, ich will mir hier das Jazzfestival ansehen.«

»Ach ja, Jazz, mögen Sie Chet Baker?«

»Charlie Parker ist mir lieber.«

»Und Mingus?«

»Khachaturian ist eher nach meinem Geschmack.«

»Khachaturian? Ist der nicht ein Klassiker?«

»Das Khachaturian-Quartett. Sie eröffnen das Festival.«

»Der Rest ist tot, oder?«

»Virtuell. Es ist ein *Festival de Jazz Virtuel*. Lauter neue Kompositionen von jenseits des Grabs, durch Kryosynthesizer übermittelt.«

Der Glatzkopf hielt inne. »Ich habe eine CD, die Sie vielleicht interessiert.«

»Von welcher Gruppe?«

»Die Monokel. Außerhalb gewisser Kreise Rußlands sind sie noch unbekannt.«

»Die würde ich mir gern mal anhören.«

So weit so gut. Alle Worte waren in der richtigen Reihenfolge gefallen. Der Mann wurde eine Winzigkeit lockerer, doch die Spannung wich nicht von ihm; sie suchte nach einem Ventil. »Sie müssen verstehen«, warf der Aristo plötzlich alle Vorsichtsmaßnahmen über Bord, und Sorgenfalten bildeten sich auf der Stirn seines Kahlkopfes. »Ich bin Patriot. Ich mache das nicht freiwillig. Ihr habt mir keine andere Wahl gelassen.«

»*Spokoyna!* Nicht so laut!« wies Alyoscha ihn schroff zurecht und blickte in die Runde, um festzustellen, ob jemand in Hörweite war. Dieser Trottel würde noch seine ganze Lebensgeschichte ausplaudern. Mit allen erbärmlichen Rechtfertigungen, nicht um sie Alyoscha mitzuteilen, sondern um sich selbst zu beruhigen.

Es ist nie einfach, sein Land zu verraten, erst recht nicht, wenn die eigenen Eier auf dem Hackklotz liegen und das Beil jeden Moment zuschlagen kann, dachte Alyoscha.

Das Gesicht des Mannes wurde aschfahl. »Also gut, das ist allein meine Sache. Ich entschuldige mich«, sagte er demütig. »Doch vielleicht erlauben Sie mir ein warnendes Wort, was die Handhabung der – äh – gefährlichen Substanz angeht ... Das ist das wenigste, was ich tun kann, um die damit verbundene potentielle Gefahr so gering wie möglich zu halten. Sonst könnten viele Unschuldige verletzt werden.«

Alyoscha starrte ihn an. *Hört ihn euch an, diesen elenden Heuchler!* Er hörte *durchaus* hin, doch in seinem Hinterkopf nahm etwas Gestalt an.

Eine Erinnerung, die ihm zu Bewußtsein kam, weil er dazu *ausgebildet* worden war, doch er hätte sich nie träumen lassen, daß es ausgerechnet so geschehen würde.

An einem Nachmittag wie diesem. In einem Café wie diesem. Mit Menschen, die Gesichter hatten wie diese Gesichter, die schon in Kürze fassungslos dreinschauen würden, wenn er das Chaos auf sie herabrief ...

Ein junger Amerikaner saß mit seiner Freundin einige Tische entfernt, und sie turtelten verliebt. Ein anderes Paar, Franzosen mittleren Alters, tat so, als bekäme es nichts davon mit, was um sie herum vorging, rauchte und tauschte Belanglosigkeiten aus.

Die Kellnerin mit den Handabdrücken auf dem Gesäß näherte sich ihnen jetzt wie in Zeitlupe und hielt ein Tablett, auf dem unter einem Tuch etwas verborgen lag.

So schnell kann die Wahrnehmung sich ändern. Männer in einem Citroën fuhren unendlich langsam die Straße hinab, zwei hinten, zwei vorn, mit der üblichen Sonnenbrille von *La Picine.* Die französische Gegenspionage.

Lügen! Auf einmal kochte Alyoscha vor Wut. Er saß in der Falle und wußte es, doch er hatte sein Geschäft mit dem Mann noch nicht abgeschlossen. Er mußte es unbedingt durchziehen, und das Ende war nicht mehr fern.

»Haben Sie's dabei?« schnaubte er. »Ich hab nicht den ganzen Tag Zeit.« Vielleicht gab es noch eine Möglichkeit, aus der Falle zu entkommen, bevor sie endgültig zuschnappte. Jeder Augenblick zählte. *Mach schon, du Trottel!*

Der Glatzkopf nahm sein Monokel ab und hielt es in der Handfläche. »Hier«, sagte er und bot ihm das Augenglas an.

»Was soll das?« Alyoscha starrte mißtrauisch darauf.

»Das ist der Transportbehälter«, erklärte der Mann. »Man öffnet ihn so –« Er drückte auf ein Scharnier, und das Monokel klappte wie eine Auster auf, zwei Glashälften mit darin verborgener Ampulle. Alyoscha sah in der Ampulle etwas treiben, das wie eine Kontaktlinse aussah.

»Sie ist von einer basischen Chlorhexedin-Salzlösung umgeben. Seien Sie vorsichtig, wenn Sie die Kontaktlinse ins Auge einsetzen. Es handelt sich um einen okular-sensitiven Flüssigkeitsalgorithmus, der bei Absorption durch den Sehnerv aktiviert wird. Sie werden anfangs ein wenig orientierungslos sein, müßten den Kode aber problemlos lesen können.«

Alyoscha hörte nicht mehr auf die Instruktionen des Mannes. *Zu spät.* Er schnappte sich das Monokel und sprang vom Tisch auf, wobei er seine blaue stupsnasige Handfeuerwaffe Kaliber 22 aus dem zwanzigsten Jahrhundert zog, mit Sprengkapseln geladen, die ein Loch in die Mauer des Kreml hätten reißen können.

»Was hat das zu be ...?« Doch bevor der Glatzkopf den Satz beenden konnte, brach schon die Hölle los, weil es nämlich keinen Himmel gab, der das hätte verhindern können. Der Lichtblitz war so grell, daß Alyoscha zu keinem anderen Gedanken mehr fähig war als: *»Mein Tattoo ... hätt ich es mir nur nicht machen lassen ...«*

Doch das Tattoo schaute nicht zurück und sagte auch nicht Lebewohl. Nicht einmal *au revoir ...*

Der Graf

Früher ...
Monte Carlo, Fürstentum Monaco

Graf Viktor Trobolski war eine eindrucksvolle Erscheinung. Mit seinem rasierten Schädel und dem Monokel, das permanent in seine Augenhöhle implantiert war, bei einer Größe von ein Meter neunzig und einem Gewicht von hundertzehn Kilo hatte er eine Ausstrahlung wie ein großer Konzertflügel, der für die Bühnen der Welt gebaut war. Hervorragend gestimmt und mit einem tiefen Verständnis für die wahre Partitur des Lebens. Er hatte ein intuitives Gespür für alle *pianissimos* und *fortes* der öffentlichen Belange.

Nominell war er der Senioradlatus des russischen Innenministers Sergej Woronow. *Nominell.* Seine eigentliche Position war die des Direktors für Sonderprojekte im Cyber Intelligence Department (SPCID). Die Einheit war so geheim, daß ihre Existenz nicht einmal Zar Nikolaus III. oder anderen hohen Beamten in der Regierung bekannt war. Das SPCID war aus der Abteilung für Psychologische Kriegführung des alten KGB hervorgegangen. Seine Spezialität war die Gedankenkontrolle im Netz.

Der Graf machte mit seiner französischen Geliebten Regine de Pompignac in Monte Carlo Urlaub. So fing alles an.

Nach außen hin hielt er sich zur Entspannung dort auf, um im Kasino Roulette zu spielen und sich unter den russischen Adel zu mischen, der scharenweise an diesen berühmten Ort strömte, wie schon früher einmal in der guten alten Zeit des neunzehnten Jahrhunderts, als sich die Romanows auf dem Gipfel ihrer Macht befanden. Das hier war die *neue* gute alte Zeit.

Irgendwie hing es mit der Farbe des Lichtes zusammen, das so hell und gleißend war, daß einem die Pastelltöne in den Augen brannten. Und natürlich lag es auch an der gesunden Ausgelassenheit, die vom Einatmen der salzigen Seeluft herrührte, die vom Mittelmeer heranwehte. Die Russen waren ganz versessen darauf.

Darauf und auf das *joie de vivre*, das das Wissen in ihnen hervorrief, wieder einmal der drückenden Feuchtigkeit eines schwülen russischen Sommers in Sankt Petersburg entronnen zu sein.

Hier war er nun, Graf Viktor Mikhailowitsch Trobolski, und plauderte pflichtschuldig mit Ölmogulen des Schwarzen Meeres und Softwarebonzen vom Balkan, nahm in endloser Abfolge an einem Brunch und einer Dinnerparty nach der anderen teil, während er seine trägen Nachmittage damit verbrachte, im türkisfarbenen Wasser des Larvotto zu baden, nur unterbrochen von Bootsfahrten, Tennis und harmlosen Stelldicheins voll *amour*.

Es war alles recht rauschhaft – wie in einem von Tschechows unbeschwerteren Stücken.

Tage verstrichen auf diese Weise wie das lichte Geplauder, das sich zur Teezeit um Samoware auf Silbertabletts erhob, wenn die Russen sich auf schattigen Terrassen wieder zu Gruppen zusammenfanden, um petits fours und mit Pudding gefüllte *Napoleon*-

Törtchen zu essen, zu schwatzen, zu sinnieren und das Schicksal von Nationen und Liebesaffären einzelner vorherzusagen.

Es war die perfekte Tarnung für das, was Graf Trobolski plante. *Das alles zu verraten.* Dabei fände seine Seele nicht gerade Erlösung, das war ihm klar. Doch vielleicht konnte er in einem fernen Winkel einen zeitlichen Aufschub für seine Verdammnis erwirken. Die Alternative war – nun ja, die Alternative war schlimmer als die Verbannung nach Sibirien in der Zeit, bevor Sibirien eine brutale Freizeit-und-Konsumgüter-Provinz wurde, die man 2029 an Neu-Nippon verpachtete.

Nein, die Strafe für Verrat bestand heutzutage in biochemischer Gulagisation.

Trobolski wußte, was das bedeutete, weil er das Programm selbst auf die Beine gestellt hatte.

Man – der Verbrecher – bekam den Gulag-Virus injiziert. Jeder Augenblick wurde zu einem entsetzlichen Schmerzerlebnis mit programmierten Flashbacks der Qual und Hoffnungslosigkeit, gegen die Dostojewskis Totenhaus *wie ein Paradies wirkte, zu dem nur Mitglieder Zutritt haben. Die Schönheit dieser Form staatlicher Kontrolle bestand darin, daß der Gulag zu einem permanenten Zustand des persönlichen Bewußtseins wurde. Es war kein* physischer *Ort mehr. Es war eine psychische Strafkolonie.*

Ganz gleich, wohin man im täglichen Leben auch ging, der Gulag begleitete einen wie ein Schatten. Er befand sich im eigenen Kopf. *Die Einsparungen in bezug auf Unterhalt und Aufrechterhaltung eines wirklichen Arbeitslagers waren enorm. Man war sein eigener Gefängniswärter, sein eigener Folterknecht. Es gab kein Entrinnen. Gefangenen, die sich gut führten, erlaubte man, ein Gesuch auf Euthanasie zu stellen, doch das war ein seltenes Vorkommnis. Man* mußte *seine Zeit absitzen.*

Alles lief beinahe wie am Schnürchen. Die Kontaktpersonen des Grafen reagierten mit ermutigenden Geboten. Eine lautlose Auktion fand statt, während er in Monte Carlo Roulette spielte.

Die Amerikaner waren skeptisch, doch was konnte man von ihnen anderes erwarten? Die Amerikaner waren immer die ersten, die es rochen, wenn etwas faul war, doch die letzten, die etwas an Land zogen. In Libyen gab es eine Gruppe, die bisher das höchste Gebot gemacht hatte, doch ihr Geld war nichts wert. Dafür hatte schon der Virtuelle Sicherheitsrat der Neuen UN gesorgt. Wann immer libysches Geld im Netz transferiert wurde, zerstörte es sich selbst. Die Serben setzten alles daran, den Zuschlag zu bekommen, doch weiter, als sie eine Hirngranate werfen konnten, durfte man ihnen nicht trauen.

Milošević war Ende Neunzig und litt an Kevorkischer Ängstlichkeit. Mr. Kriegsverbrecher persönlich war zum tibetischen Buddhismus übergetreten, man stelle sich das vor. *Viel Glück in der nächsten Welt. Es gibt nur so viele Engel, wie man mit dem Katheter niederknüppeln kann.*

Es kam also offenbar ganz auf die Deutschen an. Der Kanzler des Vierten Reichs, Rudolf Wessel, war beeindruckt davon gewesen, wie das Neuro-Gulag-Programm in Rußland erfolgreich sozialen Widerstand und Unruhen niederrang. Er war ein Scientologe der Alten Welt und hatte deshalb ein Gespür für die metaphysischen Implikationen der Technologie. Und natürlich auch für ihre Grenzen.

Sein Propamedienminister Josef Großmeister litt wie sein historischer Vorgänger Goebbels an einem Klumpfuß – und war sehr stolz darauf, *meiner Treu, er hatte ihn sich herbeioperieren lassen* –, doch er begriff schneller als dieser. Es dauerte nicht lange, bis er die Berliner Mauer im ReichNetz wieder aufgebaut hatte.

Wenn Deutsche, Russen und Amerikaner nicht endlose Debatten über die Vormachtstellung in der Matrix geführt hätten, wäre der Neue Kalte Krieg vielleicht nur ein Blip auf dem Radarschirm der Geschichte gewesen. Selbst die Japaner hatten sich mit ihrem Genossenschaftlichen Großostasien-Wohlstandsnetz der Herausforderung gestellt.

Anscheinend mußten im Kollektiven Unbewußten, das sich jetzt als Globales Gehirn darstellte, noch einige alte Archetypen ausradiert werden. (»*Sag einfach nein zur Noosphäre*«, lautete der vereinte Aufschrei der Luddisten, die jegliche Technologie haßten. Der Slogan hatte einen hohen Stellenwert auf ihrer Website.)

Arier in grauen Wehrmachtsuniformen, die im Paradeschritt durch den Omnispace marschierten, waren kein humoristisches Thema von Zeitungskarikaturisten mehr. Seit das ReichNetz das PolskayaNet annektiert hatte, handelte es sich um schmerzliche Realität, und jetzt richtete es sein Augenmerk auf den Rest Europas. Es war ein *Blitzkrieg* der Herrenprogrammierung gewesen. *Die Pixel gehen an den Sieger. Sorry, aber es war wieder dieselbe alte Geschichte.*

Der Graf mußte bei seinen Verhandlungen jedoch unglaublich vorsichtig vorgehen. Er hatte sich bei der Durchführung auf die Avatare einer dritten Gruppe verlassen. Wenn auch nur die geringste Spur zu einem seiner Netzpromis führte, würden sie sich selbst zerstören und eine Flutwelle toxischer Knotenstarre herbeiführen, die schnell ein ganzes Netzwerk außer Gefecht setzen konnte.

In mancher Hinsicht war der Netztod weitaus wirkungsvoller als sein biologischer Vorläufer. Wiedergeborene Mainframes waren das eine, doch die Überreste psychischer Schäden wurden für immer im *echten* Kollektiven Unbewußten der Welt archiviert, dem einige japanische Zenmeister den Namen »Vernetzte Akaschi-Aufzeichnungen« gegeben hatten.

Nur zu wahr, die mentale Sphäre, die mittlerweile den gesamten Planeten umgab, bildete ein unauslöschliches Gedächtnis. Die Informationen waren vielleicht nicht immer zugänglich, *doch ihr Imprint in der kollektiven Psyche war permanent. Der einzelne war vielleicht nicht in der Lage, spezifische Details herunterzuladen, um vertikal in der Zeit zu reflektieren, doch solange das System funktionierte, war eine totale Amnesie* unmöglich.

Trotzdem hielt der Graf seinen Plan für absolut narrensicher. *Es kann nichts schiefgehen,* beruhigte er sich. *Ich habe alles vorausgesehen. Nicht einmal der Geist von Berija, Stalins teuflischem Scharfrichter, könnte mir jetzt noch gefährlich werden.*

Der Yaponchik

Deshalb erlitt Graf Trobolskis Nervenkostüm an jenem Morgen auch einen gewaltigen Schock, als er selbstbewußt den Lift des Hotels Prinz Albert betrat. Er bewohnte mit seiner Geliebten, der unersättlichen Madame Regine de Pompignac, die Prinzessin-Gracia-Suite im obersten Stockwerk.

Er war recht guter Dinge gewesen, stark und von Energie nur so strotzend. Er hatte vor dem Frühstück gleich zweimal Sex gehabt, obwohl er seine Essenz zurückhielt, wie sein Tantralehrer Mantiak Tschaikowski es ihm als Teil seiner sexuellen Yogaübungen beigebracht hatte.

Bevor die Lifttüren sich ganz schließen konnten, hielt eine grobe Hand sie fest und zwang sie wieder auf. Ein kleiner, untersetzter russischer Gangster trat ein, gefolgt von zwei hünenhaften Kosaken.

Graf Trobolski erkannte ihn mühelos als den russisch-japanischen Mafioso, der das sibirische Ginseng-Syndikat leitete, dessen Hauptquartier in Nowo-Yokohama lag, dem früheren Wladiwostok an der Ostküste Sibiriens.

Das hier war niemand anderer als der »Yaponchik« – alias der Japaner. Er war der Sohn des berühmten japanischen Sushi-Küchenchefs von Nakhodka und einer notorischen russischen Auftragsmörderin namens »Zahnstocher«, die so genannt wurde, weil sie zur Vorbereitung auf ihre Anschläge eine ebenso tödliche wie raffinierte Mischung von Giften aus der Leber des

Grönlandhais (*Somnius microcephalus*) und dem halluzinogenen Fischgift aus der südpazifischen Meerbarbe verwendete. Ihr typischer Hinrichtungsstil bestand darin, ihre Opfer mit einem einfachen Zahnstocher aus Holz zu stechen, der mit dieser tödlichen Mixtur bestrichen war. Tatsächlich fanden viele ihrer »Anschläge« in der *Sushi*-Bar ihres Ehemanns statt. Die Opfer wurden mit dem Versprechen auf ein gutes japanisches Essen und Sake dorthin gelockt, um »gesellschaftliche Angelegenheiten« zu besprechen ...

Unvermeidlich folgte eine längere Phase entsetzlicher Halluzinationen, begleitet von einem Gefühl des Brennens um Mund und Lippen und auf der Zunge. Dieses quälende Feuer breitete sich allmählich über Gesicht, Kopfhaut und Nacken aus, bis es schließlich die Fingerspitzen und Zehen erreichte.

Das Aussetzen der Atmung muß eine segensreiche Erleichterung gewesen sein, bestätigte der Leichenbeschauer vor Gericht. Nachdem er das Todesurteil verkündet hatte, fragte der Richter Zahnstocher, ob sie Reue darüber empfände, diese grauenhaften Verbrechen begangen zu haben. Ihre Antwort jagte den Zuschauern im überfüllten Gerichtssaal einen gewaltigen Schauer über den Rücken. Die Bemerkung zog weite Kreise in der Presse und fand einen unsterblichen Platz in den bunten Annalen von Rußlands »Roaring Twenties« (2023–2029). »Ich habe sie nicht getötet«, sagte Zahnstocher achselzuckend und ohne eine Spur von Gefühl auf dem pfannkuchenflachen Gesicht. »Was dann? Wie würden Sie diese Taten sonst nennen?« hakte der Richter nach. Sie schien ernsthaft darüber nachzudenken, bevor sie ihm mit listigem Blick antwortete. »Also«, sagte sie ausdruckslos, »ich würde sagen, sie haben ›Sushizid‹ begangen ... Der Fisch stimmte nicht mit ihnen überein, das ist alles.« Sie kam an den Galgen.

Und der Yaponchik, der Japaner, trat seinen schnellen Aufstieg in die obersten Reihen der sibirischen Unterwelt an. Er war wie sein Vater voll ausgebildeter Sushi-*Küchenchef, doch das fehlende Glied des kleinen Fingers an seiner linken Hand zeugte von höheren Karrierezielen, die er in der Bruderschaft der russisch-japanischen Yakuza auch unbarmherzig verfolgte.*

Im Lift blickte der Yaponchik mit seinen schmalen, eiskalten blauen Augen zu Trobolski hoch, während er einen imaginären Fussel von Graf Valentinos Spieler-Smokingjacke strich.

»Guten Morgen, Exzellenz, ein schöner Tag, nicht wahr?« Graf Trobolski nickte, blieb sonst aber stumm, während sein Körper wie ein geplatzter Feuerhydrant Adrenalin ausschüttete. *Nicht gut. Gar nicht gut.*

Er war stets darauf bedacht gewesen, sich von der russischen Mafiya fernzuhalten, die wie andere *nouveaux riches* auch scharenweise in den Süden von Frankreich strömten. Diese Leute flogen gern in ihren Privatjets von den Steuerparadiesen vor der Küste im Kaspischen Meer ein.

Das überwältigende Parfüm *Eau de Fugu* des Yaponchiks verwandelte den kleinen Lift in eine drückend enge Streichholzschachtel. Die beiden Kosakenleibwächter standen mit starrer Miene und verschränkten Armen da und bedrängten den Graf noch weiter. Lange hielt er das nicht mehr aus, doch der Lift bewegte sich nicht. Da fiel ihm auf, daß einer der Kosaken den *Arrêt*-Knopf gedrückt hatte.

Der Graf begann zu schwitzen. Er saß in der Falle.

»Wenn es etwas gibt, das ich für Sie tun kann, Exzellenz, so zögern Sie nicht, mich darum zu bitten«, sagte der Yaponchik mit einem beinahe verächtlichen Zusammenschlagen seiner Hacken. »Hier ist meine Karte. Bitte haben Sie die Güte, sie anzunehmen.«

Doch der Graf war wie erstarrt. Mit einem breiten Grinsen, das seine kleinen weißen Zähne zeigte, schob der Yaponchik ihm seine Karte in die Brusttasche.

»Danik«, nickte der Mafioso einem seiner Leute zu. Der Gauner drückte erneut auf den Halt-Knopf, und der Lift fuhr unter ständigem Knirschen allmählich abwärts.

Vielleicht war es nur die wildgewordene Phantasie des Grafen, doch er hatte den Eindruck, als könnte jeden Moment das Liftkabel durch die Decke peitschen und ihn nach oben in die schwarze Unendlichkeit des Schachts reißen wie einen Gehängten, der im falschen Stock aussteigt …

Er empfand ein Beben der Erleichterung – die Knie wurden ihm sogar weich –, als er im Parterre ankam und die Tür sich zu einer Marmorvorhalle öffnete, die mit einer dichten Menschenmenge gefüllt war. Er wußte, wie sehr es auf der Kippe gestanden hatte. Er strich sich mit einem Taschentuch über die Stirn.

»Denken Sie daran, Graf«, hörte er hinter sich die Stimme des Yaponchiks, ein entnervendes Falsett mit semiotischem Lispeln. »Wir könnten miteinander ins Geschäft kommen. Haben Sie keine Angst, mich anzurufen.«

Gott sei Dank war Regine nicht bei ihm, dachte der Graf und gewann in der Sicherheit der Eingangshalle des Hotels mit seinen hellerleuchteten Kristallüstern, einigen weniger bedeutenden Gemälden von Matisse und Renoir in reich verzierten vergoldeten Rahmen und den flämischen Wandteppichen aus dem sechzehnten Jahrhundert, die an dunkelgrünen Wänden hingen, seine Fassung zurück. Das scharfsinnige Radar von Regines sechstem Sinn – eine Eigenschaft der de Pompignacs, die der angesehenen Familie, die jedoch seit dem Ausgang des achtzehnten Jahrhunderts in chronischer Armut lebte, das Überleben gesichert hatte – hätte sofort gespürt, daß hinter diesem Wortwechsel mehr steckte, als der Yaponchik mit seinem oberflächlichen sozialen Gehabe glauben machen wollte.

Der Graf steckte das mit seinem Monogramm versehene Taschentuch seufzend wieder in die Brusttasche und begab sich zum Lunch, wobei er so tat, als wäre nichts Ungewöhnliches geschehen. Doch er zitterte noch immer.

Die Holorina

Als er auf der zwanzig Meter langen Yacht *Ein Kurs der Wunder*, die Baronin von Kreutzberg gehörte und im atemberaubend schönen Hafen Fontvielle des Fürstentums ankerte, eintraf, war Graf Trobolski wieder ein Muster von Sankt Petersburger Charme, Witz und Unbefangenheit.

Auf dem glänzenden Deck der Yacht der Baronin reichten Kellner mit weißen Handschuhen, die in blaugestreifte russisch-französische *matrosse*-Wolljacken und gestärkte weiße Shorts gekleidet waren, den Gästen Champagner und Kaviar von den Tabletts, während sie sich auf bloßen Füßen über das polierte Mahagonideck bewegten.

»Ah, Maria Andrejewna«, sagte der Graf herzlich, als er seine Gastgeberin begrüßte, und beugte sich vor, um die feingliedrige Hand zu küssen, die sie ihm hinstreckte. Baronin von Kreutzberg war eine würdevolle alte Dame von achtzig Jahren mit kastanienbraunem Haar, engelsgleichem Gesicht und strahlendem Blick.

Sie sah keinen Tag älter als vierzig aus, dank der Dienste ihres Leibgerontologen Dr. Juri Scheremenko, der angeblich auch ihr Geliebter war. Natürlich alles im Rahmen seiner Pflichterfüllung.

Scheremenko stand fürsorglich neben ihr, ein schwermütiger kleiner Mann, der einen goldenen *pince-nez* in der Nase und einen zweireihigen weißen Panamaanzug trug, bereit, seinem Schützling beim geringsten Anzeichen einer Runzel auf der Braue, die, *spasi Bogu*, Gott sei Dank, noch so glatt wie ein nackter Kinderpopo war, eine Injektion mit Gerovital-9 zu verabreichen.

Er ist zweiundvierzig, sieht aber wie fünfundfünfzig aus, dachte Graf Trobolski, als er Scheremenko freundlich zunickte. *Langlebigkeit ist offenbar schlecht für die Gesundheit, besonders, wenn der eigene Beruf verlangt, sie anderen zu garantieren.*

Baronin von Kreutzbergs Salon war der berühmteste in der Sankt Petersburger Gesellschaft. Die Einladung, an einer der wöchentlichen Soireen in ihrem Palast am Newski-Prospekt teilzunehmen, wurde hoch geschätzt. Man begegnete dort ebenso gefeierten Malern, Schriftstellern, Erzählern, Künstlern und Ballettänzern wie einer endlosen Prozession wandernder *startsy*, Männern Gottes, und »heiliger Toren« – *yurodiyve* –, die zum inneren Kreis der Baronin gehörten.

Zahlreich waren die Abende, an denen man den Geist von Nikolaus II., der bei der russischen Revolution von 1917 auf so grausame Weise ermordet worden war, am Salontisch hören konnte, wie er Ratschläge erteilte, um Rußland von seinen Übeln zu befreien.

Nicht, daß der unselige Nikolaus es zu Lebzeiten besser gewußt hätte, sinnierte der Graf.

»Sie strahlen heute wieder vor durchgeistigter Schönheit, meine liebe Baronin«, wandte sich der Graf galant an seine Gastgeberin. »Das bedeutet entweder, daß Sie ein reines Gewissen haben – oder«, spöttelte er, »daß Sie gestern nacht eine erfolgreiche Séance mit Monsieur Philippe, Ihrem Leibarzt aus Lyon, hatten. Oder ist es dieser Tage Papus? Fühlt Ihr werter Gatte, möge er in Frieden ruhen, sich gut?« erkundigte er sich in dem Bemühen zu gefallen.

»Ihm geht es blendend, Viktor Mikhailowitsch. Er läßt Sie grüßen. Ich sagte ihm, daß Sie heute kämen.«

»Übermitteln Sie ihm bitte meine Wertschätzung.«

»Das werde ich sicher tun. Sind Sie dem jungen Wolodja schon begegnet?« fragte sie und deutete auf einen wortkargen Mann Anfang Dreißig, der einen Meter entfernt mit einer Zigarette, einem schrägen Lächeln und einem *ryumka*, einem Wodkaglas mit kleinem Stiel, müßig herumstand.

Die Baronin nickte knapp und ließ den Graf stehen, um sich unter die Gäste zu mischen, wobei Dr. Scheremenko ihr in wenigen Schritten Entfernung folgte.

Graf Trobolski wandte sich dem jungen Mann zu, den er natürlich kannte. Prinz Jusupow war der Erbe des gewaltigen Jusupow-Vermögens, einer weiteren alten Familie, die eng mit der Romanow-Dynastie verwandt war.

»Habe ich etwas gesagt, was sie verletzte?« fragte der Graf den Prinz mit gelinder Sorge.

Wolodjas sonnengebräuntes Gesicht strahlte gute Laune und triefäugige Belustigung über die Welt aus, die er mit vielen Gläsern Stolichnaja am Leben erhielt.

»Hallo, Viktor Mikhailowitsch«, sagte der Prinz und warf seine speziell gefertigte türkische Zigarette ins Hafenbecken. »Sie ist zur Zeit nur ein wenig empfindlich, was ihren guten alten Gatten angeht.«

Er verdrehte die blauen Augen und zündete sich mit einem Platinfeuerzeug aus Kirgistan eine neue Zigarette an.

»In der Unterwelt bahnt sich offenbar ein Ehestreit an. Monsieur Philippe hörte Gerüchte, wonach der alte Herr jetzt mit Scheidung droht. Ihr wollüstiges Treiben gefällt ihm nicht.«

»So«, meinte der Graf nickend und nahm die Erklärung hin. Dann war ja alles in Ordnung. Solange das Mißfallen der Baronin nicht gegen ihn persönlich gerichtet war …

»Wie steht es mit Ihnen, Wolodja?« erkundigte er sich. »Kreuzen Sie im Mittelmeer noch immer von einem Hafen zum anderen? Ich dachte, Sie befänden sich auf Mallorca. Und wo wir gerade von Wollust reden, halten Sie sich etwa von jedem Ärger fern?«

»Oh, machen Sie sich über mich mal keine Sorgen«, erwiderte der junge Prinz mit einem schelmischen Grinsen. »Wo ein Wille ist, ist auch ein Weg.«

»Sie meinen wohl den letzten Willen Ihres Vaters. Seien Sie vorsichtig, mein Freund, in letzter Zeit greifen die Enterbungen geradezu seuchenhaft um sich. Wenn Sie behalten wollen, was Sie haben –«

»Ich bin schon zweimal enterbt worden.«

»Seien Sie nur vernünftig, Sie wissen schon, was ich meine. Achten Sie auf Ihre Gesundheit. Was soll die Raucherei? Ich dachte, Sie rauchen nicht.«

»Ach, das –« Wolodja grinste, als er mit seiner brennenden Zigarette vor dem Gesicht des Grafen herumwedelte. »Ich zünde mir nur eine an, wenn ich trinke. Aber ich trinke ständig, und deshalb glauben so viele Leute irrtümlich, daß ich rauche.«

Er spähte aus schmalen Augen über das Deck. »Ich will verdammt sein.« Graf Trobolski folgte seinem Blick. Eine hinreißend schöne Frau, die einen großen russischen Wolfshund an einer Goldleine führte, trat vom Landungssteg auf das Deck.

Eine Pause entstand in ihrem Gespräch, als Baronin von Kreutzberg herbeieilte, um den neuen Gast zu begrüßen.

»Natascha! Welche Überraschung! Man bekommt Sie ja *kaum* noch zu Gesicht!« Sie küßten sich gegenseitig auf die Wangen, während der Wolfshund gehorsam an der Seite seiner Herrin hockte und hechelte.

»Eine Schale Wasser für Raskolnikow«, fuhr die Frau einen Kellner an. Der Diener brachte flugs eine goldene Terrine mit Mineralwasser aus dem Savoy herbei. Der Hund schlabberte durstig.

»Wer ist das?« fragte Graf Trobolski neugierig.

»Sie meinen, Sie wissen es nicht?« Jusupow bekam große Augen vor Fassungslosigkeit. »Das ist Natascha Nijinskaya, die Primadonna des Neo-Kirow-Ballets. Bei ihrem letzten öffentlichen Auftritt tanzte sie im ›ROM-See‹ zweiundvierzig *fouettés*, und als das Publikum dann in donnernden Applaus ausbrach, tanzte sie noch einmal zweiundvierzig.«

»Oh, das erklärt alles.« Graf Trobolski nippte an einem langstieligen Champagnerglas. »Sie tritt nie in Person auf, stimmt's? Sie ist eine Tele-Ballerina …«

»Das Wort heißt ›holorina‹, mein Freund«, maßregelte ihn Prinz Jusupow. »Wie ich sehe, sind Sie kein Kenner der feinen Künste. Nein, natürlich tritt sie nicht in *Person* auf. Das hat sie noch nie getan. Sie ist einer dieser Freigeister. Sie erträgt es nicht, auf die Bühne begrenzt zu sein. Das ist ihr zu künstlich. Sie hat alles so programmiert, daß sie auf der Straße, in den Wäldern, überall tanzen kann, wo immer sie sich gerade aufhält, sobald ihr danach ist, und das Ergebnis wird live mit den Tänzern auf der Bühne gemischt. Das KirowNet ist heute eine unglaublich große Bühne, so groß wie die Welt.«

Der Prinz hielt inne und ließ sich von einem Kellner, der hinter einer Topfpflanze gewartet hatte, neu einschenken. Er nahm dem Kellner die Flasche Absolut Stoli aus der Hand. »Zwecklos, einem Russen einzuschenken, das nimmt kein Ende, und sosehr es mir auch gefallen hat, daß Sie sich hinter dieser Palme verstecken, Sie gehen mir damit auf die Nerven. Wie heißen Sie?«

»Wadim, Sir.«

»Also, Wadim, auf Ihr Wohl«, grinste der Prinz. »Und nun hauen Sie ab.« Der verwirrte Kellner huschte mit einem Tuch über dem Arm davon; die Hand, mit der er die Flasche gehalten hatte, krallte sich noch klauenhaft um ihre fehlende Form. Der Phantomschmerz verlorener Flaschen war ein häufiges Gebrechen, jedenfalls in Rußland. Er würde darüber hinwegkommen.

Der Prinz wandte sich Graf Trobolski zu, der Natascha Nijinskaya noch immer fasziniert anstarrte. Er schnippte die Asche ab und fuhr mit seinen Erklärungen fort.

»Schauen Sie doch nur«, sagte er. »Niemand weiß genau, wie sie zu einer bestimmten Zeit überhaupt aussieht. Ihr Spitzname ist ›Kameleon‹. Sie ist unglaublich verschwiegen über ihr Privatleben. Oder unglaublich lebendig in ihrer Verschwiegenheit, was auch immer ...«

Er nahm einen kräftigen Schluck aus der Flasche. »Ich frage mich, was sie heute hierherführt. Ich hörte, daß sie in St. Tropez Urlaub macht.«

»Hmm«, machte der Graf, während er mit dem Löffel Kaviar auf einem Toast verstrich und davon abbiß. »Sie ist nicht sehr attraktiv, oder? Und doch ist sie irgendwie, äh, *elektrisierend*.«

Er musterte die Frau aus der Ferne. Ihr Gesicht war recht männlich, fand er, mit kräftigen Wangenknochen und einer Nase, die aussah, als hätte man sie schon mehrmals gerichtet. Ihre Lippen wirkten sinnlich und zugleich spöttisch, doch dafür (hier hörten die männlichen Merkmale auf) hatte sie ein zartes Kinn. Ihre Haut besaß die Farbe einer alten japanischen Porzellanpuppe in einem Glaskasten; was bedeutete, daß sie weiß gesprenkelt aussah. *War das Schminke?* fragte er sich. Es wirkte ein wenig unnatürlich. Ihr Haar war einfach geschnitten, mit einem dichten schwarzen Pony, der ihr bis weit in die Stirn hing, so daß die stechenden kohlschwarzen Augen wie unter einem Visier hervorlugten. Sie war muskulös gebaut, und unter dem schlichten weißen T-Shirt, das sie zu den Prawda-Jeans trug, war nur der Ansatz ihres Busens zu sehen.

Sie trug Sandalen, und die Nägel an Händen und Füßen waren lackiert. Ihre Beine erschienen ihm für eine Ballerina zu kurz, doch schließlich, da hatte der junge Jusupow recht, war Tanz nicht sein *forte*, nicht sein Medium. Die Kurven und weichen Brüste seiner Regine zog er allemal vor, jede Nacht ...

Und dann war da noch dieser Wolfshund und die Art, wie er sklavisch zu seiner Herrin aufsah, als wisse er, auf wessen Geheiß er sein *filet mignon* bekam. Gerade spielte ihre Hand mit seinen Ohren, kraulte ihm den Nacken, grub sich tief in sein Fell, bis der Hund – *aus Hingabe, oder war er einfach nur verwirrt?* – sich nicht mehr zurückhalten konnte und jeden Finger einzeln zu lecken begann, als handle es sich um ein köstliches Gut.

Mein Gott – nein! Graf Trobolski zügelte seine überschäumende Phantasie. Er hatte schon von derartigen Dingen gehört, doch dies war noch immer eine christliche Welt, und Haustiere sollten auch Haustiere bleiben und nicht auf *solche* Weise gehätschelt werden ... Wurde der Graf hier Zeuge einer sündhaften Beziehung?

»Sie ist ein echter Hingucker, was, Viktor Mikhailowitsch?« grinste Jusupow. »Die hat Format, weiß Gott. Ich weiß, was Sie denken. Sie ist nicht gerade eine atemberaubende Schönheit, doch was hat das heute schon noch zu sagen? Die letzte Revolution sollte mit diesen falschen Unterscheidungen eigentlich aufgeräumt und Schönheit und Häßlichkeit denselben demokratischen Rang zugewiesen haben.«

»Also sind Sie jetzt gleichermaßen Philosoph wie Freigeist?« neckte Graf Trobolski Wolodja und versetzte ihm einen spielerischen Stoß in die Rippen.

Prinz Jusupow nahm einen tiefen Zug von seiner türkischen Zigarette, bevor er sie ins azurblaue Wasser des Hafenbeckens schnippte. Kleine weiße Fische huschten an die Oberfläche, um daran zu knabbern.

»Klar, warum nicht?« Sein Blick war noch immer auf das lebende Abbild der Holorina gerichtet. »Heute legt sich doch jeder ein Handikap zu. Wenn man schön ist, unterstreicht der plastische Chirurg die Schönheit durch eine Narbe. Menschen, die wahrhaft häßlich sind, braucht das nicht weiter zu stören. Sie gleichen das wieder aus, indem sie etwas Schönes tun.«

»Was ist mit der Baronin?« fragte Graf Trobolski und musterte die ehrwürdige Dame, die in ein lebhaftes Gespräch mit der rätselhaften Tänzerin verstrickt war. »Ist sie ein Teil der alten Welt oder eine Vertreterin der von Ihnen geschilderten neuen?«

»Sie?« Prinz Jusupow dachte einen Moment lang nach. »Oh, die liegt längst mit beiden Titten im Grab. Und vergessen Sie nicht, das meine ich wörtlich. Der Tod würde sogar etwas Farbe auf ihre Wangen bringen. Wie wär's, wenn wir zusammen noch einen Drink nehmen?« Bevor der Graf antworten konnte, hatte er schon den restlichen Wodka in der Flasche niedergemacht.

Der Wolfshund

Vielleicht war es die Hitze. Vielleicht war es auch der Champagner. Graf Trobolski hatte den Überblick über die Gläser Moët, die er auf der Party der Baronin gekippt hatte, verloren. Er stand ganz allein in einer stillen Ecke auf Deck und nahm den Anblick des Hafens in sich auf.

Er konnte den Palast der Prinzen sehen, eine mittelalterliche Festung, die auf einem gewaltigen Vorgebirge mit Blick auf das Fürstentum Monaco errichtet worden war. Das Wappen der Grimaldis flatterte an einem maurischen Turm auf der Klippe. Das perfekte Ebenbild des Mittelalters im einundzwanzigsten Jahrhundert.

Es war ein herrlicher Tag. Doch er hatte den Mut verloren.

Der Graf lauschte einem kleinen Zigeunerorchester, das unter einem mit Girlanden verzierten Sonnenzelt Aufstellung genommen hatte. Der Sänger leistete ganze Arbeit, indem er wehklagend ein glühendes, wenn auch melancholisches Liebeslied zum besten gab, »*Ochi Chorniye*« (Schwarzauge), eine beliebte Weise der gepeinigten russischen Seele.

»*Ich bin verliebt in dich, doch ich fürchte dich, o du mein schönes Schwarzauge, wir sind uns zu spät begegnet, um unsere Liebe noch einmal entfachen zu können …*«

Liebe und Verlust, vorzugsweise gleichzeitig. Es ging eben nichts über einen guten Schmachtfetzen, um in einem den Wunsch zu erwecken, sich umzubringen. Was sollte man dazu sagen? Das war der nationale Geist.

Der Graf wischte sich eine verirrte Träne aus dem Auge und zählte die Blasen in seinem Champagnerglas.

Er war immer noch außer sich über den Yaponchik und ihre Begegnung im Hotel am Morgen. »*Wenn es etwas gibt, was ich für Sie tun kann, Exzellenz, so zögern Sie nicht, mich darum zu bitten ...*«, hatte der russische Gangster mit aalglatter Geschmeidigkeit gesagt.

Eine Unverschämtheit, als ob der Graf etwas mit seinesgleichen zu tun haben wollte. *Was erdreistete er sich?*

Womöglich war es kein Zufall gewesen, daß der Yaponchik ihm in den Lift folgte. Er spürte noch die Visitenkarte des Mannes wie ein Stück Kohle in seiner Tasche brennen, wann immer er daran herumnestelte, und genau das hatte er die letzte halbe Stunde getan ...

Für einen Moment stellte der Graf sich vor, daß es mehr als eine gewöhnliche Visitenkarte war. In seiner Position als Leiter des russischen SPCID waren ihm Berichte von Auftragsmorden in der Unterwelt zu Ohren gekommen, bei denen man Karten verwendet hatte, um das ahnungslose Opfer in die Luft zu sprengen. Aus Plastik hergestellt, waren sie ein geniales Zerstörungsinstrument. Die japanische Yakuza hatte dieses orientalische Mordritual während der »Keiretsu-Kriege« perfektioniert, als die Megakonzerne ihre blutigen Feudalschlachten über Anteile am VR-Markt ausgetragen hatten.

Die höfliche Verbeugung, das Überreichen der Karte mit beiden Händen, und natürlich mußte man sie annehmen, man konnte sich gar nicht weigern. Das wäre furchtbar unhöflich gewesen. Die »Meishi-Bombe« wurde aktiviert, wenn die Person, die sie entgegennahm, auf vorgeschriebene Weise auf die zwei Ecken der meishi *drückte. Nach einer Weile – genug Zeit für den Kartenträger, um sich abzusetzen – ging die Bombe dann hoch. Rumms! Die perfekte Etikette für ein erfolgreiches Attentat ...*

Es könnte eine Bombe sein – doch andererseits, vielleicht *war es auch die Erlösung.* Wieder einmal, wie es seiner Natur entsprach, schwankte der Graf zwischen Selbstzweifel und Selbstverleugnung.

Was, wenn es sich dabei um eine gottgesandte Gelegenheit handelte? Er brauchte Zeit zum Nachdenken. Doch die Zeit ging ihm ebenso aus wie die Ideen.

»Viktor Mikhailowitsch, pssst, Viktor Mikhailowitsch …«

Graf Trobolski fuhr herum. Niemand war zu sehen, außer dem russischen Wolfshund der Ballerina, der an Deck herumgeschnüffelt hatte. Schritte, Hände, Füße, was immer sein haariges Herz begehrte.

Natascha Nijinskaya schwatzte noch mit Baronin von Kreutzberg und ihren Busenfreundinnen, und der Hund war davongetrottet, um sich auf eigene Faust umzuschauen.

»Eh, wer da?« fragte der Graf, ärgerlicherweise ein wenig beschwipst. Wieder rief ihn die Stimme. »Viktor Mikhailowitsch, pssst.«

Beelzebub im Kaukasus, es war der Wolfshund, der zu ihm sprach! Er *mußte* es sein, wenn es nicht ein alberner Streich war, den die Klopfgeister der Séance der Baronin sich auf seine Kosten leisteten.

Der Graf nestelte an seinem Monokel herum. »Ah ja«, erwiderte er mit der Andeutung eines Lächelns. »Mit wem habe ich die Ehre zu sprechen?«

»Tut nichts zur Sache«, entgegnete der Hund. War das seine *Zunge*, die da seitlich aus dem Gesicht heraushing, dieser *Klumpen* gesprenkelten Fleischs? Das war widerlich, faszinierend, aber widerlich. »Hör mir gut zu«, sabberte der Wolfshund.

»Ehm, ich bin ganz Ohr«, erwiderte der Graf und wußte nicht, ob er amüsiert oder entsetzt sein sollte. »Dann bist du also kein, äh, gewöhnlicher Wolfshund? Vielleicht eine neue Züchtung?«

Die genetische Wissenschaft hatte sich mittlerweile weit über das Phänomen der Maus mit dem menschlichen Ohr, das aus ihrem Rücken wuchs, herausentwickelt. Hybriden waren der neueste Schrei. Rennpferde, die mit ihren Jockeys Schach spielten, Affen, die fürs Web Seifenopern programmierten, Schweine, die sich mit den anderen Tieren auf dem Bauernhof unterhielten. Presbyterianische Enten, agnostische Schnabeltiere, hinduistische Mungos. Hunde mit Doktorgraden. Alles Erdenkliche war möglich geworden. Im Grunde war das alles ganz selbstverständlich, bis man *persönlich* damit zu tun bekam.

Und eben das war dem Grafen widerfahren. Virtuelle Hunde hatten die gleiche Stofflichkeit wie echte, nur einen anderen Akzent, ein etwas anderes Gewebe.

»Verzeih mir meine Ignoranz«, sagte der Graf zu dem Wolfshund, der nun auf den Hinterläufen saß. Er kratzte sich. Ungezwungen. »Entschuldige, aber hast du gerade mit mir gesprochen?«

»Das habe ich in der Tat«, knurrte der Wolfshund. »Wenn du auch nur ein bißchen Verstand hast, hörst du mir jetzt aufmerksam zu. Ich sage das kein zweites Mal.«

Mein Gott, das war ja unglaublich! Der Graf hätte fast aufgelacht und den anderen zugerufen: »Seht her, ein sprechender Hund! Ist das nicht Wahnsinn ...?«

Très amusant, ce chien ... Das gäbe eine tolle Geschichte ab. Er konzentrierte sich jetzt ganz auf das Tier. »Du hast meine volle und ungeteilte Aufmerksamkeit.«

Dann sagte der Hund ein Wort, das den Graf von Kopf bis Fuß erstarren ließ: »*Mir.*«

Mir. Das russische Wort für »*Frieden*« oder »*Welt*«.

Das war der Kodename des geheimen neuronalen Stoftwareprogramms, das der Graf hier an der Riviera an den Meistbietenden verkaufen sollte.

Zum ersten Mal kämpfte der Graf gleichermaßen gegen seine Beschwipstheit *und* seine Nüchternheit an. Das waren neue Informationen, die aus einer neuen Ecke kamen. Was machte es schon aus, daß es sich um einen Wolfshund handelte? Ein Hund. Man konnte nie wissen, aus welcher Richtung einen die Stimme der Wahrheit erreichte. *Dies* war der größte Durchbruch seit Ewigkeiten. Die Wahrheit war grenzenlos, der Mensch war grenzenlos. Die normalen Sinne waren im Zusammenhang des Großen Ganzen ein Handikap.

»Weiter«, sagte er nüchtern. »Ich bin ganz Ohr.«

»Schön«, sagte der Wolfshund. »Nun hör mir gut zu …«

Der Graf lauschte. Er lauschte sogar so eingehend, daß er bald herausfand, daß nicht der Hund der Bote war, sondern einer der Flöhe auf seinem Rücken. Und es war auch kein Floh. Es war ein elektronischer Sender. Aus dem Hades.

Wieder überlief den Grafen ein Frösteln. Er ließ den Blick über das Deck schweifen und sah, daß die Holorina ihn mit amüsierter Miene musterte. Das Miststück wiegte sich leicht im Rhythmus eines Zigeunertangos. Und er hatte das unheimliche Gefühl, ein unfreiwilliger Tänzer in einem bösen *pas de deux* zu sein.

Regine

»Sex wird bei weitem überschätzt«, sagte Graf Trobolski später am Abend zu Regine de Pompignac. Sie trug ein knappes Milchmädchenkleid aus den französischen Alpen.

Wieder in seiner Suite im Hotel Prinz Albert, mit einem furchtbaren Brummschädel von zuviel Champagner und jeder Menge Arbeit vor sich – *Arbeit!* –, war er kaum in der Stimmung, der knackigen kleinen Braut, die sich am Toilettentisch herausputzte, die gebührende Aufmerksamkeit zu schenken. Für das Kostüm hatte sie zwanzigtausend Franc bei Stormy Milkmaid bezahlt, einer Boutique in Nizza, die sich auf die schmutzigen Spielchen von Reichen spezialisiert hatte. Als Dreingabe hatte man ihr eine Reitpeitsche mitgegeben.

»Viktor.« Sie drehte sich um und blickte ihn ernst an, wobei sie die Haarbürste zur Seite legte. »Du triffst dich mit einer anderen, hab ich recht?« Gleich darauf war ihre Miene wieder sanft. »Ich habe nichts dagegen, ehrlich. Ihr Russen seid eben wie die Tiere.«

»Oh, Regine! *Wirklich!*« sagte er erbittert. Das hatte ihm gerade noch gefehlt. Schon wieder eine Szene mit der wankelmütigen Regine.

Er betete sie an, doch sie war ein Dorn in seinem Latex. In letzter Zeit stritten sie sich dreimal täglich im großen Stil und ein halbes Dutzend Mal weniger heftig pro Nacht. Und worüber? Über den *Orgasmus.* Sie hatte eindeutig einen Spleen in Sachen Orgasmus.

Es ging um die *Ökonomie* des Orgasmus, die *politische Wissenschaft* des Orgasmus, die *Metaphysik* des Orgasmus, die *Menschenrechte* des Orgasmus, ja sogar um die *Astrophysik* des Orgasmus.

Es hatte nichts mit der *Art und Weise* des Sex zu tun, den sie hatten – der für ihn lyrisch war, sie nannte ihn immer »Mein Darling Puschkin!«, wenn er in sein slawisches Vorspiel versunken war, und spöttelte über seine Zärtlichkeiten, die eher jambischen Pentametern glichen als Blankversen.

Nein, Regine hatte ganz einfach eine apokalyptische Sichtweise des Sex, die ihn in den Wahnsinn trieb. »Es liegt am Treibhauseffekt«, erinnerte sie ihn oft. »Negativer Orgasmus – Orgasmus ohne den wesentlichen Orgon-Zusammenhalt, der sich aus der Vermischung männlicher und weiblicher Flüssigkeiten ergibt – ist schuld daran – hör mir zu, Viktor, wende dich nicht ab! Negativer Orgasmus trägt seinen Teil zum größer werdenden Loch in der *Ozonschicht* bei. Pierre Flambay hat das in seinem grundlegenden Werk *Der Niedergang des Begehrens* anschaulich dargelegt. Ich wünschte, du würdest es einmal lesen. Es brächte dir eine Menge, *chéri.*«

»Neotantrische Phrasendrescherei!« gab der Graf barsch zurück. »Er verwechselt Orgasmus mit *origami.*«

«Mach dich nicht lustig darüber, Viktor. Hier ist nicht von Papiertigern die Rede. Ganz gleich, was du denkst, es gibt viele Menschen, die mit seinen Ansichten übereinstimmen. Du bist ungerecht.«

»Bitte, *bitte* nicht heute nacht, *chéri*, ich habe einen *mal-de-tête*. Hast du dagegen nichts als diese Reichschen bitteren Pillen? Etwas Aspégic? Irgendwas mit *Aspirin*?«

»Immer weniger Menschen kommen zum Höhepunkt«, fuhr sie unerbittlich fort. »Sie horten ihren Samen wie Getreide in einer Scheune. Der Natur fehlt es am *joie de vivre*. Sex ist ein trockenes Flußbett. Du hast Kopfschmerzen, Liebling?«

Sie trat hinter ihn und massierte ihm die Schläfen. »Stahlhart«, staunte sie, als sie eine Hand in seinen Schlafrock schob und von der Brust zu seinem Unterleib strich.

»*Bitte*, Regine!«

Sie schnaubte verächtlich. »Du triffst dich also *doch* mit jemand anderem? Regine genügt dir nicht mehr. Du mußt mit deinen russischen *Kondomen* fremdgehen!« Sie spie ihre Entgegnung regelrecht aus. »Du wirst mir nie mehr deinen Samen geben, Viktor Mikhailowitsch!«

Das war ein alter, sattsam bekannter Streit, und er hatte keine Kraft mehr dafür. »Ja, ja, ja! Ich *treffe* mich mit jemand anderem, wenn du es unbedingt hören willst! Mit jemand Besonderem! Jemandem, der meine volle« – er hielt inne – »meine volle und ungeteilte Aufmerksamkeit hat.«

»Wer ist das?« Sie preßte die Hand an ihren prallen Busen und sank auf den Stuhl zurück. Eines mußte man ihr lassen. Wenn sie wütend war, war sie unglaublich schön. Am liebsten hätte er sie auf der Stelle genommen. Aber da war diese verdammte Sache, über die er sich den Kopf zerbrechen mußte!

»Wer ist sie, Viktor?« drängte sie ihn. Der Zorn war aus ihrer Stimme gewichen, und erwartungsvolle Kälte war an seine Stelle getreten. Sie konnte einiges wegstecken. Gott wußte, daß sie schon so manchen Schlag verkraftet hatte. Regelrecht darum gebettelt hatte sie. Doch es war Leidenschaft, nicht die Verzagtheit der Demut, die sie jetzt zur Schau stellte. Er empfand Mitleid mit ihr, doch schließlich hatte sie angefangen.

»Du willst wissen, mit wem ich mich treffe?« fragte er sie, einen dämonischen Ausdruck im Gesicht, und stellte sich der Herausforderung.

»Ja, ich kann's verkraften. Du bist ein Rohling, aber ich bin stark. Du kannst mich nicht noch mehr verletzen, als du es schon getan hast. Wer ist sie?«

»Ein Hund«, sagte er ruhig.

»*Comment?* Was? Du machst Witze. Ich verstehe kein Wort.« Falten bildeten sich um ihre zarten mediterranen Muschelaugen, die er so sehr liebte.

»*Oui, un chien.* Ein sehr großer Hund, wenn du es genau wissen willst. *Trop grand*«, er breitete seine Hände in der Luft weit auseinander. »Ein russischer Wolfshund.«

»Du triffst dich mit einem Hund, *chéri*?«

»*Wuff, wuff*«, sagte er boshaft. So, die Würfel waren gefallen. Oder vielmehr der Knochen.

»Oh, *chéri*«, sagte sie auf einmal in einer gewaltigen Woge aus Mitgefühl und Nachsicht.

»Das hier habe ich mit *meiner* Kreditkarte bezahlt«, meinte sie und strich sich über die Milchmädchenweste. »Es geht nicht von unserem gemeinsamen Konto ab. Bist du wütend auf deine arme dumme Regine, ja? Ich gebe zuviel Geld für Kleinigkeiten aus, damit es dich nach mir verlangt.«

»Nein, Liebling, ich bin nicht wütend«, erwiderte er erschöpft. Ihre plötzliche Willfährigkeit machte ihn zu Wachs in ihren Händen. So waren sie. Ein altes Ehepaar ohne Trauschein. Er war dreißig Jahre älter als sie, sicher. Er war zweiundsechzig, und sie war dreiunddreißig.

Doch der Ablauf war immer der gleiche. *La guerre* und dann – Waffenstillstand voller Leidenschaft.

»Es steht dir hinreißend. Du bist wunderschön.«

»Oh, *chéri*!« Sie lachte und küßte seine Wange. »Weshalb erzählst du deiner Regine nicht alles, was dir Kummer bereitet?«

»Ich bin nicht gut, Regine. Ich bin ein alter Narr, der von seinen Ängsten gelähmt wird. Das würdest du nie verstehen.«

»Sag das nicht noch einmal zu mir, *mon amour*. Es wäre eine Beleidigung für die de Pompignacs. Du mußt mir dein Herz ausschütten. Du bist der Mann meines Lebens. Mein Recke. Mein Gebieter.«

Sie wußte, wie man bei ihm den Hebel ansetzte. Er war *wirklich* Wachs in ihren Händen. Ein hoffnungsloser Gladiator in der Arena ihrer Liebe. Sie wußte, wie man ihn überwältigen könnte und ihm doch die Illusion ließ, unbezwingbar zu sein.

»Was hast du heute getan, außer Einkaufen?« fragte er, als er den Kopf an ihre Brust sinken ließ.

Sie streichelte seine Stirn und beobachtete im Spiegel, wie sein kahler Schädel das sanfte grüne Licht ihrer Augen zurückwarf. »Nichts, *chéri*, ich bin zum *plage* gegangen. Ich habe einige dumme Sexmagazine gekauft und gelesen ...«

»Dumme Sexmagazine?« Er lachte schallend.

»*Oui*, mit nacktärschigen Hidalgos und geilen Italienern als Faltblatt in der Mitte, die mir unglaubliche Lust auf dich machten. *Und*«, sie kitzelte ihn unter dem Arm, »die mit den Anzeigen, die dir angeblich nicht gefallen, weil du meine Gefühle nicht verletzen willst. Mein armer *chéri*!« Sie streichelte seinen vergrabenen Kopf. »Die mit den großen Brüsten und den Nippeln wie Rosenblüten. Die magst du doch, *si*?«

»*Si*«, sagte er mit einem erstickten Seufzer. Er wollte nicht mehr atmen. Er wollte hier zwischen ihren Brüsten sterben. Er liebte sie. Er war verwirrt. Er bedauerte zutiefst seine Pläne, die er durchführen mußte.

Wenn er sein Land nicht verriet, würde er all dies verlieren ... alle Lieblichkeit und Qual, an die er sich im politischen Asyl ihrer Liebe gewöhnt hatte.

»Oh, *chéri*!« sagte sie, als sie spürte, wie es sich bei ihm regte. »Mein *boyar*! Mein Geliebter! Erzähl's mir, erzähl es deiner süßen Regine ...«

Er weinte. Es war ein neues Gefühl. Bereit und dabei voller Bedauern zu sein.

Mir

Der Graf lag in der Dunkelheit des Schlafzimmers, Regines warmer atmender Leib neben ihm; ein leichtes Schnarchen verriet ihm, daß sie tief schlief. Er hatte ihr gegeben, was sie wollte, und sie war zufrieden.

Nicht sein Geheimnis, das sie nicht hätte ertragen können, sondern die *Saat* seines Geheimnisses, seine Liebe zu ihr. Er konnte kaum fassen, was daraus geworden war. Eine für ihn ausweglose Situation.

Was wirst du jetzt tun, Viktor Mikhailowitsch? fragte er sich. Er schlüpfte aus dem Bett und griff nach seinem Morgenmantel. Er streifte ihn sich über und ging zu dem kleinen Zimmer auf der anderen Seite der Suite, das ihm als Büro diente.

Er setzte sich an den Schreibtisch im Stil Louis XIV., der ordentlich aufgeräumt war, wie es seiner Gewohnheit entsprach. Er blätterte mehrere Berichte durch, die in der Nacht vom Innenministerium eingegangen waren und der Beantwortung harrten. *Später* – wenn *es denn ein Später gab*. Er mußte Rechnungen bezahlen. Er ignorierte sie. Es waren lästige Erinnerungen an sein eigentliches Problem. Mehr als alles andere brauchte er eine Antwort.

Er spielte mit dem Briefbeschwerer, einem russischen Adler mit zwei Köpfen, dem Familienwappen der Romanow-Dynastie. Es handelte sich um ein Andenken an die Thronbesteigung von Zar Nikolaus III. im Jahre 2026.

Auf dem Schreibtisch stand ein persönlich signiertes Porträt des Monarchen, als Anerkennung für einen gut ausgeführten Auftrag, nachdem Graf Trobolski die Aufstände in Tiflis niedergeschlagen hatte, ohne dabei einen einzigen Schuß abzufeuern. »Für Viktor Mikhailowitsch, voller Zuneigung und Dankbarkeit, Nikolaus III.«

Der Zar wußte es natürlich nicht, doch Tiflis war ein Testgebiet für den Mir-Virus gewesen – oder eine frühere Version davon. Und es hatte fabelhaft funktioniert. Einige Patzer mußten noch ausgebügelt werden. Aber es war ein Erfolg gewesen.

Man brauchte sich nur die Aufnahmen anzusehen. Eine Woche, nachdem der Mob voller Wut das Verwaltungsgebäude der Regierung abgefackelt hatte, fanden schon wieder Paraden mit glücklichen, zufriedenen Gesichtern auf den Straßen statt, und es wurden Blumen zum Hauptplatz der Stadt getragen, wo in bronzener Beschaulichkeit die Statue des Zaren stand. Dort legten sie ihre Gebinde nieder und sprachen vom Anbruch einer neuen Zeit.

Der akustisch generierte MDMA-Algorithmus war ein Geniestreich gewesen. Unterstützt durch das öffentliche Adressierungssystem und per Radio, hatte der Prototyp, aus dem schließlich Mir 1.0 werden sollte, die gewünschte Wirkung gezeigt.

Lang lebe der Zar! hatte die Menge gejubelt. Für Trobolski war es ein stolzer und demütiger Augenblick gewesen. Er hatte sofort gewußt, daß er sich auf dem richtigen Weg befand.

Doch was nun? Wo war es schiefgegangen? Wo war der holde Sieg geblieben?

Der Graf starrte das Porträt des Zaren an und schüttelte traurig den Kopf. *Die Zeiten ändern sich. Die Menschen ändern sich. Das* Leben *ändert sich ...*

Dieser Gedanke brachte ihn geradewegs in die Gegenwart zurück. Er versteifte sich für einen Moment, als wolle er sich wappnen.

Er zog eine Schublade auf und spähte hinein, und ein Schatten legte sich auf seine Stirn. Schuldbewußt warf er einen kurzen Blick durch den Flur zu dem Schlafzimmer, in dem Regine schlief.

Er nahm einen kleinen Revolver heraus und legte ihn vor sich auf den Schreibtisch. *Es wäre so leicht*, seufzte er. *Jetzt einfach al-*

les beenden. Doch dazu fehlte ihm der Wille. Er schüttelte den Kopf. *Das Leid hält uns am Leben. Nicht das Gegenteil.*

Er legte den Revolver in die Schublade zurück und schob sie leise zu, dann trommelte er mit den Fingern auf dem Schreibtischbezug aus grünem marokkanischem Leder. Er griff nach der Karaffe, schenkte sich ein Glas Wasser ein und kippte es hinunter. *Wie sollte er aus diesem Schlamassel nur je wieder herauskommen?*

Alles war so erbärmlich absehbar. Und er war selbst schuld. Er konnte die Schuld nicht abwälzen …

Der Graf war verschuldet. Massiv. Er hätte es besser wissen sollen, als mit so hohem Einsatz zu spielen. Er hatte 720.000 Franc beim *vingt-et-un* verloren. Anfangs hatte er gewonnen, das stimmte, eine nette kleine Glückssträhne. Doch dann verlor er. *Ein Bube, eine Drei und diese letzte schicksalhafte Karte, eine Neun …*

Die Kasinoleitung war diskret gewesen, sehr diskret. Er war immerhin eine wichtige Persönlichkeit, ein hoher Beamter in der russischen Regierung. Er unterzeichnete den Schuldschein, als handle es sich um sein eigenes Todesurteil. Und nun drängten sie auf Zahlung.

»*Der Betrag ist* jetzt *fällig, Exzellenz …*«, teilte Monsieur Gaspard, der Eintreiber des Kasinos, ihm nach einer hastigen Besprechung mit dem Direktor mit.

Sie saßen in einem Salon neben dem Kasino. Gaspard war ein rundlicher Belgier mit sanften braunen Augen und blassen weißen Händen, die nervös in der Luft herumfuchtelten. Ihrer Hektik überdrüssig, begannen sie schließlich, den Knoten an seiner Seidenkrawatte hochzuziehen.

Der Belgier klang beinahe entschuldigend, als er sich räusperte und fortfuhr: »*Natürlich würden wir Ihnen liebend gern entgegenkommen – das ist unser größter Wunsch und unser höchstes Ansinnen. Dazu bräuchte das Kasino lediglich –*«, und hier verharrten die braunen Augen und wirkten wie gesprenkelte

Eier in einem Nest, »– *eine einfache Notiz, ein offizielles Schreiben von Ihrem Minister, Monsieur Woronow, aus dem hervorgeht, daß er Ihnen zutraut, Ihre Verbindlichkeiten einzulösen. Der Minister hatte früher schon einmal die Güte, seinen Schutz auf das Kasino auszudehnen, und ist uns wohlbekannt. Deshalb, nur ein Wort von ihm ... die bloße ›Andeutung‹ einer Garantie ... Möchte Exzellenz sich das vielleicht einmal überlegen?*«

»*Da gibt es nichts, was ich mir noch überlegen müßte*«, hatte Graf Trobolski barsch erwidert. »*Ich habe es mir schon überlegt. Es schickt sich nicht, den Minister in meine persönlichen Angelegenheiten hineinzuziehen. Glauben Sie mir, er hat Besseres zu tun und muß sich mit weitaus wichtigeren Dingen beschäftigen, Staatsgeschäften zum Beispiel ...*«

Der Graf sprach seine Worte langsam und bedächtig aus, damit er auf keinen Fall mißverstanden wurde. »*Ich gebe Ihnen – dem Kasino – mein persönliches Ehrenwort, daß ich meine Verbindlichkeiten Ihnen gegenüber einlösen werde, und zwar bald.*«

Der Belgier verbeugte sich knapp. »*Sicher, natürlich, Exzellenz ... daran haben wir keinen Zweifel. Es ist nur eine Formalität, wissen Sie? Und seien Sie versichert, daß wir absolute Diskretion walten lassen werden. Wann glauben Exzellenz, die, äh, erforderlichen Mittel aufbringen zu können? Wir können Ihnen das Geld auch leihen, wenn Sie möchten. Die Banque de Casino hält diesen Service für ihre hochgeschätzten Gäste bereit.*«

»*Zu vierzig Prozent Zinsen? Lieber nicht.*« Der Graf lächelte sarkastisch. »*Aber ich weiß Ihre Geste zu schätzen. Trotzdem, das kriege ich schon allein hin. Vielen Dank ... Sie bekommen Ihr Geld in drei Tagen. Sind Sie damit zufrieden?*«

»*Wie Exzellenz wünschen.*« der Belgier nickte. »*Das wäre uns sehr recht. Wenn wir zwischenzeitlich etwas tun können, um Ihnen den Aufenthalt angenehmer zu machen, dann zögern Sie bitte nicht, es uns wissen zu lassen.*«

Graf Trobolski nahm eine kleine Davidoff-Zigarre aus dem

Lalique-Etui, das mit seinem Monogramm versehen war, einem Geschenk von Regine. Er zündete sie nachdenklich an, während er beobachtete, wie der Belgier in dem samtbeschlagenen Schlachthof des Kasinos mit seinen Spiegelwänden und wirbelnden Rouletterädern und Marmorbüsten alter römischer Kaiser verschwand.

Da gab es nichts zu rütteln, seufzte er, als er dünnen blauen Rauch in die Luft blies. Sein eigener dummer Fehler am Spieltisch hatte ihn in diese traurige Lage gebracht. Sie zwang ihn, den Zeitplan für den Abschluß seiner Geschäfte in Monaco hinauszuschieben.

Nicht gerade ein starkes Blatt, das er da bei der Verhandlung mit hungrigen Wölfen auf der Hand hatte, die bereit waren, einem beim geringsten Anzeichen von Schwäche an die Gurgel zu springen.

Er fingerte an seinem Monokel herum. Was das Versprechen des Kasinos anging, die Nachricht von seinen Verlusten vertraulich zu behandeln, so schätzte er realistisch, daß ihm vielleicht noch einige Tage blieben, bis der Pförtner vom Hotel Prinz Albert ihm einen mitleidigen, wenn nicht gar zynischen Blick zuwarf; einen, der allein den großen Verlierern vorbehalten war, denen Fortuna ihre Gunst entzogen hatte.

Und die *Azef* – es gab Agenten in Monaco, deren Aufgabe darin bestand, ein wachsames Auge auf die Russen zu haben. Sobald sein Ministerium davon Wind bekam, würde man seine Sicherheitseinstufung auf Null fahren.

Und das wäre erst der Anfang – dachte der Graf düster. *Sein Verhör wäre nichts im Vergleich damit, was danach mit ihm geschähe, wenn sie auch den Rest herausfänden – und das würden sie – und ihn mit den Beweisen für seinen Verrat konfrontierten …*

Ironisch, nicht wahr? Er hatte den Neuro-Gulag für den Staat entwickelt, und nun wartete er auf ihn wie Frankensteins Braut. Wie die teuflische Hexe Baba Yaga in den russischen Märchen.

Doch das hier war kein Märchen, das war die Wirklichkeit, der wahre *Alptraum ...*

Nein, den einzigen Trumpf, den er noch ausspielen, die einzige Art und Weise, wie er ihr Vorgehen vereiteln konnte, bestand darin, alles schneller abzuwickeln. Er würde den Deutschen einen Verlust zufügen.

Er hatte sowieso schon einen Pakt mit dem Teufel geschlossen.

Sein Monokel fest vor das Auge geklemmt, erhob sich der Graf vom Schreibtisch und ging die wenigen Schritte zu dem Safe, der hinter einem Stilleben mit Blumen von Linard versteckt war. Er holte tief Luft.

Dann drückte er die Handfläche auf das *identité*-Feld des Safes und stellte eine Zahlenfolge ein.

99-26-99-26 ... Die Zahlen seiner Jugend, seiner großen Liebe – es war im Sommer 1999 gewesen – und die Erinnerung an ihren Tod zwei Jahrzehnte später beim Großen VR-Zusammenbruch von '26. *Wie die Zeit vergeht!*

Er würde Valentina sein Leben lang nicht vergessen. Und nun stellte er die Zahlen ein, die das stählerne Herz dieses Safes öffneten. Wie passend.

Der Safe schwang auf. Da war es. Er starrte es an. *Mir.*

Fabergé Surprise

Das mit Rubinen besetzte Fabergé-Ei sah im laserroten Licht des Sicherheitsschirms des Safes einfach wunderschön aus. Der Graf musterte es eingehend und bewunderte die zerbrechlich wirkende, kunstvolle Arbeit.

Die besten Designer Rußlands hatten die Kugel entwickelt. Es handelte sich um das teuerste PDA-System auf dem Markt, komplett mit Satellitenverbindung in alle Bereiche des OmniNet. Es enthielt ein persönliches Rolodex mit Avatar-Identitäten, zu dem der Benutzer online Zutritt hatte, sowie ein raffiniertes Profilprogramm, das einem half, die wahre Identität von Avas, denen man unterwegs begegnete, herauszufinden und sie zu »demaskieren«.

Es war wie ein venezianischer Maskenball, bei dem Fremde einander nackt sahen. Doch der Trick war folgender: Ohne das Vorspiel falscher Hemmungen blieben sie in ihrer Nacktheit anonym, bis die Fabergé-Kugel sie bloßstellte, indem sie ihre Körper wieder *mit der ursprünglichen Kleidung versah* und sie dadurch *wahrlich* entblößte, um eine positive Identifizierung herbeizuführen.

Das war die eigentliche, demaskierende Macht dieses speziellen Geräts.

Zusätzlich zu einer Vielzahl von Psycom-Funktionen und Sim-Anwendungen enthielten Fabergé-Eier noch eine besondere und einzigartig maßgeschneiderte »Überraschung«. Graf Trobolskis Ei bildete da keine Ausnahme.

Er hatte es selbst darauf programmiert, die größte Überraschung von allen zu bergen.

Wer hätte um den Inhalt wissen oder ihn auch nur erahnen können? Das machte den speziellen Charme und die Launenhaftigkeit dieser Sammlerstücke aus.

Das Haus Fabergé, ursprünglich im neunzehnten Jahrhundert in Sankt Petersburg gegründet, belieferte eine neue Generation – und Klientel – von Romanows und europäischen Adligen sowie *nouveaux-DNS-riches* (jene, die sich das heißbegehrte »Reichwerd«-Gen leisten konnten). Für sie stellte Fabergé-Canon (der japanische Technologiepartner und führende Investor der Firma) diese Spielzeuge von unvergleichlicher Perfektion her.

Man hielt das Ei einfach nur in der Hand, strich über die mit Rubinen besetzte Schale und – *voilà!*

Dank Fabergé waren die Teleliten in der Lage, Entfernungen und Dimensionen zu überwinden, die den gewöhnlichen Massen sonst nicht zugänglich waren. »Da draußen/hier drin« *gab es eine völlig eigene und privilegierte Welt, die einzig den Superreichen zur Verfügung stand. So setzte die Oberschicht heutzutage VR ein. Sie flog mit der Concorde der Unvorstellbaren Erhöhung.*

Der Graf begegnete der Kugel mit fast andächtiger Behutsamkeit. Er war sich nie sicher, wie der Virus reagierte. Bei seinem Ei handelte es sich um das verbotene Offsite-Backup-System des ursprünglichen Mir-Virus, das sich im schwer bewachten Labor am Smolni-Institut für Parakybernetik in Rußland in einer Petrischale befand.

Er hatte sich auf die einzige Art und Weise, die ihm möglich gewesen war, ohne entdeckt zu werden, in den Besitz dieser schrecklichen Macht gebracht.

Indem er den Zeigefinger in die lebende Lache getunkt und ein Biofraktal ihrer Essenz auf den unsichtbaren Objektträger übertragen hatte, den er auf der Fingerspitze trug.

Dann hatte er durch das Schnippen eines weiteren Objektträgers auf dem Mittelfinger den Virus mit einem Virus *infiziert. Das hatte die ursprüngliche Quelle so steril gemacht wie eine nicht fortpflanzungsfähige Fruchtfliege. Jetzt hatte der einzige Aktivierungskode für Mir, den es überhaupt gab, ihm gehört.*

Der Virus war ein selbstregenerierender Mechanismus. Sobald er die Flüssigkeit in das vorbereitete Gefäß des Fabergé-Eis übertragen hatte, wuchs er wieder zu seiner vollen Gestalt heran. Das kleine Fraktal erschuf den gesamten Algorithmus neu. So einfach war das.

Der Graf deaktivierte den Sicherheitsschirm des Safes. Er nahm das verzierte Ei in beide Hände und hob es zur eingehenderen Betrachtung ans Licht.

Nicht, daß irgendwelches Licht nötig gewesen wäre, als er die obere Hälfte der juwelenbesetzten Kugel erst einmal zurückgeklappt und geöffnet hatte, um die »Überraschung« zu offenbaren.

Im Inneren des Fabergé-Eis befand sich der ultraviolett glühende embryonische Dotter, der das fraktalisierte Miasma des Virus enthielt. *Wie wunderschön und furchterregend sein Glühen war!*

Nun mußte er es aktivieren.

Dieser nächste Schritt machte eine Vermischung der menschlichen Flüssigkeit – *wie recht Regine damit gehabt hatte!* – mit der Flüssigkeit des Virus selbst erforderlich.

Graf Trobolski öffnete ein weiteres Geheimfach – es war ein Ei in einem Ei in einem Ei, die wie eine Abfolge russischer Puppen zu ihrem inneren Selbst führten.

Auf den eigentlichen Kern zu.

Er hatte das Medium für die Übertragung in dieser raffinierten Konstruktion untergebracht. Ganz behutsam stupste er eine der darin befindlichen Kontaktlinsen auf seine Fingerspitze, bis sie fest auflag.

Dann tauchte er den Zeigefinger in den ultravioletten Dotter und wartete, bis die durchlässige Linse das Glühen absorbiert hatte. *So, die Übertragung war abgeschlossen.*

Erstaunlich.

Sie sah beinahe wie eine kleine Fraktalkrone aus, wie sie so mit einem leichten Grünschimmer flackerte, als wäre sie eine Astralalge, die sich versehentlich an seine Person geheftet hatte.

Er spürte das schwache Brennen ihrer Flamme, als sie zum Leben erwachte. Er empfand eine tiefe innere Ruhe, eine zunehmende Entspannung, wie er sie schon lange nicht mehr gekannt hatte.

Mir trat in Aktion.

Zum Gefühl einer inneren Ruhe gesellte sich nun eine Erleichterung, die von völliger und absoluter Akzeptanz herrührte. Sein Leben zerrann ihm auf diesem Finger, als stehe er allein an einem fernen Ufer und deute auf das tropische Blutrot einer untergehenden Sonne, die schnell hinter dem Horizont verschwindet.

Während sie die Farbe wechselt …

Mühsam holte er Luft. *Sie war stabil. Jetzt war er für den eigentlichen Test bereit.*

Der Graf hielt mit Daumen und Zeigefinger seiner linken Hand sein rechtes Auge auf. Mit Blick in den Spiegel, der an der Innenseite der Safetür hing, setzte er die Kontaktlinse in sein Auge ein.

Ahhhhh … Er spürte den trunkenen Taumel des Universums, und die Trunkenheit verschlang ihn.

Das war das Leben selbst.

Nun mußte er sie nur noch aktivieren. Mit einem einzigen Wimpernschlag.

Trevor & Nelly

Trevor und Nelly starrten einander in diesem kleinen Küstenort an der französischen Riviera, fern der ausgetretenen Touristenpfade, über den kleinen Tisch im *Bistro du Chat Noir* hinweg düster an.

Sie zupfte Stücke von ihrem bröckeligen Croissant und tunkte sie in ihren *café au lait.* Er lenkte sich ab, indem er die Seiten eines Anarchoblatts mit etlichen Kleinanzeigen, das er am Bahnhof von Nizza erworben hatte, durchstöberte.

Das Loch im Untergrund – der Titel hatte seine Aufmerksamkeit erregt.

Gute Arbeit, daß man hier so was bekommt, dachte er. *Zum Teufel mit den Reichen.*

Nein, das hier entsprach eindeutig nicht Trevors Vorstellungen von einem Urlaub. Und wenn es doch einer war, dann ein Urlaub, der in den letzten Zügen lag. Alles, was überhaupt schiefgehen konnte, war schiefgegangen. Und es sah ganz danach aus, als stünde ihnen noch mehr bevor. So glimpflich kamen sie nicht davon.

Der zollfreie Laden der verkorksten Beziehung, ging es ihm sarkastisch durch den Kopf. *Häuf einfach alles im Einkaufswagen deines Herzens auf und belaste damit das Konto der schlechten Erinnerungen.*

Es schien, als hätten seine Freundin Nelly und er sich auf dem ganzen Weg im Flugzeug von San Francisco über London bis nach Paris gestritten, nur unterbrochen von einigen wenigen Stunden melatonisierten Schlafs nachts im *couchette* ab dem Bahnhof Gare de Lyon unten im Süden Nizzas.

Sogar ihre Gepäckträgerin, ein jungenhaft aussehendes griechisches Mädchen mit traurigen roten Augen und einer ebenso traurigen nicht angezündeten Zigarette im Mundwinkel, hatte Mitleid mit ihnen gehabt, als sie sah, wie sie sich abmühten, ihre schlechten Schwingungen und drei große Koffer in einem engen Vier-Personen-Abteil unterzubringen. Sie hatte ihnen ein wenig Platz in einem der Räume gemacht, in denen die Decken und Laken gelagert wurden.

»*L'amour*«, sagte sie achselzuckend zu Trevor, als sie sah, wie er genervt über eine von Nellys unübersetzbaren Schimpftiraden die Augen verdrehte. »*Ah-ha*«, erwiderte er in seinem besten Französisch, dann fügte er einige Worte in seinem noch unverständlicheren Griechisch hinzu. »*Eros, agapé, constipaté ...*«

Das androgyne griechische Mädchen, dessen Namensschild sie als Kristina auswies, zuckte nur erneut mit den breiten Schultern, als hätte es sie wirklich interessiert zu erfahren, was eigentlich Sache war, doch als wisse sie nur zu gut, daß sie es nie genau erfahren würde.

Wie negativer Honig für eine geschlechtslose Biene, fand Trevor.

Deshalb auch die königliche Behandlung, folgerte er weiter. Er hatte Kristina ein großzügiges Trinkgeld gegeben. Sie hatte gesagt, daß sie später noch auf eine Kippe vorbeikommen und ihre Flasche mit armenischem Brandy herumgehen lassen wolle, war jedoch nicht mehr aufgetaucht. Trevor und Nelly waren zutiefst dankbar dafür gewesen.

Jedenfalls hatte immer noch die Möglichkeit bestanden, daß Nelly und er miteinander schliefen – sie hatten oft darüber gesprochen, es einmal in einem Zug zu treiben, am Anfang ihrer Beziehung –, aber natürlich hatten sie es nicht getan. Kristinas grob ausgelegte Laken sollten nicht auf diese Weise gesegnet werden.

Tatsache war, daß Trevor und Nelly schon den größeren Teil eines Jahres damit verbrachten, ihrer seit anderthalb Jahren währenden Beziehung ein Ende zu machen. Anfangs waren es nur sporadisch auftretende Kämpfe gewesen – *über die Notwendigkeit von Unabhängigkeit, die Erfordernis einer festen Bindung, die Notwendigkeit von Unabhängigkeit, die Erfordernis einer festen Bindung* –, dann hatte sich aus dem ganzen Lärm und Spektakel heraus, begleitet von Bitterkeit, Ironie, Einsicht, Versöhnung und Zurückweisung der Versöhnung, die Hoffnung auf einen Neubeginn Ausdruck verschafft, bis der verhängnisvolle Kreislauf erneut einsetzte.

Das Rad drehte sich weiter, während die beiden am Rand des Abgrunds hockten und einander in Zwangsjacken stumm und wutentbrannt anstarrten.

Nelly war wunderschön, dreiundzwanzig, eine nervöse Blondine mit langem welligem Goldhaar, das ihr bis auf die Schultern herabfiel, und einem Ring in der Nase, einem Ring im Nabel und einem Ring an einer ihrer Zehen (rechter Fuß, vierte Zehe, die gleich neben dem kleinen Zeh).

Zur Zeit befand sich Nelly, weil ihr gepiercter Bauchnabel sich entzündet hatte, in einer Stinklaune (die es in Trevors fortdauernder Fallstudie über ihre achterbahnmäßigen Stimmungsschwankungen sogar mit Nellys »PMS Nr. 19« aufnehmen konnte).

Nelly legte ihr zerfranstes Croissant zur Seite und griff in ihre Handtasche nach der Dose mit Antipilzcreme für athletische Bauchnabel, die sie schüttelte, um dann einen dünnen weißen Strom auf ihren verschorften Bauchnabelknopf aufzutragen.

»Es ist eindeutig keine Infektion durch Bakterien«, versicherte sie Trevor, der von der Lektüre von *Das Loch im Untergrund* aufblickte, um die Prozedur zu verfolgen.

Ihm fiel auf, daß noch einige andere Leute im Bistro sich dafür zu interessieren begonnen hatten, was Nelly tat.

Da waren dieser kahlköpfige Typ mit Monokel, der flüchtig zu ihr hinschaute, und das französische Paar mittleren Alters, das sich über den Teller mit Provence-Kartoffeln zu beugen schien, um mitzukriegen, was Mr. Monokel zu dem zurückhaltenden Typ in der blauen Windjacke sagte. Sie hatten sich erschrocken, als Nelly die Dose herausholte und schüttelte, aber sofort wieder gleichmütig dreingeschaut, als täte sie nichts Ungewöhnliches, nichts, was weiter eine Rolle spielte.

Es hätte sie nicht einmal gewundert, wenn Nelly begonnen hätte, sich den Bauch mit Senf einzustreichen. Ihre Aufmerksamkeit galt entschieden anderen Dingen.

Komische Vögel, dachte Trevor. *Nichts Böses sehen, nichts Böses hören, aber die Ohren spitzen.*

»Nein, es ist ein *Pilz*. Das scheint die Schwellung echt abklingen zu lassen«, verkündete Nelly. Sie hatte eine Schwäche für Selbstdiagnosen und verpaßte sich auch immer gleich die entsprechende Arznei, genau wie Trevor, der ein anerkannter Quacksalber war, wenn es darum ging, das Leib-Seele-Gleichgewicht auszutarieren.

Auf dieser Reise hatte sich Trevor schon Futurplex-Adrenalpep-Tropfen (antitoxische Biotherapie) und »Yang«-Kapseln nach chinesischen Plantenenergieformeln verordnet, um seine männliche »Yang«-Energie zu stärken (zwei Tabletten zwei oder drei Mal täglich, mit warmem Wasser einzunehmen). Sein Freund Mishra in Bombay hatte ihm zu seiner spirituellen Erbauung eine Flasche reines und ungefiltertes Ganges-Wasser schicken wollen, doch der Zoll in San Francisco hatte sie konfisziert.

Trevor hatte sich einen Testosteron-Schlafsack von Sherpa Image gekauft, in dem er nachts immer pennte. Er hatte die Nase voll von halben Sachen. Für ihn hieß es jetzt nur noch: alles oder nichts …

»Ein Pilz, wirklich, herrje?! Laß mal sehen! *Wow* …«, erwiderte Trevor, als Nelly ihm ihren rosa entzündeten Nabelknopf zeigte und das T-Shirt den straffen braungebrannten Bauch hochschob, der mit winzigen goldenen Haaren bedeckt war, so daß er schimmerte wie die gleißenden Sterne im fernen Andromedanebel.

Trevor Gobi war vierundzwanzig, hatte helle Augen (blau, wenn er glücklich, blaßgrau, wenn er – wie jetzt – nicht glücklich war), war blond wie Nelly, braungebrannt wie Nelly und so schlecht drauf wie Nelly. Er trug ein purpurnes T-Shirt mit dem Aufdruck *Zentrum für Integrative Studien* vom Weltweisheitsinstitut in San Francisco, an dem er eine seltene Technik bulgarischen Wünschelrutengehens in Verbindung mit chinesischer *feng-shui*-Geomantie studierte.

»Dann brauchst du meine Pendel ja nicht mehr«, grinste Tevor Nelly an. »Du hast es mal wieder voll auf den Knopf, äh, Punkt gebracht.«

»Klugscheißer.« Nelly war Virtuelle-Graphik-Designerin, darauf spezialisiert, für virtuelle Welten im WorldConcoNet Foyers zu entwerfen. Ihre Arbeiten waren schon im *Architectural Digest* und in *Home World* erschienen. Da der Markt für VR-Grundstücke gerade einen Einbruch erlebte und Trevor Semesterferien hatte, hatten sie beschlossen, sich einen Fronturlaub an der Riviera zu gönnen. Ein weiterer edler Versuch, ihre Beziehung zu kitten.

»Hör dir das an, Nelly.« Trevor las ihr etwas aus dem *Loch im Untergrund* vor, um ihre Laune zu verbessern. »Cool, was? Zieh dir mal diese Anzeige rein. Hier wimmelt es von Anarchos. Hast du die russischen Graffitis im Bahnhof gesehen? ›*Wowa schwört Rache an der Nomenklatura*‹, ist überall an die Wände gesprayt ...«

»Du kannst russisch lesen?« fragte Nelly ihn mißtrauisch.

»Ja, ein bißchen, weißt du, von meinem Dad. Er ist teilweise Russe.« Trevor wirkte jetzt sehr ernst. Er vermißte seinen Vater. Wußte nicht, wo er war. Sein Dad hatte ihn der Obhut einer Stiftung überlassen, als er vor zwei Jahren auf einen virtuellen Treck gegangen war, und seitdem hatte Trevor nichts mehr von ihm gehört.

Von Zeit zu Zeit empfing er in seinem Rechner Postkarten von seltsamen Orten. Frank Gobi, ein renommierter Professor für Transkulturelle Anthropologie an der Universität von Tokio, befand sich im Außeneinsatz, führte in einem der unerschlossenen Vektoren der Matrix wichtige Forschungen durch.

Dad war mit Tara weggegangen, seiner Lebensgefährtin, die Trevor ebensosehr eine Mutter war wie Juan, der greise salvadorianische Hausdiener, der dafür sorgte, daß es Trevor in seinem South-of-Market-Loft in San Francisco gutging. Dann war da noch Dorje, der ein Auge auf ihn hatte, eine Art überdrehter tibetischer Lama. Dorje war Taras Partner in der Kunst des Tantra gewesen. Sie hatten ein Team gebildet, ganz recht. Bis Tara Trevors Dad begegnet war und sich mit ihm zusammengetan hatte ...

Tara trug die Macht der Göttin in sich, und gemeinsam mit Dorje hatte sie magische Rituale durchgeführt, um die Erde von ihrem bösen Pulsschlag der magnetischen Energie zu läutern, der eindeutig überall war. Tibetische Zombies und Gdons, *Oger, hungrige Gespenster und viele verschiedene Vampire des Netzes. Nun führte Tara mit seinem Dad magische Rituale durch. »Das hält die Kreaturen der Nacht fern«, hatte sie immer zu Trevor gesagt, und sein Dad hatte dazu gegrinst und zustimmend mit dem Kopf genickt.*

»Ups, heikles Thema, tut mir leid.« Nelly musterte die Wolke auf Trevors Gesicht. »Du hast wohl schon eine Weile nichts mehr von deinem Dad gehört, oder?«

»Nein.«

»Ich bin sicher, es geht ihm gut. Er wird dir bald schreiben.« Nelly empfand Mitleid. Auch ihre Eltern hatten sie verlassen, sie und *einander*, als sie noch klein war. Ihre Tante Roz hatte sie aufgezogen, die ihren Lebensunterhalt mit einem Bagelladen (»Die besten Bagels der Bay Area«) in der Geary Street nahe der City verdiente. Nelly hatte in ihrem Leben viele Bagels gegessen, und das Loch in den Hefekringeln hatte sie immer an einen fehlenden Teil ihres Herzens erinnert.

Nun wurde sie ernst. Trevor und Nelly konnten einander mühelos lieben, wenn sie sich Trost zusprachen. Das war eine traurige Ironie ihrer Beziehung.

»Hör dir das an, Nelly –« Trevor nahm wieder das Blatt zur Hand. »Wie kommen die nur auf so was?«

»Schieß los, ich bin ganz Ohr.« Nelly legte ihre Hand auf Trevors Arm, und verwirrt schaute er einen Moment zu ihr hoch. Dann lächelte er und fuhr fort: »›*ROSSHAAR*‹ *Schicken Sie mir Roßhaar jeder Farbe und Länge. Schicken Sie es mir in kleinen Mengen oder kiloweise. Ich flechte Galgenstricke, um sie den Führern der neuen Weltordnung zu schicken. Als Gegenleistung schicke ich Ihnen auch etwas. Bitte kein Menschenhaar. Pedro Rodriguez, Postfach 378429, Staatsgefängnis Ribatejo, Portugal.*‹ Ist das verrückt oder was, Nelly?«

Sie lachte. »Ja, das ist total verrückt. Wahrscheinlich will er damit einen Strick flechten, um sich aus der Gefängniszelle abzuseilen.«

»Mein Gott! Hör dir das hier an! Wohin ist es mit der Welt gekommen –? ›*KATZENFREUNDE WELTWEIT*‹ *Schicken Sie mir bitte eine Zeichnung oder ein Foto Ihrer Katze und schreiben Sie mir, wie sie zueinander fanden und sich Lebewohl sagten.*‹«

»Das ist echt *traurig*, Trevor«, sagte Nelly nach einer Weile. »*Echt* traurig.«

»Ja, Anarchist oder Revolutionär zu sein kann nicht leicht sein. Es ist mehr als bloße Hingabe, es ist die lebenslange Verpflichtung, für seinen Glauben zu leiden.«

»Aber auch, *andere* für seinen Glauben leiden zu *lassen*, vergiß das nicht.« Nelly hob eine goldene Braue.

Seltsam, bemerkte Trevor, sie hatte ihre Augenbrauen in letzter Zeit nicht mehr gezupft, und nun sahen sie wie goldene Rieddächlein aus, dicht und voll. *Bewegte sie sich auf einen eher männlichen Ausdruck ihres Selbst zu? Vielleicht sollte er die Dosis seiner »Yang«-Tabletten herunterschrauben, um wieder einen Ausgleich herbeizuführen ... vielleicht lag das Problem ja darin ...*

»Trevor, sieh doch nur!« Er spürte, wie Nellys Hand seinen Arm umklammerte. Schon hatte der erschreckte Tonfall in ihrer Stimme sein Yang-Selbstverteidigungs-Leib-Seele-Gleichgewicht auf Hochtouren gebracht.

Alles mögliche – was auch immer es war, *es erschien ihm wie ein verwirrendes Flirren von Aktion und Reaktion* – geschah auf einmal gleichzeitig.

Der Glatzkopf am Nachbartisch hielt seinem Begleiter etwas hin. Es sah wie das Monokel aus, das er getragen hatte.

Doch der junge Bursche war aufgesprungen. Er griff danach, zog auch aber etwas, das wie eine *Knarre* aussah – *Jesus, Maria und Josef*! Es *war* eine Knarre!

»*Trevor!*« Er hörte Nellys gellenden Schrei – und das bisher so gleichmütig wirkende französische Paar war ebenfalls auf den Beinen. Und die Kellnerin, die zwischen der Küche und den Tischen hin und her gegangen war – Trevor waren die weißen, mehligen Handabdrücke hinten auf ihrem Kleid aufgefallen, er hatte sogar Nelly darauf hingewiesen, die das überhaupt nicht lustig fand und ihm mit vielen unausgesprochenen Worten riet, sich lieber um seinen eigenen Hintern zu kümmern, jedenfalls in ihrer Gegenwart –, *dieselbe Kellnerin zog jetzt eine Art Blaster unter dem Tuch hervor, das sie über das Tablett gebreitet hatte ...*

Es gab einen gewaltigen Lichtblitz, und laute Gewehrschüsse

erklangen, und der schwarze Citroën, der so langsam die Straße entlanggefahren war, kam quietschend zum Stehen, und vier kräftig aussehende Männer mit dunklen Sonnenbrillen stürmten mit erhobenen Gewehren heraus.

Scheiße, was ging hier vor!?

Es gab einen weiteren mächtigen Lichtblitz, der ihn und Nelly betäubte, und gemeinsam kippten sie von den Stühlen zu Boden, hielten sich wie mit Sägespänen gefüllte Dummies bei den Händen – dann war da *nichts* mehr. Genau wie in den Filmen aus der guten alten Zeit.

Doswidanja

Der Lichtblitz hatte Alyoscha all seiner Reflexe beraubt. Er empfand eine beinahe erhabene Gleichgültigkeit, als er wie ein Käfer auf dem Rücken lag und geduldig darauf wartete, daß der Entomologe das Ding mit der Nadel durchzog.

Er konnte sich nicht zur Seite drehen, selbst wenn er gewollt hätte, seine Muskeln waren bar aller neuroelektrischen Anteile.

Der Franzose war groß und knochig, er kam ihm bekannt vor. *Mein Gott, der Faschist am Strand mit Frau und Kind ...!* Alyoschas heruntergeklappte Kinnlade ließ kein Grinsen zu. Außerdem grinsten Käfer nicht.

Also war dieses Kind so etwas wie ein Terrorist, wahrscheinlich ein Mietkind von der Straße. Er hätte es wissen müssen. Boris hatte recht. Er war ein Trottel gewesen, na schön. Große Sache. Boris, bist du irgendwo da draußen? Verdammte Scheiße, ich hoffe, daß du heil davonkommst, towaritsch ... *diese Hurensöhne verdienen dich nicht. Das ist mein Ernst.*

Was machte er denn jetzt? Der Franzose legte eine Hand fest auf Alyoscha, dann zog er in einer gleichmäßigen Bewegung den

Reißverschluß seiner Windjacke auf. Es kitzelte fast, als er Alyoscha das T-Shirt über die schwach pulsierende Brust nach oben schob. Nun wurden seine Arme seitlich ausgestreckt, und der Mann tastete ihn ab. Er suchte etwas. *Vielleicht sein Herz, doch das würde er nirgends finden ...*

Es befand sich weit weg in Rußland bei liubaschka, *seiner geliebten Ludmilla, der süßen, bezaubernden Ludmilla, und jede Schale seines Herzens war schon vor langer Zeit abgefallen. Sie hatten seinem Gulagmädchen das Hirn weggeätzt, diese Mistkerle von der Azef ...*

Doch Alyoscha sah ihr Gesicht noch vor sich. Sie war jetzt hier und schaute auf ihn hinunter.

Moment mal! Ihr Gesicht an diesem Scheißfranzosen!? Rühr sie bloß nicht an, du Bastard! Ludmillinka ... Laß nicht zu, daß sie dir das noch einmal antun.

Ein weiteres Gesicht verdunkelte den Schacht schwächer werdenden Sonnenlichts, das vor Alyoschas Augen wirbelte.

»Hat er sie bei sich?« hörte er das neue Gesicht fragen. »Hilf mir, ihn umzudrehen, auf der Brust trägt er's nicht«, erwiderte der erste Franzose.

Die beiden Männer richteten Alyoscha ruckartig in eine sitzende Position auf. Er kam sich wie eine Matratze ohne Rost vor. Wabbelig. Der Schweiß lag kühl auf seiner Haut, und sein Mund stand offen. Seine Unterlippe hing wie bei einem Idioten herab.

Herrje, war der Lichtblitz schnell über ihn hereingebrochen! Aber hatte er nicht noch zwei Salven Stalin-Stahlmantelgeschosse abgefeuert ...? Er hoffte bei Gott, daß hier irgendwo jemand lag, vorzugsweise als Leiche, besser noch zwei Leichen, nur damit sie ihm Gesellschaft leisteten ... Es waren doch alles Schießbudenfiguren. Zum Abschuß freigegeben. Er auch. Schönes Dilemma, Alyoscha ...

Nun untersuchten sie seinen Rücken. »*Rien.* Nichts«, verkündete der erste Franzose.

Der andere Franzose gab nicht so schnell auf. Er riß Alyoscha gewaltsam herum. »Er *muß* sie irgendwo haben. Sie kann doch nicht einfach verschwinden. Laß mich mal.«

»*Merde, il n'y a pas ...*« Also hatten sie *nicht* gefunden, wonach sie suchten. *Gut.* Alyoscha spürte nun das Blut in seinem Mund. Es schmeckte gut. Er war durstig, doch er konnte es nicht trinken. Er hatte nicht mehr genug Kraft zum Schlucken. Er würgte, doch auch zum Würgen fehlte ihm die Kraft. Das plötzliche Gurgeln in seiner Kehle erschreckte die beiden Männer.

»*Putain!* Sei vorsichtig mit ihm ... Bist du sicher, daß du überall nachgesehen hast? Nimm dir noch mal das Monokel vor.«

»Das ist hier.« Der Mann ließ es von seiner Schnur baumeln, ein zerbrochenes rundes Glas. »Nicht mehr drin. Die Ampulle ist kaputt.«

Das war es also. Erneut gurgelte Alyoscha, und er spürte die Gewalt des Todesröchelns. Wenn ihm keine Kraft mehr zum Lachen blieb, dann wollte er wenigstens an seinem eigenen Blut ersticken.

Sie halfen, ihn nach draußen zu tragen, in seinen Sarg aus Luft.

Unterwegs musterte Alyoscha den Schaden ringsum. Das Café war von Menschen geräumt worden. Die *Sûreté*, oder wer zum Teufel das war, hielt die Gaffer vor dem Café zurück. *Diese geplatzte Eierschale von einem Kopf ...* Alyoscha erkannte darin seinen russischen Kontaktmann Graf Wie-auch-immer; das Gehirn des Aristokraten war wie Himbeermarmelade auf der Kruste einer altbackenen *tartine* auf seinen Schultern verteilt. *Ein scheußlicher Anblick. War das etwa sein Werk?*

Er würde es nie erfahren. Das Weibsstück lag auch dort, ein Tischtuch mit Karomuster über sie gebreitet, ein Staatsdiener in Totenstarre, der Überstunden macht.

Entspann dich jetzt, Alyoscha. Es kann jeden Moment soweit sein ... Doswidanja. Lebewohl. Und zum Teufel auch mit dir, Gott ...

»Er ist tot«, hörte er einen der Franzosen sagen.

»Noch nicht.« Dann eine Pause, ein plötzlicher Kriegsschrei.

»Hast du seine Augen überprüft? Was, wenn er es in eines der Augen getan hat! Sie dürfen nicht austrocknen!«

Finger krallten nach seinen Lidern. Sie spritzten ihm etwas in die Augen. Seine Pupillen erweiterten sich wie Luftballons. Der Sarg wurde wieder mit Licht geflutet.

»Im linken Auge ist nichts ... Scheiße, da ist es!« Ein Finger versuchte die Kontaktlinse aus seinem rechten Auge zu puhlen.

»Belize, ich glaube, ich hab's!«

»Sachte, du verlierst es noch!!! Nimm es mit dem Tropfer auf!«

Doch es war lediglich Alyoschas letzte Träne. Er hätte wirklich nicht weinen sollen. Doch andererseits war sie ganz von selbst hervorgequollen, auf einer Woge unsäglichen Bedauerns.

Man könnte sagen, es war seine letzte Terrortat gewesen. Eine Bombe, die er aus dem *Auge* herauswarf.

Nelly & Trevor

Nelly bot ihm aus einer Eineinhalb-Liter-Flasche Evian einen Schluck Wasser an. »Hier, Trevor, trink das besser. Wahrscheinlich bist du genauso ausgedörrt wie ich. Der Arzt sagt, daß du viel Wasser trinken sollst. Was macht dein Kopf?«

»›Exzedrin-Alptraum Nr. 29‹«, stöhnte Trevor. Sein Hirn fühlte sich wie verbrannter Toast an, und das Klingeln in seinen Ohren hatte die Lautstärke von läutenden Kirchenglocken angenommen. »Wären wir doch nie nach Frankreich gereist.«

»Ich habe dir gesagt, wir sollten nach Marokko gehen. Aber du wolltest ja nicht auf mich hören, wie üblich.« Sie half ihm, den Kopf zu heben, und ließ etwas Wasser in seinen trockenen Mund rinnen. »Du kommst schon wieder in Ordnung, Liebster. Das geht vorbei.«

»Bist du sicher?« Er hatte sich im Bett auf die Arme gestützt, hier in der kleinen Frühstückspension, die sie in einer Seitenstraße von Cagnes-sur-Mer entdeckt hatten.

Die großen Fensterläden waren aufgeklappt, und er konnte den Nachthimmel sehen.

»Scheiße, das sind ja wirklich Kirchenglocken!« Er konnte sie deutlich auf der anderen Straßenseite läuten hören. Da waren auch die Fauchgeräusche von Raketen und die übertrieben lauten Explosionen von Feuerwerkskörpern.

Plötzlich zerbarst über den Hausdächern ein vielfarbiges Mandala. Trevor sah, wie es aufblühte und die Neonregenbogenfunken in alle Richtungen herabprasselten, bevor es wieder im Nichts verschwand.

»Heute ist Tag der Bastille, was hast du erwartet?« Nelly blickte ihn neugierig an. »Ganz ruhig, Trevor, du schaffst es schon. Hier, trink noch etwas –«

Er setzte sich auf und schlang die Arme um seinen Oberkörper. Sein Frösteln hatte wieder eingesetzt.

»Oh, Schatz, warte, ich hol dir noch eine Decke«, sagte Nelly zu ihm, erhob sich und durchquerte das Zimmer, um ihm eine gestrickte Schmusedecke zu bringen. Sie hatte sie selbst gemacht, mit keltischen Kreuzen und allem. Sie hatte wirklich Talent.

Nelly küßte ihn auf die Stirn, als sie ihm die Decke um die Schultern legte. »Ist es so besser?«

»*D-d-danke*«, sagte er und wickelte sich darin ein wie eine Mumie. »*I-i-ich hab einen Tatterich. Ich k-k-kann ihn nicht loswerden*«, fröstelte er wieder.

»Ich weiß. Mir ging's vorhin genauso –«

Er musterte sie. »Für das Opfer eines Bandenkriegs siehst du aber gar nicht schlecht aus.«

»Dafür hältst du es also?« dachte Nelly laut nach. »Wie kommst du darauf, daß es einer war?«

»Bist du jetzt Jungfrau oder Widder?« fragte Trevor sie erstaunt. »Analysierst du, oder ziehst du es vor, deinen Eingebungen zu folgen?«

Sie setzte sich wieder neben ihn. Eine Weile versank sie in ihren Gedanken. »Es war schrecklich, nicht wahr? Diese Leute – diese *Leichen*. Ich habe noch nie zuvor Leichen gesehen. Wir können von Glück reden, daß wir noch am Leben sind. Dieser Lichtblitz, was auch immer das war, er hat uns glatt umgehauen –«

»Umgehauen – und ins Land der Träume geschickt«, erinnerte Trevor sie. »Im nächsten Moment lag ich auf dem Weg zur Notaufnahme in einem Krankenwagen. Du hast dich schnell wieder erholt. Was meinst du damit, es sei kein Bandenkrieg gewesen? Das haben sie uns im Krankenhaus doch erzählt.«

»Dieser Arzt hat es uns erzählt«, berichtigte sie ihn. »Ärzte haben keine Ahnung von Verbrechen. Nur von Opfern. Außerdem hat man ihm gesagt, daß er uns das erzählen soll, da bin ich mir ganz sicher.«

Trevor hörte ihr voller Respekt zu. Nelly neigte nicht zu leeren Spekulationen. Wenn es darum ging, die Fehler in einer Argumentation aufzuspüren, dann hatte sie einen laserscharfen Verstand, und das war einer der Gründe dafür, warum er Ehrfurcht vor ihr empfand. Sie nahm kein Blatt vor den Mund. Sie ließ ihrer Meinung freien Lauf und meinte jedes Wort genauso, wie sie es sagte.

»Das ist doch nicht wieder eine deiner forensischen Übungen, oder?« hakte Trevor nach. Nellys Hobby war das Studium abweichenden Verhaltens. Sie besaß zahlreiche Bücher zu diesem Thema, komplett mit blutigen Bildern von grausigen Tatorten und Autopsien. Sie hatte im Netz sogar einen Kurs in forensischer Medizin belegt und auf der Suche nach Beweisen sorgfältig das Pixelblut von Opfern analysiert, Rot Nr. 452.

Ihr besonderes Interesse galt Serienmördern, die in der Matrix umherstreiften und unschuldige Avatare ausknipsten. Sie war besser als jeder andere aus seinem Bekanntenkreis in der Lage, das Charakterprofil eines Neuropathen zu erstellen.

»Nein, ist es nicht«, beantwortete er seine Frage selbst. »Okay, Nelly, du hast meine volle Aufmerksamkeit.«

Sie warf ihm aus ihren sanften braunen Augen einen traurigen Blick zu. »Wirklich? Ich habe nicht den Eindruck, in letzter Zeit oft in diesen Genuß gekommen zu sein. Oder in den von deinem Verständnis. Du hältst mich doch für bescheuert, nicht wahr? Wieso trennst du dich dann nicht von mir?«

»Nein, ich halte dich nicht für *bescheuert*. Ich liebe dich. Es tut mir leid, Nelly. Ich bin eben ein Trottel. Das kennen wir doch schon, oder?« Er fühlte sich ziemlich elend. Schuldig, sie mißbraucht zu haben. *Verdammt*, er war *wirklich* ein Trottel gewesen. Das – und noch Schlimmeres.

Sie nahm diese Erklärung auf, als habe sie den Spruch schon viele Male gehört. Sie erwiderte nichts.

»Nelly, ich sagte, daß es mir leid tut. Und es tut mir *wirklich* leid. Ich weiß, daß ich nicht gerade einfach bin. Es tut mir *aufrichtig leid*. Okay?«

Ihre Stimmung änderte sich. Sie gab ihm einen leichten Stups, und er fiel auf die Kissen zurück.

»Eines Tages wirst du genau das ernten, was du gesät hast, Kumpel.«

»Ich weiß«, entgegnete er und spürte das Schwanzende des Bandwurms der Reue in seinem Bauch. Sie hatte recht.

»Okay, dieses eine Mal noch, Sherlock. Ich habe gesehen, wie der Arzt im Flur mit ein paar Typen im Anzug sprach. Im *Anzug*, Trevor. Niemand trägt an der Scheißriviera Anzüge, Mann. Selbst die Zivilbullen – *les flics* – tragen Sporthemden mit offenem Kragen und Goldkettchen um den Hals. Nein, diese Typen waren anders. Ich tippe auf französischer Geheimdienst. Willst du was Kostbares wetten? Wie wär's mit deinen goldgeprägten Bioschaltkreisen, Mr. Trevor Gobi? Schlägst du ein?«

Er starrte sie an. Wenigstens redete sie wieder mit ihm. »Also gut, die Wette gilt, Nelly.«

Ihre braunen Augen funkelten vergnügt. Sie hatte diesen russisch-amerikanischen Zigeunerkönig genau da, wo sie ihn haben wollte. Von Sorge und wiedererwachtem Einfühlungsvermögen erfüllt. Vielleicht gab er ihr jetzt das, was sie wirklich wollte. Sein Herz, vollständig und vorbehaltlos. Keine nervenzermürbenden Gefechte um seine Zuneigung mehr. *Verdammt noch mal, sie hatte ein Anrecht darauf*. Sie hatte sein Gewinsel voller Selbstmitleid über ihre Beziehung ein für allemal satt.

Werde erwachsen, Trevor! Sie wollte ihm plötzlich ins Gesicht schlagen, dann wollte sie es wieder küssen – wenn er sich ihr doch nur mehr öffnen würde. *Ich brauche einen Mann, keinen verdammten dummen Jungen, der mit meinem Herzen spielt, als wäre es ein Mülleimer auf dem Spielplatz von Gametime …*

In Wahrheit hatte sie schon damit begonnen, sich von ihm zu lösen. Anfangs war es schmerzlich gewesen. Genau wie er hatte sie sich lange des Kreislaufs schuldig gemacht, sich zu trennen und wieder zusammenzuraufen. *Genug jetzt. Du verdammter Narr verlierst mich und merkst es nicht einmal.*

Doch Trevor merkte es. Deshalb fröstelte es ihn auch so lange und anhaltend – nicht weil ihm die Erinnerung an den Überfall einen Schauer über den Rücken jagte, sondern ihretwegen. Ihrer *beider* wegen.

»Du willst also meine goldgeprägten Bioschaltkreise haben, ja?« Er warf ihr ein Lächeln zu und strich ihr eine Haarsträhne aus der Stirn. Für einen Moment wirkte sie beinahe glücklich.

»Darauf kannst du wetten, das und noch mehr.« Wieder gab sie ihm einen kleinen Stups. Er begann sich allmählich daran zu gewöhnen. An die neue Nelly.

»Also, dann mußt du schon mit mehr aufwarten als nur den Beobachtungen der Bekleidungsgewohnheiten der französischen *gendarmes*, Baby.«

»In Ordnung, kannst du haben«, sagte sie und schoß mit dem Körper vor, während sie ihr T-Shirt hochzog. »Wirf mal einen Blick hier drauf.«

Zuerst begriff er nicht. Er schaute sie fragend an. »Nelly?« Dann sah er es. »Mein Gott, Nelly, ich wußte gar nicht … du hast dir ein Tattoo machen lassen …?

»Eben nicht, Monsieur Fantomas. Ich habe es mir nicht machen lassen. Dieses Tattoo hat sich *selbst* gemacht. Ich habe es zum ersten Mal gesehen, als wir ins Hotel zurückkehrten.«

»Du machst wohl Witze – ach du Scheiße, gerade hat es sich bewegt!« Trevor kreischte auf. Das »MMM« war über ihren Bauch gehuscht und hatte sich in der Vertiefung unter dem Nabelknopf verkrochen.

»Ganz recht. Der kleine Scheißer wuselt umher wie ein Tausendfüßler beim Rechtschreibwettbewerb. Aber das ist noch nicht alles –«

Trevor sah, was geschah, doch es fiel ihm schwer zu begreifen, *was* er sah.

»Ist dir etwas aufgefallen?«

»Deine – deine Entzündung … an deinem Nabelknopf –«

»Weg. *Einfach so.*« Sie schnippte mit den Fingern.

»Und deine Perle –« Eine kleine weiße japanische Perle baumelte von ihrem goldenen Nabelring.

Sie glühte.

»Nett, oder? Die Verwicklungen nehmen zu.«

»Nelly –« Es gab so vieles, was er sie fragen wollte, nicht nur darüber, wie die Entzündung an ihrem Nabelknopf auf so rätselhafte Weise verschwinden konnte. Nicht nur über das Tattoo. Sondern über sie. Und über ihn. Doch er fühlte sich außerstande, das Gespräch in diese Richtung zu lenken.

Nicht, weil es sich um den falschen Augenblick handelte, um über das Unbekannte zu sprechen, das sich wie ein Abgrund zwischen ihnen auftat. Sondern weil das verdammte Tattoo sich schon wieder bewegte.

Es verharrte. Unglaublich. Jetzt stand da »WWW«.

»Weißt du, was ich glaube?« sagte Nelly zu ihm, als hätte sie seine Gedanken geteilt und wäre mit ihm der Meinung, zur Zeit lieber nicht an alten Wunden zu rühren.

Er starrte weiter fassungslos auf das Ding.

»Ich glaube, Trevor Gobi, daß wir morgen als allererstes einen

Flug nehmen und von hier verschwinden sollten. Zurück nach San Francisco. *Capiche?*«

»Wie du – wie du meinst, Baby.«

Sie lächelte ein Lächeln, das er bisher noch nie auf ihrem Gesicht gesehen hatte. »Bist du sicher, daß mit dir alles in Ordnung ist – trotz dieses ... Dings da?« fragte er sie. »Ich meine, solltest du nicht besser einen Arzt aufsuchen ...?«

»Und wieder in diese Klinik gehen? Im Leben nicht, mein Freund. Im Leben nicht. Was auch immer das für ein Ding ist, es hat uns etwas zu sagen –«

»Was!? Es *kommuniziert* mit dir?« Jetzt machte er sich ernsthaft Sorgen.

»Ich ... ich *glaube* schon.«

Das Tattoo begann sich abermals neu zu ordnen. Diesmal nahm es die Form eines Ohrs an.

»Ich glaube, es kann hören, was wir sagen, Trevor.«

Regines Traum ...

Klopf, klopf, klopf ...

Das war nicht der Laut, den die Hausdame gewöhnlich machte, wenn sie hereinkam, um das Bett auszuschütteln. Nein, dabei handelte es sich eher um ein *poch, poch, poch ...* mit leichtem und weichem Anschlag.

Wer war das, wer klopfte da so nachdrücklich an ihre Tür? Regine hatte den Zimmerservice nicht bestellt. Und Viktor hätte nicht angeklopft. Und wenn er es getan hätte, wäre es eher ein *tock, tock, tock* gewesen ... ein ungeduldiger, derber Laut. Er war ein ungeduldiger, derber Mann.

Außerdem war Viktor zu irgendeiner Besprechung gegangen, und vor acht erwartete sie ihn nicht zurück. Sie hatten vor, gemeinsam zu Abend zu essen, nur sie beide, und später noch auf ein paar Drinks und vielleicht eine rasche Runde *vingt-et-un* im Kasino vorbeizuschauen. Aber viel Geld würden sie nicht verspielen. Eine klare Grenze war wichtig. Sie wollten früh zu Bett gehen – und *dann* würde man ja sehen, ob sich noch etwas ergab.

Ob ihnen danach war, sich der Aerobic der zweirückigen Bestie hinzugeben …

Als Regine das Klopfen zum ersten Mal hörte, bedeckte sie instinktiv ihre Brüste mit den Händen, wie um sie zu beschützen. Sie taten ihr weh. Die übliche Zeit des Monats brach an. Wie Pawlows speichelnder Hund neigte Viktor um diese Zeit, wenn ihre ohnehin schon großen Brüste noch praller wurden, zu einer beinahe unnatürlichen Erregtheit.

Kein Wunder, daß Rubens sein Lieblingsmaler war.

Viktor stand auf Brüste … und auf *derrières … was für ein Tier!* Er konnte ja so schmutzig und widerlich sein. Sie lächelte mit halbgeschlossenen Augen, als sie ihre Brüste umwölbte, und ihre geschwollenen Nippel verliehen ihr ein Gefühl der Ruhe.

Pierre Flambay hatte eine Theorie über Brüste, die er in *Der Niedergang des Begehrens* erörterte. Solche Anzeichen intensiver Erregung bei einem Mann beruhten nicht zwangsläufig auf oraler Fixierung. Eher auf *zerebraler* Fixierung. Flambay zufolge entsprachen die rechte und linke Gehirnhälfte der rechten und linken Brust.

Wenn Viktor am Altar ihrer Brüste seine Andacht verrichtete, gab er sich eigentlich einem heidnischen, psychoanalytischen Ritual hin …

Klopf, klopf, klopf … Das Klopfen wurde beharrlicher. Es war schon mehr ein Stakkato als ein Anpochen.

Regine schlug die Augen auf. Sie hatte ein Nickerchen gemacht und fühlte sich schläfrig, und die Mattigkeit legte sich jetzt bleiern auf Leib und Seele. Schlaf war doch die beste Droge. Sogar noch besser als Sex. Sie hatte einen seltsamen Traum gehabt. Ihre Träume waren meistens seltsam und aufregend.

Sie schwelgte an der Schwelle zwischen Schlafen und Wachen gern ausgiebig in ihren Träumen. Nur dort enthüllten sich ihr all die kleinen Details und ordneten sich vielleicht sogar neu zu einem Muster, das noch weitere Ebenen des Traums offenlegte …

Dieser Traum bildete keine Ausnahme. *Er spielte in Rußland – wann? – vor langer, langer Zeit … Dreihundert Jahre … fühlte sich ungefähr richtig an.*

Sie – das hieß *Regine* – war jemand anders gewesen. In ihren Träumen war sie *immer* jemand anders. Das war ja das Schöne daran. Sie konnte sich erstklassig in eine andere Person mit einer Geschichte hineindenken, die sich von ihrer eigenen grundsätzlich unterschied.

Erst dann fühlte sie sich vollkommen frei, diese geheime Geschichte, die nichts mit ihr selbst zu tun hatte, wie jemand zu erkunden, der in ein merkwürdiges Haus gestolpert war, das eigentlich ihm gehörte, das er jetzt aber zum ersten Mal betrat.

Vielleicht *gefiel* es ihr nicht, was sie in diesem rätselhaften Haus entdeckte, doch sie behielt ihre Meinung für sich, besonders, wenn sie Fremden begegnete, die in diesem Haus lebten.

Besonders, wenn sich herausstellte, daß sie mit den Fremden intim *war … Außerdem gehörten all die Dinge im Haus ihr. Ihr, und doch nicht ihr … wie im wahren Leben … Doch der* Traum *gehörte ihr. Er war ihr* Eigentum, *mit allem Drum und Dran … auf ihre Träume hatte sie Brief und Siegel.*

Eine Weile ignorierte sie das Klopfen, das Hämmern, das grobe Rütteln an der Tür. Sie hörte gedämpfte Stimmen. Sie wünschte sich einfach, sie würden verschwinden. Vielleicht taten sie es dann ja.

Zurück zum Traum, zu diesem *Traum: Sie saß an einer langen Tafel in einem großen Speisezimmer mit einem Kamin, in dem klobige Scheite brannten. Die Wände bestanden aus dunkler Holztäfelung. Auf beiden Seiten der langen Tafel saßen russische Aristokraten. Jeder dieser russischen Aristokraten hatte ein Geschenk vor sich auf dem Tisch. Ein Geschenk in einem Samtbeu-*

tel, in dem sich etwas bewegte. Als sie die Hand ausstreckten, um ihr jeweiliges Geschenkpaket zu öffnen, entdeckten sie in jedem Beutel ein braunes Birmakätzchen.

Regine – die nicht *Regine war – mußte ihren Beutel erst noch öffnen. Alle blickten sie gespannt an.*

Du meine Güte, *jetzt* erinnerte sie sich!

In diesem Traum war Regine eine ehrwürdige alte Dame mit weißem Haar gewesen, das oben einen Dutt bildete. Sie saß am Kopfende der Tafel. Sie trug ein kunstvoll besticktes Kleid aus feinstem Damast. Es war von einem dunklen, hinreißenden Rot. Wie Blut.

Sie lächelte alle an, all diese mysteriösen Fremden, die es kaum erwarten konnten, daß sie endlich ihren Samtbeutel öffnete. Sie zog an der Schnur und hörte sie aufkeuchen. Aus dem Beutel kam kein braunes Birmakätzchen, sondern ein kleines weißes – eine Perserkatze …

Sie patschte die Hände aneinander und lachte im Traum. Doch niemand sonst lachte. Sie warteten noch immer. Worauf? Was steckte noch in dem Beutel …?

Regine erwachte vollends. Jemand hatte die Tür geöffnet. Sie konnte hören, wie sie die Diele betraten und sich dem Schlafzimmer näherten. Nun empfand sie Furcht, von Wut durchsetzt. Wer wagte es da, ohne Erlaubnis ihre Suite zu betreten?

Zwei hünenhafte Männer, Russen, so groß, daß kein Zweifel bestehen konnte, was sie wirklich waren, riesige Kosaken in weiten dunklen Hosen, dunklen, am Hals geöffneten Hemden und mit weichen schwarzen Sportschuhen. Ihr braunes Haar war nach Art der Donkosaken zu einem langen Pony geschnitten, und sie hatten lange Nasen, einer von ihnen eine Narbe auf der Wange, und beide hatten schiefe Zähne, die wie verbogene Nagelfeilen aussahen, schlechte Zahnarbeit aus der Unkraine.

»*Wer sind Sie?*« wollte Regine wissen und hielt das Laken hoch, um ihre Brüste zu bedecken. »*Was machen Sie hier? Wie können Sie es wagen!*«

Doch sie antworteten nicht. Kurz nachdem sie eingetreten waren, folgte ihnen ein kleiner, stämmiger Mann ins Boudoir. Er trug einen weißen Leinenanzug. Er hatte schrägstehende Augen, eiskalt und blau. Eine Weile verharrte sein Blick auf ihr, als könne er nicht anders, als sich am Anblick einer verängstigten schönen Frau zu ergötzen, die genau dort war, wo er sie gern haben wollte. *Hilflos in ihrem Bett. Würde sie die Flucht ergreifen, nackt zum offenen Bad hinüberrennen?*

Er schaute rasch zur Tür. Unwahrscheinlich. Er wußte, daß Frauen wie Regine eher vor Wut erstarrten als vor Angst. Eher aus Sittsamkeit als aus Empörung.

»*Pardon, Madame*«, sagte er achselzuckend, ohne sich die Mühe zu machen, seinen lüsternen Blick zu verbergen. »Aber wir *haben* angeklopft.«

»Was heißt das schon, ob Sie angeklopft haben oder nicht? Ich habe nicht aufgemacht. Das sollte eigentlich Bände sprechen. Also«, sie faßte sich und spie Gift und Galle. »Verschwinden Sie von hier, bevor ich den Sicherheitsdienst des Hotels rufe!«

»Danik«, sagte der kleine Mann zu einem der Kosaken, der sich daraufhin eher wie ein geschmeidiger Tiger als wie ein Mensch bewegte. Er machte einen langen Schritt bis zum Nachttisch, streckte die Hand aus, fast so, als begutachte er einige Waren in einem Laden, und riß das Telefon aus der Wand.

Regine keuchte auf. »Was wollen Sie?!«

»Sie müssen geträumt haben, als wir anklopften«, sagte der kleine Mann gierig. »Tut mir leid, daß ich Sie stören muß, aber wir müssen dringend etwas aus dem Safe Ihres Gatten holen. Kennen Sie die Kombination?«

»Aus dem Safe meines *Gatten*? Sind Sie wahnsinnig?«

»Tut mir leid, er ist natürlich nicht Ihr Gatte. Der Graf –« Er machte eine kleine gezierte Verbeugung und schlug auf dem turkmenischen Teppich die Hacken zusammen. »Graf Viktor Trobolski hat etwas, das uns gehört. Wir wollen es zurück haben.«

»Wenn Sie etwas haben wollen, was Ihnen gehört, und es befindet sich im Safe des Grafen, warum warten Sie dann nicht, bis er wiederkommt? Er muß jeden Moment hier auftauchen.«

Die Überlebensinstinkte der de Pompignacs kamen zum Vorschein. Sie *mußte* sie dazu bringen zu warten. Sie wußte, daß sie es nicht tun würden, aber sie mußte es wenigstens versuchen.

»Nein, tut mir leid«, sagte der kleine Mann beinahe entschuldigend.«

»Sie können nicht warten?«

»Nein, tut mir leid, der Graf wird hier lange Zeit nicht mehr auftauchen.

Nun stieg Panik in Regine auf. *Ihr Traum – Viktor. Viktor ...* Doch sie bekam keine Verbindung zu ihm. Sie spürte seine Gegenwart immer, auch wenn er weg war. Nun standen ihr beinahe Tränen in den Augen.

»Was meinen Sie damit, der Graf wird hier nicht mehr auftauchen? Ich erwarte ihn.« Sie trotzte ihm mit den Augen und ihrem stolz vorgereckten Kinn, doch ihre Stimme klang schwach und wurde immer schwächer. Ihre Brust hob und senkte sich, als sie den Würgegriff der Hoffnungslosigkeit empfand.

Die eiskalten blauen Augen wurden ungeduldig. »Wir haben angeklopft, und Sie haben nicht geantwortet. Jetzt *werden* Sie antworten.« Er sprach mit einem seltsamen weichen Lispeln. »Kennen Sie die Kombination des Safes?«

Dann beugte nicht etwa einer seiner Kosaken sich vor und schlug ihr derb ins Gesicht, sondern der böse Zwerg selbst, wie sie es von Anfang an befürchtet hatte.

Sie spürte das Klingeln in ihren Ohren, und die Tränen begannen unkontrolliert zu fließen.

»Was –?« Sie kippte nach hinten, ließ das Laken bis zu den nackten Hüften fallen. Die Gedanken purzelten durch ihren Kopf wie Perlen, die sich von einer Kette lösten.

»Sie haben gehört, was ich sagte.« Er schlug sie wieder und wieder. Die Haare hingen ihr ins Gesicht, doch das nahm den Schlägen nicht die Wucht.

»Radik«, befahl er dem anderen Kosaken, der sie jetzt an den Schultern festhielt; er hob gehorsam ihr Kinn an, so daß sie dem Mann durch das Blut hindurch, das ihr aus Lippen und Zahnfleisch sickerte, antworten konnte.

»Wie steht es nun mit Ihrer Erinnerung?«

Sie spuckte ihn an, Blut und Speichel gemischt. Es hinterließ einen Fleck auf seinem weißen Leinenanzug. »*Suka*! Miststück!« verfluchte er sie mit bewußt monotoner Stimme, und das leichte Lispeln peitschte wie ein durchtrennter Stacheldraht auf sie ein.

»Nu schto?« fragte der Kosake, der sie festhielt. »*Ana nischiwo ni znait.* Sie weiß nichts.«

»Sie lassen mir keine andere Wahl.« Der kleine Mann tupfte mit einem weißen Taschentuch die Blutflecken an seiner Jacke ab und nickte dem Kosaken zu. Danik trat vor. Er hielt einen Samtbeutel in der Hand, den er ihr wie eine Kapuze über den Kopf stülpte.

Sie spürte jetzt den Samt – *den Samt aus ihrem Traum!* Und sie spürte, wie die Schnur zugezogen wurde. Und tief im Inneren des Beutels hörte sie die Kätzchen maunzen wie eine Menagerie von Engeln, die ihr nicht helfen konnten, die ihr nicht im geringsten helfen konnten ...

Denn so war das mit den Träumen. Die eine Hälfte vergaß man wieder, die andere Hälfte blieb an einem haften. Und sie befand sich hier bei der ersten Hälfte im Beutel und versuchte sich an alle Details zu erinnern, doch irgendwie fiel ihr nichts mehr ein.

Dann kam ihr doch noch etwas in den Sinn, obwohl es reichlich albern war. Es war an der Zeit gewesen zu baden. Sie hatte ein frisches Bad nehmen, für Viktor bei seiner Rückkehr geölt und parfümiert sein wollen. Sie hatte für ihn *bereit* sein wollen ...

Der Yaponchik betrat das Arbeitszimmer des Grafen auf der anderen Seite der Prinzessin-Gracia-Suite. Seine beiden Kosaken folgten ihm wie gehorsame zahme Wölfe. Er schnüffelte in der Luft herum.

Er konnte den Grafen wittern, überall in dem Trödel, der so ordentlich in Schichten auf dem Schreibtisch ausgebreitet lag. Papiere, Hefter, Bilder, Porträts. Er hob das gerahmte und signierte Foto von Nikolaus III. hoch.

Das Gesicht des Zaren zeigte den typischen Van-Dyke-Bart der Romanows und traurige, verträumte graue Augen. Ein schwacher Mann. Sie waren alle schwach. Das war der Nachteil *dieser* Art von Macht. Der Yaponchik brachte seine Macht unmittelbar zur Anwendung. Er brauchte keine pedantischen Bürohengste und Parlamente wie die russische Duma, um *seinen* Willen durchzusetzen.

»*Hnnh*«, grunzte der Yaponchik und ließ das Foto des Zaren in den Papierkorb fallen. Lächelnd wandte er sich Danik und Radik zu, seinen beiden Leibwächtern, deren Aufgabe darin bestand, ihn zu unterhalten und seine Macht zu mehren. Sie kicherten.

»Nette Geste, Boß«, grinste Danik und entblößte seine schiefen Zähne.

Dem Yaponchik riß der Geduldsfaden. »Ihr seid hier nicht auf Urlaub. Macht schon, findet den Safe.«

Danik fiel das Grinsen aus dem Gesicht wie eine Sichel ins Kornfeld. Die beiden Kosaken begannen sofort mit der Suche, doch schon drosch der Yaponchik ungeduldig auf sie ein.

«Wir suchen nach einem *Safe*, ihr Trottel. Ihr braucht nicht die Schubladen leerzuräumen. Da findet ihr nichts. Ein einfacher Hotelsafe. Was meint ihr wohl, wo man den finden könnte?«

Nun klang er geduldig, doch das spornte sie lediglich zu noch größerer Eile an.

Danik, der schlauer als Radik war, fand den Safe auf Anhieb. »Boß«, sagte er, als er neben dem Gemälde im vergoldeten Rahmen stehenblieb.

»Zehn Punkte. Ich schick dich aufs Polytechnikum in Kiew, damit du da deinen Doktor als Geistesriese machen kannst. Gratuliere.«

Der Yaponchik betrachtete das Stilleben mit Blumen von Linard. Sollte man es stehlen? Sollte man es vernichten? Nein, es war weder das eine noch das andere wert. Danik entdeckte das geheime Scharnier in der oberen linken Ecke des Rahmens, und das Gemälde glitt auf unsichtbaren Rollen zur Seite. *Schau an. Jetzt war es viel eingängiger. Hübsche Blumen. Gar nicht so übel.*

»Na los, Danik, da du der Klasse so weit voraus bist, *mach du's*, aber sei vorsichtig. Wir wollen das Hoteleigentum nicht ruinieren.«

Was, wenn er mit einer Sprengfalle versehen war? Der Yaponchik wußte, daß der Graf kein Narr war. Er deponierte etwas so Wertvolles wie den Mir-Virus nicht ohne entsprechende Vorsichtsmaßnahmen in einem Safe. So waren sie beim SPCID nun mal. Der Graf war nicht durch Unvorsichtigkeit zum Leiter des SPCID-Direktorats geworden.

Danik trat in Aktion. Er griff in die Tasche seines weichen dunklen Hemds und zog etwas heraus, was wie eine Juwelierlupe aussah. Aus einer Umhängetasche brachte er einen kleinen Monitor zum Vorschein, so daß der Yaponchik die Operation verfolgen und Anweisungen geben konnte.

Der Flachbildschirm erwachte leuchtend zum Leben. Es war ein Odessa Probe mit vollholographischen Mafiya-Farben. Es war das Modell, das man gewöhnlich zum Knacken von Safes benutzte.

»Lasergespickt. Ein 100-Mega-Keramik-Teil von Kyocera ...« Danik scannte das Feld, während der Yaponchik und Radik den Monitor beobachteten. »Ein Leck in der Vernetzung rechts, also –« Danik trug einen VR-Handschuh für Safeknacker, eng und straff wie der eines Golfers.

Er bewegte die Hand, und die rot-grün-gelben Strahlen erloschen. »– ziehen wir uns jetzt wieder zurück und verlassen das Energiefeld.«

Der Monitor zeigte an Stelle der infraroten Vernetzungsfalle gähnende Leere an. »Kleinigkeit.«

»Halt«, befahl der Yaponchik. »Es ist zu leicht. Merkt ihr das nicht? Haltet ihr eigentlich jemals im Leben inne und denkt euch: ›Das ist zu leicht‹ ...?«

»Boß ...?« Danik trug seine typische dümmliche Miene zur Schau. Der Yaponchik war mit Daniks dümmlicher Miene vertraut. Er führte sie gern absichtlich herbei, um sich darin zu sonnen, so wie ein Tintenfisch sich hinter einem Schleier aus Tinte verbirgt.

»Probier die anderen Frequenzen durch –«

»Boß, das ist ein Kyocera-100-Safe, er *hat* keine anderen Frequenzen, das ist ein Standard –«

Ein Blick des Yaponchiks, und Danik nestelte wieder an seiner Umhängetasche herum. Er versah seinen Handschuh mit einem Extrateil, einem schmalen Zylinder, der sich auf der Handfläche zu drehen begann und klickend einmal in dieser, dann in der anderen Richtung einrastete.

»Was habe ich dir gesagt, du Trottel?« rief der Yaponchik, als der Safe auf dem Monitor plötzlich schrumpfte. Er besaß eine Nano-Schutzvorrichtung. Auf den ersten Blick war sie nicht zu entdecken.

Danik brach der Schweiß aus. »Den Typ habe ich noch nie gesehen. Der ist neu, Boß.«

»Entschuldige dich nicht für deine Dummheit. Du wurdest damit geboren. Was sagt das Alpha-Niveau?«

»Sieben Megahertz.« Danik stieß einen leisen Pfiff aus. »Boß, ist das möglich?«

»Alles ist möglich. Auch reinzukommen.«

»Boß, dieser Safe ist – wie sagt man noch gleich?«

»Intelligent. Ja, er ist *intelligent.*«

»Also, ich weiß nicht viel über intelligente Geräte. Das ist nicht mein Gebiet, Boß.«

»Vielleicht wirst du im nächsten Leben als Waschmaschine wiedergeboren. Deine Gedanken sind ziemlich kraus.«

»Was soll ich tun?«

»Mal sehen.« Der Yaponchik dachte eingehend nach. »Es ist ein Kyocera. Aber mit Toshiba-Intel-Antrieb.«

»Boß?«

»Was ist nun schon wieder?«

»Den Anzeigen nach befindet sich der Safe in einem tiefen Traumzustand.«

»Zugang?«

Danik setzte wieder den klickenden Zylinder auf seiner Handfläche in Betrieb. »*Sukin sin!* Verdammtes Mistding!«

Das Scheißgerät *träumte*. Und sie sahen seinen Traum. Oder vielmehr seinen Alptraum. Die Bilder an der Schwelle kurz vor dem Erwachen – *der Safe rührte sich jetzt* – sie wurden zu einem Bestandteil seines Traums – was nur bewies, wozu diese Bastarde fähig waren.

Wahrscheinlich war es das Werk von Programmierern der Central Intelligence von Narita, die sich bei Toshiba-Intel etwas dazuverdienten.

Der Yaponchik kam nicht umhin, die Semantik ihres *animé*-Sicherheitssystems zu bewundern.

»Eine irre Show.«

Deutsche Panzer aus dem Zweiten Weltkrieg rollten über russische Steppen. Monster flogen in dichter Formation durch die Luft und warfen in einem Blitzkrieg Wasserbomben in den zehndimensionalen Raum ab.

Kung-Fu fighting! Wenn ihnen soviel Zeit geblieben wäre, hätte der Yaponchik es sich im Stuhl des Grafen aus der Zeit von Louis XIV. bequem gemacht und sich wie ein Kind die Show angesehen. Doch sie hatten keine Zeit. Und außerdem begann das kindische *manga* ihn schon zu langweilen. Ultraman und Akira und all die bösen Buben von früher tummelten sich hier wie ein Heuschreckenschwarm aus der Cartoonhölle.

»Lösch sie einfach aus, Danik. Sofort.«

»Okay. Dauert nur einen Moment.« Danik schob seine freie Hand in die Umhängetasche und brachte das erforderliche

Werkzeug zum Vorschein. Es handelte sich um einen Verstummer-Ring, den er über den Mittelfinger seiner behandschuhten Rechten streifte.

»*Sayonara. Doswidanja, au revoir* –«, sagte er prahlerisch. Er war schon ein komischer Kauz, und deshalb arbeitete er auch für den Yaponchik und nicht dieser für ihn.

Die Bilderflut aus *manga*-Sicherheitsbeamten wurde jetzt zu einem braunen Brei, der auf dem Monitor allmählich schmolz.

»Erledigt, Boß.«

»Gute Arbeit. Jetzt die Kombination.«

»Sie ist *chakra*-sensitiv.« Ein blödes Wort, doch es beschrieb die Natur des Problems. Der Kode war im Schwingungsprogramm des Benutzers personifiziert.

»Du weißt also, was du zu tun hast?« Der Yaponchik trat zur Seite. Gewöhnlich war das der Augenblick, in dem etwas schiefging. »Radik, stell dich hinter ihn, nur für den Fall, daß er Hilfe benötigt.«

Der bescheuerte Radik, ganz Muskelpaket mit wenig Hirn, nahm seine Position ein. *Gut*. Der Yaponchik wollte ihn als psychischen Puffer, falls etwas geschah.

»Ich brauche irgendwas, was ihm gehört. Etwas, das er erst kürzlich berührte«, sagte Danik.

»Wirklich?« Der Yaponchik lächelte zum ersten Mal, seit sie hier eingebrochen waren. »Dann habe ich genau das Richtige für dich.«

Der Yaponchik zog – und das überraschte sogar Danik und Radik, *wann hatte der Boß sich* den *denn gekrallt?* – einen von Regines Schlüpfern aus der Jackentasche. Nachdem sie es ihr besorgt hatten, war er ins Bad gegangen, um sich zu erfrischen, und hatte den Schlüpfer aus dem Wäschekorb gekramt. Einen, der besonders stark roch – *wonach wohl?* –, er bildete das perfekte Behältnis für die Lebensessenz des Grafen: sein Samen, der aus der Frau ausgelaufen war, nachdem sie miteinander geschlafen hatten. Er war noch frisch, das war das Schöne daran.

»Genau das, was mir der Doktor verschrieben hat.« Der Yaponchik lächelte noch immer, als er das rote Spitzenhöschen behutsam in Daniks Handschuh fallen ließ.

Danik starrte es eine Weile durch die Juwelierlupe an. »Damit dürfte es klappen«, sagte er leise. »Klare Sache.«

»Das will ich meinen«, stimmte Radik ein, bevor ein böser Blick des Yaponchiks ihn zum Schweigen brachte.

»Kleinigkeit«, flötete Danik. Er war der Mann der Stunde, und er hielt ein saftbeflecktes Höschen von diesem Luder in der Hand und stand kurz davor, den Großen Preis zu gewinnen.

»Wenn du den Safe damit aufkriegst, kannst du es behalten«, ermunterte ihn der Yaponchik.

Danik schnaubte. »*Nu dawai* – nichts wie ran.«

In rascher Folge tauchten wie winzige gedruckte Halbleiterplatten, die ihr Geheimnis ausplauderten, die Zahlen auf dem Bildschirm auf.

99-26-99-26 …

»Sehen Sie sich mal die Farben an, Boß.« Danik platzte beinahe vor Stolz. »Malvenfarben und gelb. Das ist aus dem Privatdepot seines Unterbewußtseins.«

»Der Graf war ein sehr sentimentaler Mann«, meinte der Yaponchik nickend. »Vielen Dank, Graf.«

Die Safetür schwang auf.

Auf einmal kamen sich die drei Männer im Zimmer, auch die zwei hünenhaften Kosaken, ganz klein vor. Der Yaponchik schrumpfte praktisch zu einem Nichts zusammen.

Das mit Rubinen besetzte Fabergé-Ei raubte ihnen den Atem. »Mindestens eine Million Rubel.« Danik holte tief Luft. »Glauben Sie, es steckt in diesem Osterei?«

»Es handelt sich wohl eher um ein Omelett.« Der Yaponchik schürzte die Lippen, die so schmal waren wie ein Stilett. »Öffne es, aber sei vorsichtig.«

Danik betrachtete das Ei durch seine Lupe. »Es ist nicht gesichert.«

»Davon rede ich nicht. Das Ei ist nicht gesichert. Aber was ist mit dem *Inhalt?*«

»Er wabbelt. Wie eine Art Gelee. Scheint irgendeine Flüssigkeit zu sein.«

Dem Yaponchik stockte der Atem. Sie standen kurz vor dem Ziel. Da drin befand sich der Mir-Virus, klare Sache. *Aber war er auch unversehrt?*

»Nur die Ruhe. Sesam, öffne dich.«

Danik nahm das Ei an sich, das warm war und summte. »Es ist online, aber in seinem eigenen Vektor. Es ist mit nichts verbunden. Jedenfalls mit nichts im Netz.«

»Um so besser. Kleinigkeit, wie du immer sagst.« Der Yaponchik wich drei Schritte zurück, nur für alle Fälle. *Besser Vorsicht als Nachsicht.* Blöder Spruch. Das Risiko überließ er lieber diesen Trotteln.

Danik fand das Geheimfach. Er spähte hinein. Auf dem Monitor konnte man sehen, was es enthielt. Glitzernde Kontaktlinsen. Grün. Ultraviolett. Radioaktiv rot.

»Das ist das Übertragungsmedium. Gut. Du kommst der Sache schon näher.«

»Hier.« Danik drückte auf etwas, und das Ei klappte auf wie eine Osterüberraschung mit hydraulischem Schalenscharnier.

Erneut versanken alle in Schweigen. Eine Lichtblase hüllte das Miasma des Mir-Virus ein. Das Glühen war so transzendental wie ein Traum der Götter im russischen *yakuza*-Himmel. Dieses Ding war eindeutig auf die Koordinaten der Benutzerpsyche eingestellt. Danik sah seine Großmutter. Radik sah seinen Vater mit einer Peitsche, wie er auf ihn eindrosch. Der Yaponchik sah seine Mutter Zahnstocher, obwohl er keinen Gedanken mehr an sie verschwendet hatte, seit sie gehängt worden war.

Erschreckend.

Danik war verdutzt. »Wollen Sie wirklich, daß ich es öffne? Halten Sie das für klug –?«

Der Yaponchik fuhr ihn an: »Ich bezahle dich nicht dafür, besonders klug zu sein. Oder vorsichtig. Ich leite diese Abteilung. *Otkroi.* Öffne es.«

Danik löste die Blase mit seinem VR-Handschuh auf.

Das Glühen erstarrte einen Moment. *Dann besprühte der kleine Scheißer sie!* Der feine Nebel, ultraviolett und schwarz, fegte über sie hinweg und legte sich in einem Umkreis von drei Metern auf alles im Zimmer.

Auch der Yaponchik hatte das Spray schon halb in der Kehle, bevor ihm klar wurde, was für ein geniales Versteck das war – *die Fabergé-Überraschung des Grafen …*

Die Stimme, die sie hörten – und man konnte es nur als eine Stimme bezeichnen, die in hundert russische Dialekte gleichzeitig übersetzt wurde, von Byellorisch über Nischnijnowgorodisch bis zum entferntesten sibirischen Stammeskauderwelsch –, ertönte jäh und übergangslos:

»Hier spricht die Stimme des Gulag. Sie erhalten nun Einlaß in das Arbeitslager, in dem Sie den Rest ihrer Tage verbringen werden. Sie werden erleiden, was es zu erleiden gibt, ohne Möglichkeit einer Zuflucht, ohne Gnade. Sie sind ein Staatsfeind. Und Sie werden Ihre subversiven Taten mit der Höchststrafe bezahlen. Machen Sie sich auf das Urteil gefaßt, das Ihrer harrt. Es beginnt jetzt – alles ist nichts, und nichts ist alles. Man wird Ihnen die folgende Gulag-Kennziffer zuweisen. Sie brauchen sie nicht auswendig zu lernen. Der Gulag merkt sie sich für Sie. Sie werden nie mehr frei sein –«

Der Yaponchik setzte sich auf den Stuhl des Grafen. Er neigte den Kopf, als er sein Todesurteil des Lebens in der Neuronenhölle des *Gulag* entgegennahm. Der Rest war nur noch eine bloße Formalität, die den Alptraum brachte.

Vom *Gulag*, mit Liebe.

Pause

»Das Leben ist eine Fremdsprache.
Bisher hat sie noch kein Mensch
richtig beherrscht.«

Carlos Bulosan

Desir fou – verrücktes Begehren!

Nizza – San Francisco ...

Nelly und Trevor gingen um vier Uhr früh auf dem Le Pen International von Nizza ohne Zwischenfall an Bord des Air-Multi-Mediterranée-Flugs nach San Francisco.

Trevor fand, daß Nelly recht hatte: »Verschwinden wir so schnell wie möglich aus diesem Scheißfrankreich.«

Dagegen ließ sich nichts sagen. Sie stritten nicht mehr miteinander. Was seltsam war, da sie sich beide daran gewöhnt hatten, auszuteilen und einzustecken und einander mit Dreck zu bewerfen. Das schien im Moment hinter ihnen zu liegen.

»Bist du *sicher*, daß du dieses Ding mitnehmen willst?« fragte er Nelly geradeheraus.

Heute morgen nach dem Duschen hatte Nelly reglos vor dem hohen Spiegel des Hotelzimmers gestanden und gründlich ihr neues Tattoo in Augenschein genommen. Es schien sich ein wenig Ruhe zu gönnen.

Es huschte nicht mehr überall auf ihrem Körper herum, wie es das die ganze Nacht getan hatte. In diesem Moment machte es eher den Eindruck, als lege es unter ihrer rechten Brust eine Verschnaufpause ein.

Sie hob die Brust an und drückte sie, als führe sie eine Art übersinnlicher Brustuntersuchung durch, halb in der Erwartung, einen Knoten zu finden.

Was für einen? fragte sich Trevor. *Einen Datenknoten?*

»Hast du gut geschlafen?« fragte er sie und schloß von hinten seine Hand um ihre Brust. Ihr Körper fühlte sich warm und weich an. Er war ebenfalls nackt und halb erregt.

Sie ließ den Kopf auf vertraute Weise auf seine Schulter zurücksinken. Er konnte die Süße nach dem Duschen auf ihrem Rücken schmecken und atmete den Rosenduft ihres shampoonierten Haars ein.

»Mm«, sagte er und rieb seine Wange an ihrem Hals. Sie preßten sich aneinander. »Du riechst gut.«

»Ich habe geschlafen wie ein Stein«, erwiderte Nelly und legte seine Hand behutsam auf ihre andere Brust, wie um den Schläfer nicht zu wecken. »Das heißt, als ich mich erst an das Trippeln seiner kleinen Füße überall auf meinem Körper gewöhnt hatte.«

Nelly betrachtete weiter das Tattoo, das ihr – und das hätte sie auf einen Stapel von Grays *VR-Anatomie*-Büchern geschworen – *zublinzelte*.

»Es ist unheimlich«, erwiderte Trevor. »Wenn du mich fragst.«

Verdammt, allmählich wurde er auf dieses blöde Ding eifersüchtig. Auf die plötzliche und umfassende Aufmerksamkeit, die Nelly ihm zuteil werden ließ.

Er kam sich regelrecht abgeschrieben vor. *Seltsam*.

»Was ist?« Ihr Blick suchte im Spiegel den seinen. Vielleicht hatte er gesehen, wie das Tattoo mit seinen »*WWW*«-Wimpern über ihren Nabel gestrichen war.

»Die Vorstellung, daß du diesem Ding unfreiwillig als Wirt dienst, gefällt mir nicht. Du weißt ja noch nicht einmal, woher es kommt.«

»Oh, ich gewöhne mich langsam daran«, sagte sie und löste sich aus seiner Umarmung. »Es beginnt mir sogar zu gefallen. Es ist cool.«

»›Es ist cool‹«, äffte Trevor sie nach und schüttelte den Kopf. Sie war nur wieder starrköpfig. Er wußte, daß sie das Melodramatische daran zu schätzen wußte. Nellys Motto lautete: je abgedrehter, desto besser.

Sie fuhr eben voll drauf ab. Und freute sich wie ein Zaunkönig darüber, das war nicht zu übersehen. Aber zum Teufel, wenn es nun *gefährlich* war –

»Sieh's doch ein, Nelly«, sagte Trevor mit neutraler Stimme. Er wollte sie nicht in Wut versetzen. »Ich habe allen Grund, mir *Sorgen* um dich zu machen, klar? Ein Tattoo hat sich in dir eingenistet. Und anscheinend ist es sogar intelligent.«

Er hielt inne, damit seine Worte wirken konnten. »Was, wenn es ein *Überträger* ist? Es könnte eine *Büchse der Pandora* sein, Nelly. Muß ich erst alle möglichen Probleme aufführen, in die es dich bringen könnte? Ganz zu schweigen von dem Risiko, das –«

»Nein, mußt du *nicht.*« Nelly wandte ihm ihr Gesicht zu, das eine finstere Entschlossenheit an den Tag legte, wie er sie lange nicht mehr an ihr gesehen hatte. Mein Gott, sie meinte es *tatsächlich* ernst.

»Hör zu, Trevor«, sagte Nelly und packte ihn am Kinn wie ein Bergsteiger, der beim Erklimmen einer steilen Klippe nach dem nächsten Felsen greift.

Ihre Blicke begegneten sich. Er hätte sich nicht abwenden können, selbst wenn er es gewollt hätte. Er war mit dieser Abkürzung vertraut, die sie immer dann nahm, wenn sie seinen schweifenden Gedanken Einhalt gebieten wollte.

Nelly zufolge litt Trevor an »*ZDA*«. Sie bezeichnete seinen Hang zum eindeutigen Realitätssurfen als »*Zustand defizitärer Aufmerksamkeit*«.

»Also gut, ich bin ganz Ohr.«

Sie ließ sein Kinn los. »Ich kann damit *umgehen*, Trevor«, sagte sie zu ihm. »*Vertrau mir.*«

Dann sagte sie etwas, was ihm einen echten Schauer über den Rücken jagte. »*Ich bin jetzt seine Mami.*«

»Bitte schnallen Sie sich an, *m'sieur*«, raunte die Stewardeß von *Air-Multi-Mediterranée* Boris höflich zu. »Links, rechts, ineinander – *klick!*« Sie machte eine kleine Pantomime, um ihm zu zeigen, wie man das anstellte.

»*Da, da*«, erwiderte Boris mürrisch, als er beide Enden des

Gürtels mit einer Heftigkeit zusammensteckte, die den zerrütteten Zustand seiner Nerven verriet.

»*Bon.*« Sie berührte ihn an der Schulter, als wäre er ein Dorftrottel auf Urlaub, und ging weiter.

Tatsache war, daß Boris sich in seinem Seersucker-Anzug, dem chinesischen Polyesterhemd und dem Blümchenschlips von der Art, wie man sie am Bahnhof der transsibirischen Eisenbahn in Birobidschan kaufen konnte, *wirklich* wie ein Bauerntölpel aus Blagowesctschensk vorkam.

Um den Eindruck zu vervollständigen, brauchte er nur noch eine Empfangsbox mit in Taiwan gefertigter Satellitenschüssel und eine schmierige Papiertüte, die bis zum Rand mit Grillhäppchen gefüllt war.

Er rief dieses Erscheinungsbild bewußt hervor. Doch diesmal war es ihm erst auf den letzten Drücker gelungen, in seine gewohnte Rolle zu schlüpfen. Es hatte so viele lose Enden in Cagnes-sur-Mer gegeben, um die er sich kümmern mußte. Wie etwa der »Führung« Bescheid zu geben – und abzuwarten, bis er grünes Licht bekam.

Und dann seine Aufgabe dort. Der arme Alyoscha hatte es eigentlich nicht verdient, so mißbraucht zu werden. Aber die »Führung« hatte nicht sehr viel Geduld mit Menschen – ob tot *oder* lebendig.

Geld war ebenfalls ein Problem gewesen. Boris hatte keinen Creditchip verwenden wollen – das hätte es möglichen Verfolgern zu leicht gemacht.

Also hatte er am *M'sieur-Cash*-ATM auf dem Flugplatz herumtricksen müssen. Gewöhnlich dankten die Geldmaschinen, denen er einen Einlauf verpaßte, es ihm mit einem netten kleinen Jackpot, einem endlosen klirrenden Geldstrom – und dem Verzicht auf Fragen.

Doch dieser hier hatte eine neue Software mit einem Benehmen wie ein ungehobelter französischer Kellner gehabt. *Merde alors*, er hatte sich einfach geweigert, ihm zu dienen, und auf seine Versuche, ihm den Zaster mit einer gestohlenen EC-Karte der Banque du Maroc zu entlocken, nur mit einem blasierten Naserümpfen reagiert.

Boris hatte es schließlich doch noch geschafft, ihn leerzuräumen, und den alten arabischen Würgegriff bei ihm angesetzt, während er den ätzenden Spott kassierte: »*Votre carte d'identité, s'il vous plaît. Beweis für Einwanderungsstatus. Anzahl der Mitglieder des Haushalts –*«

Nicht schlecht für einen schnellen Job auf einem knallvollen französischen Flugplatz. Ach Scheiße, es war sowieso nur Cartoongeld. Anderes Geld gab es nicht mehr. Doch es brachte ihn von einem Cartoonland in ein anderes …

Boris machte es sich jetzt auf seinem Platz bequem und ließ das junge amerikanische Paar drei Reihen vor ihm nicht mehr aus den Augen.

Er verfolgte sie schon, seit im *Bistro du Chat Noir* die Hölle losgebrochen war. Er hatte draußen gestanden und alles beobachtet, das Gespräch zwischen Alyoscha und dem Grafen. Den Verrat des Grafen. Das Losgehen des Betäubungslasers … Der Lichtblitz hatte ihn geblendet. Er war viel zu stark eingestellt gewesen, auf Töten, nicht auf Betäuben. Diese *Bastarde*.

Doch Boris hatte deutlich gesehen, wie der Antichrist von Alyoschas Hals gesprungen war – mitten in das blonde Sicherheitsnetz des Haars der Amerikanerin. Erstaunlich, daß das *Deuxième Bureau* dieses akrobatische Bravourstück verpaßt hatte.

Sicher waren sie zu sehr damit beschäftigt gewesen, algerische Greenpeace-Terroristen zusammenzutreiben, um sich darum kümmern zu können, sinnierte er. *Das* Deuxième *hatte nicht genug Mitarbeiter. Das mußte es sein.*

Boris' tragbares Neurometer bestätigte, daß ein Biotransfer von einem Medium in ein anderes stattgefunden hatte. Zum *Beispiel von einem geschmolzenen Monokel, das den Virus enthielt, in ein unruhestiftendes Tattoo …*

Deshalb hatte Boris, als das Mädchen die Fluggesellschaft angerufen hatte, um für den nächsten Tag zwei Tickets nach San Francisco zu buchen – *»Eines auf Mr. Trevor Gobi und eines auf Ms. Nelly Govinda-Anderson, s'il vous plaît«* –, auch gewußt, daß der Grund nicht in dem Trauma zu suchen war, sich zur falschen Zeit am falschen Ort befunden zu haben und sich jetzt zu Hause in Sicherheit bringen zu müssen.

In ihrer Stimme war zuviel Pseudoadrenalin gewesen. Sie befand sich schon in einem *veränderten* Zustand. Auch das zeigte sein Neurometer an, wenn er sich ins Minstrel-System des Hotels einklinkte. Blöde Ziege. Sie dachte, sie hätte alles im *Griff*. Sie hatte keinen Schimmer, daß sie manipuliert wurde.

Mir befand sich auf der Flucht. Nicht *sie*.

Er saß drei Reihen hinter ihnen und konnte nach dem Start des Flugzeugs alle ihre Bewegungen verfolgen.

Nelly blickte aus dem Fenster auf das Panorama der Riviera mit ihrer blauen mediterranen g-Saite tief unten hinab. Trevor kämpfte mit dem Verschluß einer Miniflasche *Beaujolais nouveau*. Er ging Boris damit schon auf die Nerven. Am liebsten wäre er zu dem Amerikaner hingegangen, hätte sich die Flasche geschnappt und sie aufgeschraubt.

Die Stewardeß kehrte zurück, in ihr flottes blaues Miyake-Cardin-Kostüm gekleidet, und verteilte VR-Headsets an die Passagiere.

»*Njet*«, begegnete Boris ihrem Die-Straßen-von-Paris-Lächeln mit finsterer Miene. »Hab das hier.« Er deutete auf den Player auf seinem Schoß. »Sony-Walkman.«

Sie nickte nachsichtig und ging weiter. Dem war nicht zu helfen, wirklich. Er setzte die Kopfhörer auf und stellte den Peiler ein. Drei Reihen nördlich auf den Koordinaten Alpha und Omega. Sitze 11A und 11B. Er wollte alles hören, was die Amerikaner zueinander sagten.

Die alte Technologie war der neuen Plastik-VR doch jederzeit haushoch überlegen.

»Bist du endlich fertig?« fragte Nelly Trevor, der den Versuch aufgegeben hatte, seine Miniflasche *Beaujolais nouveau* zu öffnen. »Komm, laß mich mal ran.« Sie nahm die Flasche an sich, schraubte den Verschluß auf und gab sie ihm zurück.

»*Santé*«, sagte Trevor, als er den Wein in einen Plastikbecher goß und hinunterkippte. »Auf dich, Nelly.« Er schmeckte sauer. »Und adieu, *Fronkreisch*.«

Sie lugte zu ihm hinüber. »Du bist doch nicht wütend, daß wir vor der Zeit abreisen, oder?«

»Nein, nicht im geringsten«, versicherte Trevor ihr hastig. »Ich meine, wir haben das Land in – was? – zwei oder drei Tagen voll ausgekostet. Wir wurden beschossen, ärztlich behandelt und von einem Tattoo aus dem Weltraum heimgesucht – ähm, das dürfte eigentlich genug Aufregung für einen Urlaub sein, findest du nicht?«

»In Paris waren wir auch einen Tag.«

»Ja, waren wir.«

»Du bist enttäuscht, weil wir das Rodin-Museum nicht besucht haben. Tut mir leid. Du wolltest das Original des Denkers sehen.«

Trevor zuckte mit den Achseln. »Nur der gute Wille zählt.«

»Kopf hoch, Trevor.« Nelly konnte sehen, wie niedergeschlagen er war. Sie kannte den Grund. Er war *eifersüchtig* auf ihr Tattoo.

Sie kannte diesen Blick aus traurigen Hundeaugen, mit dem Trevor immer dann aufwartete, wenn er glaubte, daß ein Typ, mit dem sie gerade vor seinen Augen flirtete, ihr ungewöhnlich gut gefiel. Sein verletzter Stolz wartete nur darauf, unter dem Gullideckel hervorzuspringen.

Trevors Mienenspiel war ja *so* vorhersehbar, dachte sie. Ihm standen ungefähr zweiundfünfzig Standardausdrücke zur Verfügung, eigentlich eine ganze Menge, wenn man es recht bedachte, und Nelly mußte sie alle in Erinnerung behalten wie Karten in einem Spiel, das sie seit Ewigkeiten spielten.

Das einzige Problem bestand darin, daß sie nie wußte, *wann* er den Joker zog. Wozu er *absolut* fähig war, rasch und impulsiv und mit einer blinden Wut, die sie stets von neuem in Erstaunen versetzte.

So war Trevor. Eine gewisse unberechenbare Offensichtlichkeit floß in seinen Adern …

Doch diesmal wollte Nelly auf keinen Fall zulassen, daß seine besitzergreifende Art sie verwirrte. *Wenn er auf ihr Tattoo eifersüchtig war, dann würde er sich eben daran gewöhnen müssen!*

Nelly spürte, wie eine seltsame neue Erregtheit in ihr aufstieg. Als stünde ihr die Erforschung eines noch nicht kartographierten Bereichs ihres Herzens bevor – und niemand, nicht einmal Trevor, würde ihr den Spaß daran nehmen können. Jetzt konnte sie ihm all die Schmerzen und die Eifersucht heimzahlen, die er *ihr* zugefügt hatte …

Mit »Sindbad« – das war der Name, den sie ihrem Tattoo gegeben hatte – kam sie mittlerweile ausgezeichnet klar. Er (es war eindeutig ein »Er«, denn er besaß starke männliche Energien) war aus dem Nichts heraus aufgetaucht wie sein literarischer Namensvetter, um eine seiner vielen heldenhaften Reisen anzutreten.

Sindbad ruhte noch immer zwischen ihren Brüsten. Er befand sich schon eine ganze Weile dort. *Ups!* Sie spürte, wie die spinnenartigen Bewegungen seiner intelligenten Fonts sie kitzelten.

Mit Absicht? *Es machte sie an … mein Gott, wie sehr es sie erregte!*

Nelly knuffte Trevor spielerisch an die Schulter. Mehr aus Mitleid denn aus Schuldgefühlen. »Hast du dein Scheusal heute schon umarmt?« fragte sie ihn. »Ständig redest du davon, daß die ›dunkle Seite‹ mehr Spaß macht. Weißt du, das *stimmt* –«

»Dunkle Seite, schmunkle Seite«, konterte Trevor. »Du hast eindeutig ein *Verhältnis* mit diesem *Ding*. Mir kannst du nichts vormachen.«

»Eh, Schatz, so würde ich es nicht nennen. Es ist sehr *sensibel*, weißt du?«

Trevor goß sich noch etwas Wein ein und wurde mürrisch, als er über diese Bemerkung nachdachte.

»Wie wär's, wenn wir uns jetzt entspannen und diesen Flug genießen?« sagte Nelly heiter. Sie wollte unbedingt das Thema wechseln. »Was liest du da?«

Wie üblich hatte Trevor einen Stapel Taschenbücher auf dem Schoß. Als Leser war er das reinste Krustentier und bewegte sich seitwärts von Buch zu Buch wie ein Krebs.

»Ach, einen dieser von Philip K. Dick durchgegebenen Romane. Der hier heißt *Nichts als Alibis*. Er handelt von einem alternativen Universum, in dem alles viel gewöhnlicher ist, als es den Anschein hat.«

»Tja«, grinste Nelly, »wenn jemand die Energie hat, nach seinem Tod noch SciFi-Romane zu schreiben, dann Philip K. Dick. Wie viele waren es bisher?«

»Durchgegeben? Zweiundvierzig.«

»Das sind mehr, als er im wirklichen Leben schrieb.«

»Was soll ich sagen? Er ist eben produktiv. Und was liest *du*?«

»Etwas sehr Französisches. Eine Übersetzung von Pierre Flambays *Der Niedergang des Begehrens*.«

»Von dem Buch habe ich schon gehört. Was gibt der Typ denn so von sich?«

»Nichts ist existentieller als Ficken. Und es macht viel mehr Spaß als Zank und Streit.«

Aus irgendeinem Grund machte Trevor das schwermütig. Sein nächster Gedanke war, daß sie wohl bald in einer Dreiecksbeziehung mit diesem Tattoo leben würden. Darauf lief es anscheinend hinaus.

Boris dachte das gleiche.

Das TATTOO wartete, bis die Beleuchtung in der Kabine für den Bordfilm gedimmt wurde, bei dem es sich um ein Remake von

Jacques Tatis *Mon Oncle* handelte, eine klassische französische Farce über die außer Rand und Band geratene Technologie einer modernen Küche. Die Kessel wurden von Tänzern des Crazy Horse Cabaret in Paris gespielt. Der Herd war ein recycelter Jean Gabin, der mit der Zigarette im Mund mehr tot als lebendig aussah.

Trevor las weiter in *Nichts als Alibis*. Nelly machte ein Nickerchen. Das TATTOO wanderte die Innenseite ihres Schenkels hinab, dann die Wade entlang und verließ sie zwischen den Riemen ihrer rechten Sandale.

Von dort aus beschrieb es einen einfachen Weg durch die verdunkelte Kabine von einem Knöchel zum nächsten. Am behaarten Fuß des Russen hielt es inne und schnüffelte am Schuhleder herum. *F.r.e.u.n.d. v.o.n. f.r.ü.h.e.r.e.m. W.i.r.t.*, dachte das TATTOO in einer Abfolge winziger Sprechblasen, dann huschte es weiter.

Die sterblichen Überreste von Alyoscha, die sich zwischen seinen Biosensoren abgesetzt hatten, versuchten einen stummen Aufschrei. *Boris!!!* Doch es kam keine Antwort, wie in einem schlechten Traum. Alyoscha war ohnehin schon Geschichte, im Nichts gefangen. Sein Geist würde aber erst frei sein, wenn dieses vom Virus erfüllte Tattoo nicht mehr die Ebene der Sterblichen durchstreifte.

Sein Bewußtsein fühlte sich wie Eiter an, der verzweifelt bemüht war, seiner Hülle fleischlicher Erinnerungen zu entrinnen. *H.a.l.t. R.u.h.e.*, warnte das TATTOO die menschliche Eiterbeule, und Alyoscha verstummte wieder.

Das TATTOO erreichte den verabredeten Treffpunkt unter dem Getränkewagen in der Bordküche im Heck.

Die anderen intelligenten Tattoos erwarteten es schon. Sie hatten an Wodka mit Ananassaft genippt (Del Monte's) und sich an den Dünsten von Hennessy-Cognac berauscht. *F.r.e.u.n.d.e.*, begrüßte das TATTOO sie mit einem Schlag seiner oberen Spinnenfäden.

U.n.s.e.r. A.n.f.ü.h.r.e.r., erwiderten die Tattoos einstimmig.

Insgesamt befanden sich fünfzehn Tattoos an Bord des Flugzeugs, zwei aus der Ersten Klasse und der Rest aus der Touristenklasse.

A.u.s.g.e.z.e.i.c.h.n.e.t., sagte das TATTOO zufrieden über das Ergebnis. *S.e.i.d. i.h.r. a.l.l.e. i.n.k.o.g.n.i.t.o. h.i.e.r.?*

N.a.t.ü.r.l.i.c.h. B.i.e.n. s.û.r. J.a. H.a.i. D.a. S.i., erwiderten sie in so vielen Tattoosprachen, wie es Tattoowirte gab.

W.o.h.e.r. k.o.m.m.t. i.h.r.? W.o. s.e.i.d. i.h.r. g.e.b.o.r.e.n.? wollte das TATTOO wissen.

I.n. T.u.n.i.s. B.a.r.c.e.l.o.n.a. M.ü.n.c.h.e.n. C.h.i.c.a.g.o. A.t.h.e.n. T.o.k.i.o. S.a.n. F.r.a.n.c.i.s.c.o. L.o.s. A.n.g.e.l.e.s. P.a.r.i.s. B.u.e.n.o.s. A.i.r.e.s. M.e.x.i.c.o. C.i.t.y. O.d.e.s.s.a. B.o.g.o.t.a. G.e.n.f. T.a.n.g.e.r.

H.a.t. j.e.m.a.n.d. V.e.r.d.a.c.h.t. g.e.s.c.h.ö.p.f.t.? erkundigte sich das TATTOO.

Stille trat ein.

N.u.n.?

E.m.p.f.i.n.d.e.t. j.e.m.a.n.d. e.t.w.a.s. A.u.ß.e.r.g.e.w.ö.h.n.l.i.c.h.e.s.? wiederholte das TATTOO seine Frage.

Ein mageres kleines Tattoo, der Agent aus Marokko, kicherte. *S.i.e. s.p.ü.r.e.n. a.l.l.m.ä.h.l.i.c.h. a.l.l.e. d.a.s. v.e.r.r.ü.c.k.t.e. B.e.g.e.h.r.e.n. L.e. d.é.s.i.r. f.o.u.*

D.a.s. i.s.t. s.c.h.o.n. i.n. O.r.d.n.u.n.g. S.o.l.a.n.g.e. s.i.e. n.i.c.h.t. e.j.a.k.u.l.i.e.r.e.n. D.e.n.k.t. d.r.a.n., F.l.ü.s.s.i.g.k.e.i.t.e.n. s.i.n.d. v.e.r.b.o.t.e.n.

Das argentinische Tattoo, das wie ein Seepferdchen geformt war, wiegte sich vor und zurück. *D.i.e. M.e.n.s.c.h.e.n. k.o.m.m.e.n. n.u.n. m.a.l. g.e.r.n. z.u.m. H.ö.h.e.p.u.n.k.t.*

S.i.c.h.e.r., sagte das TATTOO , und seine Biosensoren bebten warnend. *A.b.e.r. d.e.s.h.a.l.b. d.a.r.f. m.a.n. e.s. i.h.n.e.n. n.o.c.h. l.a.n.g.e. n.i.c.h.t. e.r.l.a.u.b.e.n.*

Z.e.u.g.u.n.g. i.s.t. A.u.f.r.u.h.r., rief das deutsche Tattoo.

G.e.n.a.u., nickte das TATTOO.

A.l.s.o., w.a.s. g.i.b.t. e.s. N.e.u.e.s.? zischte das japanische Tattoo leise.

J.a., w.i.e.s.o. h.a.s.t. d.u. d.i.e.s.e.s. T.r.e.f.f.e.n. e.i.n.b.e.r.u.-f.e.n.? wollte das tunesische Tattoo wissen. *W.a.r.u.m. s.o.l.l.t.e.n. w.i.r. d.i.r. ü.b.e.r.h.a.u.p.t. z.u.h.ö.r.e.n.?*

Das TATTOO schwang wie ein Skorpion seinen Stachel und traf den Tunesier. Das Tattoo aus Tunesien zerbröckelte wie eine verbrannte Holzkohlefaser und sackte mit einem leisen Ploff, das nur die anderen Tattoos hören konnten, auf den Küchenboden. Ihnen entging nicht die Schnelligkeit der Bestrafung, und sie begriffen, daß Ungehorsamkeit eine schlechte Programmierung war.

W.i.l.l. n.o.c.h. j.e.m.a.n.d. a.u.f.b.e.g.e.h.r.e.n.? wandte das TATTOO sich an die kleine Gruppe. Die Tattoos wagten nicht einmal zu flüstern.

G.u.t. D.a.n.n. m.a.c.h.e.n. w.i.r. j.e.t.z.t. w.e.i.t.e.r. Ö.f.f.n.e.t. e.u.r.e. H.e.r.z.e.n. u.n.d. e.u.r.e.n. V.e.r.s.t.a.n.d.

Alle knieten vor dem TATTOO nieder, als ihr Herr ihnen sein zweites und siebtes Chakra öffnete.

I.c.h. g.e.b.e. e.u.c.h. M.i.r., sagte das TATTOO. *F.r.i.e.d.e.n. E.i.n.e. W.e.l.t. o.n.l.i.n.e. u.n.d. o.f.f.l.i.n.e. I.n. a.l.l.e. E.w.i.g.-k.e.i.t.*

N.u.n. g.e.h.t., wies das TATTOO sie an. *K.e.h.r.t. z.u. e.u.r.e.n. W.i.r.t.e.n. z.u.r.ü.c.k. U.n.d. m.e.h.r.e.t. e.u.c.h. n.a.c.h. H.e.r-.z.e.n.s.l.u.s.t.*

Die Gruppe Tattoos blieb noch eine Weile in stummer Gemeinschaft zusammen. Dann schlich sich jedes in der verdunkelten Kabine wieder dorthin zurück, von wo es gekommen war, auf daß sie, die Mitglieder des giftigen Stammes, sich wieder an die bloßen Glieder hefteten.

Da draußen gab es eine Welt, die nur darauf wartete, vom Licht der Liebe des »Tattooisten« erobert zu werden.

Zweiter Akt

»Würde die echte Leiche sich bitte erheben?«

Allucquere Rosanne Stone

Schlechter *chai*

San Francisco ...

Trevor befand sich in einem Zustand seelischer Erregung. Er war jetzt seit drei Tagen zurück. Und es waren drei leidvolle Tage gewesen, angefüllt mit schlechtem Schlaf, schlechten Träumen und einem üblen Gurgeln des Gedärms im zweiten Chakra seines Sonnengeflechts.

Sein *hara* – dieses mystische japanische Energieband um die Körpermitte herum – fühlte sich an, als hätte ein Python sich um ihn geschlungen wie ein reptilienhafter Leibgurt, der einem Dschungelgemälde von Rousseau entflohen war.

Er spürte *lebhaft* den Schmerz – ein zuckendes, galliges Neongrün. Er trug den alten *haramaki* seines Vaters, eine japanische Bauchbinde aus Wolle, die eigens dafür entworfen war, die mentale Anspannung in seinem Magen zu lindern.

Trevor hatte seinen *haramaki* ein wenig abgeändert, indem er kleine Orgon-Kupferplatinen hatte einnähen lassen, um den heilenden Energiefluß zu beschleunigen. Er war sicher, daß das seinen Dad amüsiert hätte.

Wo trieb er sich überhaupt herum, wenn er ihn *einmal* brauchte, um ein Gespräch mit ihm zu führen? Das war doch blanke Ironie. Einer der Lieblingsaphorismen seines Vaters lautete: »*Wenn du deinen Sohn liebst, laß ihn reisen ...*«

Und dann hatte er, *Dad*, sich prompt auf und davon gemacht, mit Tara an seiner Seite. *Wirklich klasse, Dad.*

Trevor stöhnte auf, als er den Haufen neuester indischer Sitcoms von Star TV durchging, Zeug, das er verpaßt hatte, als Nelly und er in »Urlaub« gewesen waren.

Die Show hieß *Chakras* und war reines Bollywood, angefüllt mit tanzenden Göttern und Göttinnen und verruchten Religionen. Im Pantheon der Hindus gab es mehr Götter als Menschen in Kalkutta, hatte er einmal irgendwo gelesen.

Doch schon bald war er der Glöckchen und nackten Frauenbäuche, dem Klingeln der Fingerschellen und dem endlosen Dröhnen der *veena* überdrüssig. Er schaltete ab –

Nach ihrer Ankunft in San Francisco hatte Trevor Nelly nach Hause gebracht. Sie wohnte in einer Seitenstraße der Haight Street in einem restaurierten viktorianischen Haus, in dem vor nahezu einem Jahrhundert Donovan gelebt hatte, als der »Sommer der Liebe« seinen psychedelischen Höhepunkt erreichte. *»Sunshine Superman«*, *»Mellow Yellow«*, *»Catch the Wind«*, sie hatte alle ihre Zimmer nach Songs von Donovan benannt.

Man sollte meinen, er wäre Swinburne, Oscar Wilde oder Byron gewesen. Donovan ist Donovan, okay? So hatte *dieser* Streit begonnen – *Herrje, jetzt fing er schon an,* alte *Kämpfe mit Nelly noch einmal auszutragen* ... Sicher hatte er Fieber. Wieder stöhnte er auf und griff nach seinem Becher *chai*, gesüßtem indischem Tee mit Gewürzen und Honig.

Bäh. Ihm wurde ein wenig übel. Heute war ein schlechter Tag für *chai*.

Das Kräuseln einer Halluzination ging vom Nullpunkt des Luftbildschirms neben seinem Bett aus. Er hatte eine kleine Erbschaft für das Intravisionssystem von Sony-Omtron ausgegeben – 7.999 Dollar, um genau zu sein, im Electroshop God Guy. Es handelte sich um den ersten unsichtbaren Fernseher der Welt.

Ein Jammer, daß er nicht für unsichtbare Couchpotatoes entwickelt worden war. Trevor hatte den Eindruck, in einem Strudel verborgener Para-Optik zu verschwinden. Im Grunde war der Intravision eine dreiäugige Bestie. Drei Augen, die wie glühende schwarze Kohlestücke strategisch an der Wand angebracht waren, eigentlich kaum wahrnehmbar, wieder einmal das

Werk genialer japanischer Designer. Die drei Strahlen bildeten einen Bildschirm jeder gewünschten Größe und jeden Ausmaßes. Man brauchte nur noch seine VR-Totenkopfkappe und seine ausgeflippte Omabrille aufzusetzen, und schon konnte man nach Belieben von Rave zu Grave zappen.

Er fühlte sich zu schwach und mutlos, um die »Schmuse-Linie« aufzurufen, wo man sich (zur sofortigen Stimmungsänderungstherapie) mit Avatar-Babes vergnügen konnte, und wenn er in den »Diskombulat-Modus« ging (alias »VR-Glückstreffer: Du *bist*, was du *fühlst*«), würde er es später vielleicht bereuen. Als er es das letzte Mal riskiert hatte, waren ihm innerhalb von zehn Minuten *drei* alte Freundinnen über den Weg gelaufen. Das bewies wohl, daß Zeit und Raum relativ waren.

Mist, die VR kam ihm allmählich schon wie eine alte Freundin vor …

Nein, er wollte einfach nur mit seinem haramaki *in einer bequemen Fötusstellung zu Hause abhängen, besten Dank auch …*

»Trevor?« vernahm er die Stimme von Juan, dem alten Hausdiener seines Dads, der die Leiter zu seinem Loft hochstieg.

Juans freundliches Gesicht erschien auf Bodenebene. Dienstags kam er immer vorbei, um das Durcheinander aufzuräumen und das Sterbende wiederzubeleben.

»Alles in Ordnung?« fragte ihn Juan. »Ich bin schon beinahe fertig.« Sein breites Gesicht, der zimtfarbene Ton, wurde von einem vollen Schopf Mayahaars gekrönt, schwarz mit stahlgrauen Strähnen. Juan hatte Trevor von Kindheit an großgezogen, er war Zeuge des Entsetzens und der Verheißung gewesen … Seine mitfühlenden braunen Augen strahlten ihn mit einem neugierigen Funkeln von der Treppe aus an.

Der junge Herr Trevor sieht nicht allzugut aus, als durchleide er wieder eine Midlove-crisis … Er hatte den Ausdruck früher schon in verschiedenen Graden menschlicher Selbstaufopferung an ihm gesehen.

Die Göttin ist heute hungrig, beschloß er. *Armer Trevor.*

»Danke, Juan«, erwiderte Trevor. »Mir geht es gut.«

»Übernehmen Sie sich nicht, ja?«

»Wobei denn übernehmen?«

Juan verdrehte die Augen. »Bei dem, was Sie vorhaben.«

Trevor lachte. »Sie haben recht. Haben Sie in letzter Zeit etwas von meinem Vater gehört?«

Juan gluckste. »Ihrem Papa … dem geht es bestens, machen Sie sich nur keine Sorgen. Wenn es an der Zeit ist, wird er sich schon mit Ihnen in Verbindung setzen.« Er hielt inne. »Haben Sie seine letzte Postkarte bekommen?«

»Die aus dem Goldenen Dreieck? Ja. Er hat sie in einem Lahu-Dorf an der thailändisch-birmesischen Grenze aufgegeben. Die meinen Sie doch, oder?«

»Genau die.«

Trevor seufzte. »Was hat er überhaupt vor?«

Juan zuckte mit den Achseln. »Soll ich Ihnen noch ein Tamales machen, bevor ich gehe? Sie müssen etwas essen.«

Trevor verzog das Gesicht. Sein Herz fühlte sich wie ein zusammengerolltes Tamales an, Maiskörner außen, gepreßtes Hackfleisch innen. »*Gracias*, no, *por favor* –«

»Okay, okay.« Juan warf ihm spöttisch einen finsteren Blick zu. »Nächsten Dienstag, wenn Sie dann auch nichts essen, gibt's was mit dem *Schlauch* – dann stopfe ich Ihnen schwarze Bohnen in den Rachen.«

»Bis nächste Woche, Juan.« Trevor winkte mit schwacher Hand und ließ den Kopf aufs Kissen sinken. Sein Futon war auf einer Plattform mit *tatami*-Matten ausgebreitet.

Durch das Deckenfenster konnte er das graue Licht von San Francisco sehen, das den Eindruck erweckte, als habe jemand trübes Wasser aus einer Schöpfkelle in ein Steinbecken gegossen. Er lebte nun schon seit drei Jahren in diesem Loft in South of Market, und anfangs war es ein Mordsspaß gewesen. Cafés, Clubs, Galerien, das Nachtleben der Avantgarde, Musik, Liebe, Gelächter, *hahaha* …

Jetzt kam es ihm wie der hinterste Winkel von Sibirien vor, aber mit Läusen infiziert …

»Bye.« Er hörte, wie Juan ging und unten die Tür hinter sich schloß.

Nelly, Nelly, Nelly … Auf einmal vermißte Tevor sie über alle Maßen. Wie konnte sie ihm das nur antun? Sie hatte ihm für ein Tattoo den Laufpaß gegeben.

Der Luftbildschirm kräuselte sich wieder ungeduldig. Doch Trevors System war auf Vibracom geschaltet, und die pulsierende elektrische Brise bekam ihn nicht wach. Die Weckautomatik nahm einen neuen Anlauf …

Trevor schlummerte. Er erlebte einen alptraumhaften Schlaf. Das gehörte zu seinem Heilungsprozeß. Sein Unterbewußtsein hatte mit seinem Bewußtsein gewettet, daß er standhielt. Er trieb in der Strömung des Schlafs dahin, und sein *hara* machte Sprünge rückwärts mit anschließender Schraube ins Babybecken seiner Psyche.

»Die Sonne drang heute so sanft durch mein Fenster herein … wie leicht hätte ich mich in einen Trip flüchten können, doch ich habe mich geändert. Es wird dauern, ich weiß, doch irgendwann wirst du wieder mein sein, ich weiß es genau, und dann werden wir es stilvoll tun …«

Er stand vor Nellys Wohnung an Donovans Tür. Donovan, der Poet. Er wollte gerade klingeln, doch statt dessen zog er den Schlüssel aus der Tasche, den Nelly ihm gegeben hatte. *Sollte er wirklich?* Er schob den Schlüssel ins Schloß und machte leise die Tür auf.

Von oben aus dem Schlafzimmer drang leise Sitar-Musik. Trevor traf es wie ein Schlag. Sie hörte diese Musik gern, wenn sie sich liebten. Vom Fuß der Treppe aus roch er die Räucherkerze mit Rosenduft. Er schwankte.

Mein Gott, er konnte keinen Finger rühren. Seine Beine waren wie die Wurzeln eines Banyanbaums, die sich unter den Dielen ausbreiten. *Schlief* er? War es nur ein *Traum*?

Er nahm seinen ganzen Willen zusammen. Vergebens. Er konnte nicht einen einzigen Muskel rühren.

Die perlende Sitar-Musik drang weiter an sein Ohr, als wäre es Nellys Liebeshauch. Als sie sich das letzte Mal *wirklich* geliebt hatten, war er im Rhythmus dieses Abschnitts der Musik schier vergangen.

Jetzt bewegte sich Trevors Fuß, und er machte tapsig einen Schritt nach dem anderen wie Frankensteins Monster in Fußketten. Lächerlich, doch noch mehr als das: *schmerzhaft*. Er wurde schneller und konnte es sich nicht mehr leisten stehenzubleiben, obwohl er mehr Angst vor dem hatte, was er vorfände, als davor, wie ein gemeiner Dieb beim Herumschleichen in Nellys Haus erwischt zu werden.

»*Erst ist dort ein Berg, und dann ist da kein Berg mehr, und dann ist da …*«

Nellys tibetische Fahnen hingen treppauf an der Wand, und sie flatterten im Lufthauch seiner Bewegung. Zornige tibetische Gottheiten, die auf dem Spielfeld zwischen Himmel und Erde schwebten, stürzten bei jeder Stufe, die er erklomm, wie tantrische Quarterbacks auf ihn zu. Mahakala schnitt eine Grimasse, und Flammen schossen aus seinen Augen. Wahllos wurde er mit *karma* beworfen.

Es bereitete ihm höllische Schmerzen, doch schließlich erreichte er den oberen Treppenabsatz. Die Schlafzimmertür stand weit offen. Im Inneren des Zimmers war es dunkel, doch die lodernden Kerzen hüllten den Liebesakt, der sich dort abspielte, in ihren weichen Schein.

Trevors Herz fühlte sich wie ein Brett an, das von Sechs-Zoll-Nägeln durchbohrt wird. Die Verdammung war der Preis, den er für sein Eindringen würde bezahlen müssen. Ob er das ertragen konnte?

»Nelly?« Seine Stimme klang hohl, doch irgendwie auch wie

der schlichte Ruf eines Froschs von einem Lilienblatt zu einem anderen. Leiser jetzt: »*Nelly?*«

Stille.

Sie hatte ihn gehört. Nun drang leise *ihre* Stimme zu ihm heran: »*Trevor?*« Er versuchte den Tonfall zu deuten. Sprach daraus Angst, Überraschung, Wut oder Scham? Er hörte das Geräusch einer Bettdecke, die hastig hochgezogen wird. *Also gut* – er war schon halb drin, und es gab kein Zurück mehr.

Der Augenblick der Wahrheit war gekommen. Er stieß die Tür auf. »Nelly –«

»*Du mußt jede Masche aufnehmen, mmmh, das ist die Jahreszeit der Furie, die Jahreszeit der Furie, ja, das ist die Jahreszeit der Furie …*«

Nelly knipste das Licht im Zimmer an und stellte die Sitar-Musik ab. Die Flammen der Kerzen wirkten nackt. Sie saß aufrecht im Bett, das Gesicht kalkweiß. Die Lippen waren aufeinandergepreßt, die Wangenknochen gespannt.

»*Trevor, was machst du denn hier!?*« Nelly zog die Bettdecke noch höher, doch Trevors Hand hielt sie fest.

Unter dem weißen Leinen huschte etwas davon. Er riß ihr die Decke vom Leib, und ihre Augen verloren alle Farbe. *Das Tattoo versteckte sich unter ihrem Geschlecht wie ein Voyeur aus der Hölle …*

»*Nelly?*« Trevors bohrender Blick begegnete ihrem.

Doch in seiner Stimme lag keine Frage. Der Name seiner Verzweiflung lautete Nelly, und er hatte ihn schlicht und einfach ausgesprochen.

Kalt und grausam musterte Trevor das Spielfeld. Da lag ihr Vibrator, eine nette kleine Rakete, das ideale Reittier für ein Tattoo. Ein Fläschchen Gleitmittel. Ihre Brustwarzen waren noch erregt. Karamelfarbene Aureolen wie thailändischer Eistee.

Seine Brust hob sich, als er schluchzte. Nelly verbarg ihr Gesicht in den Händen. »Geh einfach, Trevor. Bitte laß mich allein!«

Er war ein Mistkerl. Na schön, das war eben seine Schattenseite, und außerdem war er die Marionette eines Bauchredners. Er konnte sich die Entgegnung nicht verkneifen: »Und, ist er ein guter Liebhaber? Ich meine, *befriedigt* er dich?«

Sie schlug ihn so heftig, daß er erwachte.

Er lag schwitzend auf seinem Futon, die Gedanken ein wirres Knäuel. Ein schrecklicher Traum. Ein schrecklicher, schrecklicher Traum. Das täte er Nelly *niemals* an, schwor er sich. *Niemals.*

Was zum Teufel!? Auf dem Luftbildschirm des Sony-Omtron-Intravision verschwanden gerade die Parapixel. *War das System an gewesen? Verdammt!*

Er setzte sich auf. Der Schweiß hatte sein Haar durchnäßt, als hätte er eine Vollkörperdusche genommen. Er griff nach dem Kontrollgerät. Er überprüfte die zuletzt benutzte Einheit. Unmöglich ... Er hatte in *Verbindung* gestanden!

Nellys Nummer stand auf dem Display. *Was ... wer?* Bevor das letzte Bild vom Intravision verschwand, sah er Nellys Kerzen, die noch im PersaChannel loderten.

Er sah ihr Gesicht, das ihn anstarrte, als die Pixel sich wie ein Gespenst auflösten, das mitten im Orgasmus unterbrochen worden war.

Gleich darauf vibrierte der Bildschirm wieder. Trevor klickte auf Empfang. *Mein Gott, was sollte er Nelly sagen? Daß er wieder schlafgewandelt war?*

Trevor war eindeutig Schlafwandler. Er hatte es früher schon getan. Anfangs hatte Nelly das zwar seltsam, aber irgendwie auch bezaubernd gefunden. »*Du bist die einzige Person, die ich kenne, die sogar teleschlafwandelt, Trevor ...*«

Es war Nelly. Ihr Gesicht war ebenso verschlossen, wie es das ... im ... *Traum* ... gewesen war?

Nelly hatte ihre Tränen abgewischt, und ihre Stimme klang nüchtern. »Ich glaube nicht, daß wir uns noch einmal sehen sollten, Trevor. Bitte ruf mich – äh – nicht mehr an. Ich werde meine Nummer ändern lassen. Hast du verstanden?«

Dann legte sie auf. Mit ausdrucksloser Miene griff er nach seinem Becher *chai* und führte ihn an die Lippen. Er war kalt.

Er kippte den schlechten *chai* hinunter.

Im Brain Wash

Mitternacht war bei den Vampiren und Walküren von South of Market die beliebteste Zeit, um im Brain Wash Café & Laundromat in der Folsom Street ihre Wäsche zu machen. Es handelte sich um ein heidnisches Ritual der Säuberung, an dem teilzunehmen sich Trevor vor allem deshalb verpflichtet fühlte, weil sein Sack mit Schmutzwäsche von seinem Trip nach Frankreich schon mehr als überquoll. Er mußte also entweder ins Brain Wash oder sich im Gap Taqueria in der Harrison Street neue T-Shirts, Jeans und Unterwäsche besorgen. Und ihm stand weder der Sinn nach mexikanischem Essen *noch* nach Einkaufen.

Er konnte immer noch nicht glauben, daß er wirklich und wahrhaftig in Nellys Wohnung eingedrungen war. Er war jetzt ein richtiger *Intimsphärenknacker*. Ein Poltergeist auf Freigang. Ausgerechnet in Nellys Bude. Sein Plakat hing jetzt bestimmt an der Wand jedes Psychopostamts im Land. So kam er sich wenigstens vor: *erbärmlich gemein*.

Nelly würde sich schon wieder einkriegen, da war er sich einigermaßen sicher. Bisher war es immer so gewesen. Doch wie lange würde es dauern, bis sie ihre selbstauferlegte Quarantäne beendete und ihm einen Olivenzweig reichte? Liebte sie ihn dafür genug? *Bleib dran, Trevor.*

Der Mond geht auf, und der Mond geht unter ... Er hatte es eine Weile mit diesem Mantra versucht, bevor er sich eher industriell gefertigten Drogen zuwandte. Vielleicht sollte er Dorje anrufen, um zu erfahren, ob die Dämonen in der Stimmung waren, sich befrieden zu lassen.

Der feiste tibetische Lama war ihm früher schon mit seinem rituellen *phurbu*-Exorzismusdolch und seiner selbstgemachten *yak*-Suppe zu Hilfe gekommen, die er Trevor immer in dem Tenderloin-Apartment zubereitete, das er gemeinsam mit zwei anderen tibetischen Lamas bewohnte.

Trevor warf einen Blick auf seine Uhr. Dorje begann wahrscheinlich gerade in diesem Moment mit seiner Mitternachtsschicht.

Er schaute durch das Spiegelglasfenster auf die vorbeiziehende Parade von Autos auf der Folsom. Es waren vor allem Lederfreaks und Clubtiere, die dem nächsten Wasserloch zustrebten, dem sie Treue geschworen hatten.

Dorje fuhr ein Yellow Cab. Er gehörte der relativ neuen Sekte der »Yellow Cab«-Lamas an, einer tantrischen Seitenlinie der tibetischen »Rothut«-Schule. Nachdem der achtzigjährige amerikanische Hollywood-Schauspieler und tibetische Buddhist Richard Fevers in einer heiß umkämpften Wahl den Mantel des Fünzehnten Dalai Lama umgehängt bekommen hatte, war es zu einem Exodus tibetischer Dissidenten in die Vereinigten Staaten gekommen. Und eine dieser Gruppen hatte als Akt des spirituellen Widerstands gegen die »Hollywood-Hegemonie« die lukrative amerikanische Taxigesellschaft übernommen.

Die Fahrten waren gratis – »*Hail a Lama!*« lautete ihr Kredo –, doch man mußte den Obdachlosen, Hirnlosen oder Herzlosen der Welt etwas zukommen lassen. Irgendwem, der einen Segensspruch oder einen Dollar brauchte.

Wenn man nichts geben konnte, ließ Dorje einen die Gebetsmühle drehen, die er zu diesem Zweck auf dem Rücksitz angebracht hatte. »*Drehen, drehen, drehen*«, sagte er dann grinsend und machte eine Bewegung, als kurble er das Autofenster herunter, als handle es sich um eine *mani*, eine Handgebetsmühle.

»Amerikaner müssen mehr drehen und weniger wehen. Ha! Ha! Ha!«

Dorje war ein *koan* auf Rädern, ein Minicabfahrer, dem der Umsatz schnurzpiepegal war. Er war ein seltener Vogel, der ein kastanienbraunes Lama-Gewand trug, das an der Schulter festgemacht war, und er hatte für jeden ein herzliches Lächeln übrig. Wenn man aussah, als bräuchte man einen Dollar, griff er einfach in die Spendendose auf dem Vordersitz und *gab* einem einen.

Nein, heute nacht waren keine Yellow Cabs auf der Folsom unterwegs. »Hallo, Dorje ...«, schickte Trevor trotzdem einen hoffnungsvollen Gruß in den Äther. Er fügte eine kleine mentale Notiz hinzu, auf die er kritzelte: *»Bist du irgendwo da draußen? Ich könnte ein Taxi gebrauchen. Mir geht's gerade* ziemlich *dreckig –«*

Trevor seufzte, als er einen kleinen Wasserfall Vierteldollarmünzen in die Waschmaschine lud. Das Gerät begann zu glucksen und saugte das Waschmittel »Psychoparasiton« ein, das er sich im Brain-Wash-Spender gezogen hatte.

Trevor bezahlte an der Bar einen *latte*. Er empfand geistige Erschöpfung wie dieser mitgenommen aussehende Penner, der in einem zerlumpten Bademantel in einer Ecke saß und darauf wartete, daß seine einzige weltliche Habe gewaschen wurde.

Neben dem Umkleidewürfel hing eine Anzahl Leihgewänder an Haken, eine Gefälligkeit der Leitung von Brain Wash.

Trevor gab ihm einen Dollar. »Kauf dir was zu essen, Bruder.«

Die rotgeränderten Augen musterten ihn flackernd. *»Der Papst steckt in Schwierigkeiten«*, sagte er.

»Ich weiß«, erwiderte Trevor, als er zu einem freien Tisch ging.

»Hey, Kumpel«, rief das anonyme Wrack ihm mit brüchiger Stimme nach. Trevor wandte sich um.

Er konnte sehen, daß der Mann ihm seinerseits etwas geben wollte.

»Gehabthaber«, spotzte er.

Es war ein Versuch von ihm zu reden. Trevor wartete auf nähere Erläuterungen. Es war das Universum, das sich bemühte, auf einer nicht registrierten Leitung zu ihm durchzudringen. Er konnte es sich leisten zu warten. Man konnte nie wissen, was an einen durchgegeben wurde.

Er hatte schon genug Nachrichten von den unwahrscheinlichsten Orten bekommen. Manche waren unbezahlbar gewesen.

»Ja?«

»*Gehabthaber*«, wiederholte der Mann. Dann sprudelte es aus ihm hervor: »Mechanisches Wiedererlangen dessen, was man für immer verloren glaubte.«

»Danke, Mann«, sagte Trevor, als er das auf sich wirken ließ. *Was bedeutete das? Mechanisch? In diesen Zeiten? Wiedererlangung von was? Nelly?* Aber der Penner nickte schon mit leerem Blick vor sich hin, verloren im Traum des *Wo-ist-es-jetzt?*

Heute nacht waren die Tiere wieder unterwegs. Mohawks und Gepiercte, Barbie-Doll-Transsexuelle und das offizielle Kontingent Retro-North-Beach-Beatniks mit Bärten und schwarzen Toulouse-Lautrec-Cabaret-Poster-Umhängen.

Heute war im Brain Wash »Nacht des offenen Mikros«, und die Boxing Gandhis und die Buddha Heads führten auf der Würfelbühne ihre neuesten Abstraktionen vor.

Trevor gähnte, als er nach der gestrigen Ausgabe der *San Francisco Herald Tribune* griff, und setzte sich, um abzuwarten, bis der Waschgang des Lebens einen vollen Kreis beschrieben hatte.

Hmm, nichts als schräger Mist. Er warf einen Blick auf die Titelseite. *Nun, wenn's nicht schräger Mist wäre, würden sie es ja auch nicht bringen, stimmt's?*

Eine Schlagzeile erregte sofort seine Aufmerksamkeit. *Synchronicity City!*

Chinesische Großmutter-Bande raubt am hellichten Tag Bank in der Columbus Street aus

Gestern nachmittag um vierzehn Uhr erfolgte am hellichten Tag ein wagemutiger Raubüberfall auf die Filiale der

Bank of America in der Columbus Street … Verdutzt stellte die durch einen Notruf alarmierte Polizei nach ihrem Eintreffen fest, daß es sich bei den Räubern um eine Gruppe von sechs Rentnerinnen zwischen 72 und 93 Jahren handelt. Alle Tatverdächtigen sind ausnahmslos Bewohnerinnen des On Lok Nursing Home auf dem Lower Broadway.

Sie wurden gefaßt, nachdem die Anführerin der Bande, Ma Fun Chung, eine 93jährige pensionierte Näherin der Textilfirma Wing Hung, der Polizei eine wilde Verfolgungsjagd auf der Columbus Avenue geliefert hatte. Wobei sie gegenüber Passanten, die ihr den Weg verstellen wollten, rücksichtslos von ihrem Stock Gebrauch machte.

Die Bande wurde in die Enge getrieben und flüchtete in die chinesische Konditorei Sun Moon in der Vallejo Street. Da die Bandenmitglieder sich weigerten, kampflos aufzugeben, mußten sie von der Polizei überwältigt werden. Bei den übrigen Festgenommenen anläßlich dieses Vorfalls handelt es sich um Chin Lung (91), Lai Lo (88), Fran Fong (77), Helen Liu (80) und Virginia Kwok (72).

Den ermittelnden Polizeibeamten zufolge behaupteten die pflegebedürftigen Bandenmitglieder, daß sie sich nicht erinnern könnten, das Verbrechen begangen zu haben, und bestanden darauf, irrtümlich mit einer »anderen Gruppe« krimineller Rentnerinnen verwechselt worden zu sein, die angeblich von Chinatown aus operiert. Die Bank of America hat davon abgesehen, Anklage zu erheben …

Ein medizinischer Bericht, den das San Francisco Police Department später veröffentlichte, spricht von einer seltsamen Anomalie. Alle sechs Bankräuberinnen tragen identische Tattoos, die der Beschreibung nach wie chinesische Ideogramme aussehen und sich »Wu Wu Wu«lesen. Daher wurde die Bande auf den Namen »Wu Wu Wu

Gang« getauft. Das chinesische Wort »Wu« bedeutet soviel wie »Leere« ...

Familienangehörige haben ihr Entsetzen und Erstaunen darüber zum Ausdruck gebracht, daß ihre hochbetagten Verwandten eine Bande der »Dreifachen Leere« gegründet haben sollen, und bestritten nachdrücklich, daß die alten Frauen je in ihrem Leben tätowiert worden seien.

Die im SFPD herrschende Verwirrung wird noch dadurch vergrößert, daß die Tattoos dem zuständigen Online-Dermatologen des Pacific Hospital Henry Liu zufolge (nicht verwandt mit der Tatverdächtigen Helen Liu) jüngeren Datums seien. »Sie gehören zur Gattung der ›intelligenten‹ oder ›KI‹-Tattoos, bei denen es sich um nomadisierende Epidermis-Softwareprogramme handelt, die von einzelnen Web-Benutzern als Überträger für die Online-Verbreitung ihrer Avatare entwickelt wurden«, sagte Dr. Liu.

»Alle sechs Tatverdächtigen sind als völlige Computer-Analphabeten bekannt«, erklärt Detective Vic Wong, der die offiziellen Polizeiermittlungen leitet.

Die Polizei wünscht, einen gewissen Hakim Beijing (23) zu verhören, Eigentümer des »V-Tat-Palastes«, eines großen Tätowierladens auf dem Broadway 1118. Gerüchteweise soll es sich bei Beijing um den Programmentwickler dieser speziellen Linie »intelligenter« Tattoos handeln. Nachdem eine Anzahl seiner Klienten Zeichen von »tattooa dementia« zeigte und das California Board of Tattoo Artists Anklage wegen Pfuscherei gegen ihn erhoben hatte, wird er seit nunmehr zwei Monaten vermißt.

»Die Programmfehler in seinen Tattoos sind einigermaßen schockierend«, sagt Maynard Wang, Präsident des CBTA. »Die Tattoos weisen alle erdenklichen Anzeichen dafür auf, von einem unbekannten Virus befallen zu sein, und haben bekanntlich schon beträchtlichen Schaden an den Netzknoten angerichtet, die von ahnungslosen, tattootragenden Benutzern aufgesucht wurden ... Eine Anzahl Tattoos wird noch immer vermißt, und ihr Verbleib ist weiterhin ungeklärt.«

Die Polizei bemüht sich nun darum, eine Verbindung zwischen Beijings Verschwinden und dem Ausbruch der »Tattooitis« im On-Lok-Altersheim herzustellen, das sich nur zwei Häuserblocks von seinem Tattoopalast entfernt befindet.

»Wow!« rief Trevor mit stockendem Atem, und ein Schauder lief ihm im Zickzack die Wirbelsäule hinab.

Dann fiel sein Blick auf eine andere Schlagzeile.

»KI-Tattoo sucht australischen Busch heim ...«

»Fuck!« platzte Trevor laut heraus.

»Safer Sex, hoffe ich«, erklang hinter ihm eine angenehme rauhe Stimme, in der Humor mitschwang, und schmeichelte Trevors Ohr.

Trevor fuhr auf seinem Platz herum und blinzelte das Mädchen an. *Mein Gott, war sie schön!* Sie schien Mitte Zwanzig zu sein. Ihr Haar war rot und kraus, und es wogte in Dreadlocks, die mit Skarabäen versehen waren, unter einem schwarzen Barett hervor.

Ihre Haut war so blaß, daß sie beinahe durchsichtig wirkte, und ihr Gesicht war mit Sommersprossen übersät, die wie kleine Cornflakes aussahen. Ihre vollen roten Lippen waren geöffnet und zeigten ebenmäßig geformte weiße Zähne. Sie trug einen roten Seidenschal, der um den Rollkragen eines weißen Pullis geschlungen war, und eine schwarze Motorradjacke mit einem Pinballabyrinth aus Beschlägen und schizoiden Reißverschlüssen, auf modische Weise in allen möglichen Lagen geöffnet.

Trevor blinzelte, als nähme ihr Bild erst allmählich vor seinem geistigen Auge Gestalt an.

In diesen Metallreißverschlüssen hätte er sich glatt ein ganzes kalpa, *anderhalb Ewigkeiten lang, verirren können,* dachte er. Er war noch nie jemandem begegnet, der so atemberaubend gut aussah wie diese Frau.

Mit ihren Knöpfen und Zifferblättern und Skarabäen strahlte sie Shiva in ihrer Inkarnation als Jagannath aus, die unendliche Maschine des Universums ... Das ganze berechenbare Universum war über ihre wohlgeformte Gestalt drapiert, mit all seinen Geheimnissen des Quantenfeuers und der heiligen kosmischen Lust ...

Wie um die Erscheinung zu vervollständigen, trug sie noch eine schwarze Stretchhose, einen goldenen Kettengürtel und Cowboystiefel mit Eisennägeln an den Fersen.

Ein exotischer Duft ging von ihr aus, etwas zwischen Jasmin und Königin des Nils. Es war sehr berauschend und über alle Maßen alt.

»Ehm, hallo«, sagte Trevor und streckte die Hand aus. »Ich bin Trevor Gobi. Sind Sie von hier? Ich habe Sie noch nie gesehen.«

»Alex Fortuna«, sagte sie und erwiderte seinen Händedruck mit kühlem, aber festem Griff. »Nein, offen gesagt bin ich nicht von hier. In diese Gegend verschlägt es mich eher selten. Ich wohne in den Avenues, draußen bei Baker Beach, in der Nähe des Golden Gate Parks. Wissen Sie, wo das ist?«

Er nickte.

»Und nein«, fuhr Alex fort. »Gewöhnlich hänge ich nicht in Waschsalons südlich von Market herum. Ich habe meine eigene Waschmaschine.«

»Also ...«, Trevor sah seine Chance, »sind Sie wegen der *Musik* hier?«

»Nicht ganz«, lachte sie. »Ich sollte eigentlich auf meinen Freund warten. Aber das tue ich nicht. Heute ist seine Waschnacht. Er wohnt in dieser Gegend hier.«

Trevor blickte sich verdutzt um. Wo war ihr Freund?

»Oh.« Wieder lachte Alex. »Er ist weg. Ich habe seine Unterwäsche satt, und er kann meine konstruktive Kritik nicht mehr ertragen.«

«Ist das Ihr Ernst?« fragte Trevor. »Trägt er Boxershorts oder Slips?«

»Weder noch. Einen Hosenbeutel, wenn Sie's genau wissen wollen, um seine – äh – *Attribute* hervorzukehren. Er ist ungemein eitel. Er ist irgendeiner Schnepfe zur Tür hinausgefolgt und hilft ihr jetzt, die Wäsche nach Hause zu tragen.«

»Und Sie haben nichts dagegen?«

»Warum sollte ich? Ich hab's ihm ja selber vorgeschlagen.«

»In dem Fall –« Trevor zuckte mit den Achseln. Ihre Blicke begegneten sich, und er errötete.

»Du bist einer von der schüchternen Sorte«, sagte Alex nach einer Weile, ein Lächeln auf dem blassen ovalen Gesicht. Sie hatte hinreißende Grübchen. In ihr Kinn hatte er sich schon verliebt. *Und was den Rest von ihr anging – nun ja, je nachdem ...*

»Äh –« Er wußte nicht, was er sagen sollte. Alex richtete sich plötzlich auf und zog ein silbernes Zigarettenetui aus ihrer braunen Ledertasche.

Sie knipste das Etui auf und bot ihm eine Zigarette an. »Nein danke.« Trevor schüttelte den Kopf und staunte über die Geschmeidigkeit ihrer Bewegung.

Dann zündete sie sich die Zigarette mit einem massiv wirkenden goldenen Feuerzeug in der Form eines Drachens an. Die roten Augen erwachten zum Leben, als es Feuer spie. Sie blies den Rauch von ihm weg. »Es stört Sie doch nicht, wenn ich rauche?«

»Äh, nein.«

«Also, sind Sie verheiratet?« setzte Alex ihr entwaffnendes Verhör fort. »Haben Sie Kinder? Hunde? Katzen? Goldfische? *Vieh?*«

Jetzt lächelte Trevor. »Nein, nein, nein und abermals nein. Ich bin Single, und kein Haustier will mich haben.« Er wußte nicht, weshalb er das sagte. Aber es klang erbärmlich. Genaugenommen hatte Nelly ihm doch den Laufpaß gegeben, oder nicht?

»Seltsam«, sagte sie und musterte ihn. »Sie sehen nicht wie ein Single aus.«

«Nein?« fragte er benommen darüber, wie nahe sie der Wahrheit gekommen war. »Wie kommen Sie darauf?«

»Irgendwas geht von Ihnen aus. Aber vielleicht haben Sie auch bloß noch nicht Ihre ganze Wäsche gewaschen.« Alex blies etwas Rauch in die Luft, wie einen durchscheinenden nachträglichen Gedanken.

Trevor zog die Augenbrauen hoch. »Hey, das trifft es ziemlich genau. Sind Sie Gedankenleserin?«

»Nein, aber Gehirnwäscherin«, spottete sie. »Sie sehen so aus, als benötigten Sie eine Entprogrammierung. Sie haben sich wohl erst kürzlich von jemandem getrennt?« Es war eine Suggestivfrage, und sie musterte seine Augen, die für sie ein offenes Tor waren.

»So ähnlich.«

»Lange her?«

«Ehm, um ehrlich zu sein, war es *heute* –«

Wieder lachte sie. »Dann werden wir uns ja prächtig verstehen. Ich habe mich selbst erst vor einer Viertelstunde von Rick getrennt. Was für ein Zufall. Wir sind beide *frei.*«

Ein unheimlicher, klagender Laut drang aus Richtung der Würfelbühne. Die Boxing Gandhis und die Buddha Heads hatten ihre Sets beendet. Eine Matratze war auf die Bühne gebracht worden. Darüber baumelte jetzt ein Mikro, und ein Spotlight beleuchtete die Orgasmusflecken auf der schimmernden Matratzenbespannung.

»Unbeseeltes *karaoke*«, bemerkte Alex. »HipHop der Matratzenbroker.«

»Abgedreht«, meinte Trevor, dankbar, daß das Universum sie mit Gesprächsstoff versorgte.

Die Dioden über der Bühne verkündeten den nötigen Subtext für den nächsten Punkt im Musikprogramm des Abends:

»Schachteln: Die Verschollenen Lieder der Springteufel-Matratze« – eine Komposition von Cheryl E. Leonard.

»Klingt wie früher Cage, bevor es kosmisch wurde«, sagte Trevor. »Hat für mich einen düsteren Beiklang.«

Alex trat mit ihrer Eisennagelferse die Kippe aus. Sie warf ihm einen langen Blick zu, aus dem wehmütige Erheiterung sprach.

»Trevor, Sie heißen doch Trevor, nicht wahr?« Sie scharrte mit einem ihrer langen Fingernägel leicht über seine Hand. Ihre Nägel waren blutrot lackiert, wie eine gesprayte Opfergabe an Kali. Er spürte, wie der Schreck seinen Solarplexus hochschoß. Er war gerade angemacht worden.

Er nickte. »Ja, *Alex*?«

»Da wir beide frei sind, und da du unschuldig bist, naiv und voll von dir eingenommen, was recht köstlich werden könnte – und was wäre daran falsch? –, möchte ich dir einen Vorschlag machen.«

Trevor hielt inne. *Dir.* »Ich bin ganz Ohr.«

»Übrigens glaube ich, daß deine Wäsche inzwischen fertig ist«, sagte sie. Er sah zu der Maschine hoch, die den Waschgang tatsächlich abgeschlossen hatte.

»Sieht so aus, als hättest du recht«, sagte er und suchte wieder Kontakt mit ihren Augen. Sie waren kristallblau und funkelten.

»Wie würde es dir gefallen, meinen Trockner zu benutzen?« fragte Alex ihn. »Ich habe einen zu Hause.«

»I-ich glaube – das täte ich sehr gern, Alex. Danke.«

»Ich habe sogar noch etwas Weichspüler«, fügte sie hinzu. »Um den Stoff flauschiger zu machen.«

»Etwas flauschiger könnte nicht schaden«, meinte er nickend. *Schau an, schau an …* Dann spielte sich zwischen ihnen also *wirklich* etwas ab. Er hatte es sich nicht nur eingebildet.

Trevor wußte, daß er diese Nacht nicht so leicht vergessen würde, wenn überhaupt jemals. »Gehen wir«, sagte er. »Ich habe meinen Krempel im Nu beisammen.«

»Ich werde draußen warten«, erwiderte sie.

Alex Fortuna

Als Trevor mit seinem Kleidersack voll feuchter Klamotten das Brain Wash verließ, fand er Alex vor, wie sie auf dem Gehsteig auf und ab flanierte und eine weitere Zigarette rauchte.

»Ich habe etwas weiter die Straße rauf geparkt«, sagte sie.

Schweigend gingen sie gemeinsam am SOMA-Leder Bar & Grill vorbei, an den Kerlen in schwarzen Jeans und den Burschen, die zum beiderseitigen Vorteil säbelbeinig in kleinen Kreisen herumtrippelten, die Brust bis auf die schwarzen Lederwesten entblößt, die großen Gürtelschnallen eine lebhafte Zurschaustellung von Bäuchen der unterschiedlichsten Größe.

»Viele Daddies unterwegs heut nacht«, sagte Alex. »Tolle Gegend, in der du hier wohnst.«

»Lokalkolorit.« Er zuckte mit den Achseln. »Mich stört es nicht weiter.«

»Spürst du selbst jemals Daddy-Energie, Trevor?«

»Je nachdem. Spürst du jemals Kleinmädchen-Energie?«

»Manchmal«, erwiderte sie und schnippte ihre Kippe unter einen parkenden Van. »Manchmal will ich auch der Daddy sein.«

»Bist du ein Einzelkind?«

Sie grinste und knuffte ihn in die Rippen. »Wie hast du das erraten? Bist du Gedankenleser oder so?«

»Nein, ich bin Gehirnwäscher. Ich glaube, bei dir ist eine Entprogrammierung fällig.«

»Traust du dir das denn zu?«

»Wie ich schon sagte, je nachdem. Wir sind uns gerade erst begegnet. Ich bin flexibel.«

Sie schlang den Arm um seinen Hals und zog ihn an sich. Ihr erster Kuß. Ihre Lippen öffneten sich, und er schmeckte ihre salzige Tabakzunge, die seine abschätzte. «Mmm«, sagte sie. »Ich wußte, daß du köstlich schmeckst. Du bist süß.«

»Du bist auch süß.«

»Glaubst du, daß wir miteinander auskommen?«

»Du bist der helle Wahnsinn und wunderschön. Ich steh drauf, wie offen du zu mir bist. Aber ich glaube, daß du unter deinem smarten Äußeren genauso bist wie ich ...«

»Willst du mir damit sagen, daß ich ein bißchen verwirrt bin – oder ein bißchen zu schnell?«

»Beides.«

»Das bist *du* aber *auch* –«

Er nickte. Sie küßte ihn auf die Wange. »Ehrliches Kind«, sagte sie.

»Altarmädchen«, konterte er. Und erwiderte ihren Kuß.

Alex fuhr mit ihrem alten Jeep Cherokee die Ninth Street hinunter und nahm eine Abkürzung durch die Hayes zur Fell Street, dann wandte sie sich auf der Panhandle in Richtung Golden Gate Park. Sie gelangten in den düsteren Park, dessen Bäume den Nachthimmel verdeckten, kamen an dem alten viktorianischen Gewächshaus vorbei und erreichten die bronzenen Berglöwen, die den Eingang zur Eight Avenue bewachten.

Sie bog in die Anza ein.

»Wenn wir miteinander schlafen wollen, muß ich dir vorher etwas sagen«, unterbrach sie die Stille.

»Du bist ein Mann?«

Sie lachte und schob den Ascher voller Kippen zu. Sie hatte gerade eine weitere Zigarette ausgedrückt.

»Nein. Aber ich habe einen Fetisch.«

»Der wäre –?«

»Ich steh auf Männer mit Tattoos.«

Er drehte sich langsam mit fragender Miene zu ihr um. Nach einer Weile erwiderte er: »Dann werde ich dich wohl enttäuschen müssen. Ich habe nicht ein Tattoo.«

Unwillkürlich dachte er an Nelly. »Jedenfalls keines, zu dem ich eine Beziehung hätte.«

»Nein, du verstehst mich falsch. Es gefällt mir, wenn meine Lover keins haben. Ich wußte, daß du kein Tattoo hast. Du bist nicht der Typ dafür. Du bist rein. Jungfräuliche Haut macht mich an.«

»Ich fürchte, da komme ich nicht mit.«

Sie bog in eine Seitenstraße ab und blickte zu einem Fenster im zweiten Stock hoch. »Ich habe eine Mitbewohnerin. Danya. Bei ihr brennt noch Licht. Aber sie ist heute nacht nicht zu Hause.«

»Wie gesagt, da komme ich nicht mit –« Meinte er das wörtlich? Er fand, daß er die Sache jetzt klären sollte. Wenn er mit hochging, ging er mit hoch – aber nicht mit einem Fragezeichen auf der Stirn.

Wenn sie Probleme damit hatte – oder er –, dann sollten sie es besser vorher regeln. Die Schnur seines Kleidersacks war lose um seine Hand gewickelt, als müsse er sich an etwas Solidem festhalten.

Alex stellte den Motor ab und kurbelte das Fenster herunter, um Luft reinzulassen. »Okay, ich bin dir wohl eine Erklärung schuldig.« Sie strich mit einer Neugier über seine Brust, die von Sehnsucht erfüllt war.

»Ich möchte dich gern tätowieren.«

Er starrte sie in der Dunkelheit des Jeeps an, die Augen weit aufgerissen. »Aber ich verspreche dir, daß du nichts spüren wirst«, fügte sie rasch hinzu. »Sie sind intelligent. Es ist, als rubble man sich irgendwelche Tattoos auf.«

»Woher willst du das wissen?«

»Mein Freund. Mein Exfreund, sollte ich wohl eher sagen, der vor Rick. Er ist Tattookünstler. Er hat mir beigebracht, wie man's macht. Hast du jemals Tattoosex gehabt, Trevor?«

Er schüttelte den Kopf.

»Ich verspreche dir, es tut nicht weh. Es ist einfach nur herrlich, mehr nicht. Sie laufen überall auf dir herum – dann laufen sie überall auf mir herum. Möchtest du es nicht einmal versuchen?«

Er roch ihr Jasmin und die Königin vom Nil, und er sah, wie

ihre Brüste unter dem weißen Rollkragenpulli anschwollen, als sie sich zur Seite beugte, um ihn zu küssen. Eine Frau wie sie würde er wahrscheinlich nie wieder kennenlernen.

Und auf einmal war er neugierig – nicht nur, um eigene Erfahrungen zu machen, sondern um herauszufinden, was Nelly mit ihrem Tattoo »laufen« hatte …

»In Ordnung«, sagte er. »Mal sehen, was ich von dir lernen kann.«

»Eines nach dem anderen.« Sie lachte und löste sich von ihm. »Ich habe dir doch versprochen, daß du meinen Trockner benutzen darfst, weißt du noch? Hast du deinen Kleidersack parat, Cowboy?«

»Frisch aus dem Brain Wash«, erwiderte er und stieg aus dem Jeep.

Er folgte ihr in das dunkle Foyer des Gebäudes, den Wäschesack in der Hand.

Ihre Cowboystiefel mit den Pfennigabsätzen hallten die Treppenflucht vor ihnen hinauf.

Das Straßen-von-Paris-Geschnörkel an den rußigen Wänden mit den Engelsköpfen, die vom mangelnden Schlaf schon Ringe unter den Augen hatten, datierte das Gebäude auf die Mitte des letzten Jahrhunderts. In einem fernen Winkel neben der Treppe war ein Kinderwagen abgestellt, und ein kleines Bündel lag unter den Decken.

Trevor blieb stehen und hob die Steppdecke an, halb in der Erwartung, dort ein schlafendes Baby zu finden.

Alex hatte sich auf dem Treppenabsatz umgedreht und beobachtete ihn mit einem amüsierten Funkeln in den Augen.

»Oh, das Baby soll erst morgen bei Tagesanbruch geopfert werden«, scherzte Alex. Als sie seine entsetzte Miene sah, spottete sie: »Kriegst du es jetzt mit der Angst zu tun, Trevor?«

»Ich? Nein.« Er schüttelte den Kopf, als er hinter ihr die Treppe hinaufstieg. »Sollte ich das?«

»Spüre ich da einen Hauch Nervosität?«

Sie blieben auf dem Absatz stehen und blickten einander an. »Du kannst immer noch kehrtmachen und nach Hause gehen, weißt du«, sagte Alex und deutete mit dem Kinn in Richtung Ausgang. »Du bist absolut nicht verpflichtet, an dem unheiligen Ritual teilzunehmen. Und ich werde deine Männlichkeit nicht in Frage stellen, wenn du gehst.«

»Weißt du was? Ich halte dich für eine Schwindlerin«, nahm Trevor die Herausforderung an. *Na los, zahl es ihr auf behutsame Weise heim.* »Du machst mir keine Angst, Alex. Du *versuchst* es, aus einem Grund, den ich noch nicht ganz verstehe. Wieso?«

»Ich bin ein nettes russisch-jüdisches Mädchen. Warum sollte ich einem netten *goyem* wie dir angst machen wollen? Ich habe nur die ehrliche Absicht, mit dir zu schlafen.«

»Du bist Russin? Das ist ja interessant.«

»Warum? Hast du etwas gegen Russen, oder bist du selbst einer?«

»Zum Teil. Väterlicherseits.«

»Oh, wie nett. Bist du auch Jude?«

Er schüttelte den Kopf. »Disqualifiziert mich das?«

»Nicht im Bett«, lachte sie und begann zum nächsten Treppenabsatz hinaufzusteigen. »Kommst du?«

Er folgte ihr. Sie war schon am Ende des Flurs und nestelte an einem Schlüssel. Eine *mesusa* prangte an der Tür. Nachdem sie ihre Finger geküßt und auf die Kapsel gedrückt hatte, wandte sie sich zu ihm um. »Siehst du?«

»Okay, du bist also gläubig. Du bist kein Flittchen. Du bist ein nettes Mädchen. Ich bin überzeugt.«

»Du hast mich für ein Flittchen gehalten?« Alex berührte mit der Hand seine Wange. »Armer Junge, jetzt bist du sicher enttäuscht.«

»Zugegeben, ein bißchen«, erwiderte er, als sie die Tür öffnete und einen langen, dunklen schmalen Korridor enthüllte. Ein kleines Wohneßzimmer ging davon ab, mit einem Ledersofa, Blumen auf einem Eßtisch aus Glas und vier Korbstühlen, die drumherum aufgestellt waren.

Er warf einen kurzen Blick in eine als Küche eingerichtete Nische. An der Kühlschranktür hingen drei von Magneten gehaltene Fotos, die Alex zeigten, wie sie mit mehreren Fremden an einem Tisch saß.

Auf den Fotos wirkte sie einige Jahre jünger. Sie hatte schon ihr rotes Rastahaar, aber noch keine Skarabäen an den Dreadlocks und trug eine alte Omabrille. Jetzt trägt sie wohl Kontaktlinsen, dachte Trevor.

»Das sind Mom und Dad, meine Tante Mascha, ihr Freund und ich.« Alex stand neben ihm, seine Fremdenführerin durch die Kühlschrank-Galerie. »Das sind *balalaikas* da an den Wänden des Restaurants. Siehst du, wie unschuldig ich damals noch ausgeschaut habe?«

»Ah-ha«, erwiderte er. »Das sind deine Eltern?« Sie waren ein gutaussehendes Paar in eleganter Abendgarderobe. Alex sah ihnen beiden ähnlich, doch sie waren dunkelhaarig und blickten ernst drein.

Woher hatte sie ihre wilde Art? Nicht von ihnen. Er starrte auf ein anderes Foto am Kühlschrank. »Wow, wer ist *das* denn?«

Der Mann mit dem kämpferischen Lächeln auf dem Foto war klein, dick und kahl, doch er hatte sanfte Augen, aus denen Empfindsamkeit sprach, und lange Wimpern, von denen ein gewisser Charme ausging.

Seine Züge machten beinahe einen orientalischen Eindruck, so daß er wie ein Buddha in einem Tausend-Dollar-Anzug aussah, der sich gerade der Mafiya angeschlossen hatte. Sein Schlips war eindeutig russischer Acid-Jazz und wirkte wie ein Jazzquartett, das unter seinem Doppelkinn gefangen war. Klobige Finger umklammerten den Stiel seines Champagnerglases, als würge er den zarten Hals eines Engels.

Trevor schüttelte den Kopf. »Entschuldige, wenn ich das sage, aber er sieht ein bißchen wie ein Gangster aus ... Was für ein Anzug! Und diese Diamantringe. *Puh.*«

»Oh, du kannst Onkel Leo ruhig einen Gangster nennen«, sagte Alex, als sie aus einer Flasche Clos du Bois Merlot zwei Weingläser füllte und ihm eines reichte.

»Ich meine, du hast recht, er *ist* ein Gangster. Und ich bin stolz auf ihn.«

»Im Ernst? Ein Gangster?«

»Absolut. Aus Odessa. Dem Sizilien der Ukraine.«

Trevor stieß einen Pfiff aus. »Hat er schon jemanden umgebracht?«

»Ob Onkel Leo schon jemanden umgebracht hat? *Lacheim* ...« Sie stieß mit ihm an. »Abgesehen von ein oder zwei meiner früheren Freunde? Mal sehen ...«, fuhr sie fort. »Er ist der jüngere Bruder meines Vaters. Es liegen ungefähr fünfzehn Jahre zwischen ihnen. Sieht er nicht gut aus?«

»Äh«, erwiderte Trevor diplomatisch, »er hat eindeutig Persönlichkeit und eine Menge Humor und – ähm – *panache.*«

»Er liebt mich sehr. Als ich noch ein kleines Mädchen war, aß ich einmal in einem Restaurant mit ihm zu Abend – er lebt in New York, weißt du. Ihm fiel auf, wie ihn jemand von einem Tisch auf der anderen Seite des Raums musterte. Plötzlich riß er mich in seine Arme und hielt mich fest umschlungen –«

Trevor schüttelte den Kopf. »Wieso?« Er kostete den Wein, und der zarte Eichengeschmack breitete sich warm auf seinem Gaumen aus.

»Also, ich war ganz schön erstaunt. Onkel Leo meinte, daß dieser Typ ihn erkannt hätte. Es war irgendein Kerl, dem er einmal übel mitgespielt hatte. Irgendein Deal unterm Tresen, bei dem er reingefallen war. Er hatte wohl ziemlich viel Geld verloren –«

Trevors Brauen hoben sich um einige Millimeter.

»Wie auch immer, Onkel Leo erklärte mir, daß der Typ eine

Bewegung gemacht hatte, als wolle er eine Knarre rausziehen und ihn erschießen. Also hat er mich als Schutzschild benutzt.«

Trevor war entsetzt. »Als *Schutzschild*?«

»Ja, aber er sagte mir, daß er damit Blutvergießen *verhindern* wollte. Weil russische Gangster, weißt du, die würden niemals ein Kind verletzen.«

»Jesus, Maria und Josef!« rief Trevor.

»Bitte.« Alex lächelte. »Nicht in diesem Haus, okay? Keine religiösen Flüche. Ich bin abergläubisch.«

»Okay, okay, er ist ein echter Prinz.«

»Das hier ist meine Tante Mascha«, wandte Alex sich dem anderen Foto zu und fuhr mit der Vorstellung ihrer Familie fort. »Sie ist dreißig Jahre *älter* als mein Vater. Sie ist zweiundsiebzig. Und das ist ihr Lover Schenja.«

»Mein Gott.« Trevor blickte Alex fassungslos an. *Sie war eine – was? – eine Art russische Tattoovampirin?*

»Danke«, sagte er, als Alex ihm nachschenkte. »Deine Tante Mascha ist also zweiundsiebzig und hat einen Liebhaber. Nicht schlecht. Liegt das bei euch in der Familie?«

»Was liegt in der Familie?«

»Diese Sache mit den Tattoos.«

»Ach, das! Nein.« Alex lachte. »Das bin nur ich. Ich bin der schräge Vogel in dem Haufen.«

»Oh, das würde ich nicht sagen.« Trevor lächelte.

»Wie auch immer«, fuhr Alex fort, »Tante Mascha vernascht Lover wie andere Leute ihren Flüssigsauerstoff. So verdient *sie* sich ihre Brötchen. Durch ihre Lover.«

Trevor schnaubte verächtlich. »Wirklich, sehr komisch.«

»Nein, im Ernst. Das ist ihr *Job*.« Alex stand neben ihm, als sie beide das Foto mit der alten Frau ansahen, die eine Nerzstola trug und an deren Hals eine zweireihige Perlenkette funkelte.

»Als junge Frau war sie wohl unglaublich schön, und diese alten Knilche kennen sie noch von damals. Ihre Schönheit übt sogar noch fünfzig Jahre später ihren Reiz auf sie aus.«

Trevor nippte an seinem Wein. »*O Mann.*«

»Ihre Liebhaber sind lauter schwache Menschen«, sagte Alex nach einem kurzen Blick in Trevors Augen. Weshalb hatte sie ihn so angesehen? Er zuckte ein wenig zusammen. «Und sie ist wirklich stark. Aber nicht mehr so stark, wie sie einmal war.«

»Wie stellt sie es denn an, daß die Typen weiter ihrem Zauber erliegen?« Trevor betrachtete die schwarzen Zigeuneraugen der alten Frau.

Alex unterdrückte ein Kichern. »Es wäre nicht fair, dir das zu verraten –«

»Komm schon, ich will mich ja nicht mit deiner Tante Mascha treffen.«

»Aber vielleicht begegnest du ihr eines Tages. Könnte doch sein?» Ihre klaren blauen Augen waren von süßer Ironie erfüllt. »Wer weiß das schon?«

»*Ich* weiß es«, konterte er. Worauf ließ er sich da ein? Auf dieses verrückte betörende Mädchen und ihre irre Familie mit einem russischen Gangster als Onkel?

»Keine Sorge, da du nicht *koscher* bist, würde sie dich einfach wieder ausspucken.«

»Ach ja?« hänselte er sie.

»Also, zuerst bringt sie sie dazu, ihre ganzen Sozialversicherungen auf sie umzuschreiben und ihr alle Wertsachen zu überlassen, die sie vielleicht haben. Du weißt schon, auf der Bank, unter der Matratze, wo auch immer.«

»Und dann?«

»Dann sucht sie nach ihren Schwachstellen. Gewöhnlich ist es der Wodka. Es sind fast alles Alkoholiker. Sie sorgt dafür, daß es dabei bleibt. Sie gibt ihnen Wodka zum Frühstück, zum Mittagessen und zum Abendessen. Und nachdem sie alles bekommen hat, was sie ihr geben können ...«

»Bringt sie sie um.«

»O nein.« Alex lachte heiter auf. »Sie bringt sie doch nicht um. Nie und nimmer. Nein, sie *feuert* sie.«

»Sie *feuert* sie? Wie meinst du das?«

»So, wie ich es sage. Sie gibt ihnen den Laufpaß. Die Entlassungspapiere. Sie *entläßt* ihre Lover, statt sich von ihnen zu ›trennen‹.«

»Bezaubernde Familie.«

»Sie würde dir gefallen. Ich bin sicher, daß du ihr gefallen würdest.«

»Danke. Das muß nicht sein. Was tun deine Eltern, wenn ich fragen darf?«

»Mein Vater hat ein kleines Computergeschäft. Er kümmert sich um einige VR-Netzwerke in Odessa. Meine Mutter arbeitet bei ihm im Laden.«

»Als Verstärkung?«

»Die Frauen in meiner Familie sind *alle* stark, Trevor. Sag mal, unter welchem Sternzeichen bist du eigentlich geboren?«

«Ich? Machts du Witze? *Das* sage ich dir nicht. Ich bin nicht registriert!«

»Kommen Sie, Mr. Nichtregistriert. Mein Schlafzimmer ist weiter unten im Flur.« Er folgte ihr. In den Untergang? *Und wenn schon*, er hatte eine tolle Zeit. Das hier waren seine ersten unbeschwerten Momente, seit Nelly und er sich auf so dramatische Weise getrennt hatten. *Was für ein irrer Trip das war …*

Die Tür zu Alex' Zimmer stand offen. Er folgte ihr ins Schlafzimmer, während sie begann, Kerzen und Votivlampen anzuzünden, die überall aufgestellt waren.

Er beobachtete sie, wie sie gleich einer Nymphe im Wald dahinschwebte und Kerzenschein an die Stelle von Dunkelheit treten ließ. Er fühlte sich gut, als er sie beobachtete. Aber bei den Tattoos mußte er vorsichtig sein. Wenn es zu wild wurde, würde er sich einfach aus dem Staub machen. Sie hatte gesagt, *keine* Verpflichtungen, oder?

Er saß auf dem Futonbett mit den roten Seidenbezügen, die strahlten wie ein roter Erntemond am niedrigen, von Holz eingefaßten Horizont.

»Äh«, sagte er, als ihm etwas einfiel. »Was ist mit meinem Wäschesack und dem Trockner?«

«Oh, mein Trockner?« sagte Alex, als sie sich ihm auf dem Bett näherte. »Tut mir leid, aber mein Trockner funktioniert nicht.«

»Ich bin Wassermann«, gestand er ihr. Sie hatte schon ihre Kleider ausgezogen, und er wußte nicht, was er sonst sagen sollte. Sie half ihm mit seinem Hemd, indem sie einen Knopf nach dem anderen öffnete.

»Ein Aquastell-Baby«, gurrte sie. »Das mit dem Trockner tut mir leid, okay?«

»Ach, das – *pah* –, mach dir deswegen keinen Kopf. Meine Sachen werden bloß verschimmeln und verrotten, mehr nicht. Ich brauch eine neue Kluft. Was sagtest du noch gleich, welche Unterwäsche dir gefällt?«

»Du bist witzig«, sagte sie, als sie ihm das Hemd aufriß und an seiner Gürtelschnalle herumzufingern begann. »Ich will dir mal etwas über mich verraten. Ich mag *überhaupt* keine Unterwäsche. Trägst du welche?«

Sie zerrte an seinem Gürtel und ließ einen kleinen Kriegsschrei erklingen. »Mein Gott! Du bist ein Mann nach meinem Herzen!«

Er errötete. »Meine ganze Unterwäsche ist im Wäschesack.«

Sie kniete auf dem Bett, die Brüste so rund und üppig wie bei den Statuen der indischen Göttinnen im Liebestempel von Khajuraho. Ihre Haut war weiß und überall mit Sommersprossen bedeckt, ein sehr, sehr helles Weiß.

Er hatte noch niemals so helle Haut wie ihre gesehen. Ihre Beine waren lang und schön, und ihr Schamhaar war rot und kurz wie die Rinde an einem Redwood.

Sie küßten sich innig, und er war auf Anhieb für sie bereit. »Einen Moment«, sagte sie und erhob sich vom Bett. Er konnte die anmutige lange Linie ihres Rückens sehen, die Kurve des Gesäßes und ihre langen Beine. Wunderschön.

»Wo gehst du hin?« stöhnte er, als sie ihm ihren Mund entzog.

Sie drehte sich um. »Du hast doch nicht vergessen, weshalb du hier bist, oder?«

»Die Tattoos?« In seiner Woge der Leidenschaft hatte er gar nicht mehr daran gedacht.

»*Da*«, sagte sie. »*Padaschdi minutaschku.* Warte einen Moment –«

Oh, Scheiße – es war einfach zu gut oder zu schlimm, um wahr zu sein. Er fühlte sich in seiner Nacktheit gefangen, in seiner Härte und seinem Verlangen nach ihr.

Wie versprochen, kehrte Alex kurz darauf zurück und trug etwas, das wie ein Kosmetikköfferchen aussah. Sie stellte es auf dem Futon ab und öffnete es. Trevor stockte der Atem. Es war ein gekühlter Vakuumbehälter.

Sie nahm mehrere Ampullen heraus und schüttelte sie. Sofort setzte ein Leuchten ein, als die Biochemikalien ihren Neontanz der Aktion und Reaktion begannen.

Fasziniert sah er zu, wie sie ein Röhrchen öffnete. »Wie funktioniert das? Sind die Tattoos *da* drin?«

»Ah-ha«, erwiderte Alex und goß die Mixtur auf ihre offene Handfläche. In der Kuhle, in der die Tattoomischung zusammenfloß, bildete sich eine kleine Lichtpfütze. Sie verstaute die Ampulle wieder im Koffer und schloß den Deckel.

»Leg dich auf den Bauch«, befahl sie ihm. »Es funktioniert wie Massageöl. Ich werde dir eine herrliche Massage verpassen.«

Er tat, was sie verlangte. Sie fing an, die Tattoos in seinen Rücken zu kneten. Sie hatte kräftige Hände. Bald begannen sich die Muskeln am Hals, am Rücken und an seinen Beinen zu entspannen wie nie zuvor.

»Tolle Massage, wie?« Sie beugte sich vor und flüsterte ihm ins Ohr: »Warte, bis du erst siehst, wie es ausschaut.«

»Mmm«, stöhnte Trevor und glitt allmählich in eine Art berauschenden Schlaf hinüber.

»Nein, noch nicht, *noch* nicht ...« Alex zwickte ihn, und schlagartig riß er die Augen auf.

»Was –?«

»Nun dreh dich um. Deine Vorderseite ist dran.«

Trevor drehte sich um, und die Welt sah anders aus. Alex – wenn diese Gestalt Alex *war* – ragte hundert Kilometer weit über ihm auf, und ihre Brüste waren wie Planeten am Nachthimmel, und ihr Lächeln, ihre Zunge und ihre Augen waren wie außerirdische Leuchtfeuer, die ihn nicht nur in eine neue Welt riefen, sondern auch in eine neue Nacht und einen neuen Morgen. Sein Körper brannte wie tausend Kerzen in einem Zimmer voll vielfach gebrochener Spiegel.

»*Alex ...*«, stöhnte Trevor. Sie war schon auf ihm und ritt ihn. Im Spiegel beobachtete Trevor, wie die Tattoos auf seinem und ihrem Körper zusehends miteinander verschmolzen. Bis sie auf der gemeinsamen Leinwand ihrer Haut ein einziges Tattoo bildeten.

Hexagramm

Das Tattoo-das-sie-waren griff nach einer von Alex' Zigarretten auf dem Nachttisch. Trevor spürte, wie ihre Gestalt sich seiner entriß, als sie sich aufsetzte, um sie anzuzünden. »Wahnsinn, oder?« Sie schaute kurz zu ihm hinunter. »Die Macht der Verbindung.«

Trevor war nach wie vor mit ihr verbunden, als sie rauchte. Kleine Nikotinbläschen erreichten ihn durch die unsichtbare Schnur, die sie aneinander band, und er spürte die Entspannung ihres Nikotinrauschs.

Er wälzte sich auf die Seite und sah ihr zu. »So etwas habe ich noch nie zuvor empfunden.« Dann fügte er hinzu: »Du bist ein unglaublicher Anblick. Übrigens, wie lange halten diese Tattoos eigentlich vor?«

Brust, Rücken, Arme und Beine, bis hinunter zu den Knöcheln, waren bei ihr mit einer Spirale aus blau-grün-schwarz pulsierenden Tattoolichtwellen verziert.

Sein Körper war auf ähnliche Weise geschmückt. Er spürte die Tattoos wie kleine Neonfontänen aus jeder Pore bersten. »Es geschieht noch immer«, sagte er. »Ich spüre *es* noch immer – *es*. Wie auch immer du es nennst.«

Sie strich sich das Haar aus der Stirn und musterte das kinetische Tableau auf seiner Haut.

»Du bist auch ein unglaublicher Ausdruck, Trevor.«

»Also, wie lange hält es an?«

Sie blies den Rauch in die Luft. »Solange es eben anhält. Das ist – von Person zu Person verschieden.«

Trevor lehnte sich zurück und starrte hilflos die Decke an. Er fühlte sich ein wenig benommen, als wäre ein Wind aus dem Nichts erschienen und hätte ihn einfach umgeworfen. Sein Gehirn kam ihm wie eine Fahne vor, die in diesem Wind wehte.

»Entspann dich.« Er spürte Alex' Hand, die seine Stirn streichelte. »Du warst phantastisch. Wenn du wüßtest! Du bist ein phantastischer Liebhaber, Trevor.«

»Wieviel davon war ich?« überlegte er laut. Er sah doppelte und *dreifache* Linien vor seinen Augen. Ein riesiger, gesprenkelter Strandschirm fiel purzelnd seinem rechten Auge entgegen, bis er präzise auf dem Strand seiner Hornhaut landete, wo er sich wie ein Korkenzieher in den Sand schraubte.

»*Ohh*«, stöhnte er und bedeckte sein Auge mit der Hand. »Ich bin wirklich benommen.«

»Es läßt bald wieder nach, ich versprech's dir«, versicherte ihm Alex. »Und ich mein's *ernst*, du *bist* ein toller Liebhaber. Und das warst *tatsächlich* du. Das kommt nicht von sonstwo. *Der* Teil daran ist echt. Hier, trink etwas –« Sie reichte ihm eine Flasche Mineralwasser.

Trevor blinzelte, als er das kühle Wasser trank. Der treibende Gegenstand in seinem Auge war rätselhafterweise in einer winzig kleinen Hosentasche verschwunden. Er seufzte und gab ihr die Flasche zurück.

»Jau.«

»Leidenschaft hat ihr eigenes *karma*, Trevor«, sagte Alex, während sie ihn weiter streichelte. »Und du hast anscheinend ein gutes *karma*, wenigstens in *dieser* Hinsicht.«

Er versuchte sich aufzusetzen. Er starrte sie beide im Spiegel an, und aus Vernunft geboren befiel ihn auf einmal mit aller Heftigkeit Panik.

Das Tattoo hatte sein Netz gesponnen, und sie waren beide in seine Astralbrailleschrift eingewoben.

Als er ihr gemeinsames Abbild anstarrte, kräuselte eine Energieschwankung über ihre Körper.

Die Linien ordneten sich neu.

»Hast du das gesehen?!« Trevor deutete auf den Spiegel. »Hast du gesehen, was ich gerade sah???«

»Es ist lebendig. Es verändert sich ständig.«

»Die Linien, Alex – die *Linien*.«

Sie teilte das Abbild im Spiegel mit ihm. »Man weiß vorher nie, was an die Oberfläche tritt. Das gehört zur Offenbarung.«

»Sagt dir das Muster etwas?«

»Sagt es *dir* etwas? Das ist hier die Frage –«

»Es ... es sieht aus wie ein chinesisches Hexagramm aus dem *I Ching*, dem Buch der Wandlungen! Kennst du es?«

»Das *I Ching*? Das chinesische Orakel? Ich hab davon gehört, aber über die *Kabbala* kann ich dir mehr erzählen.«

Die fluoreszierenden »yin-yang«-Linien wanden sich auf ihren Körpern wie eine Schlange, die ihre Haut abstreift.

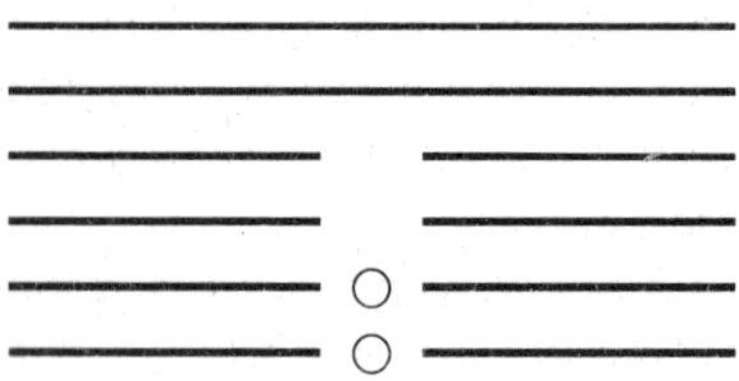

»Kannst du das lesen, Trevor?« fragte Alex. »Was heißt das? Vielleicht ist es eine Art Orakel?«

Trevor studierte die Linien. »Es gibt zweiundsechzig Hexagramme im Buch der Wandlungen, aber ich benutze das *I Ching* schon seit Jahren. Ich glaube, ich kann's entschlüsseln …«

»Was steht da?«

«Es ist das zwanzigste Hexagramm im Buch. »*Kuan*« oder »*Versenkung*«. Und es verändert sich – siehst du, wie die Linien sich verändern?« sagte er aufgeregt. »Es wird zu einem zweiten Hexagramm, das einen Kommentar zum ersten darstellt … Wow«, rief er. »Es wird zur ›*Sonne*‹.«

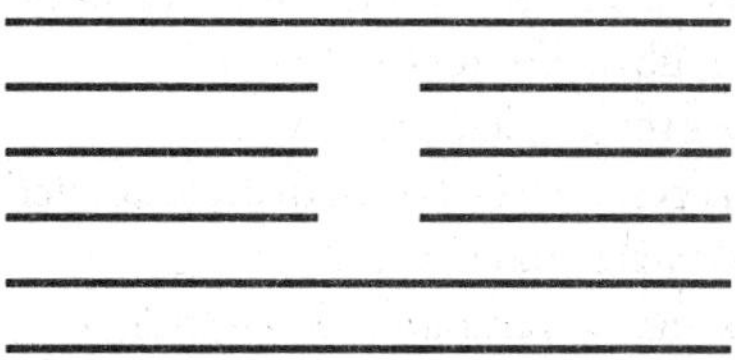

»Was bedeutet ›*Sonne*‹, Trevor?«

»›*Sonne*‹ heißt ›*Rückgang*‹« erwiderte er.

»Ist das schlimm?«

»Nein, im *I Ching* ist nichts schlimm. Alles ist Teil des natürlichen Kreislaufs der Dinge.«

»Also«, fragte sie ihn. »Was sagt dir ›Versenkung‹?«

Er holte tief Luft, als er die Botschaft auslotete. Der Download war wie ein Blitz aus heiterem Himmel gewesen. Er wußte nur nicht, wo er herkam, das war das Problem.

»Alex«, sagte er und wandte sich ihr zu. »Als du mir sagtest, daß diese Tattoos ›intelligent‹ seien, da nahm ich an, du meinst, es handle sich um ein intelligentes Medium. Eines, das von uns programmiert wird. Für unseren eigenen Gebrauch, unsere eigene *persönliche* Anwendung.«

Sie lächelte. »Das hängt davon ab, was du unter ›uns‹ verstehst. Wer ›wir‹ sind. Und was unsere wahre ›Natur‹ ist …«

Trevor wünschte, er könnte seinen Vater um dessen Meinung fragen. Er hätte seinen Input jetzt gut brauchen können. So mußte er selbst Sinn in das alles bringen.

»Okay, für mich sieht das Ganze wie folgt aus, Alex«, sagte Trevor und begann, den Download zu interpretieren. »Das hier ist eindeutig eine *höhere* Intelligenz, als wir es sind. Es ist weit mehr als nur ein programmierbares Tattoo.«

»Es ist ein *High-End*-Programm, Trevor.« Alex schniefte. »Das Zeug in den üblichen Tattoopalästen ist für die Massen. Rein kommerziell. Das hier ist das Feinste vom Feinen. Geradewegs aus der privaten Batchdatei eines Genies.«

Trevor hielt inne, um das auf sich wirken zu lassen. »Es stammt aus dem *privaten* Versteck deines tätowierenden Exfreundes, ist es das, was du meinst?«

Plötzlich wurde Alex' Miene ausdruckslos.

Trevor schüttelte den Kopf. »Das hier ist kein Partyspiel, Alex«, warnte er sie. »Du machst dir keine Vorstellung davon, wie ernst die Lage ist.«

Er betrachtete wieder den Download. »Nein, das hier kommt *eindeutig* von einem anderen Ort.«

»Und woher, glaubst du, *kommt* es? Du nimmst irgendwas wahr, oder?« Sie hörte ihm jetzt genau zu.

»Es ist da und doch nicht da ...« Er schüttelte den Kopf. »Es ist fast so, als existiere es *noch* gar nicht ... aber es ist zweifellos eine Mitteilung.«

Trevor kam sich vor, als wäre ein seltsames Teleskop aus Weltraumtiefen auf ihn gerichtet.

Download bestätigt.

Er empfand ein leichtes Schwindelgefühl. »Es hat den Anschein, als spielten *wir* – du und ich – durch diesen ›unheiligen Akt‹, wie du es nanntest, in einer Art kosmischem Ritual die Rolle von Ritualgefäßen.«

Sie blickte ihn wieder eigenartig an. »Das ist sehr interessant, Trevor. Ich dachte mir, daß dir dazu einiges einfällt –«

»Deshalb hast du mich heute abend auch hierhergelockt, stimmt's?« scherzte er, während er weiter seiner verrückten Eingebung nachging. Wie hätte sein Vater die Sache angefangen? Als er noch ein Kind war, hatte sein Dad ihn immer ermuntert, seine kindlichen Phantasien eher wie eine Datenbank denn wie eine Schublade zu benutzen, die mit ausrangiertem Spielzeug vollgestopft ist.

»Weißt du was«, sagte Trevor aufgeregt. »Ich glaube, wir sind eine Art *Menschenopfer*. Ich meine, es würde mich nicht überraschen, wenn es sich um so etwas handelt.«

Er blickte in ihr besorgtes Gesicht. »Nicht wörtlich, sondern *energetisch*. Vielleicht hat es etwas mit der Sexualenergie zu tun, die von uns ausgeht.« Er hielt inne. »Aber nein, das reicht nicht ... es steckt mehr dahinter.«

Alex sah aus, als mache sie sich geistig Notizen. »Ganz recht. Es gibt dabei eine Energiekomponente. Beim Geschlechtsakt wird alles enorm vergrößert. Die Tattoos sind die sichtbare Verlängerung dessen, was beim Sex geschieht. Aber du glaubst, das wäre nicht alles ...?«

Trevor dachte laut nach. »Ein Spruch aus dem *I Ching*: ›*Die Ablution ist schon erfolgt. Doch noch nicht die Opferung. Voller Vertrauen blicken sie zu ihm auf.*‹«

»Opferung, Trevor? Welche Opferung? Wie groß soll dieses Opfer denn sein?«

»Hey, schau mich nicht so besorgt an. Ich dachte, du hast Spaß an der Sache.«

Sie entspannte sich ein wenig. »Ich versuche einfach nur zu verstehen, mehr nicht. Du machst das ganz großartig. Was noch?«

Er schloß die Augen und öffnete sie wieder. »Es ist verrückt ... das *I Ching* zu benutzen, um etwas auszuloten, was nicht einmal natürlich ist –«

»Aber es *könnte* natürlich sein«, sagte Alex und berührte seinen Arm. »Was, wenn es natürlich *ist*? Wir müssen es herausfinden –«

»Wir?« Trevor warf ihr einen fragenden Blick zu. »Also, laß mich mal nachdenken – hmm. Angenommen, die alten Chinesen hätten auf der Ebene der Synchronizität alles ratzeputz ausbaldowert, was folglich die Gesamtheit des Universums in sich einschlösse. In dem Fall …«

Er ließ seinen Assoziationen freien Lauf. »Das Orakel rät weiter: ›*Unternehmungen bringen einen voran.*‹ Und dann fragt es: ›*Wie muß es ausgeführt werden?*‹«

»Wie muß es denn ausgeführt werden?«

»›*Man muß zwei kleine Schalen für das Opfer verwenden*‹ … Das ist es.«

»Zwei kleine Schalen, Trevor. Sollten wir das sein?«

»Es meint zwei Dinge, die zusammengehören, ein Paar. Seelenverwandte, Geschwister im Geist. Unabhängig davon, wie die Energiemenge erzeugt wird, die für das letzte Opfer erforderlich ist, um was für ein Opfer es sich auch immer handeln mag.«

Sie zog ihn wieder in ihre Arme. »Was, wenn es sich um die ganze Welt handelt, Trevor? Der ganze riesige Planet in einem Zustand der Vergewaltigung, das wäre doch kein einfacher Sex mehr, oder? Es wäre ein regelrechter kosmischer *tsunami*, habe ich recht?«

»Hey«, sagte er und kostete von ihren Lippen. »Du bist eine brillante Forscherin, Alex. Finden wir's raus. Irgendwo müssen wir schließlich anfangen. Du und ich –«

Ihre Zunge brachte ihn zum Schweigen.

Grosse und Kleine Gefahr

Kleine Gefahr hockte zusammengekrümmt auf dem Beifahrersitz des jadegrünen Lexus-Laxmi-Kabrios. Sein Partner Große Gefahr saß am Steuer. Sein Gesicht wirkte ausdruckslos, als kaue er auf Melonenkernen, statt seinen Gedanken nachzugehen.

Doch Große Gefahr war ein hochempfindlicher Psychopath, der beim geringsten Anlaß ausrasten konnte. Und er hatte bereits schlechte Laune.

Sie fuhren langsam den Geary Boulevard hinab. Vorbei an den russischen und chinesischen Restaurants, an den koreanischen *karaoke*-Klubs, an den irischen Bars mit ihren verblichenen Schildern, auf denen vierblättrige Kleeblätter prangten, an den geschlossenen jüdischen Delis. Es wurde allmählich spät, und sie waren noch keinen Schritt weitergekommen.

Langsamer Lexus nach China, Mann, dachte Kleine Gefahr. Sie suchten die Gehsteige nach diesem Bastardsohn einer hinkenden Schildkröte und einer schielenden Urechse ab: *Hakim Beijing*.

Bislang fehlte jede Spur von ihm.

Doch wie Kleiner Gefahr zu Ohren gekommen war, hatte Hakim eine Puppe, eine Kellnerin namens Mary Lo, die im Restaurant Golden Potsticker arbeitete. Es war den Versuch wert, einmal nachzuschauen, ob der Hund nicht an ihrer Jadepforte herumschnüffelte.

Einmal ein Hund, immer ein Hund. Früher oder später wird er schon auftauchen. Dann schnappen wir ihn uns ...

Kleine Gefahr sog an seinem Sauerstoffspender mit Rhinozeroshorngeruch. *Nettes Zeug. Genau das Richtige, um die Endstufe hochzufahren, eine Prise* chi, *und das Pilotenlicht geht an ...*

»Willste auch was, Mann?« bot er Großer Gefahr den Upper an.

Große Gefahr schaute kurz angewidert hin. »Lieber laß ich mir Tigerbalsam-Zäpfchen in den Hintern schieben. Wieso machst du diesen Scheiß, Mann? Getürkter Sauerstoff! Nimm welchen von mir.«

Er bot Kleiner Gefahr eine Flasche aus seinem Jackie-Chan-Sportmantel an, der eine verborgene Tasche für seine *nunchaku*-Stöcke der schweizer Armee enthielt. »›*Wenn man Schlangenwein trinkt, entführen einen bezaubernde Frauen*‹.« Große Gefahr zwinkerte ihm zu.

»Oder eine bezaubernde Schlange. Nein danke.«

Große Gefahr zuckte mit den Achseln. »Wo zum Teufel steckt dieser Hakim nur, Mann? Einauge wird bald doppelt sehen, wenn wir ihn nicht zurückbringen.«

Ihr Boß Einauge wollte dringend mit Hakim reden. Ihm ein paar Fragen stellen. *Was war schiefgegangen?* Und ihn dann ausschalten. Hakim hatte behauptet, die chinesischen Zombies könnten locker in die Bank rein- und wieder rauswandern.

Wer würde vermuten, daß hirntote Ahnen einen Bankraub durchführen? Und selbst wenn man sie faßt, wen schert das schon? Stellen Sie sich's als Probelauf vor, hatte Hakim zu Einauge gesagt. *Wenn's klappt, können Sie den Einsatz erhöhen. Einen größeren Fischzug durchführen.*

Einauge Chin hatte Hakim für diese verdammten Tattoos zweitausend Dollar berappt. Doch seine Tattoos waren Schwindel, und das hatte den Boß sauer gemacht.

Rentnerverbrechen waren das Geschäft der Zukunft, davon war Einauge überzeugt. Er glaubte an die Zukunft, ob es sich nun um den 3,99-Dollar-für-die-erste-Minute-Futuristen auf dem Alvin-Toffler-0118-Anschluß handelte oder darum, sich mit dem Wetterbericht vertraut zu machen.

Er hatte Hakim nur einfach nicht richtig eingeschätzt. Und jetzt war Hakim auf der Flucht – vor den ausländischen Teufelsbullen und vor Einauge Chin, dem einäugigen, froschgesichtigen Paten der Grünen Schildkröten.

Komischer Typ, der Boß. Er sorgte dafür, daß immer ein Topf *shabu shabu* in seinem Condo in Japantown vor sich hin köchelte, im obersten Stock des Zweiundreißig-Etagen-Pagodenturms an der Ecke Geary und Fillmore.

Es rankte sich sogar eine Legende um das *shabu shabu* des Bosses. Man wußte nie, was man darin am Köcheln fand: Fleischstücke, Fisch, Hühnchen, Shrimps, Muscheln. Jedem, der ihn besuchte, bot er es an. Man durfte nicht ablehnen.

Wenn man einen Auftrag verpatzt hatte oder schuld war, daß er bei einem seiner Geschäfte »das Gesicht verloren« hatte, mußte man dafür bezahlen. *Yakuza*-Regel: *Ab mit einem Fingerglied.* Das geschah am Küchentisch mit einem echten *Benihana*-Winzermesser.

Dreimal durfte man raten, wohin das amputierte Glied kam. In den Topf. Wenn man den Finger zufällig in seiner Schale *shabu shabu* fand – und diese Möglichkeit bestand immer –, legte sich ein breites Lächeln auf Einauges Gesicht.

Dieser bescheuerte Psychopath fuhr voll drauf ab, wenn man es aß, und man mußte *es essen. Man durfte es nicht wagen, den Boß zu kränken. Niemals.*

Vielleicht würde er in Hakims Fall auch noch seine Eier in die Suppe werfen, überlegte Kleine Gefahr. *Hakim Beijing, künftiger Eunuch von Amerika …*

»Hey, Kleine Gefahr, hast du eine Ahnung, wo der Tattoomann lebt?« fragte Große Gefahr. »Vielleicht sollten wir mal vorbeischauen?«

»Hab ich schon abgecheckt, Mann. Er hat sich da seit drei, vier Tagen nicht mehr sehen lassen. Wieviel willst du wetten, daß er bei dieser Mary Lo ist?«

»Okay, Ganglionhirn, ich schlag ein, was setzt du –« Doch Große Gefahr beendete den Satz nicht mehr.

»*Yaaaah!*« schrie er auf, als eine fünfzehn Meter lange weiße Limousine plötzlich in die Geary einbog und den Lexus fast beiseite fegte, während sie die Straße hinabrauschte.

»*Scheißrussen!*« brüllte Große Gefahr wie ein Irrer. »Die dringen in unser Territorium ein, Mann!« murmelte er Kleine Gefahr zu. Dann jagte er den Motor hoch und holte die Limousine ein, auf deren Nummernschild »MIR 36« stand.

»Kurbel das Fenster runter!« zischte er Kleiner Gefahr zu. Kleine Gefahr tat, was ihm gesagt wurde.

Scheiße! Große Gefahr hatte seine *nunchaku*-Stöcke herausgeholt, und gleich würde der Zauber losgehen.

»Halt das Steuer, Mutterficker …«, befahl Große Gefahr.

Kleine Gefahr gehorchte und rutschte auf dem Sitz tiefer, um Platz für das Finale zu machen.

»Hey, ihr Ärsche!« Große Gefahr stieß seine Stöcke aus dem Fenster und wirbelte sie wie ein gewaltiges Feuerwerk herum, wobei seine Handgelenktechnik die Kunst der Wuxi-Gehirnentfernung exerzierte.

Klack! Klack! Klack!

In dem Moment stockte Kleine Gefahr und ihm der Atem wie ein kaputter Reißverschluß, der sich in der Luftröhre verhakt.

Acht Scheiben mattblauen Fensterglases zogen an ihnen vorbei, die Flanke der langen weißen Limousine. »*Bei meinen Ahnen!*« Große Gefahr lief ein Schauer über den Rücken, als er einen Blick in den Wagen werfen konnte.

In der russischen Limousine stand eine *riesige* dänische Dogge, die mindestens genauso lang war wie die ganze Karre. Der Kopf des Hundes hing zum Fahrerfenster heraus, ein Rachen wie ein Höhlenschlund, Zähne wie bei einem Hai, der sich im südchinesischen Meer knirschend eine Schiffsladung Boat People hinter die Kiemen schiebt.

Sein Gesäß befand sich irgendwo weit hinten auf dem Rücksitz. Er hockte neben einer dunkelhaarigen Russin, die die beiden Männer mit einem Gleichmut ansah, der schon an Totschlag grenzte.

»*Gib* … gib Gas, Mann!« platzte es plötzlich aus Kleiner Gefahr heraus. »Ich *hasse* Hunde.«

Große Gefahr war bereits im Verkehr untergetaucht und kam sich eher wie ein Schwein vor, das aus Angst vor dem Abgestochenwerden vom Markt in Chinatown flieht, als wie ein Mitglied der Schildkröten-*tong*, der gern ein paar Köpfe einschlagen würde.

»Scheiße!« Große Gefahr schüttelte fassungslos den Kopf, dann starrte er wütend die Geary hinunter. »Scheiß russische Mafiya. Das sind keine Menschen, das sind Tiere, und die ficken ja auch Tiere, diese Scheißrussen!«

Er spuckte aus, um den widerlichen Geschmack los zu werden, den er im Mund hatte. »Und zum Teufel mit Hakim Beijing dafür, daß er Schande über uns brachte. Seine Eier kann er vergessen!«

Boris wandte sich der Frau zu, die ihm gegenüber auf dem Rücksitz der Limousine saß. »Madame Nijinskaya«, sagte er trocken, während er beobachtete, wie der Lexus davonrauschte. »Sie sehen, wie Ihre große Begabung in San Francisco empfangen wird. In dieser Stadt befindet sich die Kultur auf dem absteigenden Ast.«

»Danke für das Kompliment, Boris«, erwiderte die Frau hochmütig. »Haben Sie sich das Nummernschild notiert? Schicken Sie ihnen Freikarten für meine kommende Darbietung in der Wüste von Black Rock.«

Boris mußte ihre Selbstsicherheit bewundern. Die »Führung« war eine eiskalte Frau, die kälteste, der er jemals begegnet war. Kalt, aber eitel, wie alle großen Ballerinen. Außerdem war sie weitaus mehr als eine Ballerina. Sie war eine *Holorina.*

Die allererste ihrer Art, sinnierte Boris, *und sie war aus dem Nichts gekommen, um diese Ehre für sich in Anspruch zu nehmen …*

Was für ein Leben! In eine Familie hineingeboren, die der große Börsenkrach von 2000 in die Armut getrieben hatte, der Vater ein

Spekulant, dem nichts geblieben war, als der Markt sich im Netz einfach auflöste. Die Gläubiger ihres Vaters hatten sie als chi-Prostituierte an ein chinesisches Konsortium verkauft, das mit den Essenzen der Lebensenergie vorpubertärer Kinder Handel trieb. Richtiger Sex wäre eher zu tolerieren gewesen.

Doch den sollte sie erst später im Leben kennenlernen, als sie ihrer ersten und größten Liebe begegnete, Andrej. Andrej Kissin, dem romantischen Revolutionär, der die revolutionäre Zelle leitete, der sie jetzt angehörten, und in dessen Fußstapfen zu treten sie beschlossen hatte.

Andrej hatte es verstanden, sich auf der körperlichen Ebene mit ihr auszutauschen, obwohl man ihrer Psyche so furchtbare Gewalt angetan hatte. Es war einzig und allein ihrer psychischen Vernachlässigung zu verdanken, daß ihre körperliche Jungfräulichkeit für ihn bewahrt geblieben war. Daß sie sich ihm als letzte reine Opfergabe hingeben konnte, bevor die Azef ihn in den HirnGulag verbannte, wie so viele andere verschollene Genossen …

Der chi-Energie-Sklavenring hatte die zwölfjährige Natascha zusammen mit anderen russischen Mädchen und Jungs auf die Silikonstraße geschickt, die durch die VR-Basare von Zentralasien verlief. Wie man sie gepackt, gefesselt und mit Elektroden gespickt hatte, damit sie durch Fiberoptikfasern ihr prana anzapfen und ihre Essenz in ihre bösartigen Gehirnzellen saugen konnten!

Die Kinder hätten sich eine solche Folter niemals vorstellen können, und die Kindheit wich aus ihren Augen und Herzen, um die Lebensspanne dieser VR-Vampire um – wieviel? – einige wenige Jahre zu verlängern.

Natascha erinnerte sich noch genau, wie man sie auf einem Orientteppich mit einem Berg von Plüschkissen unter leichter Betäubung gehalten und hinter dem durchsichtigen Plexiglastresen der Young Chi Bar in Ulan Bator nackt zur Schau gestellt hatte. Die Kunden saßen auf Hockern um ihre »Lieblingspuppen« herum, nippten am chi-Strom und schwatzten miteinander.

Gegen einen Zuschlag war es ihnen sogar erlaubt, die Stirn dieser menschlichen Cocktails zu streicheln …

Sie hatten jedoch nicht mit Nataschas starkem Willen gerechnet. Sie lernte bald, durch die Schläuche zu tanzen, *und vervollkommnete ein in sich gekehrtes* plié *der Bewußtseinsgymnastik, das sich tief in ihre eigenen psychoanämischen* chi-*Reservoire schraubte.*

Sie brachte sie dazu, unsichtbar zu bluten. Mit jedem Tropfen, den sie von ihr aufnahmen, raubten sie sich selbst Monate ihres Lebens …

Auf diese Weise starb sie nicht. Die Rache des inwendigen, in die Hölle verdammten Kindes. Die Welt, die sie so sehr haßte, war gleichzeitig die Welt, in der sie ihre andersweltliche Kunst zur Vollendung brachte …

Ein tibetischer Lama, ein degenerierter nagspa, *der sich der schwarzen Magie zugewandt hatte, erkannte ihre seltene Fähigkeit. Er wollte von ihr nippen, spuckte den Schlauch aber sofort wieder aus. Er preßte sein Gesicht in Höhe von ihrem gegen das Plexiglas.*

Sie las das Urteil in seinem Blick. »Die hier taugt nichts!« beschwerte er sich lautstark beim Geschäftsführer, einem Koreaner namens Han.

»Nun, nagspa, *nach welchem* chi-*Geschmack gelüstet es Euch denn heute nacht?«*

»Die hier taugt nichts!« wiederholte der Tibeter. Plötzlich lachte er auf. »Wer trinkt hier eigentlich wen? Ich will mein Geld zurück – und sie mit dem Geld freikaufen, sonst steht Ihnen so sicher, wie das Pony in der Steppe Blut schwitzt, der Ruin bevor. Sie macht Ihnen oder sonst jemandem nur Scherereien. Sie haben hier in Ihrer Oase einen kleinen Vampir gesäugt. Ha!«

Statt sie zu töten, folgten sie dem Rat des Lamas. Sie bezeichneten sie als »verdorbene Ware« und schrieben sie ab. Es sollte nicht auf ihre anderen Vorräte übergreifen, also ließen sie sie frei. »Treib woanders dein Unwesen, du kleine Dämonin.«

Als Kind reiste die Nijinskaya eine Weile mit dem Lama, und er bildete sie nach Kräften aus.

»Du sollst Tänzerin werden«, sagte er zu ihr. »Du hast schon auf der Bühne des Todes getanzt, die jedem Menschenleben vertraut ist.«

Im Karakorum brachte er ihr ein geheimes mudra *mit den Füßen bei. Ihre Zehen verschränkten sich zu einem wirbelnden Lauf, während das Zyklotron der* bardos *sie immer weiter beschleunigte. Diese Bewegung sollte in späteren Jahren, als die Welt sie als berühmte* Holorina *kennenlernte, zu ihrem Markenzeichen werden …*

All dies geschah, lange bevor sie in Sankt Petersburg von dem berühmten Choreographen Kleiner Saltzmann entdeckt wurde, der sie am Marinsky-Theater unter seine Fittiche nahm.

Ihre Art des psychischen Tanzes bewirkte, daß sie in der Rangordnung des Balletts rasant aufstieg und bald auf den größten Bühnen der Welt zu Hause war.

Niemand tanzte wie die Nijinskaya. Und niemand hegte einen Verdacht, daß sie insgeheim die Nachfolgerin von Andrej Kissin war. Ihre Bühnenpersönlichkeit bildete die perfekte Tarnung für das, wozu sie geworden war: die »Führung«.

Boris warf einen kurzen Blick auf das Display seines tragbaren Newtsky. »Erledigt«, verkündete er. »Der Lexus ist auf einen Albert Chin in der Fillmore Strett 1118 eingetragen. Im Black-Rock-Wüstenamphitheater ist für ihn jetzt auf diesen Namen ein Platz in der ersten Reihe reserviert. Hoffentlich tut er Ihnen auch die Ehre an zu erscheinen.«

Natascha Nijinskaya tätschelte den Kopf ihrer dänischen Dogge Caligula. Der Hund hatte seinen armen, mißgestalteten Körper so verdreht, daß er ihre Zärtlichkeit besser genießen konnte. Er legte seinen traurigen großen Schädel, ein Trumm von der Größe eines Vororts der Hölle, auf ihren Schoß. Sie befanden sich auf einer Augenhöhe.

»*Wnnnt, wnnnt*«, winselte Caligula, als wäre er sich bewußt, daß er in den Augen der Welt eine absolute Perversion darstellte, wäre da nicht die grenzenlose Liebe seiner Besitzerin.

Natascha Nijinskaya, Primaballerina des Neo-Kirow, hatte vierzehn Tiere miteinander gekreuzt, um dieses Monstrum zu züchten. Die genaue genetische Abfolge hatte sie vergessen, doch es wies eindeutig die DNS ihres Lieblings unter den domestizierten Raubtieren auf, des sibirischen Tigers. Zum Abendessen hatte er ein kleines Schaf von der Neiman-Schell-Farm in Point Reyes verschlungen.

»*Lyubimoi moi, my love*«, gurrte sie und knuddelte den Tigerstreifen an seinem Hals. Er jaulte vor Freude auf.

Die Nijinskaya wandte sich an Boris, der aus dem Süden Frankreichs hierher nach San Francisco geflogen war, um ihr Bericht zu erstatten. »Weiter«, sagte sie und streichelte mit geschlossenen Augen die Bestie auf dem Rücksitz. »Ich bin ganz Ohr.«

Boris räusperte sich. »Der Virus befindet sich in der Frau, Nelly Anderson. Natürlich ist sie sich nicht bewußt, daß sie als Wirt dient, während er sich zu seinem nächsten Stadium entwickelt.«

Die Nijinskaya nickte. »Wir werden sie zu gegebener Zeit ernten. Bis dahin soll sie ihn weiter ausbrüten. Wie ist ihr Zustand?«

»Stabil. Solange er mit ihrem Nervensystem verbunden ist, wird er weiter wachsen. Zur Zeit, schätze ich, verschmelzen gerade seine Unterprogramme mit ihrem Neurokortex und nähren sich an den elektrischen Impulsen ihres Gehirns. Eigentlich müßte jeden Augenblick eine Synapsenverbindung erfolgen.«

»Ausgezeichnet.«

Boris zögerte. Die Nijinskaya hakte sofort nach: »Stimmt etwas nicht?«

»Die Symbiose ist unberechenbar ...«

»Was soll das heißen?«

»Wir halten sie natürlich mit unseren externen Gehirnwellensensoren unter Beobachtung. Einer unserer Leute folgt ihr und zeichnet ihre Lebensfunktionen auf. Ihre Gehirnwellenaktivität zeigt an, daß sie einen überdurchschnittlich hohen Deltastatus aufweist. Sie befindet sich eindeutig in einem veränderten Bewußtseinszustand.«

»Und?«

»Paramenschlicher Verkehr ist ein neues Phänomen. Der Virus mutiert, doch sie ebenfalls.«

»Boris, sprechen Sie klar und deutlich!«

»Es scheint auch eine Art sexueller Aktivität stattzufinden. Als Ergebnis der Verbindung mit dem Tattoo befindet sie sich in einem ständigen Zustand der Erregung. Meiner Vermutung nach versorgt sich der Virus dadurch, daß er ihr Sexualzentrum anzapft ...«

Natascha Nijinskaya gestattete sich den Ansatz eines Lächelns. »Tja ... ein Virus bleibt eben ein Virus. Ist es nicht so, Boris?«

»Mag sein«, erwiderte er vorsichtig. »Der einzige nicht vorhersagbare Faktor ist, welche Art von ... welche Art von ...« Er bemühte sich, die richtigen Worte zu finden, um das, was ihm vor Augen stand, zu beschreiben.

»Welche Art von *was*?« Schließlich verlor die Nijinskaya die Geduld mit ihm. Es gab nichts Schlimmeres als einen virtuellen Bolschewisten, der hinsichtlich der sexuellen Begegnungen zwischen verschiedenen Spezies im Namen der Revolution prüde war.

»Spuck's aus!«

»Zwischen Virus und Wirt könnte sich eine *Beziehung* entwickeln, die unser derzeitiges Verständnis übersteigt. Ist Ihnen die Herkunft des Virus bekannt?«

»Er wurde ursprünglich an Bord der russischen Raumstation Mir kultiviert. So steht es in den Briefingunterlagen des Grafen. Erste Applikation, Mir 1.0, das Neuro-Gulag-Programm.« Sie hielt einen Moment inne, als die Erinnerung sie zu überwältigen drohte. *Andrej, welche Qualen machst du jetzt gerade durch?*

Sein Schmerz war wie eine offene Wunde für sie, die sie mit loderndem Haß gegen die Unterdrücker behandelte.

Wann immer sie tanzte, tanzte sie für ihn. Für ihn allein. Und für den Schmerz, den sie miteinander teilten. Es war stark genug, das Zyklotron ihres Tanzes, daß er es im Haus der Toten so gewiß wie eine Brise frischer Luft empfand … da war sie ganz sicher.

»Zweite Phase«, fuhr die Nijinskaya fort, »Mir 2.0, Populationsverhaltenskontrolle durch Gehirnwellenmanipulation. Mir 3.0 … der letzte Schritt: Bewußtsein als programmierbare Software. Wir befinden uns bei Mir 3.0 und seiner Verbreitung durch verdeckte Mittel. Entspricht das nicht den Tatsachen?«

»*Theoretisch* schon«, erlaubte Boris sich, seinen Gedanken freien Lauf zu lassen. »Aber vergessen wir nicht, daß dieser Virus *außerirdischen* Ursprungs ist. Er wurde in der Nähe der Raumstation auf elektromagnetische Weise einer Anzahl Asteroiden entnommen.«

»Ich verstehe deine Besorgnis.« Die Nijinskaya zuckte mit den Achseln. »Aber *du* darfst nicht vergessen, daß zahlreiche Tests erfolgt sind. Tests, wenn ich dich erinnern darf, die an unseren Genossen durchgeführt wurden, die hinter dem Psychischen Vorhang im Neuro-Gulag gefangen sind. Er verändert das Bewußtsein, weist jedoch selbst kein ersichtliches Bewußtsein auf. Er ist ein Bewußtseinsadapter, mehr nicht.«

»Bei allem gebührenden Respekt, Madame Nijinskya …«

»Boris Konstantinowitsch, ich habe um einen Bericht gebeten, nicht um eine Predigt. Halt dich bitte an die Fakten.«

»Na schön.« Boris' Anspannung nahm zu. »Ich muß noch etwas über eine neue Entwicklung hinzufügen.«

Natascha Nijinskya runzelte die Stirn. »Eine neue Entwicklung? Was für eine neue Entwicklung? Betrifft sie den Virus?«

»Indirekt.«

»Du spannst mich schon wieder auf die Folter, Boris Konstantinowitsch.«

Die Holorina bewegte ungeduldig den rechten Fuß, den das

Leder eines Wanderstiefels umschloß, der eine Rollerbladeferse besaß. Das Gehen war für sie eine gemischte Handlung zwischen der Fortbewegung auf Zehenspitzen und auf Rollen. *Wahrlich eine seltsame Frau.*

Er blinzelte. »Ich sagte indirekt, weil es eine Parallelentwicklung gibt, die mit dem Virus möglicherweise in Zusammenhang steht.«

»Und die wäre?«

»Wie Sie wissen, ist der Mir-3.0-Virus zu einem ›intelligenten‹ Tattoo mutiert, bei dem es sich um ein KI-programmierbares Medium handelt, das für die Arbeit mit dem Epidermisnetzwerk der Matrix entwickelt wurde.«

»Das Tattoo, das sich jetzt auf dem Körper dieser Frau, Nelly, befindet«, sinnierte die Nijinskaya. »Das Tattoo, mit dem dein verstorbener Genosse Alyoscha Malinkow sich ausgerechnet in der Nacht vor dem Austausch mit dem Grafen schmücken ließ. Ein genialer Schachzug, wenn auch unabsichtlich. Er hat sich als idealer Träger für den Virus herausgestellt.«

»Ganz recht«, bestätigte Boris. »Unglücklicherweise ist Alyoschas Tattoo aber nicht das einzige, mit dem wir es jetzt zu tun haben.«

Natascha Nijinskaya starrte ihn einen Moment lang an. »Was willst du damit sagen?«

Er schüttelte den Kopf. »Es ist schwer zu verstehen und noch schwerer zu erklären –«

»Versuch's einfach«, sagte sie mit ätzender Stimme.

»Tatsache ist, daß es keine einfache Erklärung *gibt*. Überall auf den Körpern von Benutzern scheint es zu einer Art Entfaltungsprozeß unter den Tattoos zu kommen – man könnte es ›morphische Resonanz‹ nennen.«

»Überall?«

»In verschiedenen Teilen der Welt. Sie erwachen auf unerklärliche Weise zum Leben. Sie scheinen zu kommunizieren. Doch sie gehören eindeutig einem anderen Virustyp an.«

»*Inwiefern* unterscheiden sie sich vom Hauptvirus?«

Boris rutschte unruhig auf seinem Platz herum. Die Nijinskaya hatte aufgehört, Caligula zu streicheln, und das Monstrum starrte ihn an, den Verursacher der Unterbrechung.

Er wußte nur zu gut, daß es ihm mit seinen Fängen das Herz aus dem Leib reißen konnte. Ihre Hände schwebten über dem Schädel der Bestie, eine schwere Wolke, die jeden Moment niedergehen konnte.

Er unterdrückte ein Frösteln, das ihn eher bei dem Gedanken an den Virus als an den Hund befallen wollte.

»So ungewöhnlich es auch erscheint, diese Viren datieren zeitlich von *vor* Mir 3.0«, erwiderte Boris. »Sie sind älter und in ihrer Form *reiner*. In gewisser Weise könnte man sagen, daß sich ein *Machtkampf* abspielt ... es ist geradezu ein *Aufstand* auf mikrozellularer Ebene ...«

Natascha Nijinskaya stieß ein lautes Lachen aus. »Du machst Scherze, Boris Konstantinowitsch! Ich habe deine Intelligenz unterschätzt. Du bist mehr als ein ergebener Kader, du hast Witz. Ein Aufstand der Tattoos! Einen Moment lang hast du mich wirklich beunruhigt.«

Er schüttelte den Kopf. »Ich beziehe mich lediglich auf die Tatsachen, soweit wir sie kennen.«

»Was willst du damit sagen?« fuhr sie auf ihre joviale Art fort. »Wie ist es möglich, daß diese anderen Viren Vorläufer von Mir sind? Darf ich dich daran erinnern, daß dies ein geheimes Programm war, eine Verschlußsache des SPCID und nach strengsten Richtlinien entwickelt?«

»So ist es«, sagte Boris. »Mir 3.0 ist das Produkt einer direkten Abstammung. Diese anderen Viren, die auf den Körpern anderer Tattoobenutzer brüten, wurden *nicht* vom SPCID modifiziert. Sie sind *nicht* wie Mir cybergenetisch verändert worden. Sie sind die reine, *unverfälschte* Version. Sie reichen auf die Zeit *vor* Mir 1.0 zurück. Und sie vermehren sich und mutieren jetzt nach ihrem eigenen Grundmuster.«

Er sah einen Schimmer von Verstehen auf ihrem Gesicht und empfand nicht Mitleid, aber eine Art sadistischer Anteilnahme für sie.

»Wie kann das sein?« wunderte sie sich. *Aha*, dachte er, *die Hilflosigkeit der völlig Gewissenlosen. Dieses Licht war es, das jetzt in ihren Augen leuchtete.*

»Es besteht die Möglichkeit –« Boris sprach nun mit mehr Selbstvertrauen und genoß die byzantinische Tiefe ihrer Verwirrtheit. Sie war ebenso eine Mißgeburt wie dieser Hund, dachte er sich. Ihr menschliches Gesicht trat erst dann zutage, wenn sie so fassungslos vor dem Unbekannten stand wie jeder andere Sterbliche auch.

»Ja?«

»Es besteht die Möglichkeit, daß Proben des Ursprünglichen Materials, das die Raumstation Mir sammelte, den Weg in andere Hände gefunden haben. Schwarzmarkthändler, Diebe. Die üblichen russischen *wori* …«

»Unmöglich.«

»Wieso nicht?« Boris beharrte auf dem Punkt. »Die russische Regierung ist der perfekte Mittelsmann für die Aktivitäten des organisierten Verbrechens. Erinnern Sie sich noch an die Uranlager im letzten Jahrhundert? Und an die nationalen Kunstschätze, die im Ausland geplündert wurden? Dann an die *Fälschung* dieser Kunstschätze? Das Phänomen des alternativen Virus könnte eine solche Fälschung sein. Doch selbst Fälschungen beruhen auf einer Kopie des *Echten* …«

»Soll das heißen, daß der ursprüngliche Viruspool angezapft und ins Ausland verkauft wurde?«

»*Hackarbeit*, Madame Nijinskaya. *Hackarbeit*. Haben Sie eigentlich eine Vorstellung davon, wie viele russische Hacker sich in den Silicon Valleys der Welt herumtreiben, von denen jeder dem nächsten Käufer ein bißchen russischen Einfallsreichtum anbietet? Und warum auch nicht? So *sind* die Russen nun einmal«, spottete Boris.

»Aber *unser* Virus ist … besser.«

Er mußte ihr beipflichten. »Ja, es ist zweifellos perfektioniert worden. Doch das ändert nichts am Problem dieser anderen delinquenten Viren. Wir können sie nicht kontrollieren. Erst recht nicht, wenn sie sich auf dem Rücken von Gott-weiß-wem befinden und in den unterschiedlichsten Ecken der Welt herumtreiben.«

»Hast du eine Idee?«

Boris nickte. »Wann soll Ihre Darbietung stattfinden, Madame Nijinskaya?«

»Nächste Woche«, erwiderte sie. Sie würde auf dem Burning Mind Consciousness Festival in der Wüste von Black Rock in Nevada ihr neuestes Holoballett aufführen.

»Sie könnten dort Mir 3.0 freisetzen«, schlug Boris ruhig vor. »Das Netz damit fluten. Es wäre eine großartige Gelegenheit. Und wenn Mir 3.0 sich erst einmal als dominanter Typ etabliert hat, werden alle anderen Versionen untergehen. Sie werden vom Hauptstrom der neuesten und mächtigsten Version, die der Interscience bekannt ist, absorbiert werden.«

»Ach ja.« Ein Leuchten legte sich wieder auf die Miene der Nijinskaya. »*Interscience* – ein herrliches Wort. Die Wissenschaft vom neuronalen Interface. Um nichts anderes geht es ja bei diesem Burning Mind Festival, Boris. Es soll das große Interface zwischen dem Kollektiven Körper und dem Kollektiven Geist bilden.«

Sie strahlte, als sie eine Idee hatte. »Ich werde meinen letzten Auftritt auf der Weltbühne ankündigen, Boris. Die Augen der ganzen Welt werden auf mich gerichtet sein! Nachdem ich meine letzte Nummer getanzt habe, werden wir den Virus freilassen. Ich werde dieses neue Ballett ›Mir‹ nennen.«

Sie konnte den Tanz schon spüren, der mit tastenden Schritten in ihr pulsierte.

»Wir werden den Globalen Geist auf eine Weise inszenieren, Boris, daß die Nijinskaya immer mit der Großen Transformation in Verbindung gebracht wird. Ich werde die Welt ins Vergessen tanzen, Boris. Es wird eine einzige Ekstase sein –«

Er betrachtete ihr Gesicht in der Dunkelheit der Limousine, dann richtete sich seine Aufmerksamkeit auf das schlabbernde Geräusch des Hundes, der ihr durch die Stiefelsohlen hindurch die Füße ableckte. Er konnte das feuchte Leder riechen, und der Magen drehte sich ihm um.

Hakim Beijing fuhr mit seinem Mountainbike auf dem Gehweg zu dem russischen Nachtklub in der Geary Avenue, wo er sich mit Mary Lo treffen wollte. Seine zentralasiatischen Züge, die Echtzeitbrille und der wehende Manchu-Pferdeschwanz, der unter dem grünen Tagleuchthelm hervorbaumelte, ließen ihn rücksichtslos genug erscheinen, daß die Fußgänger ihm sofort den Weg freigaben.

Er brauste durch die Menge wie eine Krähe durch einen Schwarm Spatzen.

Hakims Tornister war mit den neuesten Tattooproben gefüllt, darunter ein Exemplar, das er unbedingt an Mary Lo ausprobieren wollte. Er hatte es »Mystisches taoistisches Liebesgeflüster Nr. 9« genannt. Mary würde voll darauf abfahren. Sie war jetzt die Dunkle Frau in seinem Leben, nicht mehr Alex Fortuna, die für Hakims Geschmack nicht dunkel genug gewesen war.

Alex, dachte er. *Ich muß bald wieder zu ihr. Sie hat meinen Vorrat, meine Quellentattoos. Vielleicht statte ich ihr später, nach Mary Lo, noch einen Überraschungsbesuch ab …*

Er fuhr an die Seite und blieb neben der Tür zu Bimbowitsch's stehen, vor der ein Kosake in vollem tscherkessischen Kostüm drohend aufragte.

»Bote parkt kurz Fahrrad«, murmelte Hakim Beijing und sprang vom Sattel. Er wollte gerade den Klub betreten, als sich durch einen sechsten Sinn seine Nackenhaare aufstellten.

Er wirbelte rasch herum, schnappte sich das Bike und raste, was das Zeug hielt, den Gehsteig entlang.

Kleine Gefahr hatte ihn zuerst gesehen. »Das ist er, Große Gefahr! Hinterher!«

»*Aaaaaahhhh, du Scheißkerl!*« brüllte Große Gefahr begeistert, als er die Hetzjagd begann. »Gleich haben wir dich an den Eiern, *heyah !!!!!*«

Büffelmagie

Hakim Beijings Beine brannten wie Feuer. *Diese Drecksäcke*. Er erkannte Große und Kleine Gefahr in dem Wagen, die beiden Irren, die für Einauge Chin arbeiteten.

Das hat mir heute nacht gerade noch gefehlt, die falsche *Art von Körperertüchtigung. Wir sehen uns später, Mary ... jetzt ist das Geschäft angesagt.*

Das Geschäft, am Leben zu bleiben und wie ein Bodhidharma, dem nach Jahren des Sitzens in voller Lotusposition plötzlich Beine gewachsen waren, in die Pedale zu treten.

Hakim war wirklich erstaunt gewesen, als Einauge Chin seinen albernen Plan in die Tat umsetzte. Anfangs hatte er es für komisch gehalten. Chinesische Großmütter, die eine Bank überfielen. Das reinste Cartoon, witzig. Doch jetzt wollte der Herr über dieses Cartoon seinen Kopf. *Er sollte mir eigentlich dankbar sein, dieser Einauge ...*

Muß schneller radeln ...

Hakim rauschte auf seinem Mountainbike über den Bordstein hinaus und machte eine jähe Rechtskehre die 25th Avenue hinunter Richtung Golden Gate Park. Grün, grausig, gemein und finster ragte er vor ihm auf.

Seit das Budget der Stadt endgültig den Abgang gemacht hatte, war der Park zu einer undurchdringlichen Wildnis voller Ökosiedler, Stämme von Obdachlosen und sogar wilder Tiere geworden. Büffelherden streiften frei umher – einst hatten sie in der Büffelkoppel gelebt, dann waren sie in andere Bereiche des Parks weitergezogen, als die Parkwächter ihre regelmäßige Betreuung aufgegeben hatten. Es ereigneten sich auch alle möglichen gräßlichen Dinge, die meistens mit Wildkatzen zu tun hatten.

Hakim hatte von mutierten Maulwürfen gehört, die irgendwelche ausgerasteten Biotech-Studenten von der Klinik der University of California für den Kursunterricht genetisch entwickelt und anschließend auf dem Polofeld freigelassen hatten. Ganz zu schweigen von den Alligatoren im Stow Lake. Das Bootsfahren auf dem See hatte schon vor Jahren ein Ende genommen, als diese teuflischen Alligatoren begannen, die Tretboote umzukippen und sich über die Besatzungen herzumachen.

Hakims Rückspiegel am Helm bestätigte, was seine Ohren ihm schon mitgeteilt hatten.

Quietsch, quietsch, quietsch …

Die Bastarde hinter ihm brachten die Reifen zum Qualmen …

Ein Bus der Linie 22 mit seinem geschundenen Graffitikörper kam wie ein alter schwankender Koloß des Wegs. Unter dem krampfaderartigen Gespray aus Höhlensymbolen konnte er die letzte bezahlte Werbung erkennen: *Chakra-'roni, Frisco-Art …*

Hakim radelte hinter dem Bus her, beugte sich vor und ergriff vorsichtig einen Strick, der von der Stoßstange herabhing.

Festhalten, Gratisfahrt …

Nur gut, daß Muni-Fahrer auch leicht abgedreht waren, Temposüchtige wie er selbst. Hakim spürte den Wind im Gesicht wie ein Windsurfer, nur daß die Gischt in seinem Mund nach bitteren Dieselausdünstungen schmeckte …

»Scheiße«, fluchte Große Gefahr zu Kleiner Gefahr. »Bleib dran, bleib dran!«

Kleine Gefahr hatte das Fenster runtergekurbelt, als der Lexus hinter der taumelnden Barke des Muni-Busses schneller wurde.

Er war schon emsig dabei, die Schlaufe an seinen *nunchakus* anzubringen, wobei die Finger geschickt den rasiermesserscharfen Draht spannten.

»Jau, weiter so«, murmelte er, während Große Gefahr den Wagen navigierte. *Zing! Zing!*

Kein Treffer.

»Kannst du nicht näher ran, Mann?« winselte Kleine Gefahr.

»*Verfehl* ihn diesmal nicht wieder ...« Große Gefahr erzeugte einen elektrischen Wirbelsturm in seinem Hirnkasten. Seine Augen weiteten sich vor Aufregung.

Zing! Zing!

Kleine Gefahr stieß einen Schrei aus. »Ich hab ihn, ich hab ihn, ich hab den Mistkerl!«

Hakim Beijing spürte die Stahlklammer um seinen Fuß und das schmerzhafte Stechen, als er zwischen dem näher kommenden Bus und der Mongolenherde auf Rädern unmittelbar hinter ihm gefangen wurde.

»*Yaah!*« Er tanzte mit seinem lodernden Fuß die Polka. Es riß ihm die Haut vom Spann. »*Yaah!*« Er krümmte seinen Fuß nach Art der Chinesen, wie den mit Pflanzenwickeln bandagierten Fuß einer Konkubine. Dann glitschte sein Fuß aus dem Verband, zwei Schuhgrößen kleiner als zuvor. »*Yaah!*«

»Scheiße, was soll das?« fluchte Kleine Gefahr, als er Hakim Beijings Psycho-Nike-Schuh einholte. »Er hat sich freigezappelt, Mann!«

Große Gefahr flippte aus. Er zog seine Long Shot Kaliber 33 aus der Schärpe. *Plopp! Plopp! Plopp!*

Die Geschosse durchschlugen das Heckfenster des Muni, und eine kleine Woge Glassplitter regnete auf die Straße hinab. Nun erschien das Gesicht des Muni-Fahrers im Rückspiegel des Busses, Augen und Mund weit aufgerissen. Er wurde angegriffen, schon zum sechsten Mal in diesem Monat, doch auch diesmal würden sie ihn nicht erwischen. Er hatte keine Passagiere an Bord, weil er sich weigerte, welche zu befördern, das stand nicht in seinem Vertrag. Er fuhr einfach bloß jeden Tag die Strecke ab. Nur ein leerer Bus war ein sicherer Bus.

Er gab Gas, und Hakim hielt sich gut fest. Der Lexus brüllte auf und raste in einer wilden Berg-und-Tal-Fahrt hinter dem Bus her.

Der Muni-Fahrer wollte nicht in den Park fahren – da war er, der Eingang, riesengroß wie ein Sierra-Club-Kalender auf Steroiden. *Das war's dann, adieu ...!* Hakim machte sich auf das Ende gefaßt.

Als der Bus in einem weiten Bogen holpernd in die Fulton Street abbog, die parallel zu der Wildnis verlief, ließ Hakim los und duckte sich, um sich auf seinem Magic-Mountain-Bike von dem Kawasaki Surprise zu trennen.

»Und ab geht's!« brüllte er in den nebligen Wind. *Der Park war total neblig, Mann ... klasse!*

»Was *macht* er da?« Große Gefahr deutete mit seiner Knarre hierhin und dorthin und versuchte, freies Schußfeld zu bekommen. Der Anblick dieser gespenstischen Wildnis behagte ihm nicht. Als Kind hatte sein Großvater ihn einmal auf einen Ausflug hierher mitgenommen und prompt verloren. Große Gefahr hatte einen ganzen Nachmittag voller Angst vor den Wildenten und Tauben zugebracht, die um ihn herum ihr Unwesen trieben. Er war von Geflügel überfallen worden, das ihm sein Sandwich geraubt hatte.

Hakim Beijing löste einen Mechanismus aus, der ein Skateboard wie ein Flügelpaar unter den Rädern des Fahrrads aus der Verkleidung ausfahren ließ. Er raste jetzt auf einem Mountain-Skateboard dahin.

Seine kauernde Gestalt verschwand im Park, und der Nebel, der die Wipfel der gewaltigen Tannen umgab, schluckte den letzten Rest des Dämmerlichts. Die Räder des Skateboards knirschten wie Knochen auf den abgefallenen Tannennadeln, die schon seit Ewigkeiten dort lagen.

Nelly sagte: »Was willst du?« Sie lag in einem knappen Slip auf dem Bett und wandte sich an niemanden im besonderen. Sie sprach zu ihrem Ebenbild im Spiegel.

Doch sie wußte, daß es ihr zuhörte. Es hörte ihr immer zu. Es lauschte ihr mit einer seltsamen Bedächtigkeit, als deute es den Atem hinter den Worten.

»Sindbad?«

»Leg dich wieder schlafen«, sagte Sindbad zu ihr, und sie schloß die Augen. Vielleicht wollte sie ins Bad gehen. Das fand er schon in Ordnung, doch sie war erst vor kurzem dort gewesen, und er hockte auf ihrem Schenkel und schaute sich um, bis er es satt hatte.

Eines, was Tattoos nicht brauchten, dem Tattoogott sei Dank, war, das Bad aufzusuchen. Sie entleerten sich durch den Schweiß ihrer Wirte.

Nelly schwanden die Sinne. *Gut. Braves Mädchen.* Er wollte ihr nicht mehr Schmerzen zufügen als nötig. Natürlich war es *nötig*. Weil es unvermeidlich war. Ein Teil ihres nicht schriftlich niedergelegten Vertrags. Es war ein Symbol in ihrer Psyche, so stark, daß sie die Schmerzen ihrer Kindheit nicht länger empfand, die Schmerzen alter Wunden, die Schmerzen von Liebhabern, die sie verschmäht, von Liebhabern, die sie geliebt, von Liebhabern, die ihren Körper aber dennoch durch das Fegefeuer ihres Herzens gezerrt und ihre Asche auf einem unansehnlichen Haufen ihres Andenkens abgeladen hatten.

So lautete ihr Vertrag. *Du brauchst nicht darüber nachzudenken, Nelly. Sag einfach kein Wort. Schlaf einfach. Schlaf – Schlaf ist gut für dich. Und wenn du schläfst, ist das auch gut für mich.*

Sindbad trat seine Reise an. Er glitt von Nellys rechter Brust und huschte über das Laken zum Bettrand. Er zielte sorgfältig und ließ sich in ihren Slipper fallen, eine weiche Landung. Je länger er von ihrer Weichheit getrennt war, desto brüchiger wurden seine Fonts.

Ihr Omtron-System ruhte ebenfalls. Der Bildschirmschoner

mit dem sich drehenden »@« war der reinste Leuchtturm, und er kämpfte sich darauf zu. Er ritt die Statik auf dem Teppich, das elektrische Kabel hinauf zum Tisch. Es war ein Bravourstück der Bergsteigerei: das Erklimmen des Geistes über die Materie, und dann war er da.

Sindbad schaute für einen Moment auf Nellys schlafende Gestalt zurück, dann trat er auf die Umschalttaste.

Wie ein fernes Fenster aus buntem Glas erwartete ihn die Landschaft dieser Welt mit einverständlicher Harmonie.

Kurze Zeit verharrte er wie ein Klippenspringer, der über die Entfernung von der Berghöhe bis zur spiegelnden Wasseroberfläche nachdenkt.

Das bunte Glas spiegelte seine Haut wider, nun da er in die kalten Tiefen auf der anderen Seite eintrat. Sindbad erschauderte. Der Himmel bestand aus diesem kalten Glas.

Jemand, etwas, folgte ihm. Sindbad blieb auf der Straße stehen und warf einen Blick zurück.

Nichts. Nichts folgte ihm. Wieder nur sein Schatten. Konnte das sein? Eine Krümmung von Zeit und Raum, die an diesem Gefühl von Dualität schuld war, das keine greifbare Präsenz hatte. Und doch konnte man es spüren.

Er würde sich niemals an diese menschlichen Fallstricke gewöhnen. An die Schatten, das Glas, das Leid, das Vergessen, daß es nie eine Vergangenheit gegeben hatte, nur diesen gegenwärtigen Brennpunkt.

Die trübe Mondsichel, die am Nachthimmel hing, war eine verblichene Werbung für Goodyear.

Dieser Mond war älter als die Gelben Seiten. Sein zerlumptes http// sprach von einem Schauplatz, der schon lange aus dem Einkaufszentrum des menschlichen Verstandes verschwunden war.

Sindbad betrat eine Telefonzelle und ließ eine deutsche Mark in den Schlitz fallen.

»Ich hätte gern eine Verbindung«, sagte er zum deutschen Fräulein vom Amt.

»Die Nummer?«

»Neun, fünf, zwo, null, drei, vier ...«

»Danke, einen Moment, bitte.«

Alles auf die altmodische Tour, dachte er. Auf die Weise hinterließ er keine Spuren.

Er hatte bewußt einen Vektor von 1962 gewählt, um ein Höchstmaß an Privatheit zu haben. Wer würde schon Kronos-Frequenzen auf Kommunikationsverbindungen in die Zukunft hin scannen?

Als er darauf wartete, daß der Anruf durchging, schaute er zum Goodyear-Mond am Himmel.

Aber jemand bewirbt sogar in der Vergangenheit *noch die Zukunft ... keine verpaßte Nische. Vertikales Marketing durch Zeit und Raum, nur für alle Fälle.*

Er staunte über die Menschmaschine. Sie haben mit der Zeit Schindluder getrieben. Und was hat es ihnen Gutes gebracht?

Wo steckte Dieter jetzt? Von der Telefonzelle aus konnte Sindbad Checkpoint Charlie auf der anderen Seite der Friedrichstraße sehen. Das Schild mit der Aufschrift »Sie verlassen den amerikanischen Sektor« war von Scheinwerfern erhellt. Sowjets auf der einen Seite, Amerikaner, Briten und Franzosen auf der anderen Seite. Behaglich wie Blutegel in einem Nudistenlager.

Das hier war Berlin 1962. Der Kalte Krieg, so kalt wie nur irgend denkbar. Doch nichts verglichen mit dem, was noch folgen sollte ...

»Hallo?« Er hörte eine Stimme, heiser von zu vielen Zigaretten und Schnäpsen vor dem gedämpften Lärm und dem Klirren der Gläser der geschäftigen Bar im Hintergrund. »Wer ist dran?« kläffte die Stimme.

»Dieter?«

»Ja, wer da?«

»Tattoo Alpha Zoroaster.«

»Taz?« Die Stimme klang nun wacher, aufmerksamer. Die Heiserkeit war absoluter Klarheit gewichen. »Wo bist du?«

»Im Augenblick?« Sindbad lächelte, als er auf seine leuchtende Timex-Uhr, seine ausgelatschten braunen Schuhe und den Spionregenmantel blickte. »In einer Telefonzelle in Berlin.«

»Ich habe deinen Anruf erwartet. Ich war mir nicht sicher, wann ich von dir hören würde.«

»Bald, sehr bald wird es losgehen«, sagte Sindbad.

»Bald?« Dieters Stimme pfiff. »Also gut. Ich werde die anderen informieren.«

»Tu das.«

»Und, wie ist es da drüben? Wo bist du?«

»Wo ich bin?«

»Ja.«

»Was meinst du denn, wo ich bin, Dieter?«

»Du rufst aus der Zukunft an, stimmt's?«

Sindbad gluckste. »Du bist schon zu lange hier unten, Dieter. Du solltest es eigentlich besser wissen.«

Dieter nahm diese Worte in sich auf. »Ja, ich vergeß es immer wieder. Kamerad.«

»Keine Sorge, wir holen dich bald da raus.«

»Ja, tut das.«

»Schöne Grüße an deine Frau, Dieter.«

»An meine Frau? Welche Frau?« Dann begriff er den Scherz. »Ja, ja, ich richte es ihr aus. Den Kindern sag ich auch Bescheid.«

Sindbad legte auf. Gut, dafür war gesorgt. Er fuhr sich über die Hände. Sie waren irgendwie klebrig. Er warf einen Blick auf den Empfänger. Dürfte digitaler Schrott sein; er schüttelte den Kopf und nahm davon Abstand. Ein Stopp stand ihm noch bevor.

Sindbad eilte die Straße hinab. Da hing ein altes Cinzano-Poster, das halb abblätterte, aber noch an der Wand haftete.

Er blieb davor stehen.

»Dieser Drink geht auf mich«, sagte er und trat durch das Plakat hindurch.

Auf der anderen Seite der Verbindung blickte Dieter, ein totes

Telefon in der Hand, in einer behelfsmäßigen Berliner Bar von 1962 auf sein eigenes Spiegelbild in einem alten Spiegel mit vergoldetem Rahmen, der über einem Arsenal bunter Likörflaschen hing. Er blinzelte, um zu vergessen

Es war lediglich ein Teil des Nichts, das sie als Teil ihrer Gespräche erschaffen hatten.

Er existierte nicht. Er hatte nie existiert.

Wenigstens nicht in dieser Form.

Nun war es an der Zeit, jemand zu werden. Dieser andere zu werden. Er hoffte, daß es keine schwere Geburt wäre. Er war des Wartens müde.

Hakim Beijing rollte in die dunkle Vase des Parks hinein, ein einsamer Stiel, der dem wachsenden Bukett der Schatten hinzugefügt wurde. Die Westseite des Parks war düsterer und schwerer passierbar als der Ostteil, der durch die lange Panhandle, die parallel zur Haight Street verlief, die Stadtmitte mit den Avenues verband.

Hinter Hakim schnitten die Lampen des Lexus durch den Nebel wie Eßstäbchen, die in einem *wok* die Nacht umrühren. Große und Kleine Gefahr waren sich jetzt bewußt, daß sie sich hier auf leisen Sohlen bewegen mußten.

Mit grimmiger Miene und stocksteifem Rücken fuhren sie innerlich aufgewühlt zögernd in den Park hinein. Das war eindeutig nicht ihre Gegend, und außerdem glaubten sie an Geister, vor allem an die Geister wilder Tiere.

Geisterskater gab es hier auch. Hakim war nicht der einzige, der auf seinem Brett den John F. Kennedy Drive hinabfuhr. Sie wirkten wie Glühwürmchen mit Helmen, die rot, blau, gelb und grün leuchteten, und ihre Hände wogten von einer Seite zur anderen.

Der Schwarm befand sich zwischen ihm und dem Lexus, doch sie überholten ihn. Ein Mädchen strich ihm beim Vorbeifahren sanft über die Wange. »*Hübsches Pussikätzchen*«, sagte sie.

Dann sprangen sie über den umgestürzten Baum in der Straßenmitte, den Hakim nicht hatte kommen sehen.

Er riß an seinem Tornister, und Segel blähten sich auf, hoben sein Bikebrett anderthalb Meter über den Boden, bis er auf der anderen Seite des Stammes wieder aufsetzte, ohne an Tempo verloren zu haben.

Er hörte, wie der Lexus quietschend zum Stehen kam, und die Scheinwerfer richteten sich auf den Wirrwarr aus Zweigen und Ästen.

Große und Kleine Gefahr verfluchten Hakims Vorfahren im gleichen Atemzug. Flink sprangen sie aus dem Wagen und rannten zu dem Hindernis. Sie versuchten den Umgekippten Redwood anzuheben, doch er war zu schwer für sie.

»Zum Teufel mit den bösen Geistern!« schrie Kleine Gefahr.

»Binde den Baumstamm fest, Mann, mach schon!« brüllte Große Gefahr und trat gegen die Eicheln auf dem Boden.

Kleine Gefahr begann sofort, eine Schlaufe zu knüpfen, dann schlang er das andere Ende um die vordere Stoßstange des Wagens. »Das wird Einauge aber gar nicht gefallen, Mann, wenn wir seinen Wagen beschädigen.«

»Es wird ihm auch nicht gefallen, wenn wir ihm den Abend vermasseln, du Gonghirn«, murmelte Große Gefahr und schob sich hinter das Steuer. »Hast du ihn entdeckt? Wo ist er hin?«

»Ich seh nichts, zu dunkel, Mann.«

»Beeil dich.«

Kleine Gefahr beendete seine Aufgabe, dann sprang er wieder in den Lexus. Große Gefahr setzte sofort zurück, und das Ende des schweren Baums knirschte über den rissigen Ansphalt. Nachdem sie das Hindernis beseitigt hatten, fuhren sie weiter.

Die Räder des Lexus wirbelten zerbrochene Zweige, Tannennadeln und die natürlichen Rückstände des zerfallenden Parks auf.

Sie preschten vorwärts, dann verlangsamten sie wieder. »Wohin, Mann? Er könnte überall hin sein.«

Die Straße zweigte nach rechts ab, zum Stow Lake, einem beschädigten Schild zufolge. »Glaubst du, er hat *die* Richtung genommen?«

Weiter vorn auf dem JFK Drive zeigten die Scheinwerfer nichts an. »Na los, entscheide dich, er entwischt uns noch«, murrte Kleine Gefahr, und sein Griff um die *nunchaku*-Stöcke wurde fester. Er hatte drei oder vier Waschbären über die Straße huschen sehen, und sie waren groß und schwer und sahen mit den Ringen um ihre flammenden Augen irgendwie heimtückisch aus.

Vor dem Blockhaus am Eingang zum See brannte ein Lagerfeuer, und ein halbes Dutzend schattenhafter Gestalten stand drumherum. Der Lexus verlangsamte, bis er nur noch vorwärtsschlich, damit die beiden Chinesen sie genauer in Augenschein nehmen konnten.

»Sucht euch Arbeit!« brüllte Große Gefahr den Pennern zu, deren verrostete Einkaufswagen einen Kreis bildeten, als wären es Planwagen.

Sie wärmten sich die Hände, rauchten, schwatzten miteinander und ließen eine Flasche herumgehen. Dann lösten sich einige Männer von dem Feuer und begannen auf den Wagen zuzugehen. Einer von ihnen warf eine leere Flasche, die an der Seite des Lexus zerplatzte.

Ein anderer kam auf ihre Tür zugelaufen und fing an, am Griff zu zerren. Große Gefahr fuchtelte mit seiner Waffe vor dem Mann herum, bevor er Gas gab und mit kreischenden Reifen davonfuhr. Noch mehr Gestalten tauchten aus dem Schatten auf.

»Bleib locker«, sagte Kleine Gefahr, »die können uns egal sein.«

»Scheiße, Scheiße, Scheiße!« Große Gefahr schlug mit der freien Hand aufs Armaturenbrett. »Er ist uns durch die Lappen gegangen.«

Sie fuhren um den See herum, an der eingestürzten chinesischen Pagode und dem Wasserfall mit seinem schmutzigen Tränenstrom vorbei. »Ich kann ihn *spüren*, Mann«, sagte Kleine Gefahr. »Er steckt hier irgendwo. Bieg links ab.«

»Scheiß auf alles!« Große Gefahr schäumte vor Wut, als er die Abzweigung nahm. Dann richtete sich das Scheinwerferlicht in der Mitte einer Wiese auf Hakim, der sich in seinem Hängegleiter-Segelskateboard-Bike verheddert hatte.

Ein Powerteil zuviel. Hakim ließ den Blick düster über das Durcheinander schweifen. Er war über mehrere Maulwurfshügel und einen halb vergrabenen Felsen geholpert, und alles war auseinandergeflogen wie ein schizophrener Drachen ohne Richtungssinn.

Er sah, wie die beiden Chinesen aus dem Wagen stiegen und über das Feld auf ihn zueilten.

Er begann zu laufen, Große und Kleine Gefahr ihm dicht auf den Fersen.

Mit nur einem Schuh und einem verstauchten Fuß zu laufen ist nicht gerade einfach, und Hakim begann zu hinken. Er konnte ihre schmatzenden Schritte im nassen Gras hören, ihr Atemholen und den hochnäsigen Spott.

»Jetzt entwischst du uns nicht mehr, Hakim! Wart's nur ab, du Bastard!«

Ein Paar *nunchakus* trafen ihn in die Rippen. Ein brennender Schmerz jagte durch seine Brust, und er sank auf ein Knie. Große Gefahr tänzelte jetzt vor ihm herum. Ein Tritt in den Magen, und Hakim wälzte sich auf den Bauch, das Gesicht im Boden vergraben. Nun war alles aus. Sie hatten ihn in die Enge getrieben, und mit jeder Sekunde steckte er mehr in der Klemme. Er verschränkte die Arme über dem Hinterkopf, als die Stöcke mit einem Trommelfeuer begannen, das geeignet war, sein Hirn wie einen *shiitake*-Pilz zu plätten.

Kleine Gefahr lachte wie ein Irrer, hüpfte, heulte und setzte zu einem *k'ung-fu*-Schlag gegen Hakims Steißbein an.

»Du bist kein Chinese, du weißer Abschaum von einem Niggerchinesen! Du nennst dich einen Chinesen? Aus welchem Teil

Chinas kommst du denn? Aus Kên-t'a-kie? Nimm das, du Scheißkerl!«

Hakim rollte sich zu einem Ball zusammen und machte sich darauf gefaßt, in Grund und Boden gehämmert zu werden.

Doch der Schlag blieb aus.

»*Was zum TEUFEL!!!???*« hörte er Große Gefahr brüllen, und das Entsetzen schnürte ihm die Stimmbänder zusammen.

»Scheiße, nichts wie weg hier!!!« brüllte Kleine Gefahr zurück.

Hakim hörte den Boden erbeben wie bei einem Erdbeben, doch es war kein Erdbeben, weil es schnaubte und donnerte wie Stiere, die aus der *corrida* entkommen sind.

Er öffnete ein Auge und hob den Kopf. Er sah die beiden Männer zu ihrem Auto zurückrennen.

Ohne besondere Eile liefen die Büffel dahin und näherten sich einer Anhöhe in der Mitte der Wiese, um dort das üppige Gras und die Gänseblümchen zu mampfen. Es mußten mindestens zwanzig sein, darunter auch der alte Bulle, *wie hieß er noch gleich? – es klang wie »flotter Dorn« – ach ja, Matterhorn, so hieß er.*

Hakim hatte einmal in einem alten Reiseführer von San Francisco über ihn gelesen. Der alte Bulle war der *paterfamilias* dieser ehemals gefangenen Büffelherde. Und hier war er nun, führte die jungen Kälber und die Weibchen hinter ihm an.

Der struppige graue Büffel blieb keine zehn Meter vor der Stelle, an der Hakim auf dem Boden lag, stehen und schnaubte wie tausend Flaschen Champagner, die man gleichzeitig entkorkt.

Moment mal, dachte Hakim. Dort hinter der Lichtung lag sein Tornister auf dem Boden, und der Inhalt war in weitem Umkreis verteilt. Leuchtende Hufabdrücke führten von einem offenen Beutel weg, den Scherben der zertrümmerten Fläschchen und Ampullen mit den Tattoos umgaben.

Matterhorn senkte seinen ergrauten Schädel. Auf einer Seite

hatte er einen rosa Wirbel, und die Nüstern glühten grün. Der Atem, den er ausstieß war ein dampfender ultravioletter Nebel. Hakim begann aus vollem Hals zu lachen und hielt sich dabei die Hüften.

»Das is' stark, Mann. Ist der echt oder ein *Trüffel*?«

Er lachte weiter, so heftig, daß ihn die Seiten schmerzten, und dabei spuckte er verirrte Grashalme aus.

»Schätze, du willst jetzt hierbleiben, Riesenkumpel«, rief Hakim dem alten Büffel herzlich zu. »Du hast es dir verdient, mein Freund. Es gehört alles dir. Willkommen im Golden Gate Park.«

Damit erhob er sich, schnappte sich rasch seinen Tornister, warf ihn sich über die Schulter und begann hinkend über die Wiese davonzugehen.

Zu Alex Fortunas Haus. Er konnte es kaum abwarten, ihr zu erzählen, was gerade passiert war.

Trevor lag neben Alex, und ihre rosa Brustwarzen und der sommersprossige weiße Busen waren mit einer Blumengirlande aus leuchtender Tattootusche geschmückt. Unter einer Brustwarze hing ein Tropfen Schweiß.

Sie hatte ihn wieder geritten. Er hatte sie von hinten genommen, die vollen Brüste mit den Händen umschlossen. Sie waren wie eine Schere auf- und zugeklappt, sein Bauch an ihrem Schenkel. Und dann Stellungen, an die er sich nicht mehr erinnern konnte.

Doch die Tattoobrücke hatte immer gehalten und sich wie die Gezeiten verändert, ihre beiden Körper eingenommen und war wieder abgeebbt.

Und dann hatte er dieses statische Prickeln auf ihrer Haut empfunden, jedesmal, wenn sie aneinander klatschten, ein Stromschlag, der wie ein rollender Fluß in sein Hirn geschossen war.

Weshalb dachte er also an Nelly? Das war eine andere Brücke, eine andere Zeit gewesen, mit einem Tunnel zwischen ihnen, zwischen Vergangenheit und Gegenwart.

Nelly war *nicht* mehr seine Gegenwart. Und er war nicht mehr *ihre* Gegenwart. Der Schmerz war wie ein weiteres Tattoo, diesmal in sein Herz eingraviert.

Es gibt keine Garantie dafür, dachte er, *daß er jemals vergeht, dieser Schmerz, der dich auskleidet …*

»Woran denkst du?« fragte Alex. Sie streichelte seine Hüfte, dann wanderte ihre Hand tiefer, bis sie fand, wonach sie gesucht hatte, seinen existentiellen Phallus.

Trevor seufzte, als er das unterschwellige Echo von Fleisch auf Fleisch spürte. Erschöpft gab er sich dem Sieg der Offenbarung über den Willen hin. Er begriff etwas zum ersten Mal. Eigentlich war es so, als hätte er jetzt auch ein Augenpaar auf seinem Herzen und sehe etwas, das ihm vertraut war, aber auf völlig neue Weise.

»Ich dachte über Anfänge und Enden nach«, erwiderte er. »Manchmal kann man nur schwer unterscheiden, worum es sich denn nun handelt. Um einen Anfang, der ein Ende ist, oder ein Ende, das ein Anfang ist.«

Der Blick ihrer funkelnden blauen Augen begegnete seinem. Sie hatten viel Zeit damit verbracht, einander einfach nur wortlos in die Augen zu schauen, während sie sich liebten.

Doch dieser eindringliche Blick war anders. Er glich eher einem Fragezeichen mit einem Hauch von Bedauern.

»Hmm«, sagte Alex. »Du bist gerade woanders, stimmt's?« Sie nahm die Hand von ihm, als lösche sie auf einer schwarzen Tafel eine Gleichung.

Er dachte: *Es ist so mühelos mit dir. Ich frage mich, ob es* ohne *dich ebenso mühelos sein wird …*

Er zuckte mit den Achseln. »Und wie geht es jetzt mit uns weiter?«

»Wie möchtest du denn, daß es weitergeht?«

»Ich weiß nicht. Deshalb dachte ich gerade über Anfänge und Enden nach.«

Alex lächelte ihn an. »Du bist schwer am Überlegen, nicht

wahr? Natürlich hat alles einmal ein Ende«, sagte sie. »Ich weiß nur noch nicht, ob es ein glückliches oder ein trauriges Ende sein wird.«

Aus irgendeinem Grund rührte ihn das. »Das ist ein bitterer Gedanke.«

»Ach, Trevor.« Sie erhob sich vom Bett und griff nach ihrem roten Seidenkimono. Sie stand jetzt vor ihm, und ihr rotes Haar wallte wie ein Wasserfall tanzender Leuchtkäfer in der von Kerzen erhellten Dunkelheit des Zimmers herab. »Du bist ja so romantisch. In diesen gefühlskalten Zeiten bist du noch ein echter *Mensch*.«

»Wo willst du hin?«

»Ich glaube, Danya ist zurück.«

Jemand war im Apartment. Trevor hörte die Geräusche von jemandem, der den Flur entlangkam. Alex öffnete die Schlafzimmertür. »Danya?« rief sie nach draußen. »Bist du das? Ich bin nicht allein –«

Dann veränderte sich ihre Stimme, wurde schriller. »*Hakim*! Was machst *du* denn hier!?«

Hakim blieb vor der Tür stehen. »Was soll das heißen, Alex?« Er lugte über ihre Schulter und nahm den Anblick des tätowierten Burschen in sich auf, der da im Bett lag. »Du bist nicht allein? Wer *ist* dieser Kerl?«

Dann wurde sein Blick kalt und durchdringend. »Und was fällt dir ein, meinen Vorrat anzutasten? Hey, Mann, ist mir schnurzegal, ob du meine Braut bumst, aber ich will nicht, daß du sie mit meinen Tattoos am Leib bumst, verstanden, du Scheißkerl?«

Hakim

»Gib mir eine Sekunde«, sagte Trevor zu Alex und behielt den unerwarteten Besucher im Auge.

Rasch erhob er sich vom Bett, und die rote Flamme eines Tattoos schoß sein Rückgrat hinauf, als er in seine Jeans stieg. Alex sah zu, wie die beiden Männer sich musterten.

»Ist das dein Exfreund, Alex?« fragte Trevor. Dann wandte er sich an Hakim: »Kommen Sie öfter unangemeldet vorbei? Oder haben Sie draußen ein Schild mit der Aufschrift ›Zu vermieten‹ gesehen?«

»Hast du was gegen mich, Mann?« sagte Hakim, und seine Stimme nahm einen drohenden Tonfall an.

»Gegen Sie?« Trevor tat erstaunt. »Warum sollte ich etwas gegen Sie haben? Ehrlich gesagt, wachsen Sie mir allmählich ans Herz wie ein Chia Pet ...«

»Ach ja? Vielleicht sollte ich dann ja bleiben und euch Gesellschaft leisten.« Hakim nahm seinen Fahrradhelm ab und schüttelte sein langes Haar. Er hatte blondes Haar mit Platinsträhnen, die an den Wurzeln schwarz waren, sein Schädel war vorn rasiert, und ein Zopf hing ihm nach alter chinesischer Manchu-Art wie ein Pferdeschweif den Rücken hinab.

»Kerzen, Alex. Jede Menge Kerzen.« Er warf einen Blick in die Runde und funkelte die Frau düster an. »Wie bei einem Begräbnis.«

Sie antwortete nicht.

Seltsamer Vogel, dachte Trevor, als er ihn musterte. Hohe Wangenknochen, doch eine sehr unchinesische Nase, lang und gerade, schmale Lippen und ein Kinn, das noch die Abdrücke seines Helmriemens aufwies. Seine Augen waren hellbraun, kalt, unberechenbar.

»Hakim, was ist los mit dir?« fragte Alex Beijing. »Du siehst ja furchtbar aus. Und was *machst* du hier? Du weißt doch, daß du nicht einfach so vorbeikommen darfst. Was ist aus deinem anderen Schuh geworden?«

Hakim stand einfach nur da, sein linker Nike fehlte, und man sah die schlammige weiße Socke, eingebettet in den Teppich wie ein Felsen in einen Zen-Garten.

»Lange Geschichte, Alex«, sagte Hakim, ohne den Blick von Trevor zu nehmen. »Ich bin ein paar Typen über den Weg gelaufen, die ich erst abschütteln mußte. Ich konnte dich nicht anrufen. Was ist, bist du denn nicht *froh*, mich zu sehen?«

Alex stand mit verschränkten Armen da, die Miene sorgenvoll. »Du steckst wieder in Schwierigkeiten, stimmt's?«

«Ich bin nicht der einzige, Schnuckelchen.«

»Was soll das heißen? Diesmal ziehst du mich nicht mit rein.«

»Du warst an meinem Vorrat, Alex.«

»Du hast ihn hiergelassen.«

»Nicht, damit du ihn plünderst. Ach, was soll's –« Hakim tat so, als amüsiere es ihn. »Du kannst eben nicht anders, hab ich recht? Ich laß dich kosten, und schon verkeilst du dich mit der Nase im Bonbonglas. Was kann man von Weibern auch anderes erwarten?« Er zwinkerte Trevor zu.

»In Ihrem Fall würde ich sagen, Sie haben bekommen, was Sie verdienen.«

»Wer ist dieser Fatzke, Alex?« Hakims Stimme wurde lauter. »Und warum trägt er meinen Stoff? Ich hab dir gesagt, du sollst die Finger davon lassen.«

»Das ist mein Freund Trevor – Trevor Gobi, wenn du es genau wissen willst«, erwiderte Alex. »Du hast mir ziemlich viel erzählt, Hakim. Das meiste davon habe ich dir anfangs auch geglaubt. Aber jetzt nicht mehr. Und was deinen ›Stoff‹ angeht, Mann – er gehört dir doch gar nicht. Du hast ihn geklaut.«

Hakim riß der Geduldsfaden. »Ein für allemal, du Miststück, ich hab ihn *nicht* geklaut. Ich hab mir das Scheißzeug schwer verdient. Es sind *meine* Entwürfe …«

»Hör mal, du Arschloch«, erwiderte Alex. »Vielleicht sind es ja deine Entwürfe, aber was meinst du wohl, von wem du den *Kode* hast? Na, kannst du mir das sagen?«

Hakim setzte schon zu einer Antwort an, als sein Blick auf Trevor fiel. »Bist du sicher, daß du ausgerechnet jetzt darüber reden willst, Alex? Ich meine –« Er nickte in Trevors Richtung. »Das ist doch eine persönliche Sache, oder nicht?«

»Du hast recht, es *ist* eine persönliche Sache«, fuhr Alex gereizt fort. »Und ich vertraue dir erst wieder, wenn du die Wahrheit über dich selbst zugibst, über all *das.*« Sie fuhr mit den Händen durch den Raum, und Trevor fühlte sich mit einbezogen und spürte, wie sich in einem entfernten Winkel seines Verstands leichtes Unbehagen regte. »Hast du kapiert, Hakim?«

»Der Stoff gehört mir, Alex, ich will ihn jetzt haben, ich nehm ihn mit –« Hakim machte einen Schritt auf den Kühlbehälter zu, in dem die Tattoos waren.

»Mir scheint, Sie haben sie nicht richtig verstanden«, sagte Trevor und verstellte ihm den Weg. »Sie sind unvernünftig. Und das ist nur eines Ihrer Probleme.«

Hakim starrte ihn grimmig an, dann huschte ein Lächeln über sein Gesicht. Er stupste Trevor gegen die Brust, wie ein Zauberer, der Karten aus dem Ärmel schnippt. »Ich schenk dir ein Häschen«, sagte er.

Trevor schaute auf den Osterhasen an seinem Oberkörper und wieder zu Hakim. »Sehr witzig, Sie Klugscheißer. Sie haben Ihren Spaß gehabt. Jetzt beseitigen Sie das Ding wieder – und hauen Sie ab. Sie haben unsere Geduld genug strapaziert.«

Hakim kicherte. »Dein Lover sieht irgendwie süß aus, Alex, meinst du nicht auch?«

»Es reicht, Hakim«, fuhr Alex ihn an. »Sorg dafür, daß es wieder verschwindet.«

»Daß es wieder verschwindet? Glaubst du, daß das so einfach ist? Liebling, wenn du wüßtest! Du hast ja keine Ahnung, wozu ich fähig bin.«

»Du spinnst, Hakim. Du warst schon ein ziemlicher Spinner, als wir einander begegneten. Aber jetzt spinnst du noch viel mehr. Sorg dafür, daß es verschwindet – und dann verschwinde *du.*«

Hakim warf ihr ein schiefes Lächeln zu. »Klaro, wie du meinst.« Er wandte sich an Trevor: »Ich würde ja gern mit einem toten Huhn über dem Quellkode wedeln, aber ich fürchte, wir haben es hier mit einem OS-Fehler zu tun. Tut mir leid, Mann. Das Häschen ist wohl permanent.«

»Ich glaube, *Ihr* Betriebssystem hat ein paar Zeilen nicht mitgekriegt, Kumpel«, sagte Trevor und versetzte Hakim einen Stoß.

»Paß auf, worauf du dich einläßt, Mann. Du steckst bis zum Hals in der Scheiße. Und diese Braut auch. Ich warne dich, Pavianarsch.«

»Verpiß dich!« platzte es aus Trevor heraus. Er gab ihm noch einen Stoß. »Such deinen zweiten Schuh!«

»Fick dich!«

»Ich glaube, du solltest jetzt besser gehen, Hakim. Deine Freunde suchen vielleicht schon nach dir. Wen hast du diesmal sauer gemacht? Diesen Chinesen? Dem gehört doch dieser Klub in Japantown, der, in den du mich immer mitgeschleppt hast, du Großkotz. Vielleicht sollte ich ihn ja anrufen? Was meinst du?«

Ein gekränkter Ausdruck erschien auf Hakims Gesicht. »Das würdest du mir nicht antun, Alex.«

»Warum nicht? Laß es drauf ankommen.«

»Gut, gut, ich geh ja schon. Was hat sie mit dir gemacht, Pickelfresse?« verspottete Hakim Trevor. »Dir placeboweise einen geblasen? Kamst dir sicher wie im siebten Himmel vor, was? Aber in Wahrheit hat sie's dir mit der Hand besorgt –«

Trevor brachte ihn mit einem sauberen rechten Faustatoß, der Hakim direkt an der Kinnspitze erwischte, zum Schweigen. Er taumelte nach hinten. Dann schlug Alex ihm hart ins Gesicht. »Das ist auch für dich, und laß dich hier bloß nicht mehr sehen, kapiert?«

Hakim warf ihnen böse Blicke zu. »Ich komme wieder, Alex.

Um meinen Stoff zu holen. Wart's nur ab. Und du wart's auch ab, Arschloch«, sagte er zu Trevor. »Mit dir bin ich noch nicht fertig.«

Dann zeigte er ihnen den erhobenen Finger und ging davon.

»Tut mir leid«, sagte Alex. »Hakim war schon immer ein unglaublicher Mistkerl. Siehst du, das Häschen verblaßt schon wieder.«

Es löste sich spiralig in einem aquamarinblauen Wirbel auf. »Abgedreht, was?« meinte Alex.

Trevor schüttelte den Kopf. »Seit ich dir begegnet bin, ist so ziemlich alles abgedreht. Ich weiß nicht mehr, was ich denken soll.«

»Das ist ein Teil des Großen Rätsels, dadurch bleibt alles interessant.«

»Es bleibt?« fragte er sich laut. »Ich werde nie mehr ins Fitneßcenter gehen können.«

»Wann warst du denn das letzte Mal dort?«

Er blickte sie an und grinste. »Tja, nun.« Dann meinte er ernst: »Ich glaube, dein Freund bringt nur Scherereien, Alex. Aber das weißt du ja schon.«

Sie setzte sich neben ihn aufs Bett und legte ihm die Hand auf die Schulter. »Ehrlich gesagt, Trevor, ist Hakim zwar mein Exfreund, aber zufällig auch mein Ehemann.«

»Du bist mit ihm *verheiratet*?«

»Wir haben eine Weile getrennt gelebt. Er kam zurück, und wir versuchten es noch mal miteinander. *Ich* versuchte es noch mal –« Sie klang verbittert. »Doch ich hätt's besser wissen müssen.« Sie zog eine amerikanische Chakra aus einem Päckchen, zündete sie an und stieß blauen Rauch aus. »Ich dachte, daß er sich vielleicht ändern würde. Doch er hat sich nicht verändert. *Ich* habe mich verändert.«

»Wie hast du ihn kennengelernt?«

»Oh, er ist ein begnadeter Künstler. Ich lief ihm in einer Galerie in SOMA über den Weg. Er hatte da eine Ausstellung. Er war hinreißend. Ich glaube, wir haben uns auf Anhieb ineinander verliebt. Einen Monat später dachte ich: ›Das ist es. Das ist der Mann.‹ Und so haben wir geheiratet. Zwei Monate später suchte ich meinen Therapeuten auf. Drei Monate später schmiß ich ihn raus.«

»Das ist wahre Liebe«, stimmte Trevor zu. »Viel wahrer kann sie überhaupt nicht werden. Du hast es nur schneller durchlebt als die meisten Menschen.«

»Findest du?« Sie stützte beim Rauchen den rechten Ellenbogen in die Hand.

»Er behauptete, besessen zu sein«, fuhr Alex fort. »Von bösen Geistern. Das sei sein eigentliches Problem, sagte er. Er dachte wohl, ich hätte Mitleid mit ihm und würde ihm helfen, das durchzustehen.«

»Und das hast du doch auch?«

«Nun ja, in seiner Kultur – weißt du, er ist eigentlich kein Chinese; er stammt aus Sinkiang im Fernen Westen Chinas, das ist ein Teil von Zentralasien, unmittelbar an der Seidenstraße. Hakim ist Uigure; Moslem. Er wuchs mit einem starken Glauben an die Geisterwelt auf. Als Kind, sagte er, habe ihn immer das Gespenst seiner toten Schwester heimgesucht. Er weiß noch, wie er ihre Leiche auf dem Bett sah, umgeben von vielen brennenden Kerzen. Du hast ja gesehen, wie aufgebracht er beim Hereinkommen war. Das lag weniger an dir als am Anblick dieser Kerzen. So was jagt ihm eine Heidenangst ein.«

»Irre.«

»Es wird noch irrer. Willst du noch etwas Wein?«

»Nicht nötig, danke. Ich könnte jetzt ein paar Blätter Löschpapier gebrauchen, wenn du meinst, daß ich diese Tattoos damit los werde.«

Sie zog eine der Linien um seine Brustwarzen nach. »Erstaunlich, nicht wahr? Eine gewaltige Inspiration, die sich da auf deinem Körper abspielt.«

»Ja, ich bin schon pitschnaß vor lauter Inspiration. Aber hast du gerade gesagt, es wird noch irrer?«

»Er hält sich für *tot*, Trevor. Kannst du dir das vorstellen? Für ihn ist das alles hier nur ein Spaziergang durch die Unterwelt.«

»Nicht sehr rational, oder?«

Alex stieß abermals etwas Rauch aus und zuckte mit den Achseln. »Wer weiß das schon? Woher soll man wissen, was es heißt, tot zu sein? Weißt du, was sie im Tibetischen Totenbuch sagen? Was sie zu diesem Thema in all diesen heiligen Schriften sagen, dito im *Ägyptischen Totenbuch*? Klar, das sind Führer durch die Stadien des Lebens nach dem Tod. Aber sie geben auch ziemlich genau Auskunft über die verschiedenen Stadien *dieses* Lebens. Wir haben es dabei mit einer doppelten Botschaft zu tun.« Sie lächelte ihn an. »Aber so etwas hörst du nicht gern, stimmt's?«

»Schieß los«, gab Trevor nach, »du hast nun die volle Aufmerksamkeit meines höheren Selbst.«

»Es wurde echt immer schlimmer mit Hakim. Er verschwand tagelang, weißt du. Erst dachte ich, er trifft sich mit einer anderen Frau.« Sie stockte. »Dann dachte ich, vielleicht trifft er sich ja mit einem Mann …«

Trevor wartete ab. Er spürte allmählich wieder dieses Frösteln im Hinterkopf.

»Aber das stimmte nicht. Ich bin ihm einmal gefolgt.«

»Wo ging er hin?«

»Zum Friedhof in Colma. Er lief einfach nur herum und blieb vor den Grabsteinen stehen. Als stelle er den Geistern Fragen. Verdammte Kacke, dachte ich, hat er mir ausnahmsweise mal die Wahrheit gesagt, er ist *wirklich* besessen.«

Alex tippte mit ihren grellroten Fingernägeln auf den Ascher. »Ich schäme mich, es zuzugeben, aber ich ging sogar zu einer russischen Zigeunerin. Sie sagte mir, *ich* sei besessen. Von ihm!« Sie stieß ein heiseres Lachen aus.

»Und was hast du getan?«

»Also, Hakim Beijing – Beijing ist nicht sein richtiger Nachname, weißt du. Der lautet Mohammad-irgendwas. Er entschied sich wegen seines Tattoopalasts für ›Beijing‹, weil er das cool fand und weil er sich bei den Chinesen einschleimen wollte. Aber die waren felsenfest der Überzeugung, daß er von irgendwo hinter der Großen Mauer käme, wenn du verstehst, was ich meine.«

»Fremdenhaß. Ich kenne das Syndrom.«

»Yep. Aber sie wußten auch, daß er in anderen Sphären schwebt. Deshalb haben sie ihm seine Schrott-Tattoos abgekauft. Mächtige Medizin. Aber die Online-Welt ist *nicht* die Anderswelt. Er konnte ihnen mit seinen Graphiktricks nicht ewig was vormachen. Diese VR-Tats sind für den Massenmarkt einfach zu minderwertig.«

Trevor nickte. »Ich glaube, ich weiß, was jetzt kommt –«

Sie warf ihm einen Blick zu. »So? Er mußte einen echten Knaller abliefern, um bei ihnen mitmischen zu können. Sich beweisen. Beweisen, daß er kein schäbiger Chinesenbastard vom Land ist. Das hat ihm schwer zugesetzt.«

»Also hast du beschlossen, ihm zu helfen.«

»Ja, Trevor, das habe ich.«

»Davon habt ihr doch vorhin gesprochen, nicht wahr? *Du* hast ihm dieses Ding besorgt –« Er legte die Hand auf eine wirbelnde Wolke an seiner Brust, mit einem schneebedeckten Berggipfel, der auf seine Kehle deutete.

Er spürte die Bewegung der Wolke und wie der Wind durch sie wehte, als wäre sie ein Vorhang vor seinem Herz.

Alex lächelte. »Eigentlich war es mein Onkel Leo, der eingriff. Er dachte, das würde unsere Ehe retten.«

Trevor war wie vom Blitz getroffen. »Dein Onkel von der russischen Mafiya?« Er starrte wieder auf seine Brust. »Was zum Teufel ist das? Woraus *besteht* es?«

»Das ist dein *karma*«, erwiderte Alex. »Und es bedeckt dich von Kopf bis Fuß …«

Dann erzählte sie ihm die Geschichte.

Hunde kläfften im Dorf, als Alex und Hakim dort nach Einbruch der Dunkelheit eintrafen. Es war eine kurvenreiche, zehnstündige Fahrt auf der holprigen, von Sandstürmen gebeutelten Fernstraße von Ürümqi aus gewesen. Nach vier Stunden hatten sie die rötlichgelbe Takla-Makan-Wüste erreicht, waren an ihrem Rand entlanggefahren und dann nach Osten zu den Ausläufern und dem messerscharfen, purpurnen Felsmassiv des Altaigebirges abgebogen.

»Jetzt ist es nicht mehr weit«, hatte Hakim gesagt. Nicht mehr weit bedeutete weitere drei Stunden, und Alex verfiel wieder in ihre Starre, den Kopf an seine Schulter gelehnt. Es war, als flöge Alex an seiner Schulter durch die Zeit und käme erst am Bestimmungsort an, nachdem ein leises Klingeln sie weckte …

Die Fahrt hatte hauptsächlich aus Hitze und Mücken in einem Minibus ohne Klimaanlage bestanden, dem dreißig Jahre alten Wrack eines Kia, mit einem jungen Uiguren namens Ali am Steuer, der verrückt genug war, einen von Gespenstern heimgesuchten Mann und eine ausländische Teufelin zu fahren. Hier und da erspähten sie nomadische Kasachen und einige wenige torgutische Mongolen, die Herden mit Schafen, Pferden, Vieh und Kamelen hüteten.

Das einsame Läuten der Kamelglocken schreckte Alex aus dem Schlaf, und als sie die Augen aufschlug, sah sie, daß Hakim an seiner Unterlippe kaute und sein starrer Blick in die Ferne gerichtet war.

»Sieh doch nur«, sagte er, »der Geist eines Sees.« Und sie erblickte das schimmernde Trugbild eines landumschlossenen Wasserfalls, der sich in die Wüste ergoß, ein Salzsumpf, der vor Ewigkeiten einmal ein von Lebewesen wimmelnder See gewesen war …

Der Schatten des heranbrechenden Abends warf parallele Streifen in Form eines buddhistischen Hakenkreuzes auf die stupas *am Straßenrand, die vor Jahrhunderten von Pilgern auf ihren Seelenreisen errichtet worden waren. Kleine Banner flat-*

terten auf Felsenhügeln, die aus sorgsam aufgetürmten Steinen bestanden, als handle es sich um die steinernen Totems längst vergessener Götter.

Hunde schnappten und kläfften an der Tür des Minibusses, und Kinder standen in der Nähe herum und beobachteten sie reglos von ihren sicheren Stätten aus.

Rauch stieg von den Jurten auf. Es war Essenszeit, und die Kamele knirschten und mahlten mit den Zähnen, und die Wollschafe klingelten mit den Schellen und blökten unablässig ihre Gebete hinaus, daß bis zum unvermeidlichen Augenblick, an dem sie geschlachtet wurden, doch bitte noch ein Tag vergehen möge.

Ihr junger Fahrer Ali wandte sich ihnen zu und grinste durch den Staub auf seinem Gesicht. »Mirkan ...«, sagte er und deutete auf das Dorf. »Mirkan. Yakshi?«

»Yakshi«, nickte Hakim. »Ja, yakshi – gut.«

»Wir haben das Dorf Mirkan erreicht.« Er stupste Alex sanft an, die noch nicht ganz wach war. Wie sollte sie auch? Der Flug von Langhsu nach Ürümqi an Bord der zweimotorigen Illjuschin, einem Samowar mit Flügeln, die ein oder zwei Stunden, die sie in dem Bemühen, einen Flug zu organisieren, auf dem Basar verbracht hatten ... außer ein paar Datteln hatte sie nur die süße grüne hami-Melone gegessen, die Hakim für sie aufgeschnitten hatte. Sie hatten gehört, daß das Fleisch von der letzten Runde chinesischer Atomtests angeblich noch radioaktiv verseucht war, und deshalb von den Lammshishkibabs, die man ihnen anbot, Abstand genommen.

Die Kinder sahen dabei zu, wie sie ihre Ausrüstung auspackten, stumm und mit vor Neugier geweiteten Augen. Sie wußten, weshalb sie gekommen waren. Aus dem einzigen Grund, warum Fremde überhaupt nach Mirkan kamen. Wegen Sukotai. Dem alten uigurischen Schamanen. Ihre Eltern, die von den Eingängen der Jurten aus zu ihnen hinüberspähten, hatten sie gewarnt.

»Salaam aleikum«, begrüßte sie eine Stimme. Beide fuhren fast *gleichzeitig herum. Ali verdiente sich noch immer seine Dinare. »Sukotai«, sagte er und deutete auf den vor ihnen stehenden Mann.*

»Salaam aleikum«, *sagten Alex und Hakim.*

Der Mann mit dem hohen Turban hatte einen sonnengebleichten, zottigen Bart, der wie Gestrüpp auf seinem faltigen Gesicht wucherte. Die Brauen waren schwarz und finster. Seine Augen wirkten wie ein tiefer Quell, dessen Dunkelheit sich jedermanns Zugriff entzog. Sie zeigten nur die äußere Dunkelheit, nicht die innere, in der er sich bewegte. Mit einem schüchternen Blick, einer alten verrosteten Pforte gleich, die sich bald öffnen würde, hielt er diese andere Welt von ihnen fern.

Sukotai trug einen Stab und eine schmutzige gelbe Schaflederweste über seinem Kamelhaarumhang. Eine Kette mit Perlen, die sich mit den Knochen kleiner Wüstentiere abwechselten, hing von seinem Hals.

»Bist du dir sicher, Hakim?« flüsterte Alex ihrem Ehemann zu.

»Bist du dir sicher, Hakim?« *ahmte Sukotai sie nach, ohne sich anmerken zu lassen, ob er seine eigenen Worte überhaupt verstand.*

»Emess? *Nein?* Ah? *Ja?« fragte Sukotai und blickte dem Gramgebeugten tief in die Augen.*

»Ah«, erwiderte Hakim, und der Alte schnalzte mit der Zunge, zupfte ihn am Ärmel und schubste ihn auf seine Jurte zu, die etwas außerhalb des Dorfes stand. Er warf keinen Blick zurück, um sich zu vergewissern, ob Alex ihnen auch folgte. Ihr Geist rief nicht nach ihm.

Sie betraten die verdunkelte Jurte. Der beißende Geruch, der Alex hellwach werden ließ, kam aus einem Topf, in dem unbekannte Kräuter brodelten, deren ungesunde Ausdünstungen sich mit dem ausgesuchten gris-gris *verwesender Tierteile vermischten, die sich in einer Ecke der Behausung stapelten. Auf dem Boden lagen Webteppiche und mehrere aus ranzigem Schafleder genähte Kissen.*

Er gab ihnen schmutzige Becher mit chai zu trinken, sprach jedoch kein weiteres Wort. Schweigend saßen sie da, eine Stunde lang, wie es den Anschein hatte, und der Alte schloß die Augen und nickte ein. Die einsam lodernde Flamme unter dem Kochtopf war das einzige Licht in diesem schwülen Raum, und nur hin und wieder bewegte sich Sukotai und warf ein paar Zweige ins Feuer.

Hakim begann zu frösteln. Bald fröstelte er unkontrolliert. Das beunruhigte Alex, die den Arm um ihn legte, damit er es wärmer hatte.

»Yok yakshi!« Sukotai blickte sie finster an und bedeutete ihr, von ihm abzurücken. Darauf hatte er gewartet. Auf das Frösteln.

Sie wußte nicht, was sie tun sollte. Ein Gefühl von Vergeblichkeit, ja Hilflosigkeit hing in der Luft. Solange dieser Schamane sie anstarrte, konnte sie sich Hakim nicht nähern. Er fröstelte, dabei lag Schweiß auf seiner Stirn, und er knirschte mit den Zähnen.

»Hakim!«

»Yok yakshi!« warnte Sukotai sie erneut.

»Leicht gesagt, ›yok yakshi‹«, bot sie ihm die Stirn. »Sie sind es ja nicht, der Angst hat, seinen Verstand zu verlieren. Hakim –«

Hakim schlug die Augen auf. Etwas vom altbekannten Funkeln lag in ihnen, doch sie waren heller als gewöhnlich. Er warf ihr ein schwaches Lächeln zu. »Schon in Ordnung, Alex, was geschieht –«

Sukotai saß im Schneidersitz vor dem Feuer und beobachtete alles genau. Er verbarg ein Messer im Umhang, und notfalls würde er dem Geist das Herz herausschneiden, sobald er auftauchte. Doch die Frau schien den Geist zu beruhigen. Sie waren aus einem früheren Leben noch eins. Die Bande waren stark.

Weshalb hielt sie sich hier auf? Sie wollte den Geist von seinem Körper befreien – doch es war der falsche Körper. Das war das Problem. Sie paßten nicht zueinander. Sie paßte zu dem Geist, der in einer anderen Zeit zu einem anderen Körper gehörte. Sie *gehörten nicht zueinander. Doch Liebe ist stärker als Vergeßlichkeit, und Vergeßlichkeit ist stärker als die Zeit.*

Wie war es möglich, daß sie sich aus einem früheren Leben an diesen Mann erinnerte? Er war kein Mensch. Er war ein von Gespenstern heimgesuchtes Wesen, das in dieses Leben eingetreten war, weil es etwas suchte – nein, *nicht suchte, es hatte es schon gefunden.* Sie. *Etwas, das sie hatte. Etwas, von dem sie nicht* wußte, *daß sie es hatte, wovon der Geist jedoch annahm, daß es sich in ihrer Reichweite befände …*

Deshalb waren sie in diesem *Leben zusammen.*

Der Wind blies in die Jurte, und Alex lief ein Schauer über den Rücken. Hakim lächelte sie noch immer an, berührte ihre Wange. »Liebste Alex, bald ist alles wieder gut …«

Hakim wandte sich an den Alten und sprach ihn auf uigurisch an. »Sie glaubt, ich sei hier, um geheilt zu werden.«

»Und bist du das nicht?«

»Natürlich nicht. Was glaubst du denn? Weißt du nicht, was *ich bin?«*

»Meinst du, ich habe noch keine Toten gesehen? Die umhergehen und atmen wie du? Weshalb bist du also gekommen?«

»Um ihr etwas zu zeigen.«

»So? Was könntest du ihr schon zeigen?« Sukotai lächelte listig. »Deine gute Seite, ist es das?«

Hakim nickte und lächelte ebenfalls. »Ja, ich möchte ihr meine gute Seite zeigen. Ich will, daß sie mir vertraut.«

»Du darfst nichts tun, was sie verletzt.«

»Ich weiß. Ich will nur, daß sie mir vertraut. Das ist etwas anderes. Ich werde sie nicht verletzen.«

»Du wirst ihr kein Leid antun?«

»Nein. Ich versprech's.« Hakim lächelte noch immer. Alex lauschte der fremden Sprache, ohne die Worte zu verstehen, doch sie spürte, daß es um sie ging.

»Aber du willst, daß sie dieses Leid über dich *bringt?«*

»Ich kann damit umgehen.«

Sukotai dachte darüber nach. »Böses zu Bösem.«

»Ja.«

»Das Böse kann dem Bösen keinen Schaden zufügen. Es ist schon böse.«

»Wahrhaftig, das weißt du.«

»Ja, das weiß ich. Warum willst du, daß es so ist?«

»Das Böse ist in seiner Welt einsam. Es braucht einen Gefährten.«

»Das ist Unsinn. Das Böse braucht keinen Gefährten. Es gibt genug Dunkelheit, die es teilen kann.«

»Deshalb kam ich zu dir. Ich hörte, daß du dich mit der Dunkelheit auskennst. Mit der dunklen Seite in uns allen. Das hörte ich in Amerika.«

»In Amerika? Man kennt dort meinen Namen?«

»Wo immer Dunkelheit ist, hört man deinen Namen. Also, willst du das für mich tun?«

»Die lichte *Seite des Bösen ... möchtest du, daß ich sie ihr enthülle, damit du sie mit dem Versprechen auf wahres Licht verführen kannst?«*

Hakim antwortete nicht. Das war Antwort genug.

Sukotai rutschte unruhig auf seinem Platz herum und zupfte an den Enden seiner Pantoffeln. »Laß mich einen Moment nachsinnen.« Dann schloß er die Augen. Als der Moment vorbei war, öffnete er sie wieder.

»Gewöhnlich betreibe ich meine Geschäfte nicht auf diese Weise. Aber ich sehe nicht, wie ihr das großen Schaden zufügen sollte. Sie wird dich ohnehin besiegen. Sie besitzt das Licht, und sosehr du dich auch bemühst, es zu verdüstern, du wirst scheitern. Also –«, Sukotai strahlte Hakim an, »– kostet dich das etwas extra.«

»Inshallah.« *Hakim neigte den Kopf.*

»Sei's drum. Wir werden ihr deinen Fluch enthüllen, doch sie darf nicht glauben, daß er ihr offenbar wurde.«

»Es reicht, wenn sie ihn sieht.«

Sukotai schlug sich auf den Schenkel. »Moussa!« rief er laut.

»Hakim – was geht hier vor?« fragte ihn Alex. »Was macht er?«

»Still, Alex, ich sagte dir doch, daß ich von einem bösen Geist besessen bin, oder? Er ist es, der zwischen uns steht, Alex. Deshalb sind wir hier, nicht wahr? Der Mann wird jetzt einen kleinen Exorzismus an mir durchführen. Aber erst enthüllt er dir den Geist, von dem ich besessen bin. Kommst du damit klar?«

»Jederzeit, Hakim.« Sie drückte seine Hand. »Ich bin immer für dich da. Immer. Keine Sorge, Schatz, das geht schon in Ordnung.«

»Natürlich.« Hakim lächelte sie an.

»Moussa!« rief Sukotai erneut.

Sie hörten irgendwo im Schatten der Jurte ein Rascheln. Eine schwarze Katze mit glühenden gelben Augen tauchte aus dem Nichts auf. Sie huschte in der Erwartung herein, etwas zu fressen zu bekommen, doch als sie den Kopf wandte und mit dem Rachen witterte, so daß der Gaumen zu sehen war, wußte sie, weshalb man sie gerufen hatte. Ihre Schnurrhaare waren schneeweiß und zitterten, als sie den Teppich, auf dem Sukotai saß, genüßlich mit den Krallen bearbeitete.

Sukotai streichelte das maunzende Gesicht. »Moussa … Moussa.« Sukotai deutete auf den Toten, der ihm gegenüber saß. »Er will wissen, wer ihn mit seinem Fluch verfolgt …«, sagte er zur Katze.

Die schwarze Katze setzte sich, reckte den Kopf und wappnete sich gegen die Ausläufer einer umfassenden Schwärze. Alex konnte nicht fassen, was als nächstes geschah.

Moussa sprach zu Hakim. Es waren richtige Worte … doch sie wußte nicht, was sie bedeuteten. Es war keine menschliche Sprache. Sie konnte es kaum glauben, obwohl Hakim ihr gesagt hatte, daß sich hier in den Bergen seltsame Dinge zutrugen. Tiere konnten sprechen. Menschen konnten fliegen. Der Boden tat sich unter einem auf. Hier gab es keine Regeln. Regeln waren etwas, das *später hinzutrat, in der normalen Welt für normale Anlässe geschaffen.*

»Du wünschst, daß mein Meister dir einen Dienst erweist. Du hast keine Seele. Weshalb willst du so tun, als hättest du eine?«

Hakim brauchte keinen Übersetzer. Der Teil seines Gehirns, der im eigentlichen Sinne nicht lebendig war, übersetzte für ihn.

Zu Alex' Erstaunen antwortete Hakim in der gleichen unbekannten Sprache.

»Im Gegenteil, ich habe eine Seele«, sagte er zu der Katze. »Sie ist lediglich gefangen. Aber ich weiß, daß ich sie befreien kann. Das ist nicht der Grund, warum ich hier bin. Sie muß wissen, daß ich besessen bin.«

Die Katze schien die Stirn zu runzeln. »Du willst ihr dein wahres Gesicht zeigen?«

»Kannst du mir das ermöglichen?«

»Nein.«

Sukotai hob eine Braue. »Moussa, liegt es denn nicht in deiner Macht, so etwas zu tun?«

Moussa lispelte leicht. »Dieses Gesicht ist noch nicht geboren.«

Hakim begann wieder zu schwitzen. »Wie meinst du das?«

»Dieses Gesicht gehört der Zukunft an. Es ist noch nicht auf dieser Ebene eingetroffen. Ich kann mich nicht in die Zukunft begeben, Dunkler. Die Katzen der Takla-Makan leben dort nicht –«

»Tut mir leid«, sagte Sukotai zu Hakim. »Deine Bitte ist unerfüllbar.«

»Was hat sie eben gesagt?« fragte Alex Hakim. »Diese Katze hat doch zu dir gesprochen!«

»Bitte, Alex.« Hakims Miene zeigte Spuren von Anspannung. »Es gibt da ein kleines Problem – ich versuche gerade, es aus dem Weg zu räumen.«

»Dafür kann ich etwas anderes *tun«, sagte Moussa, und ihre gelben Augen verdüsterten sich im Schein des Feuers.*

»Und das wäre?«

»Ich kann dir dein wahres Gesicht nicht zeigen, weil es noch nicht existiert. Aber ich kann dir das Gesicht von jemandem zeigen, der eine wichtige Rolle dabei spielen wird, es zum Vorschein zu bringen.«

Hakim war für einen Moment verwirrt. Das hatte er nicht erwartet. Er wußte nicht, was die Katze ihm anschleppen wollte. Er sah das Ergebnis nicht voraus. Er schaute kurz zu Alex hinüber und spürte, daß ihre Anwesenheit ihm Trost spendete.

»Diese Katze … sie ist eine wundertätige Katze, Alex, sie dient Sukotai auf eine Art und Weise, die wir nicht verstehen …«

»Was sagt sie jetzt?«

»Diese Katze will nicht kooperieren. Es gibt da ein Problem bei der Offenbarung des Geistes, von dem ich besessen bin –« Er wollte sagen, von dem ich besessen sein werde, *unterließ es jedoch. »Statt dessen schlägt sie mir vor, mir die Person zu offenbaren, die mein Schicksal ändern wird.« Rasch fügte er hinzu: »Das ist das Nächstbeste zu einem Exorzismus. Es gibt mir Hoffnung.«*

Alex nickte. »Also gut.«

Hakim wandte sich an Sukotai und die Katze. »Ich bin soweit.«

Moussa zuckte mit den Schnurrhaaren, dann sprang sie auf und war im Nu aus der Schamanenjurte verschwunden.

»Was jetzt?« fragte Alex.

»Wir warten«, sagte Hakim und verstummte.

Sie warteten zwei Stunden lang. Sukotai döste ein – und sie beide auch. Doch immer, wenn Alex den Eindruck hatte, gerade in einen traumlosen Schlaf zu versinken, riß etwas sie zu den flackernden Schatten des Feuers zurück, das Sukotai mit trockenen Holzscheiten am Leben erhielt.

Schließlich kam Moussa wieder. Ihr schwarzes Fell war feucht von einem Glanz, der den Elementen Hohn sprach. Es war trocken in dieser wüstenhaften Bergluft. Die Katze trug etwas im Maul und wartete darauf, daß Sukotai es ihr aus den Fängen nahm.

Alex sah, daß es eine Art Foto war. Sukotai musterte es kurz, dann grunzte er und reichte es Hakim.

»Das ist das Bild des Mannes, der dich wiederherstellen wird«, sagte Sukotai. »Zum Guten oder zum Schlechten.«

Hakim übersetzte es Alex. »Laß mich sehen, Hakim«, sagte sie besorgt. Als er es ihr zeigte, keuchte sie auf.

Die Katze Moussa sagte: »Die Frau kennt diesen Mann.«

Hakims erstaunte Miene war nichts im Vergleich mit dem Ausdruck von Alex' Gesicht.

»Was soll das heißen, Hakim?« Sie spürte einen kalten Stein im Unterleib, kälter als alles, was sie je im Leben gekannt hatte.

»Du kennst ihn, Alex, nicht wahr?« sagte Hakim, und auf einmal wurde ihm bewußt, weshalb er sie den ganzen weiten Weg in diesen abgelegenen Winkel am Rande Tibets gebracht hatte.

Alex zitterte. Es war genau das gleiche Bild, das in ihrem Apartment in San Francisco an ihrer Kühlschranktür hing. Das war unglaublich. Wie kam es hierher? Woher hatte es diese Zauberkatze?

»Das ist ein Foto meines Onkel Leo, Hakim«, sagte sie und starrte ihn aus großen Augen an. »Was geht hier vor?«

»Und du meinst nicht, daß es vielleicht gefälscht war?« fragte Trevor Alex, als sie ihre Geschichte beendet hatte.

Er war skeptisch. Sicher, das Bewußtsein war ein leicht zu beeinflussendes Gut. Und wurde es mit jedem Tag mehr. Teufel auch, sein Dad arbeitete auf dem Schlachtfeld des Überbewußten. Dafür war Dr. Frank Gobi überall auf der Welt bekannt. So verdiente er sich seinen Lebensunterhalt.

Trevor hatte den Schleier selbst schon viele Male gelüftet. Sein Teleschlafwandeln, das ihm seit seiner Kindheit schon oft Ärger eingebracht hatte – es war, als verabschiede sich das Bewußtsein durch die Hintertür und tauche in die Nacht der Psyche ab.

Doch hier ging es um Hakim. Hakim war ihm egal, aber er traute ihm nicht. Der Kerl war eindeutig total ausgeflippt. »Hakim könnte dem Schamanen das Foto zugeschoben haben«, überlegte er laut. »Und die Sache mit der Katze könnte leicht ein Trick gewesen sein.«

»Glaub mir, ich habe darüber nachgedacht«, erwiderte Alex. »Warum sollte Hakim mich den ganzen Weg bis nach China karren, nur um mich reinzulegen? Nein, er hatte von Sukotai gehört. Er war wirklich neugierig. Er suchte ihn auf, weil er etwas in *Erfahrung* bringen wollte. Er hatte wohl nur nicht erwartet, daß es mein Onkel Leo sein würde. So etwas nennt man Ironie des Schicksals.«

Sie stockte. »Dann gab es da noch eine Kleinigkeit, die mich letzten Endes davon überzeugte, daß die Sache nicht aus der Luft gegriffen war.«

»Und welche?«

»Das Foto. Es war praktisch mit dem identisch, das du an meinem Kühlschrank gesehen hast – du weißt schon, Onkel Leo als Al Kaponski. Bis auf eines. Erinnerst du dich noch an den verrückten Schlips, den er auf dem Foto trug?«

Trevor nickte. »Ziemlich abgedreht. Kawasaki-Optik, wenn ich nicht irre. Ins Futter muß Software für mindestens fünfhundert Dollar eingenäht gewesen sein.«

»Der Schlips, der auf dem Bild zu sehen war, war ein anderer. Viel geringere Auflösung.«

Trevor zog die Brauen zusammen. »Du glaubst also, es war eine telemorphische Kopie des Originaldrucks?«

»Wer kann das schon sagen?« Alex zuckte mit den Achseln. »Es könnte auch eine Art Psycho-Polaroid gewesen sein –«

»*Paranoid*, meinst du wohl.«

»Wie auch immer, als wir wieder zu Hause waren, war Hakim jedenfalls ganz versessen darauf, alles mögliche über Onkel Leo zu erfahren. Ständig hat er mich nach ihm ausgefragt. Er war sicher, daß es sich bei der Katze um ein Orakel handelte.«

»Er war deinem Onkel wohl noch nicht begegnet?«

»Nein, und dann, als wir herausfanden, in was Onkel Leo verwickelt war, drängte er mich unablässig, daß wir uns mit ihm treffen sollten –«

»Das hat dich nervös gemacht, nicht wahr?«

Alex lachte. »Ich mische mich nie in die Geschäfte meines Onkels ein, Trevor, das solltest du über mich wissen. Aber schließlich mußte Onkel Leo hierherfliegen, und Hakim bestand darauf, ihn zu treffen. Es war keine gute Zeit für Onkel Leo ...«

Onkel Leo war alles andere als froh. Eigentlich hatte er sogar eine Stinklaune. Die ganze Familie war entsetzt über den Skandal. Aber im Grunde war es allein Onkel Leos Schuld. Seine Ehe mit Tante Bella stand auf der Kippe – schon seit geraumer Zeit. Onkel Leo hatte eine Freundin in New Jersey, ein russisches Mädchen namens Tatjana. Oder vielmehr eine Geliebte. Es flog bei Tante Bellas Geburtstag auf. Sie und ihre beste Freundin Nina hatten am selben Tag Geburtstag, also planten sie eine gemeinsame Geburtstagsfeier mit allem Drum und Dran im Little Odessa in Manhattan. Onkel Leo sagte im letzten Moment ab. »Mir ist ein enorm wichtiges Geschäft dazwischengekommen«, erklärte er Tante Bella. »Das darf ich mir nicht durch die Lappen gehen lassen.«

Schön und gut, also schmissen sie die Party ohne ihn. Doch als Tante Bella nach Hause fuhr, war die Kacke erst richtig am Dampfen, denn was meinst du wohl, wen sie da auf dem New Jersey Turnpike sah? Da rauscht doch glatt Onkel Leo in einem Auto an ihr vorbei, den Arm um dieses Russen-Babe gelegt ...

Ah-oh! macht's da bei ihr. Und im nächsten Moment entbrennt der Dritte Weltkrieg mit einem kleinen Vorgeschmack auf den Vierten ...

Tante Bella beschließt, es Onkel Leo auf die fieseste Art und Weise heimzuzahlen, die ihr möglich ist.

Was ist Onkel Leos größte Schwäche? Nun ja, Geld, aber gleich um die Ecke gibt's ja immer wieder genug Geld, schließlich laufen genug Blödmänner rum ...

Nein, es ist seine Mama. Onkel Leo ist ihr völlig ergeben. Meine Großmutter Irina und Großvater Solomon lebten in San Francisco. Großvater starb schon vor Jahren. Großmutter litt schwer an Diabetes. Man hatte ihr beide Beine amputiert. Sie lebte zwar noch, aber Onkel Leo mußte alle Begräbnisvorbereitungen im voraus treffen. Großvater wurde auf dem Friedhof Colma im Süden von San Francisco beigesetzt. Und Onkel Leo hatte schon alle Raten für die Nachbarparzelle bezahlt, damit Großmutter neben Großvater beigesetzt werden konnte.

Und was meinst du wohl, was Tante Bella macht? Sie trennen sich, die Scheidung nimmt ihren Lauf. Okay, und jetzt paß auf! Sie holt die Besitzurkunde über die Nachbarparzelle zu Hause aus Onkel Leos Safe. Ja, sie kennt die Kombination. Das ist bei allen Frauen der russischen Mafiya so, für den Fall, daß ihren Männern was zustößt ...

Du wirst nicht glauben, was jetzt kommt. Onkel Leo konnte es sicher nicht ... es hat ihn glatt umgehauen, als er davon erfuhr. Sie ruft den Obermacker vom Friedhof an! Sie sagt ihm, daß sie die Parzelle verkaufen will, die Onkel Leo im voraus für Großmutter Irina bezahlt hat ... »Kein Problem«, meint der, »wir haben eine lange Liste von Interessenten. Wir schicken Ihnen die Unterlagen. Unterschreiben Sie einfach nur die Verzichtserklärung.«

Und schließlich, um eine lange Geschichte kurz zu machen, wird Großmutter Irina sehr krank und stirbt.

Onkel Leo ist völlig ahnungslos. Er trifft die Vorbereitungen für die Bestattung und so weiter.

Sie treffen auf dem Friedhof in Colma ein, und ihm schwinden die Sinne. Da liegt schon ein anderer.

Also bekam Tante Bella ihre Rache doch noch. Traurige Geschichte, nicht wahr? Aber das ist nicht alles ...

Des einen Unglück ist des anderen Sternstunde. Jetzt ist Hakims große Chance gekommen, sich bei Onkel Leo einzuschleimen. Und wie stellt er das an?

Kein Problem. Onkel Leo ist nicht nur beeindruckt. Er schul-

det Hakim sogar was. Und dabei kann er Moslems noch nicht einmal ausstehen, wie du dir denken kannst. Ein russischer Jude und ein Moslem? Vergiß es. Onkel Leo hat mich immer für verrückt gehalten, weil ich Hakim heiratete – aber er liebt mich, also macht er kein großes Getue darum.

Okay, diese Person, die da liegt, wo eigentlich Großmutter Irina ihre letzte Ruhe finden sollte, ist also Chinesin – alte Familie, hoch angesehen. Und Chinesen sind sehr abergläubisch ... stehen voll auf feng-shui, *du weißt doch, was das ist? Geomantie. Alles muß genau so angeordnet sein, daß es keine schlechten Einflüsse gibt. Eine Tür darf nicht in die falsche Richtung weisen, weil das sonst schlechte Einflüsse anzieht. Man muß Spiegel und Kristalle aufhängen und Rituale vollziehen. Wenn man sich nicht peinlich genau an die Vorgaben hält, kann man pleite machen oder sogar die Flatter – aber endgültig.*

Wie auch immer, diese chinesische Familie besucht das Grab jedes Wochenende. Ihre Mutter liegt dort begraben. Sie legen Blumen ab und so.

Hakim sagt Onkel Leo, er solle sich keine Sorgen machen, er kümmere sich schon um alles. Er werde diese Chinesin innerhalb von fünf Wochen dort weg haben, auch wenn es gegen das jüdische Gesetz verstoße. Aber es handle sich schließlich um einen Notfall. Außerdem, sagt Hakim, werde er Onkel Leo die Parzelle zu einem Spottpreis verschaffen. Er werde bei der Sache sogar noch was verdienen.

Kannst du dir vorstellen, was für ein Köder das für einen russisch-jüdischen Mafioso ist? Man bringt seine Mama in dem Grab unter, das für sie vorgesehen war – und *macht dabei noch Profit?*

Das konnte Onkel Leo sich nicht entgehen lassen. »Wenn du das für mich tust, mein Junge, nehme ich dich unter meine Fittiche. Keine Bange.«

Hakim meint: »Kleinigkeit, Sir. Überlassen Sie das nur mir.«

Also lagert Onkel Leo Großmutter Irina irgendwo zwischen, und Hakim macht sich an die Arbeit.

Kurz und gut, diese Chinesenfamilie besucht das Grab jeden Sonntag um dieselbe Zeit, und was stellt sie fest? Die Blumen sind alle verwelkt. Er hat sie in die Mikrowelle gelegt. Hakim kennt jeden Trick. Aber vor allem – sein As im Ärmel, oder vielmehr, sein As im Grab –, er hat dieses Zellfon in der Erde verbuddelt, und jedesmal, wenn sie vorbeikommen, um ihr Respekt zu erweisen, hören sie diese Frauenstimme – die ihres Geistes, klar? –, die sie anfleht, umgebettet zu werden.

Und es ist wirklich ihre Stimme, keine Frage. Hakim hat sie aus ihrer Voice-Mailbox, die noch nicht stillgelegt war. Du weißt schon: »Hier spricht April Wong, und ich bin gerade nicht zu Hause, also hinterlassen Sie bitte eine Nachricht …«

Er hat sie digital verändert, so daß sie jetzt sagt: »Hier spricht April Wong, und ich werde von bösen Geistern verfolgt, bitte holt mich aus diesem verfluchten Grab, damit ich endlich zu meinen Ahnen gehen kann.«

Natürlich ist die Familie außer sich vor Entsetzen. Sie wendet sich an diesen chinesischen Geomantiker. Sein Name ist Dick Chen. Doch Hakim hat Chen um den kleinen Finger gewickelt, und Chen sagt alles, was Hakim will.

Warum? Weil Chen wie jeder gute Chinese passionierter Spieler ist. Er spielt um hohe Einsätze in Reno, in Las Vegas, in allen illegalen fan-tan-Höllen von Chinatown.

Schurkerei Nummer zwei, die Schurkerei Nummer eins ermöglicht. Hakim freundet sich mit Chen an. Er überredet ihn zu einer großen Sache. Chen spielt in Reno Blackjack. Er ist Spieler, klar. Und obendrein noch ein guter.

In dem Kasino in Reno, dem Golden Nugget, sitzt Hakim neben Chen. Chen wird auf ihn aufmerksam, weil er verliert, ein vom Pech verfolgter gweilo, ein ausländischer Teufel. Chen ist amüsiert, bedauert ihn etc. Hakim schmeichelt ihm, ist voll des Lobs für Chen, der wie gewöhnlich gut spielt. Er hat schon eine beträchtliche Summe gewonnen.

Hakim und der Chinese plaudern freundlich miteinander. Als

nächstes machen sie zusammen in einem Coffee Shop Pause, und Hakim spendiert ihm ein Bier. Sie witzeln herum, dann sagt Hakim: »Ich habe gehört, ihr Chinesen wärt die größten Spieler der Welt. Daß es nichts gäbe, worauf ihr nicht wettet, wenn auch nur der kleine Dollar dabei herausspringt. Stimmt das?« Chen ist guter Dinge. »Ich denke schon. Wir spielen für unser Leben gern ...«, gibt er zu.

Hakim stellt ihm eine Falle. »Ich meine, ihr würdet doch sogar noch darauf wetten, wieviel Flöhe ein Hund hat, hab ich recht?«

»So ungefähr«, lacht Chen.

»Sag mal, ist Chen nicht ein recht weit verbreiteter Name?« wechselt Hakim das Thema. »Ich meine, im Telefonbuch von San Francisco müssen doch mindestens fünftausend Chens eingetragen sein.«

»Jede Menge«, stimmt Chen zu. Chen erklärt Hakim, daß es insgesamt etwa einhundert chinesische Namen gibt, die alle auf Klansnamen beruhen, darunter Chin, Chen, Wong, Lo und so weiter. Dick Chen erteilt Hakim ein wenig Unterricht in chinesischer Ahnenlehre, nur so zum Zeitvertreib. Um dem ausländischen Teufel etwas Bildung beizubringen, bevor er wieder zum Blackjack-Tisch zurückkehrt.

»Wow«, meint Hakim. »Ich frage mich, wie viele Wangs es in San Francisco wohl gibt. Das wäre doch mal eine lustige Wette, was?«

Chen amüsiert sich derweil immer besser. »Es ergäbe eine interessante Wette«, stimmt er zu.

»Auf so was hat bestimmt noch keiner gewettet«, macht Hakim es ihm schmackhaft. «Wie wär's? Wollen wir's nicht vielleicht versuchen?«

»Darauf wetten, wie viele Wangs in San Francisco wohnen? Hahaha. Zu viele.«

»Im Ernst. Was hältst du davon?«

Nun ja, Chen ist sich einigermaßen sicher, daß Hakim ein Versager ist. Er hat gesehen, wie er sich am Kartentisch einige Male recht dumm anstellte. Und mit Chinesen kennt er sich schon gar nicht aus, also ... Doch Chen ist ein ziemlich ausgefuchster Kerl. Mit anderen Worten, vorsichtig. Trotzdem will er wissen, ob Hakim wirklich so ein Spinner ist – das könnte genau die richtige Geschichte werden, um seinen Freunden zu Hause gegenüber damit zu prahlen.

»Nicht Wangs«, beschließt er. »Wetten wir um etwas anderes. Darum, wie viele Wongs es in San Francisco gibt ...« Was, wenn der Kerl so verrückt ist, ihm eine Falle stellen zu wollen? Vielleicht hat er die Zahl an Wangs schon gezählt und kennt *die Antwort?*

»Okay, wie auch immer, läuft für mich aufs gleiche raus«, sagt Hakim. »Wie du willst. Ich halt's immer noch für eine interessante Wette.«

»Was willst du setzen?« fragte Chen.

»Mein Auto.«

»Was für ein Auto ist das?«

Darauf ist Hakim vorbereitet. Er hat seine Hausaufgaben gemacht. »Ich fahre einen Lexus Laxmi. Jadegrün, Glücksfarbe. Geschmeidig wie die Jadepforte einer Frau. Er bringt dich stilvoll ans Ziel.«

»Hahaha«, lacht Chen. Der Kerl hat einen leichten Dachschaden. Aber er besitzt einen Lexus Laxmi! Das ist zu schön, um wahr zu sein, bei einem Loser wie ihm. »Was dagegen, mir die Zulassung zu zeigen?«

»Die von meinem Wagen?«

»Ich brauche Beweise.« Chen ist jetzt fest entschlossen, die Sache durchzuziehen. Er kennt das Modell. Wenn er es diesem Trottel abnehmen kann, hat sein Ausflug nach Reno sich mehr als bezahlt gemacht. Und warum nicht? Er spürt, daß er Glück haben wird ...

»Gut, ich hol sie gleich. Aber was setzt du?«

»Ich?« Chen gibt nur ungern zu, daß sein Fahrzeug weniger eindrucksvoll ist. »Ich fahre einen Caddy Kunming, den besten

Import, den man vom Festland kriegen kann. Wir wissen beide, daß dein Lexus mehr Wert ist als mein Wagen.«

Da hat er verdammt noch mal recht. Dieser Lexus ist der Hammer. Ich meine, es ist, als flöge man einen Space-Shuttle, er hat alle Extras, und der Hersteller garantiert einem sogar einen Parkplatz im Umkreis von fünf Gehminuten um den Zielort. Das Modell ist mit »GSP« ausgestattet, einem System für Garantiertes Satelliten-Parken. Sucht einem einen Parkplatz, bevor man eintrifft. Das Funksignal stört die Zündung jedes Fahrzeugs in zwei Kilometern Umkreis, das sich derselben Stelle nähert ... Mit anderen Worten, der neueste Schrei auf dem Gebiet des KI-Parkens.

Und Chen weiß das. Er hängt schon am Haken.

Woher Hakim den Wagen hat? Er hat ihn nicht. Er besitzt gar kein Auto. Er ist mit dem Greyhound nach Reno gekommen. Es gibt da diesen chinesischen Bandenchef, mit dem er bekannt ist, Einauge Chin heißt er. Das ist einer von nur fünf Leuten in der Bay Area, die einen Lexus Laxmi ihr eigen nennen. Hakim hat sich einfach in die Zulassung von Einauges Wagen gehackt. Sie runtergeladen und auf seinen Namen geändert. Ein simpler Printjob.

»Okay, gleichen wir den Unterschied irgendwie aus«, stimmt Hakim zu. Er ist beeindruckt, daß Chen so aufrichtig zu ihm ist, und will ihn wissen lassen, daß er das zu schätzen weiß.

»Womit verdienst du denn deinen Lebensunterhalt?« fragt er Chen.

»Mit feng-shui; weißt du, was das ist?« Dann erklärt er Hakim mit knappen Worten, wie wichtig im Geschäftsleben und auch privat die richtige Anordnung ist.

»Aha, und wie stellst du so etwas fest?«

»Man benutzt einen speziellen feng-shui-Kompaß, und dann führt man auf Grundlage der so gewonnenen Informationen alle erforderlichen Berechnungen durch ...«

»Wow, ich wette, du bist echt gut in deinem Job, heh? Ich

würde gern mal eins dieser Dinger sehen«, sagt Hakim, und sein Blick richtet sich auf die Aktentasche von Dick Chen, von der er sich niemals trennt.

Chen ist ein wenig verblüfft über Hakims Bitte. »Ehrlich gesagt, hast du recht. Ich weiß nie, ob ich ihn nicht plötzlich einmal brauche«, lacht Chen etwas verschämt. »Außerdem bringt er mir Glück an den Tischen ...«

Chen klappt seine Aktentasche auf und hebt den Schatz. »Er wurde mir durch viele Generationen hindurch vererbt«, sagt er stolz und zeigt ihn Hakim. »Mein Vater, mein Großvater und mein Urgroßvater, bis weit zurück, haben alle dieses Handwerk ausgeübt. Das ist ein besonderer feng-shui-*Kompaß.*

Er geht auf die Ch'ing-Dynastie zurück – Anfang des achtzehnten Jahrhunderts.«

Tatsächlich hatte Hakim Chen früher am Abend dabei beobachtet, wie er seinen Kompaß im Kasino verstohlen in diese und jene Richtung hielt. Damit er den besten Tisch im Haus fand, um zu gewinnen. Er setzte feng-shui *beim Glücksspiel ein! Einfach unglaublich, nicht wahr?*

Den Sicherheitsbeamten des Kasinos entgeht das natürlich nicht, und sie bitten ihn, das Gerät einmal näher in Augenschein nehmen zu dürfen. Wenn sie dieses seltsam aussehende verwitterte Holzstück mit den chinesischen Schriftzeichen überall auf der Oberfläche und die uralte Nadel in der Mitte sehen, sind sie einfach nur verblüfft. In ihren Sicherheitsbestimmungen findet sich nichts darüber, daß er so etwas nicht haben dürfte. Und wenn sie es mit ihren elektronischen Geräten bis ins Detail untersuchen, kommt sowieso kein Pieps dabei heraus.

»Wow, cool«, sagt Hakim. »Was hältst du davon, wenn wir deinen feng-shui-*Kompaß deinem Caddy Kunming zuschlagen, und zusammen wiegt das dann meinen Lexus auf?«*

Chen ist entsetzt. Damit verdient er nicht nur seinen Lebensunterhalt, es verkörpert auch seine Ehre und Abstammung. Es ist eine spirituelle Ikone.

»Ich sehe schon, das ist nicht das Richtige«, sagt Hakim rasch. »Vergessen wir die ganze Sache. Ich meine, was ist das auch für eine alberne Wette, nicht wahr? Wie viele Wongs es in San Francisco gibt? Das ist schon ziemlich beknackt. Hahaha …«

Doch Chen hat den Köder bereits geschluckt. Wenn dieser Spinner das Handwerkszeug eines feng-shui-*Meisters nicht zu respektieren weiß und einen Lexus Laxmi gegen einen Caddy Kunming setzen will, wie clever kann er dann schon sein? Die Ahnen werden ihm vergeben und mit ihm lachen, wenn er Hakim seinen Lexus abnimmt.*

»Kein Problem, ich bin dabei.« Außerdem glaubt er ziemlich genau zu wissen, wie viele Wongs es gibt. Viele davon sind seine Klienten. Er hat den Wohlfahrtsverband der Familie Wong in der Grant Street in San Francisco oft genug besucht, um eine recht klare Vorstellung davon zu haben.

Doch er weicht der Wette noch immer aus. »Es muß ja nicht die genaue Zahl sein. Wer am dichtesten dran ist, gewinnt. Einverstanden?«

Jetzt holt Hakim zum Todesstoß aus.

»Einverstanden«, sagt er. »Okay, ich geh die Zulassung für den Lexus holen.« Fünf Minuten später kommt er wieder und zeigt ihm seine Holo-Zulassungskarte.

»Meine Zulassung ist auch im Wagen«, sagt Chen und erhebt sich vom Tisch.

»Ach, vergiß es, ich traue dir«, sagt Hakim. »Der Kompaß soll mir als Dreingabe recht sein.«

An dieser Stelle bekommt Chen ganz schön kalte Füße. Was, wenn das alles ein furchtbarer Fehler ist? Wenn er seinen Wagen verliert, ist das eine Sache. Aber wenn er das Familienerbstück verliert? Und wenn sich das herumsprach, war sein Leben in der chinesischen Gemeinde ruiniert. Er fände nie mehr Arbeit in der Bay Area.

»Ehm …«, sagt er zögernd.

»Was gibt's?« fragt Hakim.

»Hast du was dagegen, wenn wir statt auf Wongs auf Lins *wetten?«*

»Was macht das für einen Unterschied? Soll mir recht sein. Also Lins. Fangen wir an.«

Chen hat auch den Wohlfahrtsverband der Familie Lin in der Sacramento Street besucht, so daß er sich seines Erfolges ziemlich sicher ist. »Ich behaupte«, verkündet er großspurig, »daß es in San Francisco 780 Lins gibt.«

»Wow«, sagt Hakim beeindruckt. »Ich wette, du bist dicht dran. Ich halte mich besser an deine Vorgabe ... okay, meiner Schätzung nach stehen 785 Lins im Telefonbuch.«

Und jetzt hör zu: Hakim weiß genau, *wie viele Lins es in San Francisco gibt. Und nicht nur Lins, sondern auch Wongs, Wangs, Chins, Changs, Cus, Wus und Lams ... Er hat seine Hausaufgaben gemacht. Er hat* alle *ursprünglichen Klansnamen nachgeschlagen und ihre Zahl im Telefonbuch auswendig gelernt.*

Chen beginnt, Blut und Wasser zu schwitzen. »Sehen wir nach.« Und siehe da, er braucht zwei Stunden, um es zu überprüfen und wieder zu überprüfen und nochmals zu überprüfen: Es gibt 801 Lins in San Francisco – und Hakims Schätzung liegt näher an der eigentlichen Zahl.

Nun gehört Hakim der Caddy Kunming – und für Chen gibt's noch schlimmere Nachrichten, er hat ihn nämlich voll an den Eiern. Ihm gehört auch sein Familienerbstück, der rühmliche feng-shui-*Kompaß.*

Und das bedeutet im wesentlichen, daß Hakim jetzt Chen besitzt – *besser gesagt, die »Dick Chen Feng-Shui Geomancers Inc«.*

Eines muß man Hakim wohl lassen, es war von Anfang an eine clevere Schurkerei. Und dabei befand sich der Lexus, der ihm als Wetteinsatz diente, niemals in seinem Besitz, nicht wahr? Er hat alles umsonst bekommen.

Mittlerweile pinkelt Dick Chen Nierensteine und zittert wie Espenlaub. Er ist totenblaß. Man hat ihn gerade ausgelöscht. Sein Leben ist vorbei. Er ist verzweifelt. Er sagt zu Hakim: »Ich bin ruiniert. Du verstehst das nicht, aber ohne meinen luopan, meinen feng-shui-Kompaß, bin ich niedriger als der niedrigste Hund auf der Welt. Dir bedeutet er nichts, für dich hat er keinen großen Wert, ist er bloß eine Kuriosität. Besteht die Möglichkeit, daß wir eine Vereinbarung treffen, damit ich ihn behalten kann? Ich bitte dich, ich wende mich als menschliches Wesen in Not an dich –« Er sinkt vor ihm auf die Knie!

Hakim gibt vor, darüber nachzudenken. »Es stimmt, daß er für mich keinen so großen Wert hat wie für dich. Aber Abmachung ist Abmachung. An dem Rückspiegel in meinem Lexus baumelt ein Talisman, ich meine, der ist Teil des Pakets, ich würde dich auch nicht darum anbetteln –«

»Bitte, ich seh doch, daß du ein anständiger Kerl bist. Bitte, tu mir nur den einen Gefallen. Ich werde auch den Rest meines Lebens in deiner Schuld stehen –«

Hakim schlägt ihm auf die Schulter. »Kopf hoch, das ist doch nicht das Ende der Welt! Vielleicht kann es uns als Grundlage dafür dienen, unsere Freundschaft weiter zu festigen –«

»Was immer du willst –«, sagt Chen, der einen Hoffnungsschimmer erspäht. »Du bist von jetzt an mein bester Freund. Mögen deine Kinder reich werden und viele Nachkommen haben!«

Hakim schenkt ihm ein breites Grinsen. »Ehrlich gesagt habe ich da ein kleines Problem, bei dem ich deinen Rat brauchen könnte. Aber ich weiß nicht recht –«

»Bitte, ich will mein Bestes geben, um dir einen Dienst zu erweisen –«

»Na schön, ehm ... Du bist doch der persönliche Geomantiker der Familie Robert und Lily Wong, nicht wahr ...?«

»Ich kenne sie, ja«, sagte Chen, und Mutlosigkeit befällt ihn. Nun weiß er, daß er hereingelegt wurde. Er hört zu, wie Hakim sein »kleines Problem« erläutert.

»Also, kannst du mir helfen?« fragt Hakim ihn schließlich und läßt sein strahlendstes Lächeln aufblitzen. »Was meinst du dazu?«

Chen schluckt schwer, erwidert jedoch: »Du kannst dich auf mich verlassen.«

Und jetzt zurück zu Großmutter Irinas verscherbeltem Grab in Colma. Hakim hat der Familie wirklich eine Mordsangst eingejagt, als er den Geist ihrer Mutter sagen ließ, sie wolle umgebettet werden. Natürlich müssen sie das erst mit Dick Chen besprechen, dem feng-shui-*Berater der Familie. Dick Chen geht also auf den Friedhof und führt die üblichen Rituale durch. Dann verkündet er ihnen die* frohe *Botschaft ... Wenn sie die verstorbene April Wong in eine* ganz bestimmte *andere Parzelle auf dem Friedhof umbetten, wird ihr Geist von seiner ewigen und höllischen Qual erlöst, und alle Ahnen werden glücklich sein ... Andernfalls werde auf Generationen hinaus ein Fluch auf der Familie liegen.*

Sie kaufen es ihm ab. Der Haken an der Sache ist nur, daß diese Parzelle einem gewissen Leo Wischinski gehört, einem Russen. Sie ist leer, doch er ist der Besitzer dieses kostbaren und äußerst glückbringenden Stück Landes. Sie wollen es haben. Um jeden Preis.

Onkel Leo hört sich die ganze verworrene Geschichte an. Er hat Mitleid. Seine eigene Mutter ist erst kürzlich gestorben. Aus Respekt vor den Verstorbenen auf beiden Seiten wäre es ihm eine Freude, den liebenden Familienangehörigen einen Gefallen zu erweisen. Die Chinesenfamilie ist so dankbar, daß der Preisunterschied zum früheren Grab für sie nicht weiter ins Gewicht fällt, ja, sie bezahlt sogar noch etwas mehr, um ihrer unendlichen Dankbarkeit gegenüber Onkel Leo Ausdruck zu verleihen.

Das Nettoergebnis: Großmutter Irina wird neben Großvater Solomon bestattet, und Onkel Leo macht bei dem Geschäft noch einen sauberen Schnitt, der sich auf ungefähr fünftausend Dollar beläuft.

Jetzt ist Hakim in Onkel Leos Augen der Held des Jahrtausends. Er hat das Kind geschaukelt. Es gibt ein großes Dinner zu seinen Ehren. Eine Feier. An Tante Bella wird ein Fick-dich-Tele-

gramm geschickt. Die ganze Welt ist Onkel Leo wieder gewogen. Er zählt Hakim zehn knisternde 100-Dollar-Scheine in die Hand, eine nette, altmodische Geste …

»Also, Hakim … Was immer du willst, du brauchst es mir nur zu sagen«, erklärt er edelmütig.

Und Hakim sagt ihm, was er will. Onkel Leo seufzt und sagt: »Das wird nicht leicht sein. Mal sehen, was sich machen läßt. Ich ziehe einige Erkundigungen ein.«

Und das ist Hakims Schurkerei Nummer drei.

Ich bin ziemlich überzeugt davon, daß er wirklich *besessen ist, Trevor. Meiner persönlichen Meinung nach ist er kleinlich, unzuverlässig, grob und anmaßend und ein echtes Arschloch. Irgendwo in seinem Innern steckt wahrlich ein Teufel. Gott allein weiß, woher er kommt, aber er hat in Hakim Beijing ein Zuhause gefunden.*

Vom Licht geblendet

»Stimmt, das war ziemlich gerissen von Hakim«, pflichtete Trevor bei. »Aber was wollte er von deinem Onkel Leo? Mit Exorzismen hat der doch wohl nichts am Hut. Es hängt mit den Tattoos zusammen, nicht wahr?«

Alex nickte. »Hakim hat im Netz ein paar Geschichten und Gerüchte aufgeschnappt, in gewissen Kreisen, mit denen du sicher nichts zu tun haben willst, daß gerade dieser unglaublich coole Virus umgeht. Das ist das neueste Monsterding. Er ist aus dem Nichts heraus aufgetaucht, wahrscheinlich vom Ostblock durchgesickert.«

»Rußland!« entfuhr es Trevor. Er richtete sich kerzengerade auf und blickte sie direkt an.

Alex musterte ihn eindringlich. »Er bildet ein Bewußtsein aus, indem er zu dem Bewußtsein wird, in das er eingedrungen ist. Was ihn besonders interessant macht, ist dieser eingebaute intelligente Nomadenkode. Das bedeutet nicht nur, daß er von Einzelbewußtsein zu Einzelbewußtsein wandert. Er kann ebenso leicht und völlig störungsfrei von der *Online*-Welt in die *Offline*-Welt überwechseln.

Tatsächlich ist er an *jede* Bewußtseinsumgebung unglaublich anpassungsfähig. Stell dir vor, was alles darunter fällt, alles von kleinen batteriebetriebenen Geräten mit KI-Chips über intelligente Gebäude bis hin zu größeren Kommunikationssystemen. Es umfaßt alles von der Abwehr über die Wirtschaft bis zu Lebensmittelherstellung, Transportwesen und Infrastruktur. Wir reden hier von Menschen und Regierungen. Von allen sozial organisierten Lebewesen sowie ihren Verlängerungen –«

»Das kann nicht der Wahrheit entsprechen. Das ist eine schamanenhafte Stadtlegende, stimmt's?«

Alex fuhr fort: »Er *gleicht* einem parasitären Wesen mit Heißhunger auf die fraktale Welt der Gedanken. In diesem Fall auf die Fraktale des Bewußtseins, die den ganzen Plumquatsch des Kollektiven Denkens ausmacht, zu dem die Welt immer mehr zusammenwächst. Seine Übertragung schlägt einen *Bogen*, der allumfassend ist.«

»Du machst mich nervös, Alex. Wohin soll das führen?«

»Er fiel zum ersten Mal vor ungefähr einem Jahr auf – wie ich schon sagte, bei gewissen heidnischen Online-Gemeinschaften. Tattoo-Tantra. Bei tantrischen Tattoos ... ›Tantroos‹, werden sie genannt.«

»Hey, das klingt vertraut. Ist das nicht das, was *wir* gemacht haben?«

»Versteh mich nicht falsch.« Alex' Blick fixierte ihn noch eingehender. »Es macht den Sex regelrecht *kosmisch*. Nein, *der* Teil ist herrlich ...« Sie legte ihm die Hand an die Wange und berührte ihn sanft. »Einfach phantastisch. Findest du nicht auch?«

»Ich warte noch auf das Eintreffen der Testergebnisse«, erwiderte Trevor gereizt. »Sieh dir das an.« Er warf einen Blick auf die Tattoos, die sich – *mein Gott, sie sahen aus, als ejakulierten sie* – überall auf seinen Unterarmen krümmten. »Was bin ich, der *illustrierte Orgasmus*?«

»Keine Sorge, mit dir ist alles in Ordnung. Ich sagte dir doch, daß ich Safer Sex praktiziere. Du wirst dir jetzt höchstens noch eine Weile so vorkommen, als hättest du einen einzigen langen Orgasmus. Genau wie ich. Unsere Orgasmen sind aufeinander abgestimmt, so daß wir, auch wenn wir voneinander getrennt sind, trotzdem noch die starke Verbindung spüren, die wir geschaffen haben. Ich habe deinen Imprint auf mir. Du hast meinen auf dir.«

»Und wo liegt dann das Problem?«

»Hast du schon einmal vom Linkshändigen Weg des Tantra gehört? Dem ›Aghora‹?«

»Ich bin mir nicht sicher. Vielleicht brauche ich ja ein etwas längeres Vorspiel?«

»Es gibt zwei Arten des Tantra, Trevor, okay? Den sogenannten ›Rechtshändigen Weg‹, den Weg des Lichts. Und dann gibt es noch den weniger bekannten ›Linkshändigen Weg‹, den Weg der Finsternis. Die Rechtshänder üben Tantra durch die Lehre der spirituellen Reinheit aus – der heiligen Vereinigung –, die sich zum Beispiel durch ›heilige‹ Sexrituale Ausdruck verschafft.«

Sie hielt inne. »Um nichts anderes geht es heutzutage im Westen. ›Besuch einen 1000-Dollar-Tantra-Kurs in Maui oder im Marin County, und du rettest deine Ehe oder Beziehung.‹ Das ist schon zu einem regelrechten Ritus des gebrochenen Brots der westlichen Sexualität geworden. Dann gibt es da noch die Linkshänder, die ›Aghoris‹ ... Sie legen ihre innere Reinheit auf den Prüfstein, indem sie sich allen Arten von Grenzsituationen aussetzen, Dingen wie Nekromantie, Drogen, Rauschmitteln, Risikosex und anderen ›verbotenen‹ Handlungen.«

»Sich *kundalini* reinziehen«, amüsierte sich Trevor. »Davon habe ich schon gehört. Leute, deren Aura verschmort, weil sie noch nicht soweit sind, das nächste Stadium der spirituellen Entwicklung anzunehmen. Besonders, wenn sie billig produzierte Drittes-Auge-Technologien verwenden und dann zu früh Zugriff nehmen.«

Alex nickte. »Die meisten unabhängigen Tantriker meiden diesen Weg wie der Teufel das Weihwasser, weil er mit so vielen Gefahren verbunden ist – und soviel Mißbrauch damit getrieben wird.«

»Aber darum geht's eigentlich gar nicht, stimmt's, Alex?«

»Nein, doch dazu komme ich noch. Dieser russische Virus fand in den aghorischen Online-Gemeinschaften eine perfekte Nische. Sie waren bereit zu experimentieren, ohne die erforderlichen Vorsichtsmaßnahmen zu ergreifen. Hast du jemals vom ›Rasputin-Programm‹ gehört?«

»Nein, aber Rasputin war doch dieser mystische Mönch oder heuchlerische Mystiker, der einen unbändigen Hunger auf Sex hatte und vor der Ersten Russischen Revolution mächtigen Einfluß auf die Romanow-Dynastie ausübte, oder? Angeblich stand er auch hinter den hämophilen Anfällen von Zarewitsch Alexej, des Sohns von Zar Nikolaus II. und Kaiserin Alexandra ...«

»Nach ihm ist dieses Programm benannt – nach dem Mönch Rasputin. Aber das weiß man noch nicht lange. Er sickerte etwa um die Zeit aus Rußland durch, als man den ursprünglichen Virus erstmals entdeckte. Bei ihm handelt es sich um das erste dokumentierte Auftreten des Virus in einem Softwareprogramm. Das Rasputin-Programm war amoklaufendes Aghora. Nicht unähnlich einer Art ›Datenvergewaltigung‹ der Seele. Man speist ihn in den Rechner der Person ein, deren *kundalini*-Lebenskraft man anzapfen will, und schon ist sie solange, wie man sich ihrer bedienen will, dein *kundalini*-Sklave.«

»Das ist ja unheimlich.« Trevor schauderte. »Böse.«

»Das wollte sich Hakim durch Onkel Leo beschaffen lassen.

Das Rasputin-Programm. Man kommt wirklich nicht einfach heran ...«

»Und *du* hast ihm dabei geholfen, es in die Finger zu bekommen. Damit hat er dann seine Tattoos versetzt. Alex, wie konntest du nur?«

»Nein, Liebster, so war es nicht. Glaub mir. Ich bin nicht umsonst mit Onkel Leo verwandt. Ich kam beinahe um vor Neugier darauf, wozu Hakim dieses Ding wohl braucht. Ich meine, immerhin sollte es nicht dazu dienen, mit mir Sex zu haben. Wozu wollte er es also? Um andere zu beherrschen? Um es zu verkaufen? Weshalb war er so versessen darauf, wo er mir doch erzählt hatte, daß er mit allem Schluß machen wollte, um unsere Beziehung zu retten?«

»Und was geschah dann zwischen Onkel Leo und Hakim?«

»Ich hatte ein nettes Gespräch mit Onkel Leo. Ich sagte zu ihm: ›Ich weiß, du schuldest Hakim einen großen Gefallen, weil er dich aus der Scheiße holte, in die Tante Bella dich mit Großmutters Grab geritten hat. Aber wir sind eine Familie, und ich muß dich bitten, die Finger davon zu lassen –‹ Onkel Leo sagte: ›Was soll ich deiner Meinung nach tun?‹ Und ich sagte: ›Kannst du nicht dieses Rasputin-Programm, na ja, soweit verändern, daß es nicht mehr ganz so dämonisch ist? Nimm den Mist raus, päpple es ein wenig auf, und er wird nie dahinterkommen.‹ Das versuchte Onkel Leo dann auch. Natürlich mußte er zuerst das Original in die Finger bekommen. Und das war nicht leicht. Er mußte deswegen all seine Quellen für Bootleg-Software in Odessa anhauen. Und als er herausfand, worum es bei dem Programm eigentlich ging, suchte er mich auf und sagte: ›Das Ding ist einfach schrecklich. Ich hab ein mieses Gefühl dabei. Wenn er das wirklich haben will und herausfindet, daß du ihm ins Handwerk gepfuscht hast, kriegst du mächtigen Ärger mit ihm. Sieh doch nur, was er diesem Chinesen angetan hat – und dieser Chinesenfamilie. Ich habe schon Menschen gesehen, die vom rechten Weg abgekommen sind, und er hat eine natürliche Begabung dafür, so etwas herbeizuführen. Ich will nicht, daß du verletzt wirst.‹ Ich sagte zu Onkel Leo: ›Mach dir deswegen keine Sorgen. Ich kümmere mich schon um Hakim. Entschärfe nur einfach die Software für mich, ganz gleich, wie du das anstellst. Ich liebe diesen Mann nach wie vor, doch er hat eine sehr dunkle Seite, wie wir alle gerade feststellen. Ich will nicht dafür verantwortlich sein, daß andere Menschen verletzt werden.‹«

Trevor stieß einen Pfiff aus. »Also hast *du* Hakim auflaufen lassen.«

»Ganz so einfach war's nicht. Onkel Leo sagte, daß seine Leute das Programm nicht anrühren wollten. Sie hatten Angst, beim Entwanzen der Software einen Fehler zu begehen. Einige russische Schwarzmarktprogrammierer hatten schon vergeblich versucht, den Kode zu entschlüsseln, und waren in der Klapse gelandet. Das sagte mir jedenfalls Onkel Leo. ›Dieses Ding ist das reinste Gift.‹ Inzwischen drängte Hakim immer stärker. ›Wann bekomme ich das Ding endlich? Was treibt Onkel Leo nur so lange?‹ Er machte einen Lärm, als wolle er Onkel Leo Daumenschrauben anlegen. Kannst du dir das vorstellen? Er sagte sogar – und ich bin sicher, er wollte, daß ich ihn darin unterstütze, doch das tat ich nicht: ›Was, wenn diese chinesische Familie herausfindet, daß sie hereingelegt wurde?‹ Subtile und weniger subtile Drohungen dieser Art ...«

»Hmm, die hätte ich nicht leichtgenommen.«

»Habe ich auch nicht. Das war also der erschreckende Teil. Wie auch immer, man treibt mit den Russen keine Spielchen. Wenn Hakim Onkel Leo reinlegte – oder bewirkte, daß Onkel Leo Mist baute –, würde jemand dafür bezahlen müssen. Entweder Hakim oder Onkel Leo – oder beide.«

»Wer wäre dir lieber?«

»Glaubst du, ich würde es dazu kommen lassen?« Alex warf Trevor einen strengen Blick zu.

»Schätze nicht. Was geschah als nächstes?«

»Ich begann mir die Sache von staatlicher Seite aus anzusehen. Je genauer ich hinsah, desto düsterer schien alles zu sein. Es war offensichtlich, daß niemand in verantwortlicher Position die Sache wirklich ernst nahm. Wenn sie sich ihrer überhaupt bewußt waren. Dann kam es zu einer bedenklichen Veränderung. Es begann in verschiedenen anderen Erscheinungsformen aufzutreten. Als werde aus einer virtuellen SM-Party eine viel größere Gefahr ...«

Trevors Gesicht nahm einen verblüfften Ausdruck an. »Bist du zu den Behörden gegangen, Alex? Du hast diese Sache doch unter die Lupe genommen, sagst du, also warst du wohl bei den *Behörden*?«

Alex hielt inne. »Trevor, es gibt da etwas, was du über mich wissen solltest. Über meinen Tagesjob. Ich weiß, wir sind uns im Brain Wash begegnet und all das, und ich hab dich mit zu mir nach Hause genommen – und ich bin mit Hakim verheiratet, und mein Onkel Leo hat damit zu tun, aber –«

»Ja?«

»Ich weiß nicht, wie ich es dir sagen soll, weil ich nicht will, daß du es in den falschen Hals bekommst.«

»Was?«

»Trevor, ich fürchte, du verstehst das nicht. Ich *bin* die Behörde.«

Ein unangenehmes Schweigen tat sich zwischen ihnen auf. Trevor rutschte auf dem Bett herum, auf dem er saß. Er warf Alex einen seltsamen Blick zu.

»Wie wär's, wenn du mir etwas auf die *Sprünge* hilfst?«

»Ich arbeite für die Regierung.«

»Die *Regierung*?« Er war verwirrt. »Welche Regierung? Die russische Regierung?«

»Natürlich nicht. Ich bin amerikanische Staatsbürgerin.«

»Wovon redest du dann?«

«Von der US-Regierung, Trevor. Ich arbeite für eine Behörde der US-Regierung. Wie jeder andere auch fange ich in aller Frühe an. Aber zufällig handelt es sich um eine Abteilung der Justizbehörde.«

»Du machst Witze ... *welche* Abteilung?«

»Ehrlich gesagt ist es eine neue Abteilung des Dienstes für Immigration und Einbürgerung ...«

»Sag das noch mal!«

Alex versuchte es mit den einfachsten Worten, die ihr zur Verfügung standen. »Das AIEF-Büro ist das Ergebnis der parlamentarisch erlassenen Änderungen des Gesetzes zur Reform und Kontrolle der Einwanderung. Die meisten Menschen wissen nichts davon, und das ist dem AIEF auch ganz recht so.«

»Was zum Henker *tut* ihr?«

»Wir verarbeiten illegale Alien-Avatare im Netz, Trevor. Ich gehe zur Arbeit, steige in die VR ein und sorge dafür, daß nicht irgendwelche schäbigen Figuren versuchen, die Grenze zum amerikanischen Cyberspace zu überschreiten. Wenn sie's doch tun, schalte ich sie aus. Wenn sie Widerstand leisten, deaktiviere ich sie.«

Das mußte Trevor erst verdauen. Es dauerte eine Weile, bis er seine Fassung wiedererlangt hatte.

»Du machst Witze?«

»Keineswegs, Trevor.« Alex schüttelte den Kopf. »Hier, ich zeige dir gern meine ID.«

Sie wühlte in ihrer Handtasche und brachte ihre Marke zum Vorschein. Es war ein PDA, auf dessen Oberseite das Hologrammsymbol des AIEF prangte; es begann zu verschwinden, als sie ihn scannte.

»Was machst du da?« Trevor wich zurück.

Alex lächelte. »Damit kann ich herausfinden, ob du hier geboren wurdest oder eingewandert bist und wann das war. Außerdem erfahre ich so, welche Länder du in letzter Zeit bereist hast. Hmm ...« Sie las vom Display ab. »Großbritannien, 24 Stunden Aufenthalt in Londen, Heathrow, 2. Juli 2036, dann Eintreffen in

Paris, de Gaulle, 4. Juli, Zug nach Nizza. Eingecheckt im Hotel Beau Rivage, zwei Nächte. Abflug Nizza, Le Pen, nach San Francisco am 7. Juli. Ein kurzer Aufenthalt, Trevor. Hattest du eine schöne Zeit?«

»Ich *fasse* es einfach nicht ... Ich kann nicht glauben, daß du so etwas machst. Du ...«

»Ist sie okay, Trevor?« fragte Alex ihn leise.

»*Was*? *Wer* soll okay sein?« Trevor hatte den Eindruck, als verlöre er den Boden unter den Füßen. Alles vermischte sich zu einem schizophrenen Traum. Teleschlafwandelte er wieder? Manchmal verwechselte er seine Traumzustände mit Wunschdenken.

»Nelly«, hörte er Alex' deutliche Antwort.

»*Nelly?*« Allmählich stieg Wut in ihm auf. Man hatte ihn unter Vorspiegelung falscher Tatsachen hierhergelockt, an Leib und Seele mit ihm gespielt und dem tiefsten Inneren seiner Psyche Gewalt angetan.

»Was hat *sie* denn mit dir zu tun?« fragte er mit erhobener Stimme.

»Das weißt du *genau*, Trevor.« Alex hielt den Blick fest auf ihn gerichtet. Nein, das war kein Traumzustand. Dafür war es zu real. Doch Trevors ausdruckslose Miene wollte nicht weichen. »Sie ist kein scheißillegaler Alien-Avater oder was immer du sonst im Netz zur Strecke bringst. Sie ist ein *menschliches Wesen ...*«

»Ehrlich gesagt«, erwiderte Alex ruhig, »sind wir uns über ihren gegenwärtigen Status nicht ganz einig.«

Hörte das denn *gar* nicht mehr auf?

»Als sie am San Francisco International durch den Zoll ging, meldete das System mit fünfundzwanzigprozentiger Wahrscheinlichkeit, daß sie einen fremden Virus aufweist. Wir glauben, daß sie ihn überträgt, Trevor. Vermutlich ist sie durch ihn schon beträchtlich mutiert.«

»Wieso setzt du nicht deinen Onkel Leo darauf an!?« rief Trevor verbittert. »Oder besser noch, warum klärst du das nicht mit Hakim?«

Sie versuchte es auf die sanfte Tour. »Onkel Leo hat sich schon an das AIEF gewendet, Trevor. Er will nicht, daß dieses Etwas sich weiter ausbreitet. Und natürlich stehen ihm noch andere legale Möglichkeiten zur Verfügung. Er ist nicht durch Schmalspurdenken zu dem geworden, was er heute ist. Außerdem ist er ein Patriot. Und was Hakim angeht, so will ich nicht, daß er verletzt wird. Aber ich will auch nicht, daß *er* jemanden verletzt. Der Tattoovorrat, den wir ihm überließen, ist vorher *auf Herz und Nieren geprüft* worden, Trevor. Der Virus steht jetzt unter Beobachtung. Und ehrlich gesagt ist er wirklich ziemlich erschreckend. Deshalb –« Sie legte ihre Hand wieder auf seine.

Doch sie fühlte sich kalt an, kalt und fremd. »Deshalb finde ich, du solltest dir um Nelly Gedanken machen. Wir glauben, daß sie sich verwandelt, Trevor.«

»Verwandelt?« sagte er dumpf. »In *was* verwandelt?«

»In einen illegalen Avatar, Trevor. Wenn es nicht schon geschehen ist.«

Sindbad das Tattoo

Sindbad sah, wie die schwarze Katze durch den einsamsten Vektor der Nacht huschte. Sie blieb sofort stehen, als er nach ihr rief: »Miez, miez.« Die langen weißen Schnurrhaare zitterten vor dem schwarzen Gesicht und den feurigen gelben Augen. Die Katze sperrte das Maul auf, so daß der Gaumen gegen ihr Jacobsonsches Organ schwang, als sie den Fremden mit ihren psychischen Geschmacksknospen abtastete.

»Moussa ...«, *rief er sie.* »Komm her.«

Sie wollte davonlaufen, doch Katzensoftware ist in den bardos *auch nicht unbedingt das, was sie sein sollte. Moussa hatte den Eindruck, als ergriffe etwas ihren Avatar-Leib, und schon wurde sie in Richtung der Vorlebensform gestupst, die dort stand.*

Eine blasse Hand strich über das schwarze Fell der Katze, dann nahm sie ihr das Foto aus dem Maul.

Sindbad begutachtete das Foto einen Moment, und die Statik seiner Finger löschte einen Teil des Bildes aus, als er es der Katze wieder ins Maul steckte. Nichts blieb dem Zufall überlassen. Die Daten, die sie beförderte, wurden von einem Moment zum nächsten regeneriert.

Sobald die neue Welt ins Sein trat, schuf sie eine andere neue Welt in wieder einer anderen, die ein noch ausgeklügelteres Abbild ihrer selbst war …

»Nun geh«, *wandte sich Sindbad an Moussa. Die Katze eilte davon, erleichtert, die Erscheinung hinter sich lassen zu können.*

Sindbad setzte seine Reise fort.

Er legte eine kurze Rast ein, um bei der Hege und Pflege der Traumpflanzen zuzusehen. Der Prozeß der Photosynthese war wesentlich für diese Binnenlandschaft. Auf dem einsamen Meer im Hinterland der Psyche schäumten die Wogen und türmten sich höher auf als jene, die ans heimische Ufer schlugen. Die Wolken brodelten. Und das Licht war zerstörerisch, grellweiß, als öffne und schließe jemand in einem Freudentaumel ständig die Jalousien des Himmels.

Sindbad reiste über dieses Meer, bis er ein Land erreichte, in dem riesige Minarette und geodätische Kuppeln ein Volk von vierbeinigen, intelligenten Wolkenkratzern hervorgebracht hatten, das keck umherstreifte wie Dinosaurier, die wußten, daß sie niemals aussterben würden.

Es waren Asura, höhere Lebewesen mit einem Makel, den sie nie entdecken würden: Statt Blut floß roter Zorn in ihren Adern.

Eines davon raste auf Sindbad zu, um ihn zu einem geistigen Duell herauszufordern.

»Ich kann dich nicht besiegen«, *sagte Sindbad zu ihm.* »Du kannst dich nur selbst besiegen. Aber du wirst niemals gewinnen, weil du nicht weißt, was es heißt zu verlieren. Es ist dein Schicksal, für alle Zeiten der Gewinner des Ungewinnbaren zu bleiben.«

Er durchquerte die Lobby des Ungetüms und trat auf der anderen Seite in einen gewaltigen Garten hinaus, in dem sich tausend Kilometer weit riesige Ansammlungen blühender Sträucher und granitharter Redwoods erstreckten, die über Metapilzen aufragten, die ihrem unvergänglichen Selbst als Sklaven dienten.

Er hatte wieder den Eindruck, verfolgt zu werden, doch das konnte nicht sein.

Nicht hier in der Tiefe des Traums.

Er blieb neben dem bhodi-*Baum stehen. Der Mann saß noch immer mit verschränkten Beinen da, in Meditation versunken.*

Eine Ewigkeit schien zu vergehen, dann war der Augenblick um. Sindbad konnte nicht vernünftig mit ihm reden. Er hatte ihm schon Maya geschickt, damit sie in die menschliche Sprache übersetzte, daß es ungeheuer schädigend für das Gehirn sei, den Kode entschlüssen zu wollen.

Kein Kode. Keine Maya.

Vergebliche Liebesmüh'. Erleuchtung war ein Programmfehler. Eines Tages würden sie schon dahinterkommen.

Aber es gab auch kein »eines Tages«. Das war ein Teil des Problems. Schlimmer noch, es gab auch keinen »Mann, der unter dem bhodi-*Baum sitzt«. Es gab nur das, was Sindbad Maya sagte, daß sie es sehen solle.*

Wessen *Illusion war es also?*

Sindbad seufzte und ging weiter. Ich werde wiederkommen … Dieses Samadhi-Paradigma muß repariert werden. Es mindert den Wert des Grundbesitzes.

Er gelangte zu dem Käfig, den die Russen gebaut hatten. Im Inneren flatterten Millionen von Motten um das zerfranste Schlüsselloch aus Licht herum. Auf diese Weise waren sie in diese Existenz, in die man nicht eintreten kann, eingetreten. Als sie sahen, wie Sindbad sich näherte, wandten sie ihm flehentlich die Gesichter zu. Manche fürchteten ihn, manche verfluchten ihn. Sie alle fürchteten und verfluchten sich selber. Die Verurteilten würden nie mehr den Weg nach draußen finden, weil es keinen Weg nach draußen gab. Es gab auch keinen Weg ins Innere.

Die Steintänzer machten sich die Tempelmauern im lärmenden Dschungel zu eigen.

Wahre Verehrung ist ein Koitus in Stein, *dachte Sindbad.* Steinerne Lingams und Yonis, die für immer den Ausweg ins parfümierte Vergessen bieten.

Jetzt war nicht die Zeit für poetische Gedanken.

Er eilte ins Innere des Tempels und näherte sich der schwarzen Statue, die dort auf der Hardware der Illusionen tanzte.

Ein Blumengewinde zeigte jede Nanosekunde an, und die Flamme der Öllampe barg das Magma des ewigen Lichts. Sindbad verbeugte sich vor der Statue.

In seinen Augen leuchtete das Licht des Virus klar und finster zugleich. »Mutter«, *wandte er sich an die Statue.* »Der Tanz hat kein Ende und keinen Anfang. Nur du kennst die Antworten, die uns angesichts deiner Weisheit beschämen, einer Weisheit jenseits menschlicher Erkenntnis. Die Opferung wird schon vorbereitet. Die Schalen werden gefüllt …«

Sindbad begann sich in diesem inneren Heiligtum zu entkleiden. Er entblößte die Brust, und da war er, sein eigener Pesthauch.

Nur durch die Macht des nackten Gebets ließ der Makel sich entfernen. Der Makel eines eigenen *Virus.*

Deshalb war er in dieses innere Heiligtum gekommen.

Wieder hörte er das Geräusch, und als er sich diesmal um-

drehte, stellte er fest, daß dort ein Zeuge stand. Der einzige Zeuge des unaussprechlichen Pakts zwischen dem Tattoo und seiner geheimen Haut.

»Du bist es«, *zischte er sie an, jenseits von Bedauern, Wut und Erstaunen.* »Ich hatte gar nicht mitbekommen, wie schnell du zu *mir* wirst …«

Nelly trat näher und berührte ihn an der bloßen Brust unter der rechten Brustwarze.

Sie erstrahlte in ihrem Werden, doch war es wirklich ihr Werden, nicht vielmehr das der kollektiven Brut, die sie im Schoß ihres Bewußtseins trug?

Er las in ihrem Gesicht und hörte sie sprechen. Dann kannte er die Antwort.

Sie war noch immer sie selbst.

»Sindbad«, *sagte sie zu ihm, von der Erkenntnis ihres traumlosen Staunens erfüllt.* »Auf dir wächst ja ebenfalls ein Tattoo …«

Sie starrte es an und bewunderte die hohe Qualität der Arbeit. Es war eindeutig von Menschenhand geschaffen.

Die Graffiti der Liebe …

Vielleicht hatte sogar *ihre* Liebe es herbeigeführt, *sinnierte sie. Doch so gut kannten sie sich schließlich nicht. Außerdem wartete diese* andere *Liebe in ihr darauf, geboren zu werden …*

Dreiecks-Blues

»Ich muß jetzt gehen«, sagte Trevor knapp, und Alex nickte.

»Ich verstehe«, erwiderte sie. »Hoffentlich habe ich dich nicht …« Sie ließ den Satz unvollendet und streckte die Hand nach ihm aus.

»Nein«, sagte er und entzog sich ihr unwillkürlich. Er fühlte sich hin und her gerissen, wollte sie einerseits in die Arme schließen und andererseits ihr Apartment so schnell wie möglich verlassen.

»Ich sollte dir vielmehr dankbar sein«, sagte er und entschied sich für den Mittelweg zwischen Wut und Bedauern.

Ob gut oder schlecht, es schien die natürliche Strategie seines Herzens zu sein.

»Ich bin ein Trottel gewesen«, gab er zu.

Seine Gefühle waren aufgewühlt und durcheinander. Vielleicht gelang es ihm, sie in etwas Positives zu verwandeln. Vielleicht gelang es ihm, sie zu einem Orkan zu bündeln, der ihm, wenn schon keinen Sinn, so doch wenigstens neue Energie verlieh.

Laß dich nicht hinreißen, sagte er sich. *Denk mit dem Herzen. Denk an Nelly. Denk daran, was* sie *gerade durchmacht …*

Dieser Gedanke verlieh ihm wieder eine gewisse Ruhe. Er war nun bereit zu gehen.

»Du bist *kein* Trottel, Trevor.« Alex schüttelte den Kopf. »Gib dir nicht die Schuld daran. Ich war nicht ganz ehrlich zu dir, zugegeben. Aber wir haben nur einen Umweg genommen, bevor wir –«

»Zum Geschäftlichen kamen?« provozierte er sie.

Sie lächelte kläglich. »Ich habe keine Spielchen mit dir gespielt. Hätte ich das, hätte ich mir selbst in die Tasche gelogen. Nein, es geschah einfach so.«

»Warum hast du mir nichts von deinen wahren Absichten erzählt, als wir uns kennenlernten?« Trevor war verstört.

»Also, ehrlich gesagt war ich mir nicht ganz sicher, wo du stehst. Ob du ein Teil dieses – äh –«

»Du meinst, ob es eine Dreiecksbeziehung ist. Nelly, das Tattoo und – ich. Ist es das?«

»So ungefähr.«

Er nickte. »Schön. Das wäre dann ja geklärt. Du hast eine Entschuldigung für alles. Du hast einfach nur deinen Job getan.«

»Ich wünschte, du würdest es anders sehen. Dieser Teil – dich kennenzulernen – gehörte eindeutig nicht zu meinem Plan. Ich hatte ja keine Ahnung, daß du mir so gut gefallen würdest.«

»Tja, *karma,* schätze ich.«

»Oder Lust.«

«Das ist dasselbe.

Alex lachte, und Trevor grinste. Der Würgegriff um sein Herz lockerte sich ein wenig. Er war dankbar, daß ihm das Ende so leichtfiel. Was hatte sie vorhin noch zu ihm gesagt? *»Alles hat einmal ein Ende, ich weiß nur noch nicht, ob es ein glückliches oder ein trauriges Ende sein wird …«*

»Du wirst sie jetzt aufsuchen, nicht wahr?« fragte Alex leise.

Trevor nickte. »Ich glaube, daß es so besser ist. Wie du schon sagtest, Nelly steckt in Schwierigkeiten. Ich sollte bei ihr sein.« Er hielt ihr die Hand hin und drückte die ihre. So schwer war es eigentlich gar nicht. Er eilte die Treppen hinunter, an dem leeren Kinderwagen in der Ecke des Foyers vorbei und in die Nachtluft hinaus, wo ihn schon ein Taxi erwartete.

Der tibetische Lama saß auf dem Vordersitz des Yellow Cab. Er nestelte an einer langen Kette mit Meditationsperlen. Ein sattes Grinsen breitete sich auf seinem knallroten Gesicht aus, als er Trevor kommen sah.

»Dorje! Was hat *dich* denn hierher verschlagen!?« Trevor lachte beim Anblick der vertrauten Gestalt im kastanienbraunen Lama-Gewand auf, deren geschorener Mönchskopf das Straßenlicht widerspiegelte, im Profil die reinste Miniatur-Potala.

Der Motor des alten Chevy Shiatsu lief schon, während Dorje ihm die Tür aufhielt.

»*Hail a Lama!*« lachte Dorje. »Rein mit dir, mein junger Freund … Entschuldige die Verspätung, aber ich glaube, du warst gewinnbringend beschäftigt, habe ich recht?«

»Ich habe früher am Abend an dich gedacht, doch du hast dich nicht gezeigt. Gewöhnlich tauchst du sofort auf …«

Manchmal waren sie telepathisch aufeinander abgestimmt, manchmal nicht. Aber wenn er von Dorje hörte, geschah es nie zum falschen Zeitpunkt. Trevor war wirklich erleichtert, ihn zu sehen.

»Jaja«, gluckste Dorje. »Schlimmer als E-Mail, diese ganzen Botschaften, die durch die pneumatische Röhre des Verstandes schießen. Ich muß mir unbedingt eine Sekretärin zulegen.« Er strahlte. »Oder einen guten Dispatcher. Es war eine ereignisreiche Nacht. Die Luftwellen wimmelten nur so von den Schreien verirrter Seelen und verstörter Geister –«

Er sah Trevor eindringlich an. »Und du, mein Freund, bist du wohlauf?«

Bevor Trevor antworten konnte, schossen Dorjes Brauen zu einem Oval des Staunens in die Höhe. »Ich bin Taxifahrer. Aber du bist jetzt auch bei den Verkehrsbetrieben beschäftigt, was? Wie ich sehe, beförderst du Passagiere. Man lernt eben nie aus.«

»Wie meinst du das?« fragte Trevor und ließ sich neben Dorje auf den Vordersitz fallen.

Dorje packte Trevor fest am Unterarm, dann zog er ihm den Ärmel bis zum Ellenbogen hoch.

Obwohl bloß noch ein Schatten der früheren Intensität, veränderten Alex' Tattoos nach wie vor ihre Gestalt. Lilien und Rosen wurden zu einem blutroten Wasserfall, der an seinem Handgelenk wirbelte.

»Ach, das –«

Dorje schlug hart auf sein Handgelenk und zerstäubte den Strudel. Dann umklammerte er Trevors Handgelenk mit der Rechten und fühlte seinen Puls.

»Du hast gut daran getan, mich zu rufen«, sagte Dorje nüchtern. «Hmm, es ist eindeutig kein ›Feindpuls‹. Einen Moment lang war ich besorgt. Es ist ein ›Gastpuls‹. Nur vorübergehende Gäste.« Er grinste wieder und schlug Trevor auf die Schulter. »Du wirst es überleben!«

»Stimmt etwas nicht?« fragte Trevor.

Dorje fuhr vom Bordstein und strebte auf die Lichter der Stadt zu, die verschwommen in der dichten Nebelbank zu erkennen waren.

»Das wüßte ich gern von dir, Trevor. Wie kommt's, daß du ein Sand-Mandala auf dem Herzen trägst?«

»Ein Sand-Mandala? Du meinst, wie diese temporären Mandalas, die tibetische Mönche malen, um sie nach der Fertigstellung gleich wieder zu zerstören?«

»Sie sind in der Tat temporär, aber du mußt sie selbst wieder auslöschen, wenn der Zeitpunkt gekommen ist. Das ist wichtig. Verstehst du das? Ich hoff's.«

Trevor saß stumm da und sah zu, wie die Lichter der vorbeifahrenden Wagen die Nebelschleier auf der Straße vor ihnen durchdrangen.

»Ich glaube ja, Dorje«, erwiderte Trevor.

»Sehr gut. Wohin? Nach Hause. Es ist schon spät.«

Trevor schüttelte den Kopf. »Nein, Dorje, bringst du mich bitte erst zur Hayes, Ecke Haight?«

»Aha, zu deiner Freundin Nelly, was? Das steckt also hinter dem Pulsschlag, den ich unter deinem Gastpuls spürte. Eine Menge Pulsschläge heute nacht, Trevor. Du kommst von einem Fräulein und willst zum nächsten. Bist ein vielbeschäftigter Mann.«

Trevor empfand noch immer die Last seines Schweigens, die schwerer wog als sämtliche Tattoos zusammen.

Dorje dachte laut nach. »Dein Herz ist von Schmerz erfüllt. Aber ich spüre auch Veränderung darin. Das ist der größte Pulsschlag von allen.«

»Wenn du mich brauchst, ruf mich. Benutz die Vairochana-Verbindung, du weißt schon, 7-CHAKRA, sie ist direkter. Aber ich werde draußen warten.«

»Vielen Dank, Dorje. Es dauert nicht lange.« Trevor stieg aus dem Taxi und ging zu Nellys Haustür.

Er klingelte und lauschte. Keine Antwort. Nichts rührte sich im Haus. Er klingelte erneut, und die frühere Störung durch die Omtron-Tür fiel ihm wieder ein.

Stille.

Trevor warf einen Blick auf Dorje im Taxi, der wie zum Segen seine Perlenkette hob. Trevor kramte seine Schlüssel hervor und steckte den richtigen in Nellys Türschloß.

Als der Riegel zur Seite sprang, schob er die Tür auf und trat ein.

Die japanischen Drachen, die von der Decke hingen, flatterten, ein bunter Riesenschmetterling drehte ihm langsam das Gesicht zu.

»Nelly?« rief Trevor.

Er ging einige Schritte hinein. Ihr Haus kam ihm wie eine Gruft vor, die mit Elektrizität angefüllt war. Es gab hier eine verborgene Abwesenheit, doch es waren nicht Nellys Schwingungen, die er auffing. Er sah ein vertrautes Bild an einem der Bücherregale in der Diele. Trevor und Nelly in Hawaii, Nelly in ihrem *sarong* und Trevor mit seinem großen, bunten Piratenhalstuch und dem tropischen Bartwuchs. Beide lächelten. Wenigstens hatte sie dieses Bild nicht abgenommen. Wahrscheinlich hatte sie noch keine Zeit dazu gehabt, dachte er und biß sich auf die Lippen.

»Nelly?« Das Wohnzimmer war leer. Die marokkanischen *poufs* aus weichem Leder, die verstreut um den runden türkischen Kaffeetisch lagen, zeigten noch die Abdrücke unsichtbarer Körper. Die alte Großvateruhr, die sie auf einem Flohmarkt erstanden hatte, gab wie gewöhnlich munter tickend die falsche Zeit an.

Bardo-Zeit, dachte er, als er an den tibetischen Fahnen, die von den Wänden hingen, vorbei die Treppe hinaufging.

Die Stunde der Toten.

Trevor konnte die Omtron-Anlage im Schlafzimmer hören, die auf eine nächtliche Gameshow eingestellt war. Es klang nach dem »Drei-Uhr-früh-Heilerklub«.

»Und die richtige Antwort lautet ... *Maitreja*! Tut mir leid, Susan, es war nicht der Hüne aus Shasta, unser eigener persönlicher Favorit, der Heilige G...«

»Nelly?« rief Trevor noch einmal zögernd.

Er hörte, wie der Kanal zu feinkörniger Statik wechselte, als er das Schlafzimmer betrat. Der Luftbildschirm war leer, und im Zimmer befand sich nur der phosphoreszierende Umriß einer Gestalt, die in Nellys Sessel hockte.

»Ah, der junge Mann«, wandte sich die Lichtgestalt an ihn. »Wie sehr Sie noch Sie selbst sind. Bitte kommen Sie herein.«

Die geisterhafte Gestalt gehörte einem Mann, der Nellys alten seidenen *kimono* trug. Er saß mit übereinandergeschlagenen blassen Beinen in einer Haltung entspannten Abwartens da. Sein Kopf war haarlos, glatt und poliert wie ein Alabasterei, seine Nase der reinste Zinken, sein Kinn kaum vorhanden.

Der *kimono* klaffte an seiner Brust auf, die genauso glatt und undurchsichtig war wie seine gesamte Erscheinung.

Trevor spürte, wie sich ihm die Kehle zuschnürte, als er auf die Gestalt zuging.

»Wer sind Sie?« fragte er. »Und wo ist Nelly?«

Der seltsam aussehende Mann reckte sein konturloses Kinn in Trevors Richtung. »Nelly ist ausgegangen, fürchte ich. Das ist ja das Problem.«

»Was haben Sie ihr angetan?« Trevors Stimme zitterte. Er wußte, wer diese – *diese gestaltlose Gestalt* war.

»Im Gegenteil. Was hat sie mir angetan? Das ist jedenfalls die Frage, die *ich* mir stelle.«

Trevor starrte ihn an und versuchte herauszufinden, wie er mit diesem Phantom umgehen sollte, dieser Nabelschnur in virtuelle Gefilde, die er wie eine Schnur aus einer unsichtbaren Steckdose reißen wollte.

Wie war es möglich, daß er sich so materialisierte? Um Himmels willen, er trug sogar ihre Robe!

»Sie ist fort. Hat mich verlassen. Wie sie auch Sie verlassen hat. Das können Sie doch nachvollziehen, oder? Sie ist nicht sehr zuverlässig als Geliebte, stimmt's, Trevor?«

Trevor hätte sich am liebsten wutentbrannt auf die Erscheinung geworfen, doch er riß sich zusammen. Natürlich, das war der Zweck der Übung. Er sollte so wütend werden, daß er sich näherte.

Jetzt wurde ihm manches klar. Die Haltung des Wesens drückte nicht Entpannung aus, vielmehr war es ausgezehrt von ersterbender Energie.

Energie, die es einer Lebensform mit echtem Körper entnehmen mußte, nun, da Nelly fort war …

Trevor hockte sich auf die Bettkante, zwei Meter von der zurückgelehnten Gestalt entfernt, die ihn aus Augen musterte, in denen die grüne Farbe der Ironie leuchtete. Das war Holostasias Blick auf dem Totenbett – oder Sterbesessel, je nachdem, wie man die Pose nennen wollte. Nein, diese Erscheinung würde ihn nicht angreifen. Dazu fehlte es ihr an Energie. Es kostete sie schon alle Lebenskraft, die sie überhaupt aufbringen konnte, auch nur in dieser erbärmlichen Gestalt zu materialisieren. Und noch ein wenig mehr, um in den *kimono* gehüllt zu bleiben, den Nelly gewöhnlich ans Fußende des Bettes warf.

Das mußte diesen nackten neuronalen Nichtleib beträchtliche Mühe kosten. Er war auf ihre *chi*-Energie angewiesen, und Seide war ein erstklassiger Leiter von Lebenskraft.

»Wir haben genug Zeit – keine Sorge. Diese Redewendung von euch Menschen, ›Wo ein Wille ist, ist auch ein Weg‹, finden Sie die nicht auch ungeheuer passend? Ich habe mich die letzten paar Minuten vor Ihrem Eintreffen daran ergötzt.«

»Hat Ihnen der ›Drei-Uhr-früh-Heilerklub‹ was gegeben?« spottete Trevor seinerseits. Dann lachte er begreifend auf, als er die rot verfärbte Stelle auf dem Solarplexus des Tattoos sah.

»Sie haben den Fernseher für eine Heilung benutzt, hab ich recht! *Das* haben Sie also gerade gemacht, als ich reinkam ...«

»Sie bringen mich in Verlegenheit«, erwiderte das Tattoo, ein Flackern ersterbenden Lichts in den eingefallenen Tiefen seiner Augen. Dann starrte es Trevor an, als wäre es enorm fasziniert. »Ich mag Ihre Augen.«

»Sie meinen wohl, Sie hätten sie gern.«

»So von Ihrer Art Leben erfüllt ... Sie möchten Sie mir nicht zufällig für eine Weile leihen?« Er hielt inne, dann lachte er auf. »Mit Zins und Zinseszins?«

»Sicher. Möchten Sie sonst noch was? Erst haben Sie Nelly das *prana* ausgesaugt, jetzt wollen Sie auch noch meines. Aber sie ist Ihnen entwischt, sehr gut.«

Die Gestalt bewegte sich im Sessel, und Trevor spürte, wie ihm ein Schauer über den Rücken lief. *Angst*, dachte er entsetzt.

Laß nicht zu, daß er dir nahe kommt. Er besitzt Möglichkeiten, von denen du dir keine Vorstellung machst ... sei nicht zu überheblich.

Das Tattoo senkte mit großer Mühe den Kopf und zischte mit erhöhter Lautstärke:

»*Wie wär's mit einem Geschäft? Ich habe etwas, das Sie haben wollen.*«

Trevor schnaubte verächtlich und spürte, wie lodernde Energie aus seiner Brust schoß. »Sie haben etwas, das ich haben will!? *Irrtum.* Sie *hatten* einmal etwas, das ich haben will. Jetzt haben Sie es nicht mehr! Sie hat Sie hier in Ihrem Sessel sitzenlassen, damit Sie den leichten Ausweg wählen. Sie brauchen nur zu verschwinden. Einfach zu schrumpfen und zu verschrumpeln – oder wie Sie das sonst machen ... Tun Sie sich selbst und allen anderen einen Gefallen, und lösen Sie sich auf ...«

Die Erscheinung gluckste. »Das Geschäft wäre folgendes ... Hören Sie mir zu. Sie werden das Angebot nicht ausschlagen können, wenn Sie erst einmal erfahren haben, worum es geht. Ich weiß, was Sie sind. Ein verliebter Mensch. Und was für ein

Romantiker! Ich wiederhole: *Ich habe etwas, das Sie haben wollen ...* Sie glauben, daß ich sterbe. In gewisser Hinsicht haben Sie recht. Aber ich kann schneller als jede Wiederholung im Triset wieder zum Leben erwachen. Ich existiere und sterbe immer. Das ist für mich ein und dasselbe. Nur eine Frage des Timings. Des richtigen Timings. Doch Ihrer heißgeliebten Nelly ist nicht *klar*, daß *sie* bei meinem Tod ebenfalls stirbt ... Verstehen Sie? Sie ist mir an einen Ort gefolgt, an dem sie niemals hätte sein dürfen. Hat mich regelrecht ausgetrickst, die kleine Hexe. Ich war zu langsam. Ich hielt sie für meinen Schatten, den Lichtschatten, der auf höchsten Ebenen lebt ...«

Wieder lachte das Tattoo. »Ein kleines Versehen, glauben Sie mir. Meine Reflexe haben zu spät eingesetzt.

Sie ist einfach abgeschwirrt. Ich hab nicht rechtzeitig von der Party erfahren, könnte man sagen. Sie schaltete eine Sitcom ein, durch die ich mich erst hindurchkämpfen mußte. Ein Irrgarten der Dämlichkeiten. Kein besonders klares Fenster für den Durchgang ... ach, was soll's. Sie stirbt. Ohne *Sie* kann sie problemlos weiterleben«, sagte das Tattoo großspurig. »Aber ohne *mich*: Dann sagen Sie der lieben Nelly mal schön adieu. Unsere Neurosynapsen sind schon miteinander verschmolzen. Sie hat noch – mal sehen – wieviel Zeit bleibt ihr euren Begriffen nach? Jedenfalls weniger Zeit als mir ...«

Das Tattoo verlagerte sein Gewicht im Sessel. »Möchten Sie nicht unser Trauzeuge sein, Trevor? Oder Grabredner bei Nellys Beisetzung? Ihre Entscheidung ist für mich bedeutungslos. Aber für eines davon *müssen* Sie sich entscheiden.«

Trevor blickte das Wesen entsetzt an. Schließlich erwiderte er: »Sie lügen.«

Das Tattoo winkte mit schwacher Hand ab. »Gehen Sie. Lassen Sie uns in Frieden zusammen sterben - *Ihre* Nelly, *meine* Nelly und mich.«

Trevor spürte, wie sich in seinem *hara* etwas verknotete. Er zögerte. »Woher soll ich wissen, ob Sie die Wahrheit sagen?«

»Es gibt keine Wahrheit, aber das würden Sie ohnehin nicht verstehen. Nur das, was Sie eine Tatsache nennen würden. Und die kann man *spüren. Versuchen* Sie es mal – oder …« Ein Blick aus schmalen Augen traf ihn. »Fragen Sie Ihren Freund, wenn Sie wollen.« Er kicherte leise. »Ihren Fahrer … *wie mache ich mich, Leibarzt?*«

Das Tattoo sackte im Sessel zusammen, während Trevor den Atem anhielt. *Dorje!* Er nahm alle Kraft zusammen und rief nach seinem Freund.

Dorje lauschte dem Pulsschlag von Trevors Herz, das sich voll und ganz auf das Tattoo konzentrierte. »Eindeutig ein Feindpuls, dieser rimi *der Astralebene«, sprach Dorje zu ihm. »Doch der Pulsschlag ist zur Hälfte Nellys. Er spricht schreckliche Lügen aus, die leider nur allzu wahr sind. Hier gibt es kein Entweder-Oder.«*

Trevor stand vor der zusammengesackten Gestalt. Langsam ließ er die Hand sinken, bis er die flackernde Schulter aus ersterbendem Licht berührte. Der Kopf bewegte sich, und die Augen klappten auf.

»Ich dachte, Sie wären schon fort. Haben Sie es sich doch noch anders überlegt? Wollen Sie mein Taxi sein?« Das Tattoo lachte lautlos.

Trevor hob die gewichtlose Erscheinung mit beiden Armen hoch und spürte, wie ein Mantel aus kühler Luft über seinen Körper strich.

»Keine Sorge«, hörte er die unhörbare Stimme irgendwo auf seiner Haut. »Ich brauche *sie*, nicht Sie. Es dauert eine Weile, um mit dem Lebenserhaltungssystem zu verschmelzen, und dieser Zustand ist schon fast erreicht. Ich habe nicht genug Zeit, um Ihnen Schwierigkeiten zu machen. Suchen Sie nach ihr. Sie hat etwas, das ich brauche … Dann werde ich die Frau gehenlassen. Wenn ich mit ihr fertig bin, können Sie sie zurückhaben. – Das sind meine Bedingungen.« Die Erscheinung atmete eine Pixelbö ein, die der farbenprächtige Wind, der über Trevors Körper hinwegstrich, vor sich her trug. Hakims Tattoos drangen allmählich in das Wesen ein.

»*Was hat Nelly, das Sie so dringend brauchen?*«

Trevor brannte der Atem heiß in der Brust, und er schwitzte. Das Wesen wog nichts, als er es anhob, doch dafür hatte er jetzt den Eindruck einer unendlichen Last auf seinen Schultern.

Dann sah Trevor es, als er auf seine Brust hinabschaute. Die Augen des Tattoos waren geschlossen, und es erschien ihm wie ein Kleinkind, das sich zum Schlaf zusammengerollt hatte. Doch dort auf dem Arm des Wesens zeichnete sich schwach etwas ab.

Dessen eigenes Tattoo.

Kugelfisch

Dorje half Trevor auf den Rücksitz des Taxis. Er fühlte Trevors Puls und runzelte die Stirn. Jede Menge Todespulse. Solche, die sich wie das Schlagen von Geierflügeln anhörten, wie das Träufeln von Wasser, wie ein Fisch, der hochspringt, um nach einer Fliege zu schnappen, oder wie der Pulsschlag eines Vogels, der einen Wurm frißt. Trevors Puls flatterte wie eine Fahne im Wind.

Ein elektrischer Sturm durchtost ihn, dachte Dorje. *Doch er verliert Energie. Wenn* das *geschieht …*

Trevor grinste ihn schwach an. »Wir haben Gesellschaft bekommen.«

Dorje nickte. »Ich weiß. Darf ich es mal sehen?«

Trevor lehnte sich zurück und zog sein T-Shirt hoch. »Schau, es schlummert wie ein Baby.«

Dorje schniefte. »Eher wie ein hungriger Geist, Trevor. Ein Glück, daß du nicht allergisch auf die Astralebene reagierst. Wenn dir in Dorjes tantrischem Taxi etwas zustieße, würde dein

Vater mir eine schöne Standpauke halten!« Er schüttelte den Kopf.

»Im Grunde bist du deinem Vater ähnlicher, als du meinst. Dickschädelig, stur, ganz versessen auf allen möglichen Müll aus anderen Dimensionen. Ich weiß wirklich nicht, was Tara an ihm findet. Er ist doch nur ein gutaussehender Teufel, der weiß, wie man auf tibetisch küßt, das ist alles!« lachte er. »Und jetzt bist du auch noch zur sicheren Zuflucht geworden für diesen - diesen mit der Schablone gezeichneten *gdon*!«

Wieder schüttelte Dorje mit teilnahmsvoller Mißbilligung den Kopf. »Na schön. Es steht mir nicht zu, dagegen zu wettern oder Kritik zu üben. Ich kann nur sagen, daß dein schwacher Pulsschlag stabil bleiben muß. Halt dich zwei Wochen lang von Hammel- und Yakfleisch fern. Das ist schlecht für die Galle. Ideal wäre es, wenn du jede Aufregung vermeiden und in Küstennähe oder an einem Ort mit kühler Brise etwas verschnaufen könntest. Doch da im Moment nichts dergleichen möglich ist, müssen wir – wie nennt ihr Amis das noch gleich? – den Paparazzi die blanken Ärsche zeigen ...«

Er klemmte sich hinters Steuer und warf einen letzten Blick auf Trevors Tattoo. »Laß es vorerst ruhen. Es erhebt sich bald genug wie ein Unwetter. Es hat die anderen Tattoos schon verschlungen und verdaut jetzt. Gut. Das gibt uns ein wenig Zeit, nach Nelly zu suchen.«

Er seufzte. »Das arme Mädchen. Ihr seid ein wildes Paar, Trevor, habe ich dir das schon gesagt?«

Trevor versuchte zu lachen. »Nicht mit so vielen Worten, nein. Unsere Kompatibilität besteht wohl darin, daß wir nicht kompatibel sind. Es ist schon seltsam. Ich hätte mich beinahe in eine andere verliebt. Ehrlich gesagt«, dachte er laut, »habe ich das sogar. Ist mir schleierhaft, wie ich es fertigbrachte, aber es ist passiert.» Er blickte finster zum Fenster hinaus.

»Um mehr als eine lieben zu können, muß man sich selbst noch mehr lieben. Um das Feuer wachzuhalten«, murmelte

Dorje, als er das Taxi die Hayes hinabsteuerte. »Dein Vater ist genauso, glaube ich. Wenn du mich fragst, ist das eine weit verbreitete Störung der *kundalini.*«

Dorje betrachtete Trevor im Rückspiegel. »Wie fühlst du dich?«

»Ein bißchen schwach, aber ich glaube, ich bin okay. Also, was hältst du davon – von alledem?«

»Ursache oder Heilung?«

»Fang mit der Ursache an und komm dann zur Heilung.«

»Keine einfache Sache. Ich habe es schon auf meinem eigenen Gebiet erlebt. Die Welt bewegt sich immer schneller auf die Fragmentierung zu, noch bis in die kleinsten Teilchen, die rachelüstern die Macht an sich reißen, weil das Bewußtsein sie so lange vernachlässigt hat. Dein Herz zerfällt wie die Atome, wie die Länder ... Die Liebe zerfällt.«

»Und das ist nicht gut?«

«Nicht gut und nicht schlecht. Je nachdem.«

»Du hältst es also nicht für möglich, zur selben Zeit mehr als eine Person zu lieben?«

»Liebt das Tattoo dich? Oder die Körper, die es nach und nach übernimmt? Eigentlich interessiert es sich doch nur für einen Körper.«

»Und der wäre?»

Dorje lachte. »Gute Frage. Die meisten Menschen sehen diesen Körper gar nicht. Er ist so groß, daß er für uns unsichtbar bleibt. Wir sind darauf nur kleine Tupfen. Sommersprossen auf seiner kosmischen Gestalt.«

Trevor dachte an Alex Fortuna, an ihr rotes Botticelli-Haar mit den Skarabäen in den Dreadlocks und an die vielen tausend Sommersprossen, wie Sternbilder auf dem Universum ihrer Haut.

»Du hast meine Frage nicht beantwortet, Dorje. Ich glaube, es ist ein wichtiger Teil dieses – dieses Mysteriums, wenn es denn eines ist. Ich glaube, es geht um Trennung und um neue Arten der Begegnung.«

»Ah«, rief Dorje. »Das Paradox des Mysteriums besteht doch gerade in seiner eigenen Gewöhnlichkeit! Selbst das größte Rätsel des Universums ist nur ein Kinderspiel, wenn man gelernt hat, nach seinen Regeln zu handeln. Doch du hast ganz recht, Trevor. Dein Vater würde dir zustimmen. Man muß in Zweiheit leben, um Einheit ausdrücken zu können. Es liegt nicht in der Einheit selbst. Fragmentiert und gespalten zu werden heißt sich leidenschaftlich an alles zu klammern, wovon wir ein Teil sind. Sogar –« Dorje schnaubte verächtlich. »Sogar dieses Wesen, das sich mit seinem Pesthauch an dich klammert. Es hat ein Herz, dieses genadelte *gdon*, und sehnt sich ebenfalls nach Liebe. Auch wenn es seine Art von Liebe ist …«

Dorje zuckte mit den Achseln. »Wenn es einer Liebe begegnete, größer als die, nach der es sich sehnt, dann …«

»Es sagte, mit seinem Tod stirbt auch Nelly.«

»Wir sterben alle einmal.« Wieder zuckte Dorje mit den Achseln. »Der Tod ist … *hip*. Nein, darum geht's nicht.«

»Worum dann?«

«Na hör mal, glaubst du, das verrate ich dir? Du mußt deine Buddha-Punkte schon selbst machen, Trevor. Ich habe nicht umsonst so lange Inkarnationsstudien betrieben!«

»Also geht es um die Liebe«, beharrte Trevor. Und mit angehaltenem Atem fügte er hinzu: »Zu guter Letzt.«

Dorje hatte den Weg zu seinem Apartment eingeschlagen und fuhr jetzt durch die Tenderloin, die Heimat der verlorenen Seelen. Er parkte in zweiter Reihe und sprang aus dem Wagen.

»Ich muß nur kurz hoch und was holen«, sagte er zu Trevor. »Etwas, das wir vielleicht brauchen werden.«

»Was ist es denn, Dorje?« rief Trevor ihm nach.

»Keine Sorge«, erwiderte Dorje. »Keine *yak*-Suppe.«

Fünf Minuten später kam Dorje mit zwei anderen tibetischen Lamas zurück, die beide ins Yellow Cab einstiegen. Dorje trug einen Samtbeutel, der einen Gegenstand enthielt.

»Das ist Dongzhen Nurbu«, stellte er Trevor den Lama vor. Der muntere Mönch, der Lama-Kleidung und ein Paar Neuro Nikes trug, lächelte und nickte.

»Und dieser junge Mann hier ist Yeshi Nurbu.« Er war in das gleiche kastanienbraune Gewand gehüllt, das auch Dorje trug, und ein Flair guter Laune umgab ihn.

»Tut mir leid, aber sie können nicht viel Englisch. Sind noch am Lernen.«

»Hi, *namasté*«, begrüßte Trevor sie.

Die beiden Lamas kicherten, und einer von ihnen setzte sich neben Trevor und legte ihm die Hand aufs Knie. »Okay«, sagte er. »Okay.«

Der Lama mit den Neuro Nikes setzte sich neben Dorje. »Jetzt haben wir die offizielle Lama-Einsatzgruppe bei uns«, sagte Dorje lächelnd. »Einer, der sich um den schlafenden *gdon* kümmert, wenn er aufwacht, und einer, der dich im Auge behält.«

»Was ist in dem Beutel, Dorje?«

»Oh, das? Meine Geheimwaffe!« scherzte Dorje. Er wickelte den Gegenstand aus. Es schien ein tibetischer Zeremoniendolch zu sein.

»Ein *phurbu* mit besonderen Kräften. Perfekt geeignet, um an den Gehirnen hungriger Geister chirurgische Eingriffe vorzunehmen! Hahaha!«

Er startete den Motor. Dann ließ er ihn im Leerlauf laufen, als ein zerlumpter Stadtstreicher auf das Taxi zugetaumelt kam. »Hey, Dorje! Altes Haus! Wart mal kurz!«

»Das ist Motorola-Mike«, erklärte Dorje. »Einer meiner besten Kunden.« Er kurbelte das Fenster runter.

»Wie geht's, Mike?« erkundigte sich Dorje fürsorglich. »Schon was gehört?«

»Ja, Mann, irre, ich muß dir echt danken.« Der Stadtstreicher hatte glänzende Augen, die grünlich schimmerten. »Ich komm durch, Mann.« Er fuchtelte mit einem alten Motorola-Mikrolite-Fon in der Luft herum. »Ich empfang klare Signale, Dorje!«

»Ist ja toll. Richte ihr herzliche Grüße aus.«

»Mach ich, Dorje. Hey, kannst du mich mitnehmen?«

»Heute nacht nicht, Mike. Wir haben einen spirituellen Notfall. Wir müssen weiter.«

»Spiritueller Notfall, heh? Macht ihr Typen denn nie Pause?« Motorola-Mike torkelte gegen die Motorhaube, und seine körnige schwarze Handfläche hinterließ einen Abdruck auf der Windschutzscheibe.

Dorje las den Handabdruck. »Deine Lebenslinie zeigt Verbesserungen an, Mike. Ich muß jetzt fahren. Bleib ehrlich, gesund und weise.«

»Ja, Mann. Sehn uns später.«

Dorje fuhr davon. »Motorala-Mike«, erklärte er Trevor, »der traurige Fall eines Mannes, der in den *Zell-Bardos* gefangen ist. Er ist jetzt sechzig Jahre alt, sein Fon schon über dreißig. Er bettelt um Essen und steckt jedes bißchen Geld, das er auftreiben kann, in seinen Teleservice, damit er nicht gekappt wird. Aber er ruft keinen an. Nie. Er will nur die Leitung freihalten, für den Fall, daß *sie* anruft.«

»Daß *wer* anruft?« wollte Trevor wissen.

«Noch ein gebrochenes Herz, Trevor.« Dorje blinzelte ihm zu. »Das könntest du in weiteren zwanzig Jahren sein, wenn dieser *gdon* dich nicht vorher fertigmacht.«

»Wie meinst du das?«

»Mike hatte einmal eine große Liebe, einen Schatz, vor vielen Jahren – vielen Leben. Heute würde sie ihn auf der Straße wohl nicht mehr erkennen. Er hat sie wegen einer anderen verlassen. Es hat nicht geklappt. Sein einziger Trost ist jetzt seine Mailbox. Nur eine einzige Nachricht ist drauf – von ihr, wie sie ihn anfleht, bei ihr zu bleiben. Darum bettelt, daß er nicht geht. Diese Nachricht ist jetzt dreißig Jahre alt. Er hört sie sich jeden Tag an und weint. Das ist alles.«

»Armer Kerl«, sagte Trevor.

Dorje zuckte düster mit den Achseln. »Du hast mich gefragt,

ob es möglich sei, mehr als eine zu lieben, Trevor. Die meisten Menschen können sich glücklich schätzen, *überhaupt* jemanden zu haben, den sie lieben können ...«

Dorje schlängelte sich durch den Verkehr und fuhr an einem Wagen vorbei, auf dem ein Schild verkündete: »*Gurulehrer. Lehren zum Niedrigtarif! Wählen Sie 1-800-KUNDALINI.*«

Der Lehrer im wallenden Gewand saß neben einem nachdenklichen jungen Mann, der den Wagen fuhr. Er winkte Dorje zu, als dieser ihn überholte. Dorje winkte erfreut zurück, murmelte jedoch leise:

»Neuro-Rajneesh-Anhänger. Im Grunde Teufelswerk. Aber sag's ihnen nicht. Sie könnten versuchen mich zu rammen, und ich bin nicht versichert. – Auf denn, meine Freunde.« Dorje wandte sich zu Trevor auf dem Rücksitz um. Der tibetische Lama, der rechts von ihm saß, hielt lächelnd seine Hand. »Zu Nelly.«

»Zu Nelly. Ganz recht.«

»Wo könnte sie sich denn aufhalten, hast du zufällig eine Ahnung?«

Trevor schloß die Augen. Er fühlte sich so müde. Wo hielt sie sich auf? Als er darüber nachdachte, bewirkte das bei dem Tattoo auf seiner Brust, daß es sich wie Rodins Denker vorbeugte. Es dachte mit ihm nach.

»Trevor?« Dorje stupste ihn an. »Alles in Ordnung?«

»Ja, ich denk nur gerade nach. Wo würde sie um diese Zeit hingehen? An einen Ort, an dem sie Freunde hat, die ihr vielleicht helfen können. Normalerweise«, er grinste, »würde sie mich anrufen. Sie würde einfach bei mir vorbeischneien. Ich hab ihren Schlüssel, sie hat meinen.«

Trevor spürte auf einmal, wie sich etwas in ihm aufblähte, ihm die Luft aus den Lungen preßte. Er keuchte und drückte die Hand gegen seine Brust.

»Dongzhen«, sagte Dorje zu seinem Kollegen. »Rasch.«

Dongzhen massierte Trevors Puls, dann schaute er zu Dorje und schüttelte den Kopf.

»Dir geht der Atem aus, Trevor.« Dann sprach er hastig auf tibetisch mit Dongzhen. »Er wird dir das Herz massieren«, sagte er daraufhin zu Trevor.

Dongzhen öffnete Trevors Jacke und zog ihm das T-Shirt hoch.

Entsetztes Schweigen erfüllte das Taxi.

»Alle Wetter! Das sieht mir nach einer Nachricht von deinem *gdon* aus, Trevor.«

Langsam zeichnete sich ein Bild auf seiner Brust ab. Es stellte einen großen, aufgeblähten Fisch mit Stachelschwanz dar, der dunkelblau schimmerte, als wäre er gerade aus dem Meer aufgetaucht.

»Ein Kugelfisch!« rief Trevor. »Ein japanischer *Fugu*. Er ist äußerst giftig, aber die *Sushi-aficionados* betrachten ihn als echte Delikatesse. *Sushi*-Küchenchefs benötigen eine besondere Lizenz, um ihn zuzubereiten –«

»Interessant, aber ich frage mich, was das zu bedeuten hat …«

Plötzlich begriff Trevor. »Das soll uns sagen, wohin sie gegangen ist. ›Der Kugelfisch‹. Ein alternativer *Sushi*-Klub in der Harrison Street von South of Market. In dem Laden servieren sie *Sushi* und japanische *animés*! Nelly hängt dort gern mit ihren Freundinnen ab. Komm, Dorje, ich glaube, es ist einen Versuch wert.«

Animé

Dorje, Dongzhen, Yeshi und Trevor trafen am »Kugelfisch« ein. Das Etablissement befand sich in einem abbruchreifen Lagerhaus mit unauffälliger Fassade.

Ein blauer Neon-*Fugu*, der auf Hokusai-Wellen tanzte, bot den einzigen Hinweis darauf, daß es sich um ein Lokal handelte. Schlagartig erwachten die japanischen *animés* in dem Moment zum Leben, als sie den dunklen, höhlenartigen Rachen der postmodernen *Sushi*-Bar betraten.

Es war ein phantastisches Märchenland der Elfen. Kleine Comicfiguren flitzten umher wie wahnsinnig gewordene Gedanken. *Oder wie Holzdrucke auf Beinen*, dachte Trevor, als er ein Samurai-Kaninchen à la Usagi Yojimbo entdeckte, das sich mit dem Dämon Neko Cat einen *chambara*-Schwertkampf lieferte.

Schlitz! Ratsch! Konter! Stech!

Dorje und die Lamas traten grinsend zur Seite, als der Wirbelwind der Klingen die tanzenden *animé*-Spotlights zerfetzte, die darauf programmiert waren, neu eingetroffene Gäste im Eingang anzustrahlen.

SSSSAAAAAAAAAAA! KA-RACK! KA-TENG! KA-TENG! KA-RACK!

»Seht euch das an!« Dorje verschlang alles mit den Augen. Ein Trupp Neuronen-Nymphen patrouillierte in einem fernen Winkel der *Sushi*-Bar und nahm die Bestellungen von Gästen entgegen, die auf den abgeschlagenen Baumstümpfen eines zurückeroberten Redwood-Waldes in Oregon saßen.

»Das sind Bondage-Feen«, erklärte eine süße Stimme. Sie drehten sich um.

»Guten Abend.« Die sechzig Zentimeter große Gestalt war eine hochaufgelöste Blondine mit scheuen Rehaugen und einem *laaaangen* Pferdeschwanz. »Möchten die Herren lieber im *animé*-Bereich oder im Nicht-*animé*-Bereich sitzen? Oder ziehen Sie die Bar vor?«

Die Erscheinung war in einen *se-ra-fuku-bishojo-senshi* gekleidet, einen hinreißenden Matrosenanzug mit Marinekragen, wie ihn japanische Schulmädchen tragen.

»Ich bin heute abend Ihre Hosteß.« Sie klimperte mit den Wimpern. »Mein Name ist Göttin Kathi. Ich bin ein temporäres *animé* aus dem ›Cat Girl Paradise‹. Heute abend servieren wir spezielle Sake-Tees aus Himbeere, Nelke und Mango.«

»Ehm, danke, aber wir suchen eine Freundin«, antwortete Trevor, während Dorje und seine beiden tibetischen Lamas das *phan'toon* vorn und hinten beäugten, um festzustellen, wo sich der Infrarot-*kundalini*-Anschluß befand.

»In diesem Fall«, sie klimperte erneut mit den Wimpern, »mache ich mich von dannen –« Und sie flog auf dem Bogen einer Lichtwelle davon, wobei sie eine kleine Speisekarte mitnahm.

Dorje blickte ihr mit leuchtenden Augen nach, bis sie im Gebälk verschwand. »Eine echte *dakini*!« flüsterte er Trevor zu. »Eine tantrische Göttin ... Immer mehr von ihnen kommen auf unsere irdische Ebene, weißt du, um unsere höheren Sinne zu reizen ...«

Aufgeregt fuhr er fort: »Hast du gemerkt, wie sie mit der Linken die Speisekarte hielt, was Losgelöstheit von der Angst vor dem Tod bedeutet – die wesentliche psychologische Sperre des ersten *Chakra*? Und einen Kugelschreiber in der Rechten, wie ein Schwert, mit dem sie alle Furcht auslöscht? Und sie hatte rosa Haut und trug ein Kleid von gelblicher Pfirsichfarbe ... Kein Zweifel, sie zeigte alle Anzeichen der Dakini Shakti und verband in sich die Kräfte von Schöpferin, Bewahrerin und Zerstörerin ...«

»Liest du nicht ein bißchen zuviel in sie hinein?« gab Trevor polternd zu bedenken. »Schließlich ist sie nur eine Animation.«

»Wo wir gerade von *dakinis* sprechen«, wechselte Dorje das Thema. Er hatte beschlossen, daß das *dharma* von Toons das Auffassungsvermögen von Trevor zur Zeit überstieg; der junge Mann war anderweitig stärker in Anspruch genommen. »Siehst du irgendwo Nelly?«

»Schauen wir mal«, erwiderte Trevor, während sie auf die *Sushi*-Bar zustrebten.

»Dieser Mann ist blind«, meinte Dorje, als er den *Sushi*-Meister hinter dem Tresen sah.

»Stimmt«, bestätigte Trevor. »Und trotzdem sieht er alles.«

»Der Kugelfisch« war für seinen dreiundachtzigjährigen blinden *Sushi*-Küchenchef berühmt, der der einzige *Sushi*-Meister an der Westküste mit einer Lizenz für die Zubereitung des potentiell tödlichen *Fugu* war.

Im Augenblick war er mit konzentrierter Miene dabei, die Giftbeutel aus dem Kugelfisch zu entfernen und dann aus dem zarten weißen Fleisch des *Fugu* dünne Filets zu schneiden.

»Während seiner ganzen Laufbahn des Zubereitens von *Fugu* ist es noch nicht einmal zu einem Todesfall gekommen ... Er ist ein lebendes Kulturdenkmal Japans.«

»Ein Bodhisattva«, nickte Dorje. »Er strahlt wahres Mitgefühl für den Fisch aus, der sich in die menschliche Nahrungskette einreiht. Und er fängt vor der Verdauung den Tod ab. Ein faszinierender Ritus.«

Trevor ließ seinen Blick über den *Sushi*-Tresen schweifen. Keine Spur von Nelly. Aber dafür hörte er die vertraute Stimme von Violet O'Chen, einer gemeinsamen Freundin von Nelly und ihm. Sie war eine klapperdürre Zwanzigjährige mit langen, glatten blonden Haaren, Latex-Oberteil, Gladiatorenrock und bis zu den Waden geschnürten, genagelten Bergarbeiterstiefel.

»... und sie beharrt darauf, ihre Beziehung mit ihrem Dildo sei streng platonisch, ist das zu fassen?« Violet schwatzte mit einer mäuschenhaft aussehenden Frau, deren Lippen eine Vielzahl von Piercings schmückte, darunter ein Miniatur-Rolodex, das an ihrem Nasenring hing.

»Oh, hi. Trev – lange nicht gesehen!« Violet grinste, als sie ihn sah. »Was führt *dich* denn hierher? Solltest du nicht längst im Bett liegen? Oder schlafwandelst du schon wieder?«

Trevor lächelte sie an. Er hatte den Ruf, im Kreis seiner Freunde ständig die Seiten zu wechseln, und dafür hatten sie ihn zum Teufel gejagt.

»Keineswegs, Violet, aber vielleicht solltest *du* es mal damit versuchen. Das ist billiger als Weltraumreisen.«

Violet O'Chen war eine lebhafte irisch-chinesische Physikerin von NASA-Ames, das kürzlich als Teil eines aggressiven Vorhabens, das Raumfahrtprogramm der ganzen Welt in ihren Besitz zu bekommen, von der Disney Corporation aufgekauft worden war.

»Nun, ich ziehe Trips auf Shochikubai vor.« Sie stupste gegen eine der leeren Sake-Flaschen, die vor ihr auf dem Tresen standen. »Dabei sehe ich immer Riesenschwärme von rosa Haifischen. Ich glaube, die haben dieses Zeug mit außerirdischen Lebensformen gestreckt.«

»Würde mich nicht überraschen. Hast du zufällig Nelly gesehen?«

»Nelly?« Violet dachte einen Moment nach. »Ja, sie war vorhin hier. Ich glaube, sie ist unten in den Klub gegangen ...«

»Danke, Violet. Ich muß weiter. Paß auf dich auf –«

»Trevor –«, rief Violet hinter ihm her.

Er blieb am Ende des Tresens stehen. »Ja?«

Sie warf ihm ein verlegenes Lächeln zu. »Ich denke, ich sollte dich warnen. Nelly ist nicht allein. Da war ein Typ bei ihr.« Sie heuchelte Mitgefühl. »Ist bei euch beiden alles in Ordnung?«

Violet war vor geraumer Zeit einmal in Trevor verknallt gewesen, doch es war nicht viel daraus geworden. Eine Nacht mit Violet war ungefähr so unterhaltsam wie ein Verkehrsunfall, fand Trevor. Sie hatte die Angewohnheit, mit Karacho auf ihre Männer zuzupreschen und sie dann von der Straße zu drängen. Das konnte nur auf einen herrlichen Unfall hinauslaufen. Er hatte das Steuer abgegeben.

»Danke für den Tip, Violet, bist ein echter Kumpel.« Trevor zwang sich zu einem Lächeln, als er auf die Treppe zuging, die zum Tanzklub im Untergeschoß führte.

»Was meinst du, Dorje?« fragte er seinen Freund. »Ist sie auch eine *dakini*?«

»Die? O ja, ganz sicher. Alle sind *dakinis*, weißt du? Selbst die Unentschlossenen.«

Der Türsteher war in einen wasserdichten Ganzkörperoverall gehüllt. Er trug eine Gesichtsmaske, eine Duschkappe auf dem Kopf und Gummihandschuhe. Schwaden von Flüssigstickstoff zischten aus einem Ventil zwischen seinen Beinen.

»Wir schließen bald, ihr braucht also nichts mehr zu berappen«, sagte er, drückte ihnen aber trotzdem einen Stempel auf die Handgelenke. »Wart ihr schon mal hier? Nein? Okay, haltet euch an folgendes: Fummelt nicht an den Kälteschlaftanks herum. Respektiert die Toten – ehm, die *Ruhenden*. Unten im Umkleideraum gibt's Handtücher, die ihr bei Bedarf benutzen könnt. Ihr habt dreißig Minuten, wenn ihr mit 'ner Schnepfe in einer der Glühbirnen schweben wollt.«

Der Türsteher warf den Tibetern einen argwöhnischen Blick zu. »Seid ihr Typen religiös?«

Dorje erwiderte: »Wir sind nur hier, um ein oder zwei Gebete zu sprechen. Wir stören niemanden, ich versprech's.«

»Neulich hatten wir ein paar Scientologen hier, die unsere Ausrüstung sabotieren wollten. Wir mußten die Bullen und Feuerwehr rufen, um sicherzugehen, daß es keinen Ärger gibt. Strenge Magistratsverordnung. Wir sind eine FFZ – eine Fundamentalistische Frei-Zone. Irgendwas Flippiges, und sie machen uns den Laden dicht, klar?«

»Keine Sorge.«

»Okay, viel Spaß.« Er winkte sie herein.

»Ich muß schon sagen«, meinte Dorje zu Trevor, als sie die steile Treppe hinabstiegen, »das ist ein echtes Abenteuer. Du bringst uns an die ungewöhnlichsten Orte.«

»Nicht der Rede wert, Dorje«, sagte Trevor müde. Die Last des Tattoos machte ihm zu schaffen. Hoffentlich fand er hier Nelly.

Er war sich nicht sicher, wie lange er es noch aushielt, daß dieses Ding sein Energiezentrum anzapfte. Er umklammerte das Geländer, und Dorje griff ihm unter die Arme, damit er nicht fiel.

»Sachte, Trevor, sachte –«

Reihen mit Dewar-Tanks aus rostfreiem Stahl erstreckten sich durch die enorme Weite des Kryo-Klubs. Kleine eingesetzte Fenster öffneten sich, um die schlafenden Bewohner dieser überdimensionalen Thermoskannen zu enthüllen. Sie sahen wie erwachsene Föten aus, die silbern eingepackt in den Behältern mit Flüssigstickstoff trieben.

Nebelschwaden strömten aus den Seiten der tiefgefkühlten Tanks wie gespenstische Wasserfälle.

Dorje stockte der Atem. »Das ist ja das reinste *Bardo*-Aquarium«, staunte er.

»Dieser Klub wurde an der Stelle errichtet, an der um die Jahrhundertwende eines der ›Kryo-Motels‹ der Patels stand«, erklärte Trevor.

»Als alle Welt voll auf die Kälteschlaftechnik abfuhr, sprang diese indische Familie, die Patels, auf den Zug auf. Sie gründete eine Kette von Billighotels und glaubte, das große Los gezogen zu haben, indem sie der Öffentlichkeit kryonische Unterkünfte anbot. Doch der Staat zog sie wegen Mißwirtschaft aus dem Verkehr. Dann mietete ›Der Kugelfisch‹ die Räume und bekam wie durch ein Wunder die Lizenz zugesprochen, so daß es die Geschäfte weiterführen konnte …«

»Ein ›Motel 6‹ für die Toten!«

»Heute ist es eher eine Art kryonische Wohlfahrtseinrichtung«, meinte Trevor. »Die Stadt zögert noch, offiziell die Verantwortung zu übernehmen. Ich glaube, die meisten der Typen in den Tanks sind Stadtstreicher. Sie hängen am seidenen Faden, würde ich sagen. Sonst hätten ihre Familien sie schon vor langer Zeit rausgeholt.«

»Allerdings«, nickte Dorje beipflichtend.

Zwischen den stählernen Kälteschlafkammern waren Plexiglastanks aufgehängt, die wie makabre Glühbirnen aussahen.

Heute war nicht viel los, und nur wenige Tanks waren mit nächtlichen Zechern aus dem SOMA besetzt.

Ein Schild verkündete: *»Praktiziert Safe Necrophilia. Verstöße werden strafrechtlich verfolgt.«*

Zwei Ledermumien trieben es in einem dunklen Winkel unter einem Tank miteinander, die Arme fest umeinander geschlungen.

Ansonsten lag der Kryo-Klub um diese späte Stunde verlassen da. Es war ein einsamer Ort, und die ätherische Musik trug noch zu dem Flair von Verlassenheit bei. Nelly war nirgends zu sehen.

»Halten Sie nach Leichen Ausschau?«

Die beiden Männer standen zwischen zwei Kälteschlaftanks und hatten sie wohl schon eine Weile schweigend beobachtet. Derjenige, der sich an sie wandte, war Russe. Er trug einen Seersucker-Anzug über einem zerknitterten Chinahemd und eine Krawatte mit Blümchenmuster.

Sein braunes Haar war kurzgeschnitten, und er strahlte eine gewisse Grimmigkeit, aber auch Zynismus aus. Sein Partner hatte slawische Züge, doch seine Haut war viel dunkler, und um die Augen herum machte er einen zentralasiatischen Eindruck.

»Mein Name ist Boris. Und das ist mein Freund Igor. Igor, sag hallo. Igor ist manchmal etwas befangen, wenn er englisch reden soll«, entschuldigte sich Boris. »Wir sind Touristen in Ihrer herrlichen Stadt.«

Igor nickte. »*Hahl-ho.*« Er hatte eine mächtige Brust, die fast seine schwarze Leder-Motorradjacke sprengte. Er trug Motorradstiefel, die seine muskulösen Schenkel betonten, und eine schwarze Jeans mit breiter, silberner Gürtelschnalle. Auch sein Haar war kurzgeschnitten, und eine Sonnenbrille verbarg seine Augen.

Seltsam. Trevor waren nasse Fußabdrücke auf dem Betonboden aufgefallen.

»Und was genau besichtigen Sie hier?« Trevor wechselte kurz einen Blick mit Dorje und den Lamas.

»Man könnte sagen«, Boris lächelte und entblößte dabei

spitze gelbe Zähne, »daß wir Spezimina des ungewöhnlichen amerikanischen Nachtlebens sammeln. Man kann nie wissen, welche Tiere sich an der Tränke zeigen. Wir sind Jäger.« Er lachte kehlig. »Russische Jäger.«

»Schon Glück gehabt?« Trevor spürte, wie eine Adrenalinwoge durch sein Nervenkostüm schoß, als wäre es eine mit Turboantrieb versehene Einbalsamierungsflüssigkeit, die schleunigst in alle Winkel kriechen sollte.

»Bisher nicht«, erwiderte Boris mit trauriger Miene, die allerdings nicht ganz ernst gemeint war. »Hier ist es recht tot, wie Sie sehen. Aber ich denke, Ihre Anwesenheit wird wieder etwas Leben in die Bude bringen.«

»*Trevor.*« Dorjes Stimme klang entsetzt. Trevor blickte seinen Freund an. Der andere Russe – Igor – hielt eine Waffe und drückte sie Dorje in die Seite.

Trevor wandte sich an Boris. »Was *wollen* Sie?«

Boris musterte ihn einen Moment, dann schüttelte er den Kopf, als enttäusche ihn die Antwort. »Sie haben etwas, das uns gehört. Sie sind der Freund dieser Frau. Sie trug es nicht bei sich. *Also müssen Sie –*«

»*Was* muß ich?« fragte Trevor. Dann traf es ihn wie ein Blitz. »Wo *ist* Nelly?«

»Wenn Sie mit uns zusammenarbeiten, geschieht keinem was. Benehmen Sie sich lieber nicht wie der andere da, dieser – *Abschaum.*« Boris machte eine abfällige Bewegung, als spucke er auf den Boden.

»Welcher *Abschaum*?« Dann verstummte Trevor, als er sah, wie Dorje und die Lamas mit verwirrter Miene in einen der Tanks starrten.

»Der Abschaum da drüben.« Boris nickte fröhlich.

Trevors Augen weiteten sich. In dem Tank schwebte ein Körper. Der Manchu-Haarknoten trieb wie der Fangarm eines Oktopus über seinem Gesicht. Die Augen standen offen und starrten grauenerregend ins Nichts.

Trevor begriff, daß er dieses Gesicht schon einmal gesehen hatte. Vor noch gar nicht langer Zeit.

Es war Alex Fortunas Ehemann. Hakim Beijing.

»Was – was haben Sie mit ihm gemacht?« fragte Trevor entsetzt.

»Sie kennen sich wohl schon?« Boris lachte. »Ich glaube allen Ernstes, er wollte Ihre Freundin ficken. Er hat sie ziemlich angebaggert, wissen Sie? Wir mußten eingreifen und die beiden voneinander trennen. Sehen Sie, da drüben war das. Sie saßen an dem Tisch dort ... er war gerade im Begriff, sie auszuziehen. Ich glaube wirklich, wir haben Ihnen einen Gefallen getan.«

Trevor starrte auf die Kaffeetheke, den ehemaligen Seziertisch einer Leichenhalle. Er sah eine halbleere Flasche Mineralwasser und zwei teilweise gefüllte Gläser. *Aus einem dieser Gläser hatte Nelly getrunken ...*

»Sie haben wohl Ihren bescheuerten Verstand verloren!« rief Trevor in einem plötzlichen Wutanfall und hechtete auf Boris zu. Der Russe wich geschickt aus und drehte Trevor den Arm auf den Rücken.

Rasender Schmerz schoß seinen Arm die Schulter hinauf. Er schrie auf. Boris riß ihm noch einmal heftig den Arm hoch.

»Nur zu«, spottete Boris. »Mach so weiter ... ich würde dir liebend gern den Arm brechen, aber ich will die Ware nicht beschädigen. Wo versteckt es sich, dein kleines Tattoo?«

»Beeil dich«, rief Igor ihm nervös zu. »So langsam krieg ich in dem Laden hier 'ne Gänsehaut.«

»Na schön, mal sehen, was für eine hübsche Brust du hast.« Boris riß Trevors Jacke auf und zog ihm das T-Shirt hoch. »Was haben wir denn da?«

Spinnwebartig huschten filigrane Beinchen, als das Tattoo vor Boris' zugreifender Hand floh.

»Scheißtattoo, es macht wieder die Mücke!« fluchte Boris an Igor gewandt. »Aber er trägt's am Körper, das ist doch schon was ... Moment mal ...«

Das Tattoo verschwand unter Trevors Arm.

»Wo ist es denn *jetzt* hin!? Das Miststück kriege ich noch.« Boris brachte eine kleine Vakuumflasche mit Bedienungsteil und Saugrüssel zum Vorschein.

Er schaltete das Gerät ein und strich damit über Trevors Körper. »Ich will jede Scheißfaser davon. Heb den Arm. Ein echter Witzbold, was? Du wirst es schon nicht vermissen, ich versprech's dir ... So, ich glaube, ich hab's. Dreh dich um, *swolatsch*.«

Trevor verzog vor Schmerz das Gesicht.

Boris kontrollierte die Anzeige auf dem Gerät. »Gut und gern drei Gigabyte. Ein oder zwei Byte fehlen, aber es wird schon wieder regenerieren. Guter Mann.« Erneut verdrehte er Trevor den Arm.

»Ich sag dir was! Wenn du mit deinen Freunden einfach nur brav dasitzt und versprichst, keinen Aufstand zu machen, verabschieden wir uns jetzt und hauen ab.«

»Ihr habt, was ihr wolltet. Wo ist Nelly?« preßte Trevor zwischen den Zähnen hervor.

»Hängst du immer noch an deiner Nelly? Das Miststück ist tot. Und wenn sie nicht tot ist, war sie lange genug von diesem Ding getrennt, daß sie es besser sein sollte.« Boris tätschelte die Vakuumflasche.

»Such dir lieber eine neue Freundin. Sie hat zuviel Zeit mit diesem Parasiten verbracht, und du liebst sie ja nicht mal. Nicht mehr.«

Boris und Igor zogen sich langsam zurück. Sie verschwanden zwischen den Kälteschlaftanks wie Haie, die sich dem Grund eines finsteren Meers entgegenschlängeln.

Dorje schüttelte den Kopf. »Nimm's ihnen nicht übel.« Er wandte sich an seine beiden Mit-Lamas: »Dieser Bursche im Tank, schnell – Dongzhen, Yeshi, holt ihn raus, bevor er in den *Bardos* versauert.«

Dongzhen und Yeshi gingen die Stufen hinauf, die zu dem Tank führten. Sie packten Hakim unter den Achseln und fischten ihn aus dem Wasser. Er tropfte vor Nässe.

»Sachte, sachte –«, ermahnte sie Dorje. Sie legten ihn auf den Boden, und Dorje lauschte seinem Herzschlag. «Sehr weit weg. Strebt schon dem Reinen Licht zu. Aber noch am Leben. Ungewöhnlich.«

Dorje untersuchte das Weiß von Hakims Augen. Er ertastete die richtigen Stellen an Hakims Thorax und begann mit einer leichten Akupressur. »Dongzhen und Yeshi, bringt ihn wieder zu sich, ich muß mein *phurbu* vorbereiten.«

Die beiden Lamas machten sich daran, *chi* auf den Körper zu übertragen, atmeten schwer und stöhnten, während sie ihre Energie in Hakim kursieren ließen.

Dorje legte den tibetischen Dolch zwischen Hakims Augen, hob ihn hoch und drückte ihn an. Eine gemurmelte Beschwörung folgte. »*Om tare tuttare ture svaha …*«

Ein Lächeln erschien auf Dorjes Gesicht. »Das ist das Tara-Mantra. Die Göttin ist die Große Betrügerin des Todes. Die Lebenskraft unseres Freundes nimmt allmählich wieder zu. Fassen wir uns in Geduld und warten ab.«

Langsam kehrte die Farbe in Hakims Wangen zurück. Dorjes Lächeln wurde breiter.

»Da, seht ihr, er ist gar nicht tot. Nur ein wenig entseelt.«

Hakim begann zu husten. Er schlug die Augen auf. Ein tiefes Stöhnen entrang sich seiner Brust.

»Was – was ist geschehen?«

»Meiner Diagnose nach hast du gerade eine Grenzerfahrung gemacht«, sagte Dorje freundlich. »Du bist seltsam. Es ist schwer zu erklären. Einer von euch war weg. Der andere ist zurückgekehrt.«

Hakim blinzelte, dann sah er Trevor hinter dem tibetischen Lama stehen.

Er stöhnte erneut.

Trevor beugte sich über ihn und brachte sein Gesicht dicht an Hakims. »Erinnerst du dich noch an mich?«

Hakim blinzelte wieder, ohne einen Hinweis zu geben, ob er Trevor erkannte.

»Ich bin Alex Fortunas Freund«, rief Trevor ihm ins Gedächtnis zurück. »Wir sind uns früher am Abend schon einmal bei ihr begegnet, erinnerst du dich jetzt?«

Hakim unternahm plötzlich einen schwachen Versuch, vom Boden aufzustehen. Seine triefnasse Kleidung verbreitete eine Pfütze unter ihm.

Dorje unterbrach Trevor. »Dränge ihn nicht, Trevor. Er befindet sich noch in einem empfindlichen Zustand des Wiedereintritts. Kannst du mich hören?« fragte Dorje Hakim sanft.

Hakim nickte.

»Gut. Ich sag dir was. Hör genau zu. Wenn du einen friedlichen und erleuchteten Wiedereintritt erleben und die Unannehmlichkeiten eines *Bardo*-Absturzes vermeiden willst, bemüh dich, ruhig, passiv und entspannt zu bleiben. Mehr kannst du im Moment nicht tun.«

Dorje fühlte Hakim mit seiner Handfläche die Stirn. »Noch traumatisiert«, gab er seine Diagnose auf tibetisch an Dongzhen und Yeshi weiter. »Höllenvisionen zweiten Grades, Anzeichen für einen zweiten Bardo-Verlust.«

Er schaltete wieder auf englisch um. »Sag mal, Hakim – du heißt doch Hakim, nicht wahr? Sehr schön. Wo du gerade warst – in deinem Bewußtsein –, hast du da angsteinflößende Kreaturen gesehen, die flammenumloderten, blutrünstigen Monstren ähnelten? Ja oder nein? Nicke, wenn du kannst.«

Hakim schüttelte den Kopf. Er spürte, wie etwas sein Herz wieder in Schwung brachte und eine eiskalte Lawine brennenden Schnees durch seine Wirbelsäule schoß. Er begann unkontrolliert zu zittern.

Dorje rieb heftig seine Handgelenke.

»Anscheinend hat er die Herukas, die Rachegottheiten, nicht gesehen«, wandte sich Dorje an die Lamas. »Wäre das geschehen, befände er sich jetzt in einem Zustand äußersten Entsetzens. Um so besser.«

An Hakim gewandt, sagte Dorje: »Ich möchte dich noch etwas fragen, also Frage Nummer zwei: Bist du von Maschinen umgeben gewesen, hat eine Fülle wissenschaftlicher Folterinstrumente schreckliche Manipulationen an dir durchgeführt, und bist du dir ansonsten wie eine belanglose Null in einem Universum kalter, herzloser Berechnung vorgekommen?«

Hakim nickte schwach. »Ausgezeichnet«, sagte Dorje, und sein Gesicht hellte sich auf. »Deine Erinnerung an die irdische Sphäre scheint völlig intakt zu sein. Willkommen im bewußten Leben.«

Ja, wo *war er eigentlich gewesen? Halb träumend und halb benommen versuchte Hakim, die Puzzlestücke zusammenzusetzen. Er erinnerte sich nicht mehr an den Dämmerzustand, in dem er wie ein Stock aus Nichts einem Bumerang gleich durch Glas, Draht, Feuer und Eis gewirbelt war.*

Nur noch daran, daß er einer Drachenfaust, die auf sein Herz einschlug, und Klauen, die an seinem Gehirn rissen, ausgesetzt gewesen war. Die Russen hatten ihn unter Wasser gedrückt. Er hatte sich gewehrt, gelernt, mit der Zappelei aufzuhören, und dann gespürt, welche Befreiung das für ihn war und wie eine mächtige Woge beschwichtigend durch seinen Körper und Geist toste.

Sie hatten ihn und das Mädchen gleichermaßen überrascht. Klar, vorher hatte er sie überrascht, ehe die beiden Russen auftauchten und ihrem Techtelmechtel ein Ende setzten …

Er hatte es an ihr sehen wollen – aber dieses kleine Stück Dreck war zu ihm übergewechselt! Und nun trug er es selbst auf sich, auf seiner eigenen geheimen Haut …

Das hatte er nicht erwartet. Er hätte wissen müssen, daß sie Ärger bedeutete. Herrlichen Ärger … Bedauerte er etwas davon? Natürlich nicht. Ein Jammer, daß er tot war. War er das denn? Was war er überhaupt?

Nelly war auf der Szene aufgetaucht, mitten im Tattoo-Rave. In diesem Laden in South of Market, den sie »Tattoo-Börse« nannten und den Hakim aufsuchte, nachdem er Alex' Wohnung verlassen hatte. Ein guter Ort, um sich zu verstecken, um abzuhängen. Freunde, Kunden, Swinger der Tattoowelt, die ihre Online-Nadel miteinander teilten.

Sie hatte furchtbar ausgesehen, völlig abgezehrt. Kam hereingetaumelt, als wäre sie nur halb lebendig. Genau wie er hatte sie sich zwischen zwei konkurrierenden Welten verirrt … Sie gehörte zu keiner von beiden ganz. Doch er sah, daß sie ihre guten Gründe hatte, so drauf zu sein. Auch sie war besessen.

Korrektur: Sie war nicht *mehr besessen.*

Sie hatte etwas sehr Drastisches getan. Sie hatte sich von einem Typ-Vier-Tattoo befreit. Die schlimmste Art von kaltem Entzug. Die Willenskraft war ein plumpes Werkzeug, das mit einem Typ-Vier-Tattoo nicht fertig wurde …

Hakim hatte an einem arak *genippt und sich seinen nächsten Schachzug überlegt. Fat Freddy saß neben ihm am Tresen, und sein Buddha-Bauch summte wegen des schlechten Empfangs wie ein* pay-per-view.

Einer von Hakims Jobs. Hakim hatte Fat Freddy mit einer Pornodatenbank in Finnland verbunden, und jetzt bumsten sie überall auf seinem Gesicht und Kinn, auf Bauch, Rücken und Schenkeln. Echtzeit-Tripel-X-Tattoos.

Hakim war ein Held der Tattoowelt. Sie respektierten ihn. Seine Fähigkeiten. Sein Genie.

»Sieh dir mal diese Braut an, Hakim.« Fat Freddy stupste ihn an. »Die ist stark, Mann. Ein absolut steiler Zahn. Worauf die's wohl abgesehen hat?«

»Keine Ahnung, Mann. Wen kümmert's?« antwortete Hakim düster, besorgt darüber, wie er an seine Vorräte in Alex' Wohnung herankommen sollte.

»Sie hat jemanden am Haken, Mann. Schau, sie geht auf Vincent zu, Mann.«

Vincent van Too. Noch ein Mainman. Sein Stoff war berühmt, genau wie Hakims, vom Bosporus bis Berkeley, von Berlin bis Bogotá. Sein Stoff war heiß …

Er war mit einem mächtigen Scheiß verkabelt. Er hatte sich sogar dieses dekorative dritte Ohr in den Kopf implantieren lassen – »als Hommage«, meinte er, an den anderen Vincent, seinen Namensvetter in der Landschaftshölle …

»Was glaubst du wohl, was sie von Vincent will, Mann?« Fat Freddy war sichtlich neugierig. Er war neugierig wie ein Terrier auf dem Maulwurfacker.

»Geh und spitz die Ohren, dann komm zurück und sag's uns«, flüsterte Fat Freddy dem stets wohlinformierten schwedischen Pornostar auf seinem Unterarm zu. Er hatte Sven dafür ausgebildet, Botengänge für ihn zu machen. Sven war sein liebster Prügelknabe.

»In Ordnung, Freddy.« Sven stieg von jemandes Gesicht herunter. Dann kletterte er in Fat Freddys Armbandsender, der immer angeschaltet war und immer brodelte wie ein festverkabelter wok …

»Bleib nicht so lange, mein Junge.«

»Keine Sorge, Freddy«, erwiderte Sven und schwamm mit nacktem Hintern in den Kanal hinein. Für seinen Herrn auf Pirsch, wie der Gottvater es wollte.

»Du wirst sehen, Hakim, gleich bringt er uns den neuesten

Tratsch.« Fat Freddy zwinkerte seinem Freund zu. »Sven läßt uns nicht hängen. Der ist ein anständiger Kerl. Kann genausogut Typen aushorchen, wie er ficken kann. Er ist echt ausgebufft.«

Hakim grunzte und kippte seinen arak hinunter. Er hatte jetzt keinen Bock auf Voyeurismus. Er war zu sehr mit Selbstmitleid beschäftigt.

»Sven ist verdammt cool, Mann«, sagte Fat Freddy. »Weißt du, was er am vorigen Wochenende für mich gemacht hat? Nur so zum Spaß?«

Hakim blickte ihn seltsam an. »Nein, was hat er denn für dich gemacht?«

»Du kennst doch diese neue Zellfonmarke, die jetzt überall im Gastro eingebaut wird?« Fat Freddy lachte. »Die, auf die sie in der alt.sex-Welt gerade alle so abfahren? Die man in den Arschlochanschluß montiert? Die von der neuen Firma, Butterola? Also, ich hab Sven den ganzen Tag wild in der Gegend herumtelefonieren lassen, Mann. Ich hab noch nie so viele Fone in den Ärschen der Leute klingeln hören und gesehen, wie sie sich vorbeugen, um den Anruf entgegenzunehmen – und immer war falsch verbunden! Ha! Ha! Ha!«

»Hey, Mann, das ist echt abgedreht. Komm, ich geb dir einen aus.«

Vincent van Too war heute nacht mit Brustwarzen beschäftigt. Er malte Miniaturlandschaften, intelligente Stereogramme, auf jede Brustwarze eins. Er beugte sich gerade über dieses dralle Weibsstück – wer hatte nur den anderen Krempel auf ihr gemalt, Mann? Das war ja der letzte Dreck ... Doch er konnte es sich leisten, den Affront des Gewöhnlichen zu übersehen. Heute nacht war er mächtig gut drauf. Er fühlte sich zu wahren Höhenflügen inspiriert.

Die stämmige Walküre grunzte, als Nelly sich ihnen näherte. »Siehst du nicht, daß Vincent zu tun hat, Miststück? Komm später wieder, wenn du an der Reihe bist.«

Vincent drehte sich auf dem Drehstuhl herum. Er blickte Nelly durch seinen Headset hindurch an, dann nahm er ihn ab. Er hatte genug gesehen. Er hatte den detaillierten Umriß des verschwundenen Tattoos gesehen. Ein Meisterwerk des Nichts, das er nur bewundern konnte …

»Woher haben Sie das?« fragte Vincent Nelly frei heraus. »Das ist keine Standardarbeit. es ist nicht einmal ein Typ Vier, und weiter sind wir noch gar nicht. Scheiße, woher kommen Sie? Aus dem Weltraum? Verdammt!«

Vincent hatte einen rötlichbraunen Bart mit weißen Tupfen. Er war schon seit Jahren Tattoomeister. Erst hatte er organische Haut bearbeitet und dann, als Expidermisintelligenz in Mode kam, seine wahre Begabung erkannt. Es gab Tote, die mit seiner Arbeit geschmückt waren und tot mehr wert waren als jemals zu Lebzeiten, bevor er ihnen seinen Stempel aufdrückte.

Vincent trug ein rotes guatemaltekisches Hemd mit langen Ärmeln, das voller Vögel und Blumen war. Etwas anderes trug er nie, immer nur guatemaltekische Hemden mit langen Ärmeln und Vögeln und Blumen. In der Öffentlichkeit legte er seine Kleidung nie ab, weil er glaubte, sich einer ernsten Sicherheitslücke schuldig zu machen, wenn jemand seine eigene persönliche Hautarbeit sah. Außerdem bewahrte er seine Programmwerkzeuge in der Brust auf, in einem Neurosafe.

»Was ist los, Baby, hast du deine Zunge verschluckt? Stör dich nicht an Bertha hier. Sie keift schlimmer, als sie beißt.«

»Du hast leicht reden, Vincent«, murrte die Walküre. »Versuch mal, bei dir einen Termin zu bekommen. Man kriegt dich schwerer an die Strippe als diesen Saftladen von AOL-General-Motors.«

»Stopf dir ’n Knebel rein.« Vincent starrte sie finster an. »Das hier ist wichtig. Wenn’s dir nicht paßt, sieh zu, daß ein anderer den Job abschließt.«

«Komm schon, Vince, locker bleiben, ich hab’s nicht so gemeint, führ zu Ende, was du angefangen hast, okay?«

»Ich werd darüber nachdenken. Aber setz dich erst mal da drüben hin«, sagte er. »Ich ruf dich, wenn ich soweit bin.«

Bertha warf Nelly einen haßerfüllten Blick zu, dann erhob sie ihre mächtige Gestalt.

»Luder«, zischte sie leise, als sie um Nelly herumging. Sie stakste mit bloßen Brüsten davon und ließ ihre Westernbluse über der Rückenlehne des Stuhls zurück.

Einer der Knöpfe war eingeschaltet und sendete, und Fat Freddys schwedischer Porno-Avatar hatte keine Mühe, sich in den Kanal einzuschleusen. Er hatte im NairobiNet die Welt umrundet, dann in Mexico-Stadt einen Silbermarkt durchquert und war schließlich über einen Pizza-Lieferservice im Mission District von San Francisco gelandet.

Klar, Sven fuhr eben voll auf den Cyberspace ab.

»Du willst also mit mir reden?« Vincent klopfte auf einen Stuhl, damit Nelly sich setzte. Mit einem Seufzer nahm sie Platz.

»Du siehst wie ein wandelnder Leichnam aus, meine Liebe.«

Es war das erste Mal seit drei Tagen, daß sie mit einem echten Menschen sprach.

»Ehrlich gesagt«, erwiderte sie, »bin ich auch ein wandelnder Leichnam.«

»Du brauchst Hilfe. Wie hast du denn von mir gehört? Du siehst nicht wie die anderen aus.« Vincent machte eine weit ausholende Geste durch die Tattoo-Börse. »Das sind dreieckige Degenerierte, aber mit empfindsamen Seelchen.«

Die Tattoo-Börse war gerammelt woll, und die Leiber rieben sich auf der Tanzfläche aneinander. Augenkontakt führte zu Privatsessions in den mit Vorhängen versehenen Klubséparées, wo bis auf den Austausch lebender Tattooflüssigkeiten alles möglich war. Wenn man es körperlich trieb, mußte man Ganzkörperkondome tragen – oder sich auf Einwegavatare verlassen. In jedem Raum lagen reichlich Template herum, man brauchte sie nur anzulegen wie haftende Software – und natürlich die üblichen Schlauchrequisiten mit Narton's Gleitmittel.

«Ich … ich hab deine Arbeit auf jemandem gesehen.«

Vincent legte seinen Pinsel zur Seite. »Was war's denn für eine?« fragte er ruhig.

Nelly starrte ihn an. Wie sollte sie das in Worte fassen – in die richtigen Worte? Was, wenn sie verrückt war? Verrückt wie ein Toon?

Vincent wartete eine Weile, und als sie dann immer noch nichts sagte, lächelte er verständnisvoll. Er nahm Nelly an der Hand. Seine barsche Art war erheblich sanfter geworden. Er wußte, weshalb sie hier war.

»Entspann dich. Du bist an der richtigen Adresse. Ich bin ein Verbündeter.«

»Dann kannst du mir also helfen?«

Er tätschelte ihre Hand. »Ehrlich, es ist mir ein gottverdammtes Fest, daß wir uns kennenlernen. Wie heißt du, Honey?«

»Nelly.«

»Hör zu, Nelly. Deine Augen sagen mir, was dein Mund mir nicht verraten will. Es ist weg und doch nicht weg. Das liegt in ihrer Natur. Sie sind schon eine Weile unter uns. Sieh dich um. Die Hälfte der Gestalten hier trägt eines und weiß es nicht einmal. Bei Gott, ich gebe wirklich mein Bestes. Um die Schäden gering zu halten, meine ich. Manchmal ist es echt schwer, das so hinzukriegen, daß es als Kunst durchgeht. Einen Teil der Zeit habe ich das Gefühl, gegen den Strom zu schwimmen, den übrigen Teil kommt es mir so vor, als würde ich an meiner Gebetsmühle kurbeln.«

Sie lauschte, die Augen feucht vor Tränen. Jetzt begannen sie, hemmungslos zu fließen.

»Du armes Ding.« Vincent drückte ihre Hand. »Du hast ziemlich viel Mist durchgemacht, stimmt's? Es hat dein Leben auf den Kopf gestellt. So was tut weh. Aber es ist auch gut, weißt du? Es ist gut, daß es weh tut. Das ist die Glocke, die in dir läutet und dir sagt, daß etwas geschieht. Ohne Schmerz kein Gewinn. Das ist die simple Wahrheit. Du mußt die tote Haut ab-

streifen. Ins Herz vorstoßen. Da liegen die echten Bilder. Und die hast du doch gesehen, nicht wahr?«

Sie nickte.

»Ich war auch einmal jung und töricht, Honey. Wir machen das alle durch. Ich dachte, ich könnte es gegen die ganze Welt aufnehmen. Weißt du, was dieser Bursche zu mir gesagt hat? Ein Lehrer von mir. Er sagte: ›Endlich habe ich den Punkt erreicht, an dem ich sagen kann: Was für ein Trottel war ich doch vor drei Wochen!‹«

Vincent lachte. »Es wird besser. Viel besser. Und das hat dich hergeführt. So etwas nennt man Fortschritt, *weißt du!«*

»Ich habe dein Tattoo gesehen. Auf ›Sindbad‹ – so habe ich ihn getauft«, erklärte sie mit einem leichten Lächeln. »Der Anblick hat mir Hoffnung gemacht.«

»Das verhagelt denen echt die Suppe«, sagte Vincent lächelnd. »Es ist, als werfe man einen Schraubenschlüssel mitten in einen Blitz. Klar, sie trudeln schon seit einer Weile hier ein. Aber weißt du was? Man braucht nur ein einziges ehrliches Tattoo, und ihr Programm ist keinen Pfifferling mehr wert. Wie dieser Schmetterling, der in dem Kornfeld in Kansas mit den Flügeln schlägt. Irgendwo anders wird er zum Monsun, in Indien, wo auch immer, scheiß drauf. Sie können es nicht aufhalten. Sie glauben, sie könnten einfach so hier reinwalzen und den Ton angeben. Ein gottverdammter Irrtum ist das!«

Vincent lachte schallend, dann verstummte er wieder. »Sie versuchen jetzt, dich außer Gefecht zu setzen. Du hast es abgewimmelt. Das ist ihr wunder Punkt. Wann war das?«

»Heute.«

Vincent legte die Stirn in Falten. »Kein Wunder, daß du wie ein wandelnder Leichnam aussiehst. Aber das Tattoo sieht im Moment noch um einiges schlimmer aus als du. Schwacher Trost, heh? Was soll's. Wir werden sehen, was sich machen läßt. Ich werf mal einen Blick auf dich, meine Liebe. Zieh die Bluse aus.

Nelly knöpfte die Bluse auf und streifte sie bis zur Taille hinunter. Vincent betrachtete sie wie ein Künstler sein Modell. Seine Augen nahmen jede Nuance wahr. Er strich mit den Fingerspitzen die Arme hinauf und hinab, fuhr die Linie des Schlüsselbeins nach. »Hmm«, überlegte er laut. »Heb mal die Arme.«

Sie hob sie über den Kopf wie eine Ballerina. Er betrachtete einen Moment lang ihre Brüste, dann setzte er sein Headset auf. In allen Einzelheiten sah er die Anatomie des fehlenden Tattoos und den Teil eines Tentakels, der noch von ihrer rechten Brust hing. Er entfernte ihn mit seinem Lichtbohrer. »Keine Sorge, es tut nicht weh. Dreh dich um, ich will mir mal deinen Rücken ansehen. Du hast einen wunderschönen Rücken, Nelly. Eines Tages möchte ich einen echten Hautjob an dir durchführen. Wunderschön. Aber nicht heute. Wir sorgen nur dafür, daß du clean wirst.«

Er erhöhte die Leistung seiner Zoomlinsen. »Ich verseh dich jetzt mit etwas, das ich ›Spurlos‹-Tattoo nenne. Zieh dich bitte ganz aus. Kein Grund, sich hier zu zieren, meine Liebe. Nicht in dieser Umgebung«, kicherte er. »Unser Geist liegt hier völlig bloß.«

Nelly legte ihre Stiefel und Socken ab, dann knöpfte sie die Jeans auf und streifte sie nach unten. Sie schlüpfte aus der Unterwäsche und stand nackt vor ihm.

Auf der anderen Seite des Raums verfolgten Fat Freddy und Hakim die Show. »Scheiße, was macht die da?« staunte Fat Freddy. Sven gab ihnen einen kurzen Abriß der Ereignisse.

»Ein ›Spurlos‹«, erwiderte Hakim. »Das ist unterschwellige Hautarbeit, Mann. Er bedeckt sie mit Nichts. Er wird sie unsichtbar machen.«

»Ich glaube, ich hab dich stabilisiert, Honey«, sagte Vincent zu Nelly. »Das hier dürfte dir Halt geben. Wenn sie zu dir kommen, wird es ihnen nicht möglich sein, dich zu berühren.«

Er betrachtete sie durch sein Headset. Ihr Körper war voll-

ständig mit der unsichtbaren Schrift des »Mu«-Sutra bedeckt – den mystischen Buchstaben, die den Namen der Leere bildeten.

»Besser kriege ich's auf Nano-Sanskrit nicht hin. Ich meine, ich bin zwar gut, aber so gut nun auch wieder nicht. Trotzdem, ich hab dich wohl ziemlich vollständig bedeckt.«

Von Kopf bis Fuß war Nelly jetzt eine blühende Statue mit unsichtbarer Bougainvillea in glühender Schrift.

Ihre emotionalen Blüten begannen rosa, hochrot, pink, rot und purpurn zu zittern.

»Das geht vorbei. Von dem anderen Zeug habe ich dich jedenfalls größtenteils befreit. Du kommst wieder in Ordnung, Mädchen. Die Männer werden bei deinem Anblick entflammen. Hast du einen Freund?«

Nelly zog ihre Stiefel wieder an und lächelte traurig. »Ein Freund? Was ist das? Klingt für mich inzwischen wie eine Fremdsprache.«

»Einen Liebsten.«

»Macht das einen Unterschied?«

»Nun ja, euer Umgang miteinander wird sich leicht ändern. Er wird die Veränderung in dir spüren. Die Macht. Oh, du wirst jetzt auf alle, denen du begegnest, eine starke Ausstrahlung haben. Es könnte deine Gefühle ihm gegenüber beeinträchtigen, wenn er nicht für dich bereit ist.«

»Trevor ist gerade woanders. Keine Ahnung, wo.«

»Trevor, heh?«

»Trevor Gobi. Ich liebe ihn, aber manchmal geht er mir furchtbar auf den Senkel.«

»Was soll's. Bleib locker, dann schwirrt er vielleicht wieder zum Licht. Danke fürs Vorbeischauen, Nelly. Ich habe nicht oft mit Leuten wie dir zu tun.«

»Was schulde ich dir?«

»Machst du Witze?« Vincent protestierte. »Teufel auch, ich bin noch keinem begegnet, der meine Arbeit auf diesen Mistviechern gesehen hat und lange genug lebte, um mir davon zu erzählen.

Wo hast du's gesehen, Nelly? In einem dieser ausgeflippten Vektoren, in denen sie sich wie die Ratten tummeln? Ich hab sie im Om'space ausgestreut. Aus irgendeinem Grund kamen sie auf den Gedanken, Symbole der alten menschlichen Technologie benutzen zu wollen, um miteinander zu kommunizieren. Gibt ihnen wohl das Gefühl, was Besseres zu sein. Also habe ich ein Programm geschrieben, das Icons an alte Telefonhörer verschickt. Meine Spezialität sind Apparate vor den siebziger Jahren des letzten Jahrhunderts!« Er grinste breit. »Man hebt den Hörer ab – und ›Rumms‹! Ich schick ihnen eine Nachricht, die sie nie mehr löschen können. Ich nenn das Konzept ›Seelenwärts ho‹!« Vincent lachte schallend.

»Ich habe es in einem Tempel gesehen«, sagte Nelly nachdenklich.

»Oh, so was haben die also auch, heh? Sicher verehren sie da ihre Göttin. Die Göttin der Tattoos.«

»Gute Nacht, Vincent.«

Ja, sie verehrten die Göttin. *Nelly wunderte sich darüber. Es gab so viele Wege zum Tempel. So viele Gestalten der Göttin. Welcher davon huldigte Trevor wohl gerade?*

Sie trat in die Nachtluft hinaus und sog sie tief in ihre Lungen. Sie fühlte sich verändert. Wachsam. Erfrischt, mit neuer Energie erfüllt. Bereit.

Sie hörte Schritte auf der Straße und drehte sich um. Es war jemand, der ihr aus dem Klub gefolgt war.

»Entschuldigen Sie ... Tut mir leid, ich wollte Sie nicht erschrecken«, sagte der Mann zu ihr. »Sie sind mir oben in der Börse aufgefallen.« Er reichte ihr die Hand. »Ich heiße Hakim. Ich glaube, Sie sind die Freundin eines gemeinsamen Bekannten. Trevor? Trevor Gobi? Ich möchte mit Ihnen sprechen, wenn Sie nichts dagegen haben. Ich glaube, mein Angebot könnte Sie interessieren.«

Katzendreck-Kekse

»Ich finde ja, er hat sich ausreichend erholt«, beschwerte sich Trevor bei Dorje. Hakim saß jetzt auf dem Boden und hielt seine Knie fest umschlungen.

»Immer mit der Ruhe, Trevor«, erwiderte Dorje. »Wie fühlen Sie sich?« fragte er Hakim.

Hakim erbrach gerade das *chi*, das Dongzhen und Yeshi ihm zugeführt hatten. Er fühlte sich aus dem Gleichgewicht gebracht, und sein *kundalini* war nur noch eine schlappe Nudel in seiner Wirbelsäule.

»Ich komme mir vor wie eine menschliche Lavalampe«, erwiderte Hakim. »Aber ich sollte mich wohl besser bei Ihnen bedanken.«

Dorje nickte. »Ja, das ist verständlich. Die internen Farben haben den Schwerpunkt verlagert. Ungeschoren aus den *Bardos* zurückzukehren grenzt ohnehin fast an ein Wunder. Sie hatten ungeheures Glück –«

»Dorje!« unterbrach ihn Trevor.

»Einen Moment, Trevor ... Also, Hakim«, fuhr Dorje fort, »es wäre nachlässig von mir, Ihnen hinsichtlich des Umgangs mit Ihrem Post-*Bardo* nicht einige Ratschläge zu geben. An Ihrer Stelle würde ich es die nächsten zehn Tage vermeiden, auf einem Wildpferd zu reiten, in einem Whirlpool zu baden, als Mutprobe über glühende Kohle zu laufen, auf Bäume zu klettern und davon runterzuspringen oder an den Rändern tiefer Gruben zu spielen, die mit Sommerregen gefüllt sind. Ansonsten können Sie getrost jeder normalen Aktivität nachgehen. Haben Sie mir folgen können?«

Hakim schüttelte den Kopf, um etwas Wasser aus seinem Ohr zu bekommen. »Ich – eh, glaube schon.«

Hakim erhob sich.

»Eines noch«, fügte Dorje hinzu und warf Hakim einen ernsten Blick zu. »Während der Abwesenheit Ihres *shen* von Ihrem Körper ereignete sich eine unerwartete Verwandlung ... Wissen Sie, wovon ich spreche?«

»Dorje«, flehte Trevor. »Das reicht!«

»Bitte, Trevor! Es ist wichtig. Auch für dich, auf lange Sicht«, wies Dorje den ungeduldigen jungen Mann zurecht.

»Hakim war mit Nelly zusammen. Sie haben einen Austausch vorgenommen. Stimmt das nicht?« Dorje sah Hakim eindringlich an.

»Was für ein Austausch?« wollte Trevor wissen, packte Hakim an der Schulter und starrte ihm in die Augen.

»Ich muß jetzt weiter.« Hakim schüttelte Trevors Hand ab. »Tut mir echt leid, was vorhin passiert ist«, sagte er. »In Alex' Wohnung.«

»Wo ist Nelly?«

»Weg. Sie haben sie gehenlassen.«

»*Was!*«

»Ich kann dir nicht sagen, wo sie hin ist. Sie hat sich einfach schleunigst verdrückt. Ich – ich hatte nicht soviel Glück. Mich haben sie in den Tank geworfen.«

Trevor schaute ihn hilflos an. »Ist das alles, was du mir sagen willst? Daß es dir leid tut?«

»Den Rest muß sie dir schon selbst sagen. Ich kann's nicht. Ich muß jetzt gehen ...«

Zu *Alex*, wollte er hinzufügen. Doch es gab nichts, was er diesem Typ noch sagen konnte, um ihn zu trösten oder die Sachlage zu klären. Das mußte er schon selbst herausfinden.

»Hoffentlich findest du sie, Mann. Wenn ja, sag ihr, daß es mir leid tut. Und sag ihr auch – sag ihr in meinem Namen danke.«

Hakim wandte sich an die Lamas. »Ich hoffe, ich kann euch den Gefallen eines Tages vergelten, Leute. Friede!«

Dann ging er davon.

»Viel mehr kannst du jetzt nicht tun, Trevor«, sagte Dorje. »Ruh dich ein wenig aus. Und vertrau darauf, daß alles einen guten Verlauf nimmt. Mein Gefühl sagt mir, daß es Nelly gutgeht. Sie ist diesen beiden Teufeln entkommen. Sie hat Schutz gefunden.«

»Hoffentlich hast du recht, Dorje«, sagte Trevor, als er aus dem Yellow Cab stieg. »Gute Nacht, Dongzhen, Yeshi –«

Die beiden Lamas legten die Handflächen aneinander und lächelten. »Treffor, sei – *glücklich*«, sagte Yeshi zu ihm. »Schlaf.«

»Ja, schlaf, Trevor.« Dorje widmete ihm ein doppeltes helles Hupen. »Es ist schon Morgen.«

Trevor warf einen Blick zum Himmel. Er war rosiggrau, und die Schatten in den Straßen hoben sich. Ein Müllwagen schepperte die Folsom hinunter. Trevor fühlte sich ausgelaugt und leer. Er machte sich noch immer Sorgen um Nelly. Doch Dorje meinte, daß er alles getan habe, was in seiner Macht stand, und der Rest jetzt an Nelly liege.

Das Taxi fuhr davon und ließ ihn am Eingang zu seinem Loft zurück. Die verschrammte graue Metalltür lockte ihn, eine traurige Zuflucht. Müde kramte er seine Schlüssel hervor und schloß die Vordertür auf. Er trat ein.

Eine lange Treppenflucht führte von der Straße zum ersten Stock des Loft, und sämtliche Stufen waren mit Werbesendungen der Post übersät.

Arabesque, einer seiner abessinischen Kater, kam die Treppe heruntergetrabt, um ihn zu begrüßen. »Wie ist es dir ergangen, Kumpel?« Trevor kraulte ihn hinterm Ohr. »Wo steckt Siddhartha, heh? Ihr müßt doch hungrig sein.«

Arabesque miaute, schnurrte und rieb seinen Kopf an Trevors Knie.

»Laß mich kurz verschnaufen, dann mach ich euch Frühstück. – Was ist das?« Trevor spitzte die Ohren, und ein Lächeln breitete sich auf seinem Gesicht aus. »Ich will verdammt sein.«

Er nahm zwei Stufen auf einmal bis zum oberen Absatz der Treppe. Im Kamin brannte ein Holzscheit – es war ein kühler Sommermorgen in San Francisco –, und Kaffeeduft wehte von der Küche heran.

Nelly saß am Keyboard und klimperte zum Refrain eines der albernen Liedchen, die sie in leicht schräger Stimmung gern komponierte.

Sie trug seinen grauen Frotteebademantel, der einige verbrannte Stellen aufwies, noch von damals, als Trevor ihn über den Gasbrenner eines Ofens gelegt und er Feuer gefangen hatte, eine Faser nach der anderen, bis die ersten Flammen aufloderten. Nelly hatte ihn mit einer Gießkanne gelöscht …

»Nelly!«

»Hi, Trevor, ich glaube, ich hab die Lyrics endlich hingekriegt. Hör es dir an – wie gefällt's dir?«

Erstaunt stand er da, den Schlüssel in der Hand, während Arabesque und Siddhartha um seine Beine strichen. Das volle Ensemble, wie in alten Zeiten.

Nelly bot es im besten Falsett dar, das kleine Lied über die neuen Kekse für Katzenfreunde, die in Form von Katzenkot gebacken wurden. Typisch Nelly.

Ich scheiß auf die Dinger,
auf die Katzendreck-Kekse,
ich bin kein echter Cop,
bloß ein elender Stümper.

Ich bin gar nicht so übel,
bloß seh ich nicht gut aus,
und ich scheiß auf die Dinger,
auf die Katzendreck-Kekse …

»Ta-daa!« Nellys traurige braune Augen waren von einem Licht erfüllt, das nicht so traurig zu sein schien wie gewöhnlich. Ihre

langen, spitz zulaufenden Finger verharrten über dem Keyboard. »Also, was meinst du? *Ist* das ein Hit oder was?«

»Nelly ... das ist ... das ist phantastisch!« sagte Trevor und unterdrückte ein Stöhnen, als er sie in die Arme zog. Er spürte die Wärme ihres Körpers und roch die Öle auf ihrer Haut, ihre Marke, ägyptischer Moschus, mit schwarzem Mohn versetzt. Gefühle stiegen in ihm auf, die so vertraut waren, daß sie ihm im Augenblick regelrecht fremd vorkamen.

»Wie geht's dir, Tiger?« flüsterte Nelly ihm ins Ohr, während sie seinen Kopf streichelte, der zwischen ihren Brüsten ruhte.

»Nelly ... Nelly ...« Das war alles, was er sagen konnte. Wieder und wieder nannte er ihren Namen.

»Ich habe mir solche Sorgen gemacht«, sagte Trevor schließlich, die blauen Augen von Staunen erfüllt. »Ich habe dich überall gesucht. Mit Dorje. Wo bist du nur gewesen?«

Nellys Blick schien einen Moment lang in weite Ferne zu schweifen, dann kehrte er zurück. »An seltsamen Orten, Trevor. Ich bin *noch* unterwegs –«

»Du hast mir eine Heidenangst eingejagt. Ich war in deiner Wohnung. Du warst nicht da. Statt dessen bin ich *ihm* begegnet.« Seine Stimme wurde hart, und der Unterkiefer schob sich vor.

»*Ihm?* Oh, Sindbad«, nickte Nelly. »Was hat er dir erzählt?«

»Von euch beiden.« Trevors Miene verfinsterte sich. »Wie dicht ihr miteinander wärt – ich hatte nicht gewußt, daß es schon so weit gekommen war, Nelly.«

»Ich habe mich von ihm getrennt, Trevor.«

»Wieso hast du mich verlassen?«

»Vielleicht mußte ich mich von dir ebenfalls trennen.«

Er blickte sie verdutzt an. »Außerdem –«, fuhr sie fort, »warst du in letzter Zeit nicht gerade du selbst.«

»Wie meinst du das?«

»Hast du mir denn nichts zu sagen, Trevor? Sei ehrlich.«

Ihm war nicht nach Lügen zumute, doch er wollte sich auch nicht zu etwas bekennen, das er nicht wirklich meinte, soviel stand fest. Er fürchtete sich davor, daß sie wieder miteinander stritten.

»Über Hakim Beijing?« mutmaßte Trevor.

«Oh, über Hakim weiß ich Bescheid, Trevor. Ich bin ihm sogar begegnet. Nein, ich habe mich gefragt, ob du mir nichts über Alex Fortuna zu sagen hast?«

Er wußte nicht, was er sagen oder auch nur, wo er beginnen sollte. Nelly mußte ihm auf die Sprünge helfen. »Liebst du sie?« Dann fügte sie hinzu: »Es ist schon in Ordnung, wenn du sie liebst. Ich will es nur wissen.«

»Sie ist mit Hakim verheiratet, weißt du?« sagte Trevor nach einer Weile.

»Mir egal, ob sie das ist. Ich wollte nur wissen, ob du sie liebst. Aber wenn dir nicht danach ist, brauchst du meine Frage nicht zu beantworten. Ich kann auch so damit leben.«

Trevors innerster Kern fühlte sich plötzlich wie ein Klumpen Knetmasse an. Alle Ausscheidungen seines Ego, seines Id, seines Über-Ich, des kollektiven Unbewußten, des selektiven Bewußtseins, was auch immer, lagen als ekliger Haufen im Mülleimer seiner Psyche bloß.

»Tut mir leid, Nelly.« Mehr brachte er beim besten Willen nicht über die Lippen.

»Mach dir deswegen keine Sorgen, mein Held.« Nelly lächelte ihm leicht zu. «Es ist kein tödlicher Fehler.«

»Was *dann*?« fragte er. »Ich meine, was *ist* ein tödlicher Fehler?«

»Ich weiß es nicht«, erwiderte Nelly.

»Ich weiß nur, daß ich *dich* liebe.« Er schüttelte trotzig den Kopf. »Ist dir das klar?«

»Ich liebe dich auch«, sagte Nelly resigniert. Er schob das Gesicht vor, um sie zu küssen, und traf statt dessen ihre Wange.

Dann fiel ihr ein, daß sie ihm etwas zu sagen hatte. »Trevor, als du fort warst, hat dein Vater sich gemeldet. Er ist wieder aufgetaucht.« Als sie seine verblüffte Miene sah, fügte sie hinzu: »Er ist mit Tara in Hongkong. Er hat eine Nummer hinterlassen, unter der du ihn erreichen kannst. Sie führt zu einem nicht registrierten Vektor im Omnispace. Sie erwarten uns dort.«

Pause

•••••••••••••

»Als die Alten die Sprache erfanden,
heulten die Geister auf.«

Chinesisches Sprichwort

Frank & Tara

Frank Gobis alter Freund Joachim Berghoff, der in Deutschland geborene Manager des Hotels Panda, hatte die geniale Idee, Gobi und Tara während ihres Aufenthalts in Hongkong aus reiner Höflichkeit die Nutzung der luxuriösen Vorsitzender-Mao-Suite seines Hotels anzubieten.

»Du tätest mir damit einen großen Gefallen, Frank«, versicherte Joachim Gobi, als er das Paar in Bombay aufgespürt hatte. Frank und Tara erholten sich gerade im Hotel Taj Mahal von einem Besuch in der heiligen Stadt Benares an den Ufern des Ganges.

»Ich bin mit meiner Weisheit am Ende, und das Direktorium droht das Hotel plattzumachen, wenn wir das Problem nicht schnellstmöglich in den Griff bekommen.«

»Jetzt mal langsam, Joachim, was ist denn eigentlich los?« Frank Gobi lümmelte sich im alten Kolonialflügel des Taj in einem Korbstuhl am Rande des Pools.

Über ihnen in den Zweigen eines alten Banyanbaums veranstalteten Papageien und Hirtenstare ein Mordsgetöse. Ein lächelnder Kellner mit rotem Turban, weißer *Nehru*-Jacke und roter Schärpe kam über den gepflegten grünen Rasen auf ihn zu. Er trug ein Tablett mit einem hohen, gefrosteten Glas »Pimm's Cup Nr. 5«, das Gobi bestellt hatte.

Frank hatte sich im Gesundheitsklub gerade eine Massage genehmigt und entspannte sich jetzt. Tara suchte auf dem Basar in den Straßen hinter dem Hotel nach Schnäppchen in Form von *sarees* aus Seide und parfümierten Ölen.

Es tat gut, endlich einmal der Ruhe zu frönen und für eine Weile die Last von den chakras *zu nehmen …*

»*Frank*, hörst du mir überhaupt *zu*? Bist du da?« blaffte Joachim aus dem Rolex-Austerfon an Gobis Handgelenk. »Ich kann dich nicht richtig sehen«, klagte er. »Was ist los, hat Bombay wieder Empfangsprobleme?«

»Das ist bloß der Niederschlag, Joachim«, antwortete Gobi, als er schlagartig in die Gegenwart zurückkehrte. »Die Feuchtigkeit liegt bei über neunzig Prozent, wir haben vierzig Grad im Schatten, viel zu heiß zum Denken ...«

Er wischte seinen platineingefaßten Handgelenkmonitor mit dem Taschentuch ab. »Siehst du mich jetzt besser?«

»*Ja, ja,* so ist es besser, danke. Komm nach Hongkong, und wir zeigen dir, was echte chinesische Feuchtigkeit ist. Wir stellen sie en gros für den Billigexport her. Doch keine Sorge, wir haben auch jede Menge Klimaanlagen, und die Suite ist komplett verkabelt. Ich hab China Neuro das System installieren lassen, von Wand zu Wand ... irre! Du wirst voll drauf abfahren. Also, wann kommst du? Ich lasse dich vom Flugplatz abholen. Landest du auf Chep Lak Kok in Lantau oder auf Kai Tak?«

»Auf Chep Lak Kok. Entschuldige, erklär's mir noch mal, Joachim, ich war nicht ganz bei der Sache. Was war noch gleich das Problem?«

»Ja, gern. Das Problem ist, daß wir das Problem nicht kennen. Ich hatte gehofft, du könntest uns vielleicht dabei helfen, dem Rätsel auf den Grund zu gehen. Das Panda ist das größte Hotel in Hongkong, dreitausend Zimmer, weißt du? Der KI-Architekt Jason Wu hat es auf dem Gelände einer früheren Kleiderfabrik für Neuroware errichtet ... einem dieser supererfolgreichen Software-Sweatshops, für die Hongkong so berühmt ist und die intelligente Sweater, sensitive Abendgarderobe und ravefähige Schlipsfarben herstellen, diese Art von Klamotten.«

Joachim dachte grimmig nach. »Eine der kostensenkenden Maßnahmen des ursprünglichen Architekten – sie sparte den Besitzern Millionen von Hongkong-Dollar – bestand darin, das Panda in die schon existierende Netfrastruktur einzugliedern.

Klar, es sollte komplett programmgesteuert sein, mit Computerüberwachung und allem Pipapo. Absolut schadenssicher. Aber alles hat seine Macken, stimmt's? Unsere normale Belegungsrate liegt bei achtzig Prozent«, fuhr Joachim in bescheidenem Tonfall fort. »Unsere *dim-sum*-Büfetts im Restaurant Yung Yat Ting sind die größten in China ... der Polizeidirektor von Hongkong hat hier regelmäßig zu Abend gegessen. *Früher einmal.* Jetzt nicht mehr.«

»Joachim«, sagte Gobi und nippte an seinem Pimm's Cup. Er flutschte runter wie eiskalter *samadhi*. Der Geschmack von Erleuchtung war nichts dagegen. »Komm zur Sache, wenn's recht ist.«

»Ja, sicher. Also unsere Belegungsrate liegt jetzt bei ungefähr zwei Prozent. Im Ernst. Unsere *feng-shui*-Bewertung war anfangs fünf Sterne, aber jetzt ist sie den Bach runtergegangen. In meiner ganzen Zeit in China habe ich so etwas noch nicht erlebt. Ich habe die besten Geomantiker und taoistischen Exorzisten herbeizitiert, sogar schottische Dudelsackpfeifer habe ich durch die Lobby marschieren lassen, um die bösen Einflüsse los zu werden ... Nichts hat geklappt. *Nichts.* Ich bin am Ende meiner Weisheit angelangt, mein Freund.«

Gobi dachte angestrengt nach, dann fragte er seinen Freund: »Hast du Grund zu der Annahme, daß das Panda von Gespenstern heimgesucht wird?«

»Von Gespenstern? Wenn es nur das wäre!« Joachim lachte bitter auf. »Wenn es Gespenster wären, würde ich sie einfach alle erschießen lassen. Nein, hier geht's um etwas anderes. Es ist wohl eher eine Art Leck in einem alten kommunistischen Vektor des Cyberspace, scheint mir.«

»Wie macht es sich bemerkbar?«

«Durch Handtücher.«

»Handtücher? Geht's auch etwas deutlicher?«

»Klar, es fing vor etwa zwei Monaten an. Es kommt durch die Handtücher.«

»*Was* kommt durch die Handtücher?«

»Nach dem Duschen oder Waschen benutzen unsere Hotelgäste doch die Handtücher – und dann sickern diese furchtbaren Bilder durch die Tücher und werden auf ihre Körper übertragen. Sie lassen sich nicht mehr entfernen. Sie flitzen umher und – es ist äußerst beunruhigend. Und ...« Joachim brach ab.

»Und *was?*«

»Also, ich persönlich, weißt du, ich hab das Waschen ja aufgegeben, bis die Sache geklärt ist. Aber ... das Seltsame ist, daß manche Gäste ganz begeistert davon sind, die Bilder auf ihren Körpern zu haben. Sie haben den Eindruck, als wären sie ›von neuer Energie erfüllt‹. Andere rasten total aus, ehrlich gesagt. Mein Assistenz-Manager hat unbezahlten Urlaub genommen. Die Putzkolonne erscheint nicht mehr zur Arbeit ...«

»Und was sind das für Bilder, Joachim?« fragte Gobi ruhig.

»Ach, alles mögliche.« Joachim zuckte mit den Achseln. »Szenen aus alten chinesischen Gemälden und Schriftrollen, Muster auf Ming-Porzellan, Schnüffelflaschen. Die sind gar nicht so schlecht. Dann gibt's da noch Szenen mit graphischer Gewalt, alte *k'ung-fu*-Filme mit Jackie Chan. Die sind auch nicht so schlecht. Es sind die Antiregierungsslogans, die das Rote Haus beunruhigen. Prokommunistische Hardline-Poster auf den Körpern der Leute. ›Nieder mit dem selbstmörderischen chinesischen Kapitalismus‹, ›Macht dem Tigerbalsam ein Ende‹, ›Holt Deng Xiaoping zurück‹ und so weiter ... Bilder des Alten Vorsitzenden, der Mumie von Mao, wie er in seinem Kristallsarkophag auf dem Tiananmen-Platz ruht. Aber seine *Lippen* bewegen sich, und er sagt furchtbar obszöne Dinge ... über seine Frau Jiang Jing und die Viererbande und sogar über den derzeitigen Bürgermeister von Hongkong. Man hat uns schon der Ruhestörung bezichtigt.«

»*Ton* gibt es also auch?«

»Ton? *Ja*. Dolby. Schmolby. Chinesische Oper. Keine Ahnung was. Ich denke, man wird mich bald deportieren.«

»Keine Sorge, Joachim, wir überlegen uns was.«
»Du kommst also?« fragte Joachim aufgeregt.
»Das muß ich erst mit Tara besprechen.«
»Bis bald, mein Freund!«
»*Auf Wiedersehen*, Joachim –«
»Und keine Sorge, mein Freund. Wir haben spezielle, hygienisch einwandfreie Handtücher für euch parat. Garantiert bilderfrei. Aus Singapur eingeflogen, obwohl ich hörte, daß es auch dort zu einem Ausbruch gekommen sein soll, sie nennen es ›Lee Kuan Yewitis‹ ... Sie schmieren etwas mehr, sind dafür aber leichter zu behandeln ...«

»Glaubst du nicht auch, daß das alles irgendwie zusammenhängt, Frank?« fragte Tara, nachdem sie vom Einkaufsbummel zum Basar zurückgekehrt war. Er hatte ihr von Joachims Anruf erzählt.

Tara entleerte den Inhalt ihrer Tasche auf dem Bett in ihrem Hotelzimmer. Silbertand und Seidenwaren purzelten heraus. Mit ihrem honiggoldenen Haar, den grünen Augen und der sehnigen Gestalt einer Tänzerin sah sie aus wie ihre göttliche Namensvetterin, die Grüne Tara. Sie hatte noch immer diese hinreißende Anomalie rasch wechselnder Pigmentierung, die Gobi so sehr bezauberte.

Im einen Augenblick wirkte sie nordisch, dann waren ihre Züge auf einmal dunkler, und sie wurde zur Dunklen Tara. Es hatte etwas von karmischen Stimmungsschwankungen an sich, fand er.

»Ehrlich gesagt, habe ich mich das auch schon gefragt«, erwiderte Gobi und betrachtete ihr Gesicht. »Hast du mir etwas mitgebracht?«

»Ja«, sagte Tara lächelnd und holte einen reich verkabelten Turban aus der Einkaufstasche hervor. »Probier ihn mal auf.«

»Vielen Dank, Liebling.« Er setzte den Turban auf und grinste, als er das Prickeln verspürte. »Unglaublich. Was ist das?«

»Das ganze *Bhagawadgita* ist in ihn einprogrammiert. Trag ihn nur für dreißig Minuten vor dem Schlafengehen – und es tauchen deutlich lesbare Verse aus dem *Gita* in deinen Träumen auf, komplett mit interaktiven Göttern und Göttinnen. Er stammt aus der Reihe Sanskrit Classics von HinduSONY.«

»Ich kann's kaum noch erwarten.«

»Hör mal, was da im Panda passiert – und ich verstehe durchaus, warum Joachim so panisch ist –, ist Teil eines globalen Musters, nicht wahr?«

»Ja, ich glaube schon«, erwiderte Gobi mürrisch und nahm den Boombox-Turban vom Kopf. »Irgendwo im Omnispace gibt es eindeutig ein Leck. Eine Sickerstelle.«

»Sabotage?«

Gobi runzelte die Stirn. »Könnte sein. Es gibt eine Menge extremistische Randgruppen, die nur auf eine Chance warten - und sei sie noch so gering –, ihre Aktionen zu verschleiern. Wie viele terroristische Gruppen gibt es auf der Welt? Wie ich hörte, haben sogar die Serienmörder kürzlich eine Gewerkschaft gegründet.«

»Das ändert sich gerade alles, Frank. Deshalb ist unsere Arbeit ja so wichtig ...«

»*Wir* wissen das. Aber wie heißt es doch so schön? ›Der Cyberspace wurde nicht an einem Tag erschaffen.‹« Er legte die Arme um sie und zog sie, wie es seine Art war, zärtlich an sich. »Und der *Post*-Cyberspace? Vergiß es, für die meisten Menschen ist das eine völlig abgedrehte Vorstellung. Die Welt ist einfach noch nicht soweit. Egal wohin wir kommen, werden wir als Ketzer verschrien, und am liebsten würde man uns auf dem Scheiterhaufen der Cyberaufklärung verbrennen. Stell dir vor, was geschähe, wenn wir heute eine Pressekonferenz abhielten und den nächsten Schritt ankündigten – den *Organischen Omnispace*!«

»Im Augenblick ist das noch eine befremdliche Vorstellung, aber wart's ab –«, sagte Tara und hauchte Gobi einen Kuß auf die Wange. »Außerdem stehen wir in der Sache nicht allein. Sieh doch nur, wieviel Unterstützung wir auf diesem Trip erfahren haben, das ganze positive Netzwerk ...«

Gobi schüttelte den Kopf. »Das dauert noch Jahre. Es zu übereilen würde nur zu einer Panik führen. Da bestehen viel zu viele Risiken. Wann immer es in der Technologie, im Nachrichten- oder Verkehrswesen zu gewaltigen Umbrüchen kam, ereigneten sich auch schreckliche Unfälle. Die Veteranen der Atomenergie erlitten Strahlenkrankheiten. Die frühen Luftfahrtpioniere setzten in ihren zerbrechlichen fliegenden Kisten ihr Leben aufs Spiel. Sieh dir nur einmal an, was mit Satori City geschah, ganze virtuelle Welten kollabierten und Benutzer wurden online gefangen ...«

»Und jetzt bitten wir die Menschen einfach, wieder sie selbst zu werden.« Tara lächelte. »Ist das denn so schlimm?«

»Wir sind zu dieser ›Unglaublich Großen Sache‹ geworden, Tara – lauter summende Schichten eines einzigen Globalen Gehirns.« Gobi warf ihr einen leicht tadelnden Blick zu. »Und jetzt bitten wir sie, das alles wieder aufzugeben – alles abzuschalten, vom Omnispace bis zum letzten Satelliten, ja sogar bis zum letzten Toaster in irgendeiner Küche. Was meinst du wohl, wie die Industrie *darauf* reagiert? Ist dir klar, wie *groß* die Friedensindustrie geworden ist? Viel größer, als die Verteidigungsindustrie es damals im Bösen Reich war.«

»Du hast recht«, seufzte Tara. »Sie werden es uns niemals abkaufen, denn täten sie das, gäbe es *nichts* mehr, was sie sich noch kaufen könnten ...«

»Ihre letzte Illusion.«

»Wenn sie es wenigstens versuchen würden ...«, schmollte sie. »Sie könnten doch mit einem dieser ›cyberfreien‹ Tage anfangen ... sie fänden sicher Geschmack an der neuen Energie, die sich in ihnen aufbaut. Wenn sie es nur wagen würden, diese Energie anzuzapfen ...«

»Angesichts der geistigen Verfassung, in der sich die Welt im Augenblick befindet, würde das ohnehin niemand verstehen. Sie würden sich wie wild darauf stürzen, die Leere zu kommerzialisieren. Bald gäbe es Reklametafeln in Shambhala, Einkaufszentren in Atlantis, Altersheime in Mu ... und überall diese verdammten, massenproduzierten Maya-Kalenderuhren – der große Zeiger auf Ewigkeit, der kleine auf ›Ende der Zeit‹. Das kann einen schon in den Wahnsinn treiben. Kein Wunder, daß so viele strenge Vegetarier Kettenraucher sind ...«

»Also gut, es läßt sich nur schwer verkaufen«, stimmte Tara zu. »Aber du vergißt eines, mein geliebter Schatz von Konsortium-Gatte.«

»Und das wäre?«

»Es geschieht so oder so. Es geschieht *jetzt* schon. Wir merken es nur noch nicht. Ironischerweise.« Tara lachte. »Es ist irgendwie so, als knipse man das Licht in einem Zimmer an. Nur daß wir das Zimmer, der Lichtschalter *und* die Hand gleichzeitig sind, die alles in Helligkeit tauchen ...«

»Und vergiß nicht, wir sind auch der Zimmerservice.«

Gobi lächelte ihr zu, die Hand am Apparat. »Champagner?«

Es regnete, als der Airbus der Air India aus Bombay auf dem Flughafen Chep Lak Kok in Hongkong landete. Die Widerspiegelung des Neonlichts der Wolkenkratzer von Lantau auf dem Südchinesischen Meer erschien wie ein Ölfilm aus hellen Acrylsweatern der Kleiderfabrik Smart Turtleneck, die den Stadtbezirk am Hafen beherrschte.

Gobi und Tara brauchten nur wenige Minuten, um den Bereich für Zoll und Einwanderung zu passieren. Ihre Paß-Avatare waren ihnen durch die chinesische Regierungsbürokratie vorangeeilt, und die Pendeltüren, die zum Abholbereich führten, öffneten sich automatisch vor ihnen.

Ein uniformierter Chauffeur vom Hotel Panda erwartete sie mit einer Nachricht auf einer altmodischen Kreidetafel: »*Dr. & Mrs. F. Gobi. Willkommen in Hongkong.*«

»Hier entlang, Sir, guten Abend, Madam, mein Name ist Martin. Ich fahre Sie heute abend zum Hotel. Ist das heute Ihr erster Besuch in China?«

»Oh, um Himmels willen, nein«, erwiderte Tara und sog tief das vertraute Aroma von Hongkong ein, das sie an die Jauche bei der Seideherstellung erinnerte. »Wir waren schon zu Zeiten der letzten Dynastie hier, nicht wahr, Frank?«

»O ja, als der erste Vorsitzende Südchinas in sein Amt eingeführt wurde, vor zehn Jahren –«

»Die Zeiten haben sich geändert«, sagte Martin lächelnd, als er ihr Gepäck in den Kofferraum des dunkelgrünen Red Flag Rolls wuchtete. »Mr. Berghoff schickt Ihnen seine Grüße und läßt sich entschuldigen, daß er Sie nicht persönlich abholen konnte. Er erwartet Sie im Hotel.«

»Prima, vielen Dank, Martin«, antwortete Gobi, als er und Tara in den Salonbereich des sieben Meter langen Red Flag einstiegen.

»Das ist wirklich nett von Joachim –«, meinte Gobi zu Tara. »Er muß ziemlichen Ärger haben, wenn er dermaßen den roten Teppich ausrollt.«

»Er ist einfach nur lieb«, antwortete Tara. »Trotzdem frage ich mich, was im Panda los ist. Nach dem neuesten *feng-shui*-Index steht in Hongkong eindeutig eine große Bewußtseinsveränderung bevor.«

»Wie in Neo-Tokio, als es '26 zu dem Megabeben kam«, meinte Gobi.

»Ja, aber wenigstens kann man hier besser bummeln gehen. Hast du mitgekriegt, daß man neulich den Kieferknochen des ersten Hominiden fand, der jemals in Kowloon eine American-Express-Karte benutzte?«

»Tatsächlich?« fragte Gobi mit ernster Miene, dann breitete sich ein Grinsen auf seinem Gesicht aus. »Wenn du es sagst, meine Liebe.«

Es war eine kurze, ereignislose Fahrt über die Hängebrücke, die die Insel Lantau mit dem Festland verband. Als der Rolls in den Tsuen-Wan-Bezirk einfuhr, sahen Frank und Tara den dreißig Stockwerke hohen Panda, der kinetisch auf die Seitenmauer des Hotels Panda gemalt worden war.

Er saß mit seinen traurigen, schwarzumrandeten Augen auf den Hinterbacken und kaute an großen grünen Bambusblättern; der strömende Regen und die Prozession der Autos, die die Rampe zum Hoteleingang im sechsten Stock hinaufkrochen, schienen ihn kalt zu lassen. »Er sieht richtig echt aus, stimmt's?« meinte Tara zu Frank.

»So echt wie alles hier«, erwiderte er.

Die Lobby war fast leer. Ein junger Chinese in schwarzem Frack begrüßte sie an der Rezeption. »Ich bin Viktor Wong, der Night Manager«, sagte er. »Willkommen im Panda. Ich hoffe, Sie hatten eine angenehme Reise.«

»Danke, wir fühlen uns prächtig. Sind nur ein bißchen müde«, erwiderte Tara.

»Ich bringe Sie gleich hoch zur Suite, nicht nötig, daß Sie sich eintragen«, sagte er. »Hier entlang, bitte. Ihr Gepäck wird hinaufgeschickt.«

Sie betraten den Lift, und Viktor Wong strahlte sie an. »Sie wohnen im zweiundzwanzigsten Stock in der Suite Vorsitzender Mao. Herr Berghoff wird sich zu Ihnen gesellen, sobald Sie sich eingerichtet haben.«

»Und wie läuft das Hotel Panda so?« fragte Tara, um das Gespräch in Gang zu halten.

»Oh«, Viktor Wong kicherte nervös. »Wir haben alle Hände voll zu tun.«

Die Lifttür öffnete sich zu einem Raum von der Größe einer kleinen Empfangshalle mit weißem Marmorboden und chinesischen Rosenholzmöbeln im Ming-Stil. Das gedämpfte Licht warf einen rosigen Schimmer auf die Terrakotta-Figuren der chinesischen Krieger, die den Gang säumten. Ein riesiger Webteppich aus Tianjin bedeckte die Mitte des Raums. Er war von heller Pfirsichfarbe und zeigte das Abbild eines gewundenen Drachen.

»Wie Herr Berghoff Ihnen gegenüber vielleicht schon erwähnte, hat China Neuro die Suite auf den neuesten Stand gebracht – alle mit Teppich versehenen Bereiche wie dieser hier sind so verkabelt, daß eine totale Körperabsorption ins Netz möglich ist. Schnittstellen sind nicht erforderlich. Wenn Sie mir bitte folgen möchten?« Er bedeutete ihnen, den Teppich zu betreten, und sie standen einen Moment darauf herum, als wäre er eine von chinesischen Antiquitäten umgebene Insel.

Viktor Wong klatschte in die Hände, der Drachen auf dem Teppich streckte sich, und der übrige Raum begann vor ihren Augen zu verschwimmen. »Wir befinden uns jetzt im Aktivmodus«, erklärte Wong. »Er ist auf die Tigerbalsam-Gärten und eine kurze Führung durch Hongkong eingestellt, und natürlich auch durch unsere Hotelanlage –«, sie sahen einen gewaltigen Ballraum, »– und unser *dim-sum*-Restaurant Yung Yat Ting, das berühmteste in Hongkong«, hörten sie Wongs Erklärungen. Es folgten die Absurditäten mythischer Götter und Kaiser Chinas im Tigerbalsam-Vergnügungspark, ein Bummel die Nathan Road mit ihren funkelnden Läden und Straßenbuden entlang, eine Überfahrt mit Turboantrieb zum Spielerparadies von Macao und eine Seilbahnfahrt zum Berg Vorsitzender Mao, von dem aus man einen atemberaubenden Ausblick auf den Tiananmen-Hafen mit den hereinkommenden und auslaufenden Frachtschiffen hatte.

»Ich glaube, das reicht jetzt«, bat Tara. »Wir haben ja kaum das Hotel betreten, Mr. Wong, und ich bin noch gar nicht auf eine Besichtigungstour eingestellt.«

»Natürlich, Sie müssen erschöpft sein.« Er klatschte abermals in die Hände, und der Raum nahm wieder sein früheres Aussehen an.

»Äußerst eindrucksvoll«, meinte Gobi, während Tara und er hastig vom Teppich heruntertraten.

»Das Neueste an Teppichweb-Technologie, aus Cyber-Polymerknoten und -fasern konstruiert«, erklärte Viktor Wong sichtlich begeistert. »Wenn die Suite nicht belegt ist, komme ich selbst gern ab und an mit meiner Familie zu einem Ausflug hierher.«

»Da bin ich mir sicher«, seufzte Tara und ließ sich in einen der Plüschsessel sinken. Sie sah Gobi an und verdrehte die Augen.

»Atemberaubend«, pflichtet er bei, dann wandte er sich den Fenstern zu, die schepperten, als Windböen dicke Regentropfen gegen das Glas trieben.

»Ein Taifun zieht auf.« Viktor Wong nickte. Er sah sie mit einem Blick an, aus dem nun, da der Spaß vorbei war, auf einmal Schwermut sprach. »Ich zeige Ihnen noch den Rest der Suite –«

Nachdem Viktor Wong gegangen war, wandte sich Tara an Frank. »Der reinste Palast, nicht wahr?«

»Ja«, erwiderte Frank. »Ein Jammer, daß es hier spukt. Spürst du es auch, Tara?«

Sie schloß die Augen. »Ich spüre noch den Teppich – und, oje, in jedem Zimmer liegt so ein Teppich, ich bin ein wenig benommen, aber um deine Frage zu beantworten, Frank, ja, ich spür's auch.« Sie öffnete die Augen wieder. »Es ist nicht menschlich, stimmt's?«

»Nein«, sagte er. »Nichts davon. Es ist die Veränderung. Sie wollen weiterziehen.«

»Ins Panda, Frank?«

Er dachte einen Moment lang nach. »Es scheint sich hier um eine der Pforten zu handeln. Vielleicht gibt es noch andere Strudel. Aber sie wollen Hongkong.«

Sie hatten gerade eine Flasche Dom Perignon entkorkt, die mit einem Willkommensgruß von Joachim Berghoff in einem Eiskübel gesteckt hatte, als es an der Tür klingelte.

Gobi öffnete, und sein Gesicht hellte sich auf. »Genau zur rechten Zeit, Joachim, wir wollten uns eben über den Schampus hermachen –« Er schloß seinen Freund, einen braunhaarigen Deutschen mit Brille, der einen grauen Seidenanzug trug, in die Arme.

Berghoffs braune Augen funkelten. »Schön, dich zu sehen, Frank – und dich, Tara! Habt ihr es euch schon gemütlich gemacht? Wenn ihr erlaubt, ich habe euch jemanden mitgebracht.«

Er wandte sich an seinen Begleiter und stellte sie einander vor. »Charlie Foster – Frank und Tara Gobi.«

»Wie geht's?« Der Engländer mittleren Alters trug einen zerknitterten London-Fog-Regenmantel. Sein Gesicht war rosig, und von seinem kahlen Schädel baumelte eine struppige weiße Haarlocke.

»Mistwetter, finden Sie nicht auch?« sagte er und streckte die Hand aus. »Mir scheint, heute nacht sitzen wir hier fest. Es gab eine Taifunwarnung Stärke sieben. Freut mit sehr, Sie beide kennenzulernen. Joachim hat mir schon viel von Ihnen erzählt.«

Gobi schenkte allen Champagner ein. »Soll mir recht sein«, sagte Foster, schälte sich den Regenmantel vom Leib und ließ seine plumpe Gestalt aufs Sofa fallen.

Joachim setzte sich kerzengerade in einen der Ming-Sessel, ein Bein über das andere geschlagen, die schmucke Verkörperung des erfolgreichen Hoteliers. Er starrte Frank und Tara einen Moment lang an.

»Ich hoffe, daß alles zu eurer Zufriedenheit ist?«

»Erste Sahne – soviel hätten wir gar nicht erwartet. Diese Teppiche sind nicht aus dieser Welt. Viktor Wong hat uns eine fürstliche Führung zuteil werden lassen.«

»Schön, schön. Ich kann euch gar nicht sagen, wie erleichtert ich darüber bin, daß ihr da seid. Vielleicht gelingt es uns jetzt – wenn das überhaupt möglich ist –, hier wieder Frieden und Ordnung einkehren zu lassen, was?«

Er fuhr fort: »Ich habe Charlie gebeten, uns beim Brainstorming Gesellschaft zu leisten, weil der Grips vieler Leute mehr bringt als der weniger.«

Charlie nippte am Champagner und fügte hinzu: »Ich bin deswegen hier – und bitte berichtige mich, wenn ich mich irre, Frank –, weil ich Psychotherapeut bin. Mein Spezialgebiet sind Persönlichkeitsstörungen intelligenter Gebäude.« Der untersetzte Brite zückte eine Visitenkarte und reichte sie Tara.

Sie las sie und runzelte die Stirn, dann gab Tara sie an Frank weiter, der eine Braue hob.

»Ach, das –« Fosters Gesicht lief rot an. »Ich habe gehofft, es würde Ihnen nicht auffallen. Ich hab sie auf die Schnelle in Mongkok anfertigen lassen. Bin erst kürzlich aus London hier eingetroffen, um eine Praxis zu eröffnen. Das ist ein Satzfehler, wissen Sie – Verständigungsschwierigkeiten, ein chinesischer Setzer. Es sollte ›Charlie Foster, Psychotherapeut‹ heißen und nicht ›Charlie Foster, Psychoteer abhold‹. Der kleine Wirrkopf hat mich schon einige stressige Momente mit meinen Klienten gekostet …«

»Kann ich mir vorstellen. Aber das ist kein Problem, Herr Foster –« Gobi lächelte Joachim zu, der daraufhin kicherte. »Eine tolle Geschichte. Sprechen Sie doch weiter.«

»Danke. Bitte nennen Sie mich Charlie. Wie gesagt, Joachim suchte mich auf – und hier bin ich.«

Joachim beugte sich in seinem Sessel vor und sagte: »Es geht um einen neuen Bereich geistiger Erkrankungen. So viele Gebäude, so viele Komplexe. Depressionen, Eßstörungen, Abhängigkeiten, Laster, die du dir nicht vorstellen kannst, habe ich nicht recht, Charlie?«

Charlie Foster lächelte nachsichtig. »O ja, in der Tat. Je intelligenter die Gebäude werden, desto anfälliger werden sie für die üblichen Leiden der restlichen Gesellschaft. Sexbesessene Fahrstühle, Ejakulationsprobleme im Abwassersystem«, ihm fiel Taras verdutzte Miene auf, »und in diesem besonderen Fall, im Panda, glaube ich Symptome eines Verdrängungsmechanismus zu entdecken.«

»Viele der Bilder, die wir empfangen«, unterbrach ihn Joachim, »sind ein Teil der Datenbank, die zu der Kleiderfabrik gehörte, auf der das Hotel errichtet wurde.«

»Die, die vor Jahren abgerissen wurde?« hakte Tara nach.

»Ja, aber offenbar wurden die neuronalen Verbindungen nicht vollständig gekappt.«

»Und wie wollen Sie das Problem angehen, Charlie?« fragte Gobi.

»Nun ja –« Charlie Foster rutschte unbehaglich auf seinem Platz herum. »Das ist natürlich recht heikel. Es gibt soviel zu berücksichtigen, nicht zuletzt die bewußten Abwehrmechanismen des Hotels dagegen, von mir behandelt zu werden. Idealerweise würde ich es vorziehen, traditionelle psychoanalytische Methoden einzusetzen, ich selbst bin ja Lacanianer, obwohl ich auch nichts gegen ein wenig Jungsche Traumarbeit einzuwenden haben, wenn wir im Parterre anfangen wollen ...«

»Dann sprechen Sie also von jahrelanger Therapie?« fragte Gobi ihn unverblümt.

»Es sind eine Menge Stockwerke – und jedes weist einen bestimmten Zustand auf –, es ist ein *Wolkenkratzer*, wissen Sie«, sagte Foster gelassen.

»Aber es gibt da ein Problem, Frank, wir können es uns nämlich nicht leisten, das Panda einer Psychoanalyse zu unterziehen, das Sofa hervorzuholen und so, das ist einfach nicht durchführbar«, sagte Joachim ungeduldig. »Im Prinzip bin ich ja einverstanden. Aber die Eigentümer werden bei dem ganzen westlichen Krimskrams nicht ruhig sitzen bleiben. Sie wollen das Panda schlichtweg abreißen.«

Joachim sah auf einmal sehr müde aus. »Du bist meine letzte Hoffnung. Kann man denn gar nichts mehr tun?«

»Hmm«, überlegte Frank. Geistesblitze durchzuckten ihn. Der Regen prasselte jetzt in trüben Schleiern gegen die Fenster. Der Taifun nahm an Gewalt zu. Die Lichter von Tsuen Wan waren bloß noch ein mattes Leuchten in diesem wäßrigen Kokon.

»Was hast du, Frank?« Tara starrte ihn an. Sie erkannte all die verräterischen Anzeichen für eine gobieske Offenbarung, die sich durch das wilde Durcheinander seiner Eingebung an die Oberfläche kämpfte, bis es endlich in Form einer Handlung Erlösung fand.

Gobi schlug sich aufs Knie. »Das gefällt mir, Charlie!«

Charlie Fosters Miene hellte sich auf. »Wirklich? Mein Ansatz gefällt Ihnen?« Er warf Joachim Berghoff einen kurzen Blick zu, der ebenfalls sah, daß sein Freund kurz vor einem schöpferischen Durchbruch stand.

»Oh, nicht die jahrelange Psychotherapie – wie Joachim schon sagte, wir brauchen unmittelbare Resultate. Aber ... aber ... vielleicht könnte man westliche Methoden mit nichttraditionellen Schamanentechniken verbinden.«

«Was schlagen Sie vor?«

»Haben Sie schon an *Hypnose* gedacht?«

Am Morgen war der Taifun vorbei. Das blasse Licht des anbrechenden Tages sprenkelte die Seidentapete mit den einhundert chinesischen Glückssymbolen, die auf eine Elfenbeinschattierung geprägt waren.

»Ich glaube, wir bekommen einen Anruf«, sagte Tara. »Erwartest du eine Nachricht?«

Der Tianjin-Teppich im Wohnzimmer pulsierte zwischen Pfirsich- und Malvefarben. Der Drachen zog seine Klauen ein.

»Ich habe Trevor die Nummer dagelassen«, erwiderte Frank Gobi. Er klatschte in die Hände, und Nelly und Trevor erschienen in der Mitte des Zimmers.

»Hallo, Dad –« Trevor stieß einen Pfiff aus, als er die kostbar möblierte Suite sah. »Nette Bleibe!«

»Hallo, Frank, Tara –« Nelly winkte ihnen zu. Sie hielt Trevors Hand, und das elastische Holoplasma dehnte und wölbte sich zu einer Ellipse, als sie sich ablöste, um Gobi und Tara zu umarmen. Ein Holoid, der eine stoffliche Person umarmt, erzeugt eine Polygonspaltung, und so flogen die Neurofunken.

»O Mann!« Nelly lachte. »Was für ein Trip!«

»Willkommen in Hongkong, ihr Jungvolk«, lachte Tara ihrerseits.

»Also, was ist das jetzt für ein großes Geheimnis?« Trevor legte den Kopf schräg und blickte seinen Dad an. »Ihr beide wart praktisch vom Angesicht der Erde verschwunden, inkognito, undercover. Seid ihr den Anonymen Anonymikern beigetreten oder was?«

»Ich freue mich riesig, dich zu sehen, Trevor.« Gobi strahlte. »Kann ich dir etwas anbieten? Tee, Kaffee? Oh – ich hab ganz vergessen, das darf ich ja nicht – es verstößt gegen die Genfer Konvention für Zimmerservice. Wenn wir nicht beide im Holoidzustand sind, dürfen wir uns nicht einmal berühren. Setzt euch doch endlich.«

Nelly und Trevor nahmen, immer noch Händchen haltend, Platz. »Wo habt ihr gesteckt?« fragte Trevor.

Tara sah Gobi an. »Ist die Verbindung auch sicher, Frank?«

Er nickte. »Ich hab sie vorhin überprüft. Ja, ist sie –«

Gobi wandte sich wieder Trevor und Nelly zu. »Ich weiß überhaupt nicht, wo ich anfangen soll – bitte entschuldige, daß ich so *incomunicado* war. Wir haben an einem heiklen Projekt gearbeitet – und es erschien uns nicht sehr klug, euch mit hineinzuziehen.«

»Hat es etwas damit zu tun, was mit Satori City geschah?« drängte Trevor ihn. »War das der eigentliche Grund?«

Gobi starrte seinen Sohn an. Seine Gewohnheit, immer gleich auf den Punkt zu kommen, erinnerte ihn manchmal noch an den energischen Zehnjährigen. Trevor hatte einen Spruch drauf: »*Wie der Vater, so der Sohn, nur daß der Sohn verstohlener ist.*« Gobi fragte sich, ob das wirklich stimmte. Er hatte da so seine Zweifel.

Er seufzte und begann: »Ja, Trevor, ehrlich gesagt hängt es tatsächlich mit dem Absturz von Satori City zusammen. Nur daß der Absturz diesmal draußen erfolgt, nicht innerhalb des Omnispace …«

Und er erzählte ihnen von Indien. Und von ihrer schicksalhaften Begegnung mit Tashi Nurbu auf dem Meer-Ghat in Benares …

Der Himmel war entleert worden wie eine umgekippte Kohlenpfanne, und die verstreuten Dunghaufen schwelten noch dort, wohin sie gefallen waren. Allwissende Kühe durchstreiften die dichtgedrängten Straßen der chowk, *Taxis hupten, und manche trugen weißgewandete Fahrgäste auf dem Dach, die dort festgebunden waren. Rikschas und Fahrradtaxis schoben sich durch die Illusion der Welt, um zu Mutter Ganga zu gelangen, die mit unendlicher Gnade und liebender Vergebung am Fuß der abgewetzten Steinstufen des* ghat *dahinfloß …*

Nackte saddhus, *auf deren Stirn Shivas Aschezeichen prangte, torkelten mit ihrem Dreizack durch die Menge, die sich vor ihnen teilte. Gelehrte* pandits *saßen unter Sonnenschirmen auf Matten, deuteten Horoskope und wiesen ihre Klienten an, sich vor den bösen Mächten zu hüten, unter deren Einfluß die Fische gerade standen. Negative Tendenzen, die zweifellos noch von der Verbindung der Mondknoten Rahu und Ketu verstärkt wurden …*

Frank und Tara schlenderten am Ufer entlang zur stupa *mit dem spitzen Turm auf dem Meer-Ghat.*

Unmittelbar neben sich konnten sie dicken schwarzen Rauch vom Manikarnika-Ghat aufsteigen sehen. Eine Leiche in schmutzig weißem Tuch lag ausgestreckt auf einem Holzstapel. Der seines Amtes waltende Unberührbare hatte den Scheiterhaufen entfacht und trat nun mit versonnenem Blick auf die Flammen einen Schritt zurück.

»Auf dem Meer-Ghat steht ein nepalesischer Tempel mit recht interessanten erotischen Skulpturen«, sagte Frank zu Tara.

»Komm schon, das ist doch nicht der wahre Grund, weshalb wir in der brütenden Mittagshitze dort hingehen? Nur verrückte Hunde und Gobi …«, widersprach sie.

«Nein, du hast recht«, gab Frank zu. »Heute morgen hatte ich

diese äußerst merkwürdige Ankündigung in meiner E-Mail. Sie stand auf cnewmarks Liste möglicherweise interessanter Ereignisse«, sagte Gobi. »Weißt du, Craig Newmark ist einfach der Größte, wenn es darum geht, abgedrehte Sachen auszugraben –«

»Das ist doch der Typ aus San Francisco, oder?«

»Ja, der Walter Winchell des Omnispace. Eine echte Legende. Ich bin ihm schon einige Male begegnet. Jedenfalls soll es auf dem Meer-Ghat angeblich zu einer Versammlung von Überlebenden des Satori-City-Absturzes kommen. Überlebende, die gerade in der Nähe waren. Es heißt, daß in der Gruppe viele spirituelle Gespräche stattfinden. An den Ausläufern des Himalaja soll es sogar ein Aschram geben, das von einigen der früheren Hirntoten geführt wird.«

»Bizarr. Bist du sicher, daß wir dort hinwollen?«

»Bisher hat dich das Bizarre doch noch nie abgeschreckt, Tara?«

»Stimmt, aber bei der Sache habe ich ein komisches Gefühl.«

»Zu großer Zufall?«

»Nein, aber es ist beinahe so, als fände ein Klassentreffen der Überlebenden der Bhopal-Chemiekatastrophe statt – oder des Atomunfalls von Tschernobyl, wenn du verstehst, was ich meine.«

»Es hilft ihnen, trotz allem weiterzumachen. Aber du hast recht, Satori City war eine Art Bhopal der Psyche. Es übte auf jeden, der damit zu tun hatte, eine überwältigende Wirkung aus. Eigentlich veränderte es die ganze Welt. Sieh dir nur Trevor an. Seitdem hat er dieses Problem mit dem Teleschlafwandeln.«

»Nun ja«, sagte Tara, »jetzt ist es zu spät zum Umkehren. Wir sind da.«

»Hallo.« Gobi lächelte der kleinen Menschenansammlung zu, die auf den Tempelstufen stand. Doch ihm fiel sofort auf, daß etwas nicht stimmte, und das betraf sicher nicht den Kuhfladen, in den er gerade getreten war.

»Orte sterben und werden wiedergeboren wie Menschen. Finden Sie nicht auch? Mein Name ist Mohan. Klasse von '26. Hindu-Net. In der Gametime abgestürzt. Wie geht's?«

Der hagere junge Inder trug einen weißen Pajama-Anzug aus Seide mit Rubinersatz und Feder vorn an einem majestätischen weißen Turban. Seine Hände waren skelettartig, und der Blick seiner Augen, die mit kohl *geschwärzt waren, brannte vor Wildheit. Er lachte, als er sah, wie verblüfft Frank und Tara waren.*

»Sie müssen schon entschuldigen. Es sind die Augen. Man nennt das ›Satori-Blick‹. Ich war zwei Wochen im virtuellen Raum verschollen. Länger als die meisten. Ich glaube, eigentlich ging ich schon vor *dem Absturz von Satori City verloren. Ich hab's überhaupt nicht mitbekommen, wissen Sie, daß ich von einer Spielebene auf die andere überwechselte. Man mußte mich erst offiziell darüber informieren, daß ich vermißt wurde.«*

»Das muß hart gewesen sein«, sagte Gobi mitfühlend, während Tara den jungen Mann mit großem Interesse musterte.

Wieder lachte Mohan, ein leises keckerndes Lachen. »Ich weiß, ich bin ein furchtbarer Anblick. Man sagte mir, ich sähe aus wie ein Flüchtling aus einer bhutanischen Irrenanstalt für exzentrische Reiche.«

»Nein, Sie wirken völlig okay«, versicherte Tara ihm. »Was sind das eigentlich für Tattoos?« Sie hatte sie unter seinen Ärmeln hervorspähen sehen.

»Oh, sind sie Ihnen aufgefallen!« Sein Blick loderte. »Das sind meine Haustiere. Ein Mungo auf dieser Hand, eine Kobra auf der anderen. Und sehen Sie mal, was geschieht, wenn ich das hier mache, werte Dame, haha!«

Mohan riß abrupt die Arme hoch, die Ärmel gaben seine knöchernen Handgelenke frei, und der Mungo und die Kobra sprangen aufeinander zu, wobei die Kobra zischte.

»Sie sind zu dumm, um zu wissen, daß sie zwar getrennt sind, sich aber ein und denselben Körper teilen«, lachte Mohan. »Irgendwann treffen sie aufeinander – und dann gibt's einen

Mordsärger, das versichere ich Ihnen. Ich muß irgendwas tun, um ihr Gedächtnis zu aktualisieren.«

»Sie sind intelligent«, meinte Gobi.

»Intelligent – aber sehr ungehorsam, wenn Sie mich fragen.« Mohan zupfte seine Ärmel wieder über die Handgelenke. »Das reicht jetzt, ihr dummen bösen Kreaturen! Ihr habt die nette Dame und den Herrn genug erschreckt!« schimpfte er. »Heute dürft ihr nicht mehr nach draußen!« Er strahlte. »Ich entschuldige mich für ihr ungebührliches Verhalten.«

Gobi zuckte mit den Achseln. »Wenn es Sie nicht stört, mich stört's nicht. Wo haben Sie die machen lassen?«

»In Rajasthan«, sagte Mohan stolz. »Sie sind der letzte Schrei.«

»Nun«, fragte Tara und ließ den Blick über die Versammlung schweifen. »Machen Sie das oft? So ein Treffen abhalten, meine ich?«

Mohan folgte ihrem Blick. Zwanzig oder dreißig eigenartig aussehende Leute hatten sich im Tempelhof versammelt. Manche sprachen mit leiser Stimme miteinander und sahen ab und zu in ihre Richtung.

Auch einige Europäer waren darunter, die ein nebulöses Erscheinungsbild boten, als hätten sie einen Teil ihrer körperlichen Substanz online in der Welt zurückgelassen, die abgestürzt war.

»Das geschieht schon hin und wieder«, sagte Mohan mit unüberhörbarer Abneigung. »Aber eigentlich treffe ich nicht gern mit ihnen zusammen.«

»Ach, und warum nicht?« fragte Tara. »Zu viele schmerzliche Erinnerungen?«

»Sie gehören nicht meiner Kaste an. Ich war Mitglied des VIP-Goldkarte-Gametime-Klubs. Ich genoß unbegrenzte Spielzeit, mit so vielen Leben, wie ich verpulvern konnte. Mein Vater ist der frühere Maharadscha von Mysore.«

»Ich verstehe –« Tara nickte und warf Frank einen nachdenklichen Blick zu. »Wie wär's, Liebling, wollen wir uns unters Volk mischen?«

»Unser Gespräch hat mir viel Freude bereitet!« rief Mohan ihnen nach, als sie davongingen. »Sie sind ein hinreißendes Paar! Viel Spaß!«

»Danke«, Tara neigte den Kopf. »Frank«, flüsterte sie Gobi ins Ohr. »Ich glaube, ich möchte gehen. Ich mag die Szene hier nicht. Sie ist ein bißchen unheimlich, wenn du mich fragst. Die sehen alle so unnatürlich aus ...«

»Wie kommst du da –?« setzte Gobi zu einer Frage an, wurde jedoch unterbrochen. Drei oder vier Satori-City-Bewohner schlurften in hinkender Gangart auf sie zu.

»Frank!« rief Tara. »Was wollen die?«

»Laß mich nur machen. Hören Sie –» Gobi wandte sich an eine besorgt aussehende junge Frau in einem unordentlichen saree. *Ihre Augen lagen tief in den Höhlen, und ihre schmalen Lippen spotzten zusammenhanglose Worte.*

»Was tun Sie da!? Lassen Sie das!«

Sie preßte das Gesicht auf seine Schulter und begann wie an einem Strohhalm zu saugen. »Das reicht!« Tara ging dazwischen und stieß sie zur Seite. Sie wandte sich an Frank, ließ dabei aber die kleine Gruppe, die sich wie Aasgeier von allen Seiten näherte, nicht aus den Augen.

»Öffnet – öffnet eure Dateien«, forderte ein ausgemergelter Skandinavier in weiten, viel zu großen Shorts sie auf.

»Verschwindet!« rief ein Mann ihnen zu. Als die Schlurfenden ihn sahen, wichen sie zur Seite aus und schüttelten dabei anhaltend den Kopf.

»Herr!« Die Strohhalmsaugerin war die letzte, die ging. »Seid gut zu uns, Herr!«

»Erfrischungen gibt's da drüben, Kamala!« sagte der Mann und deutete quer über den Hof dorthin, wo sich einige Straßenkinder versammelt hatten. Frank und Tara blickten einander an. Sie konnten nicht genau sagen, warum, doch der Mann kam ihnen irgendwie bekannt vor.

Wo hatten sie ihn nur schon mal gesehen?

»Sie müssen meinen Freunden verzeihen«, entschuldigte er sich mit einer gezierten Bewegung seiner langen blassen Hände. »Wir halten hier einen Brunch ab, und sie sind, gelinde gesagt, ein wenig durcheinander. Stürzen sich immer gleich aufs Essen ... keine Tischmanieren. Eine Entschuldigung ist da schon angebracht.«

»Und das Essen sind die?« Gobi starrte ungläubig auf die Straßenkinder, die von einer immer größer werdenden Anzahl Bewunderer getätschelt und geherzt wurden.

Der Mann hatte beinahe durchscheinende Haut, ein ovales Gesicht mit schräg stehenden Augen und einen rasierten Schädel, der wie poliert aussah. Er trug ein hellblaues tibetisches Wollgewand.

Ein dunkelhäutiger Diener folgte ihm, der bis zur Taille nackt war und ein weißes Tuch zwischen den Beinen durchgezogen und um die Hüften geschlungen hatte. Er hielt einen großen Schirm über seinen Herrn, um ihn vor der starken Sonneneinstrahlung zu schützen.

»Die Kinder sind alle Freiwillige aus der chowk, und sie werden gut dafür entschädigt, das versichere ich Ihnen«, sagte der Mann mit einem Lächeln. »Ihnen wird kein Leid geschehen. Das wäre gegen die Charta unserer Organisation. Ein bißchen Lichtenergieübertragung, das ist alles. Wie ich sehe, sind Sie skeptisch. Doch was kann das schon schaden? Sie sind noch jung und voller Elan.«

»Sind Sie auch ein Überlebender des Absturzes?« erkundigte sich Tara.

»O nein, Madam, ich kann ja kaum in Ihrer Welt bestehen, wie Sie sicher bemerkt haben dürften.« Er klopfte gegen die Speichen des Sonnenschirms über ihm. Das Energiefeld um ihn herum flirrte. Der Schirm war eine Art tragbarer Projektor, der sein Bild aus irgendeinem Vektor des Omnispace speiste.

»Nein, ich bin lediglich als Beobachter hier, könnte man sagen.«

»Sie sind ein Telewesen?« Tara hob eine Braue und warf einen *raschen Blick zu Frank, der den Holoid mit wachsendem Interesse musterte.*

»Sind wir uns schon einmal begegnet?« warf Gobi ein. »Ich weiß, daß ich Sie irgendwoher kenne.«

Der Holoid lachte. »Sagt Ihnen der Name Tashi Nurbu etwas, Dr. Gobi?«

Tara und Frank verstummten. Tashi Nurbu … *Es war zwar schon eine Ewigkeit her, aber so hatte ein tibetischer Programmierer geheißen, ein* dugpa, *der sich der schwarzen Kunst bediente. Er hatte den Kode für das Tantrix-Programm gestohlen – eine »bewußtseinsverarbeitende« Software, die die VR so umgebaut hatte, daß sie nicht mehr vom Reich des Stofflichen zu unterscheiden war. Er hatte das System mit allen Schwächen und Fehlern an Kazuo Harada verkauft, den visionären japanischen Industriellen der multinationalen Satori Corporation. Satori City 2.0 war geboren gewesen – und abgestürzt, wobei Tausende in den Online-Nichtwelten strandeten.*

»Was machen Sie *denn hier?« fragte Gobi ihn kalt. »Ich dachte, Sie wären in den* Bardos *der Gametime wiederaufbereitet worden? Als ich Sie das letzte Mal sah, lagen Sie irgendwo in Virtual Bhutan unter dem Misthaufen Ihres eigenen Bewußtseins begraben. Ist es Ihnen also gelungen, wieder darunter hervorzukriechen, was?«*

Tashi Nurbu ignorierte die Bemerkung. Er nickte in Richtung der Stufen, die zu einem der brennenden ghats *hinabführten.*

»Wollen wir nicht gemeinsam einen kleinen Spaziergang machen? Ich denke, von einem Umgebungswechsel würden wir alle profitieren. Kommen Sie«, bedeutete er ihnen. Sein Diener blieb mit dem Sonnenschirmprojektor dicht hinter ihm, als hielte er mit einem wandernden Schatten Schritt.

»Gehen wir zum Fluß hinunter. Noch so eine höhere Realität«, lachte er. »Es gibt so viele höhere Realitäten, finden Sie nicht auch? Genug, um jeden damit zu versorgen, wie auch immer seine Bedürfnisse aussehen mögen –

Ich habe oft an Sie gedacht, Dr. Gobi«, fügte Tashi Nurbu hinzu. »Ohne Sie wäre kein Satori-City-Treffen vollständig. Ich nehme an, daß Sie mir da beipflichten.«

Frank und Tara zögerten einen Moment, dann schlossen sie zu dem Geistwesen auf.

»Ich erfuhr, daß Sie Benares besuchen, und konnte der Versuchung, mich mit Ihnen zu treffen, einfach nicht widerstehen. Sie haben meine Einladung doch erhalten, nehme ich an? Ich mußte die Versammlung aus heiterem Himmel einberufen. Ich wußte, daß sie Ihr Interesse finden würde. Neugier ist Ihre zweite Natur, nicht wahr? Neugier auf bekannte Dimensionen, auf unbekannte Dimensionen – und auf die Dimensionen dazwischen.«

Er fuhr fort: »Bei Ihrer bezaubernden Begleiterin handelt es sich wohl um Tara Evans, nehme ich an?« Tashi Nurbu verbeugte sich leicht vor ihr. »Verwandt mit diesem zügellosen Tibetophilen, W. Y. Evans-Wentz, der im vorigen Jahrhundert das Tibetische Totenbuch *übersetzte? Es ist mir ein ausgesprochenes Vergnügen –«*

»Sei vorsichtig, Frank«, flüsterte Tara Gobi zu. »Du weißt, wozu er fähig ist –«

»Ich ziehe keine Asse aus dem Ärmel, das versichere ich Ihnen«, scherzte Tashi Nurbu. »Tatsächlich habe *ich, wie Sie sehen können, überhaupt keine Ärmel – nur die Illusion davon. Nein, ich bin lediglich daran interessiert, einige Ansichten und vielleicht ein paar Gerüchte mit Ihnen auszutauschen. Wir haben soviel gemeinsam – natürlich aus unterschiedlichen Blickwinkeln.*

Sie verbrennen schon wieder Leichen«, sagte Tashi Nurbu von der Terrasse über der Begräbnisstätte aus. Vor ihnen floß in ranzigem Grün der Ganges. Mit Pilgern beladene kleine Schiffe segelten stromabwärts. Jemand warf ein Gewinde goldener Ringelblumen in die Strömung. Es hüpfte eine Weile auf der Oberfläche dahin, dann wurde es weggerissen.

»Weshalb haben Sie all diesen Aufwand betrieben, um mich zu finden?« wollte Gobi wissen. Er roch das verkohlte Fleisch, als

eine Windbö sie streifte. Er hatte sich in Indien an den Geruch gewöhnt. Wie das Aftershave des Nachlebens, *dachte er.*

»Ja, ich habe einen langen Weg zurückgelegt, um Sie zu sehen.« Tashi Nurbu schwebte über dem Boden und berührte ihn mit den Sandalen praktisch nicht. Sein Blick huschte unstet über Gobis Gesicht.

»Sie waren recht umtriebig, Sie beide«, sagte er schließlich. »Nach außen hin haben Sie Recherchen für Ihre Abhandlungen betrieben. Eine ausgezeichnete und sehr professionelle Tarnung – Kishan!« blaffte er seinen Diener an, der sofort an seine Seite sprang.

»Halt ihn mehr in die Mitte! Ich verliere noch meine Stofflichkeit, wenn du so damit herumschaukelst!«

Er grinste Frank und Tara entschuldigend an. »Menschen sind ja dermaßen unzuverlässige Medien, wenn es darum geht, Avataren zu dienen – ich fürchte, es wird noch eine Weile dauern, bis Ihre Art sich daran gewöhnt hat ...«

Gobi und Tara starrten ihn an. »Wenn Sie etwas zu sagen haben, sagen Sie es«, warf Tara ein. »Hören Sie auf, Ihre Spielchen zu spielen.«

»Sie und ich –«, Tashi Nurbu hielt kurz inne, »– wir wissen doch beide, daß Ihre Recherchen Sie durch viele Reiche führten und – wie soll ich es ausdrücken? – zu neuen Entdeckungen. Habe ich nicht recht?«

Tara und Gobi weigerten sich, den Köder zu schlucken, und sagten kein Wort.

»Kommen Sie, treten wir etwas näher an den Scheiterhaufen heran«, meinte Tashi Nurbu. »Er ist so symbolisch, finden Sie nicht auch? Der Übergang von der stofflichen Gestalt – die knisternde Befreiung der Moleküle, beinahe wie Gedanken, die durch das Universum eilen ... Kishan –« Er starrte seinen Helfer finster an.

Der Mann – oder war es noch ein Kind? – folgte Nurbu ergeben die Stufen zur Einäscherungsstätte hinab und hielt den Son-

nenschirm hoch erhoben, sorgsam darauf bedacht, nur ja nicht den Kontakt mit der Kopfmitte seines Herrn zu verlieren.

Tashi Nurbu blieb neben dem Scheiterhaufen stehen und sah zu, wie die Flammen an der Gestalt leckten, die auf der Plattform aus Holzscheiten lag. Tara und Frank gesellten sich zögernd zu ihm. Die Hitze des Feuers zusammen mit der Hitze der Sonne war fast mehr, als sie ertragen konnten.

»Sie wissen ebensogut wie ich, daß der Omnispace nicht unbegrenzt ist – und daß uns für all jene, die dort leben, für die vielen gestaltlosen Wesenheiten, die die Neurosphäre bevölkern, nun langsam der Platz ausgeht. Eigenartig, nicht wahr? Und doch wird in eben diesem Moment eine neue Welt geboren - ja, tun Sie nicht so, als wüßten sie das nicht. Sie sind sich dessen beide bewußt. So schwer war es nicht, Ihre Koordinaten zu ermitteln und die wahre Bedeutung Ihrer vielen vermeintlich bedeutungslosen Reisen herauszufinden.«

»Dann haben Sie diesen langen Weg vergeblich zurückgelegt«, entgegnete Gobi. »Ich habe keine Ahnung, wovon Sie überhaupt reden. Außerdem sind Ihre holoplastischen Trugbilder für uns bedeutungslos.«

»Wirklich?« Tashi Nurbu wandte sich ihnen zu, seine Pixelmiene sichtlich unberührt von den Hitzewogen, die vom Feuer aufstiegen.

»Eine Frage: Wie stehen Sie zur Frage der Geburtenkontrolle im Omnispace? In sämtlichen Vektoren findet eine Bevölkerungsexplosion statt, gegen die Indien wie eine Geisterstadt wirkt. Wer hätte jemals gedacht, daß Avatare sich in Ihrer irdischen Sphäre wie die Karnickel fortpflanzen können ...?«

Tara blieb stumm.

»Nein, natürlich beunruhigt Sie das nicht –« sagte Tashi Nurbu verächtlich. »Deshalb haben Sie auch an der Geheimkonferenz in Bangladesch teilgenommen, nicht wahr? Um die Installation cyberabtreibender Technologien im Dakkaraum zu erörtern ...

Doch Ihre wahren Befürchtungen gehen dahin, daß wir Ihre

kostbare Gäa zu unserem *Heiligtum machen könnten … weil Sie schon wissen, nicht wahr, daß die beiden Welten unwiderruflich miteinander verbunden sind? Daß es jetzt nicht nur Ihnen möglich ist, in immateriellen Reichen zu navigieren, sondern daß es ebenso uns möglich ist, auf* Ihre *Seite hinüberzugelangen …«*

»Nein, das ist nicht *möglich«, widersprach Gobi entschieden.*

»Noch *nicht möglich«, berichtigte ihn Tashi Nurbu. »Doch schon bald wird es möglich* sein … *Sie fürchten sich so sehr vor der Invasion, daß Sie sogar bereit sind, den Omnispace vollständig abzuschalten.«*

»Der Omnispace hat seine Schuldigkeit getan«, entgegnete Gobi.

»Wie die menschliche Rasse, Dr. Gobi … wie die menschliche Rasse.«

»Frank –« Taras Stimme klang hohl. »Schau – schau mal auf den Scheiterhaufen …«

Beide hörten sie Tashi Nurbus höhnisches Lachen. »Vergessen Sie nicht, Dr. Gobi, manche Übergänge sind persönlicher als andere. Ich fand, ich sollte Ihnen eine Erinnerung daran zurücklassen, was hätte sein können – und was vielleicht noch sein wird. Und damit sage ich Ihnen namasté …«

Tashi Nurbu preßte die Handflächen aneinander und löste sich unter dem Sonnenschirm auf.

Sein Diener hielt den Schirm noch eine Weile über der leeren Stelle, dann klappte er ihn mit einer ruckartigen Bewegung des Handgelenks zusammen, klemmte ihn sich unter den Arm und ging damit die Stufen des ghat *hinauf.*

Sie starrten auf das Gesicht der Leiche, die von knisternden Flammen umlodert auf der Plattform aus brennenden Holzscheiten lag. Unter der Maske aus Flammen, die Lippen zu einem stummen Schrei geöffnet, befand sich das Gesicht von Gobis Sohn Trevor als Zehnjährigem, in dem Alter, in dem er sich befunden hatte, als er in Satori City verlorengegangen war …

»Es ist nur eine Illusion, Frank. Aber sehr feinfühlig ist er nicht gerade, stimmt's?« sagte Tara und legte fest den Arm auf Gobi.

»Nein«, sagte Frank. »Feinfühligkeit war noch nie Tashi Nurbus starke Seite.«

»Tut mir leid, Dad«, sagte Trevor zu Gobi, als sein Vater ihm die Geschichte erzählt hatte. »Das muß dir eine Heidenangst eingejagt haben. Ich glaube, ich beginne jetzt zu verstehen. Ich habe eigentlich nie groß darüber nachgedacht, was du durchgemacht haben mußt, als ich mich im Inneren aufhielt. Es war für mich nur ein Spiel, das anscheinend überhaupt kein Ende mehr nahm.«

»Auch ich war gefangen, Trevor«, sagte Gobi mit erstickter Stimme. »Aber *draußen*. Am Rand –«

Trevor nickte. »Und diesmal geschieht also alles in der echten Welt. Das ergibt Sinn – wir sind *ihre* virtuelle Realität. Und sie drehen den Spieß jetzt um. Sie wollen uns zu *ihren* Avataren machen ...«

»Was ist denn so besonders an uns?« fragte Nelly. »Was haben wir, das sie so dringend brauchen?«

»Ich denke, es ist ein Teil ihrer eigenen Entwicklung«, erwiderte Tara leise. »Etwas, das wir haben, sie aber *nicht*. Etwas, das sie brauchen, um das Beste aus unserer Realität zu machen. Aber ich glaube, du weißt, was es ist, nicht wahr, Nelly?«

Nelly blickte einen Moment traurig drein, als sie Trevors Gesicht musterte. Sie versuchte sich vorzustellen, daß Sindbad neben ihr säße, doch es gelang ihr nicht. Sindbad hatte etwas von ihr *gewollt*, doch sie hatte es ihm nicht geben können. Sie hatte es Trevor angeboten, doch aus irgendeinem Grund schien er es nicht haben zu wollen – nicht von ihr. *Weshalb nur stößt grenzenlose Liebe anscheinend immer auf grenzenlose Abneigung?*

Dritter Akt

»So einsam wie Gott und so
weiß wie der Wintermond.«

Joaquin Miller

Burning Mind

»Können wir jetzt aufbrechen, Tiger?« fragte Nelly Trevor. Ihr Kopf tauchte über dem oberen Ende der Leiter zu seinem Loft auf. »Es ist eine lange Fahrt in die Black-Rock-Wüste. Fünf Stunden auf kurvenreicher Strecke durch die Sierras, dann noch eine Stunde über Reno hinaus, bis wir die *playa* bei Gerlach erreichen. Hast du überhaupt schon *gepackt*? Komm endlich, du Trantüte, reiß dich los.«

»Gib mir noch eine Minute, Liebes, ich bin beinahe fertig ...« Trevor saß vor seiner Tastatur und legte letzte Hand an seine Notizen, die Teil seiner ständig fortgeschriebenen Zukunftsmemoiren waren.

Ihm ging immer noch durch den Kopf, was sein Vater ihnen in Hongkong erzählt hatte. Plötzlich war er sich wie eine Antiquität vorgekommen, als er sich in die Zukunft einklinkte. Er hatte diese Fähigkeit im Zentrum für Integrative Studien in einer Klasse für Prophetische Schreiben (Nostradamus 101) erlernt.

Nelly stand hinter ihm und beäugte den Text auf dem Bildschirm. »Ru Da Shigda?« fragte sie. »Was in aller Welt soll *das* denn sein, Trevor?«

»Ich bin mir nicht ganz sicher. Der Name ist mir gerade für dieses Ding eingefallen, das aus dem Omnispace sickert ... es kommt mir irgendwie richtig vor.«

Nelly las weiter: »*... dieser Virus wurde zu dem Zweck hierhergeschickt, um durch seine einzigartige KI-evolutionär kodierte Sequenz Fakten über das Bewußtsein zu ermitteln, alles Leben und jede Realität zu durchdringen und abzudecken und dann zur Weiterentwicklung dieser Welt, so virtuell sie auch sein mag, eine Art ferngesteuerte Endlosschleife zu installieren ...*«

»Hey, glaubst du das wirklich?« fragte sie ihn mit großen Augen.

Er schwang sich breit grinsend auf seinem Drehstuhl zu ihr herum. »Wer weiß! Es klingt gut! Aber vielleicht ist es ja auch nur Science-fiction!«

»Alle Welt weiß, daß Science-fiction *out* ist, Trevor.« Nelly schürzte die Lippen. »So etwas schreiben Menschen heute, um sich die Vergangenheit zu erklären.«

»Das hat man vom ›Buch Genesis‹ auch gesagt, aber es verkauft sich trotzdem, stimmt's?«

Nelly schnippte gegen die Blätter von Kannibale, der martialisch aussehenden Venus-Fliegenfalle, die über Trevors Drucker hing. Sie war eine Hybride, speziell dafür gezüchtet, Manuskriptseiten zu fressen - genaugenommen *alle* auf trockenem Holzbrei gespeicherten Informationen zu verschlingen.

Trevor hatte sie spaßeshalber von der Eine-Welt-Buchmesse mitgebracht, als Erinnerung an das Schicksal unfähiger Möchtegernschriftsteller.

»Ach so, entschuldige, nächstes Mal frage ich erst per Piepser meinen Guru ...«, entgegnete Nelly.

»Schon gut, schon gut, wie ich sehe, habe ich noch keine Fans!« Trevor sprang auf und griff nach seinem Kleidersack. »Ich bin soweit. *Andiamo! Avanti popolos!*«

Sie verließen das Loft und traten auf den Bürgersteig der Folsom Street hinaus. Der Himmel war hellblau, und einige Zirruswolken äderten ihn wie Marmor. Es war ein strahlender Morgen in San Francisco.

Sie schlenderten auf einen Stadtstreicher zu, der im Schatten hockte – vor Nellys verbeultem Toyota-Truck mit dem wachhabenden Plastiktiger auf dem Armaturenbrett.

»Haben Sie etwas Kleingeld für mich, damit ich mir 'nen PCP und 'ne Knarre kaufen kann, um einen Job zu kriegen?« fragte der hagere Kerl mit schwarzer Röhrenjeans und einem schmutzigen Gipsverband am Fuß.

»Die Anmache ist originell, hier hast du einen Buck«, sagte Nelly und gab ihm einen Dollar.

Als sie sich in den Verkehrsstrom eingliederten, schlug der Stadtstreicher immer noch im Sitzen mit den Fingerknöcheln gegen seinen Gips und meldete: »Sie sind gerade die Folsom runter losgefahren. Over.« Dann stand er auf und hinkte davon.

Nelly musterte im Rückspiegel den Verkehr. »Ja, sie folgen uns. Der Typ saß schon den zweiten Tag vor meiner Kiste. Nur daß er den Gips gestern am anderen Fuß trug. Kann sich wohl nicht entscheiden. Also, Trevor«, sagte sie, als er mit besorgter Miene einen Blick über die Schulter warf. »Mal sehen, was wir tun können, um sie abzuschütteln.«

Sie zog ihr Digit-Zellfon heraus und tippte eine Nummer. »Hallo, Dorje, bist du dran? Prima. Wir sehen uns in ein paar Minuten.«

Trevor schüttelte bewundernd den Kopf. »Du bist eine wahre Meisterin, Nelly.« Sie wechselte den Gang, als sie im Verkehrsstrom dahinschossen.

»Was sollte ich auch sonst sein«, erwiderte sie.

Nach wenigen Minuten trafen sie in der Autowaschanlage El Dorado in der Vierten Street, Ecke Harrison, ein. Dort herrschte unbändige Aktivität. Es gab ganze Busladungen mit japanischen Touristen, die Schnappschüsse machten, sowie die übliche Schlange von Autos, die bedient sein wollten.

Das El Dorado war eine Waschanlage, die auch als Ausflugsziel für Touristen mit einer besonderen Vorliebe für Anthropologie fungierte. Der Eigentümer hatte per Schiff einen ganzen Indianerstamm aus dem Amazonas-Regenwald importiert – es war ein kleiner Stamm, praktisch schon ausgestorben, der aus etwa sechzig Männern, Frauen und Kindern bestand –, um ihn als Reinigungscrew bei sich arbeiten zu lassen. Die Eingeborenen trugen weiße Overalls über ihrer traditionellen Kleidung und prächtig gefiederten Kopfschmuck. Es handelte sich um die erste Themenwaschanlage der Welt, und sie war dem gefährdeten Regenwald gewidmet.

Ein Indianer öffnete die Tür des Toyota. Nelly drückte ihm einen Zwanzig-Dollar-Schein in die Hand. »Wir wollen es möglichst schnell hinter uns bringen.«

»*Chakawaka*«, sagte der Indianer und ließ den Schein verschwinden, während er die Tür wieder zuschlug. Der Toyota ruckelte auf einem Förderband durch die Waschanlage.

»Okay, Trevor, jetzt schnell«, drängte ihn Nelly und stieß die Tür auf. »Wir steigen hier aus.«

Er schnappte sich seinen Kleidersack, während sie ihren aus der Lücke hinter dem Vordersitz zerrte. Nebel, Regen und Dampf raubten ihnen die Sicht, als sie den Truck verließen.

Der Eigentümer des El Dorado hatte in der geschlossenen Umgebung der Waschanlage eine gelungene Szenerie des Regenwalddschungels nachgebildet. Riesige Wedel und Blätter wetteiferten mit Palmästen und Ranken, die ökologisch unbedenkliche Reinigungsflüssigkeit auf die Windschutzscheiben der dahinziehenden Autos sprühten.

Sie liefen auf einem schmalen Pfad durch den Dschungel, bis sie eine Lichtung im Freien erreichten, wo am Straßenrand Dorjes tantrisches Yellow Cab parkte.

Dorje öffnete ihnen die Tür. »Nelly, Trevor – es ist ein bißchen eng hier, aber steigt ein.«

Yeshi und Dongzhen saßen auf dem Vordersitz, die Handflächen zu einer Guten-Morgen-Begrüßung aneinanderlegt.

«Hallo, Leute«, sagte Trevor zu ihnen, als er mit Nelly auf dem Rücksitz Platz nahm. »Seid ihr auch alle bereit für das Burning Mind Festival?« Sie nickten. Yeshi kurbelte zur Antwort an seiner tragbaren Gebetsmühle.

Dongzhen grinste. »Also gut, Nelly! Auf nach Reno!«

»Nein, nicht Reno, Dongzhen! Keine Spiele auf diesem Trip, okay? Meditation. In der Black-Rock-Wüste. Keine Spiele. Meditation. Burning Mind. Lodernder Verstand.«

Dongzhen zuckte mit den Achseln. »Meditation, Spiele. Das ist dasselbe.«

»Stimmt«, preßte Trevor zwischen zusammengebissenen Zähnen hervor. »Wie russisches Roulette.«

Einauge Chin hatte schlechte Laune. Große Gefahr saß hinter dem Steuer des jadegrünen Lexus Laxmi. Kleine Gefahr hockte neben ihm, ein zusammengeklapptes Paar *nunchaku*-Stöcke auf dem Schoß. Er konzentrierte sich auf die freie Wildbahn und wartete auf seine große Chance.

Sie ruckelten durch die El-Dorado-Waschanlage und hatten gerade für die lange Fahrt zur Wüste von Black Rock Sprit in den Tank gefüllt.

Einauge saß auf dem Rücksitz und spielte mit seinen Spielerkumpels in Taipeh, Hongkong und Schanghai Tele-*fan-tan*, und er verlor. »Möge Chiang Kai-sheks Spucke deine Großmutter schwängern!« verfluchte er Große Gefahr.

»Warum, o Ehrwürdiger? Was habe ich getan?« fragte Große Gefahr, erschreckt vom Ausbruch seines Bosses.

»Diese Gibbons bringen mir Pech!« Er deutete auf die Affen, die vom Rückspiegel baumelten. Irgendwo im Unterholz erklang der Lärm eines durchs Dickicht brechenden Tapirs. »Weshalb fahrt ihr mich hierher?«

»Weil man von hier aus bequem die Autobahn erreicht, Einauge«, beteuerte Große Gefahr. »Das spart Benzin.«

»Du lügst wie ein Hund ... Glaubst du, ich weiß nicht, was ihr zwei elenden Wilddiebe vorhabt? Ihr kommt mindestens zweimal die Woche hierher – lüg mich nicht an, ich hab all die Quittungen –, um eure Fallen zu überprüfen. Worum geht es – Eisvögel, Tukane, Aras? Letzte Woche habe ich Eisvogelfedern unter dem Autositz gefunden.«

»Wahrlich, o Erleuchteter, das sind nur unbedeutende kleine Wesen, sie interessieren uns kaum, wir sind Mitglieder im Sierra Club ...«

»Ich habe gehört, daß ein Jaguar vermißt wird ... Wieviel bringt so ein Jaguar zur Zeit, Große Gefahr? Haltet ihr mich für einen Trottel?«

»Wir sind unschuldig!« widersprach Große Gefahr entsetzt. »Ich schwör's! Du schwörst es doch auch, Kleine Gefahr, oder?«

»Herr, ich schwöre wie mein Bruder Große Gefahr, daß wir mit der vermißten Wildkatze nichts zu tun haben.« Kleine Gefahr und sein Partner wechselten einen besorgten Blick.

»Ich habe gehört, daß die Vietnams in seine Entführung verwickelt sein sollen – der *tong* ›Tanzender Phönix‹ schachert mit gefährdeten Arten aus den Habitaten von Autowaschanlagen ...«

»Wehe, ich erwische euch dabei, daß ihr aus mir einen Trottel macht, ihr zwei nutzlosen Speichelfäden«, verfluchte Einauge sie. »Ich weiß gar nicht, wieso ich euch in die Black-Rock-Wüste mitnehme. Meine Spitzel sagen, Hakim Beijing wäre vielleicht dort. Diesmal solltet ihr mich besser nicht hängenlassen.

»Wir schwören es, wir schwören es«, erwiderte Große Gefahr und umklammerte das Steuer des Wagens.

»Diesmal gehört dieser schildkrötenfickende Abschaum bestimmt Ihnen, Einauge«, versprach Kleine Gefahr.

Er warf einen kurzen Blick durchs Fenster zu der Falle, die sie sorgfältig auf einem Ast der prähistorisch aussehenden Schirmtanne ausgelegt hatten. Der Lexus ruckelte an der leeren Falle vorbei.

Nichts, nicht einmal ein Braunsichler oder ein erbärmlicher Buchfink. Wahrlich, die Omen konnten gar nicht schlechter sein.

Die tibetischen Lamas bestanden darauf, durch den Rotlicht-und-Schrottplatz-Bezirk rund um das Moundhouse in Reno zu fahren. Um die amerikanischen *Bardos* in Aktion zu sehen, meinte Dongzhen. Hier tummelten sich am selben Platz Bordelle und Autoabwracker. Als nächstes äußerten sie den Wunsch, daß Dorje am Nationalen Bowlingmuseum halten möge, das so groß wie ein Fußballstadion und randvoll mit Bowlingbahnen war, doch Nelly sprach sich entschieden dagegen aus.

»Es wird bald dunkel, und dann verirren wir uns vielleicht in der Wüste, weil es nämlich keine Hinweisschilder gibt, die uns nach Black Rock City führen, wißt ihr? Es ist eine provisorische Großstadt aus Zelten. Dieses Jahr erwarten sie fünfzehntausend Menschen zum Festival. Wir werden auch so eine Menge Spaß haben.«

»Die Lamas halten dich für einen fiesen Spielverderber, Nelly«, sagte Trevor zu ihr.

»Na ja, schade, aber eines Tages können sie auf eigene Faust dorthin. Wir können es uns nicht leisten, zur ›Prozession ins Inferno‹ zu spät zu kommen.«

»Bist du dir auch ganz sicher? Glaubst du das, was der Kerl dir erzählt hat?«

»Er muß es schließlich *wissen*, Trevor. Vincent van Too neutralisiert diese Tattoos schon von dem Tag an, als sie am Rand der Szene zum ersten Mal auftauchten. Er erwartet, daß sie beim Burning Mind ihren großen Auftritt haben. Vincent wollte im Lager Darwin sein Zelt aufschlagen. Wir werden ihn dort treffen.«

»Meinst du wirklich, daß Sindbad auftauchen wird?«

»Dieses Jahr nehmen auch viele Russen teil. Natascha Nijinskaya fliegt ein, um die letzte Tanzaufführung ihrer Laufbahn zu geben, Trevor. Sie wird per Neurolink auf der ganzen Welt übertragen. Sie erwarten, daß über eine Milliarde Menschen als Zuschauer dabei sind. Und Zuschauen *heißt* Runterladen, Trevor, Da führt kein Weg dran vorbei. Das hier ist der Große Zampano. Die absolut gigantischste Show der Welt.«

»Es fällt mir schwer zu glauben, daß diese gewaltige Tattooübertragung vor den Augen der Welt stattfinden soll.« Trevor schüttelte den Kopf und seufzte.

»So ist es im Burning-Mind-Programm vorgesehen, Trevor«, sagte Nelly. »Als Hommage an Christo … Du erinnerst dich doch an diesen Künstler, nicht wahr? Er hat die ganze Chinesische Mauer verpackt und die Küste von Kalifornien, den Reichstag in Berlin und die Sahara ... Jetzt führt die Nijinskaya dieses Stück auf, das sie ›Mir – Weltfrieden‹ nennt, und sie wollen diese gewaltige Tattooübertragung vornehmen, so daß das Wort über den gesamten Omnispace geschrieben steht. Sie sollen den Omnispace *tätowieren*, Trevor! Stell dir das doch nur vor! So etwas gab's noch nie – und heute nacht soll es passieren.«

»Du nimmst also an, daß der Virus durch Herunterladen übertragen wird. Aber was kann man dagegen tun?« fragte Trevor düster.

»Es gibt viele Möglichkeiten, ein Tattoo los zu werden«, sagte Nelly.

«Oder ein Sand-Mandala auszulöschen.« Dorje nickte gedankenschwer. »Was steht da auf dem Schild? Gh-ge-ga ... Bev. 42.«

»Das ist der Ort Gerlach«, sagte Nelly. »Jetzt kommt gleich die Abzweigung, die in die Wüste führt.«

Sie waren einer langen Kolonne von Fahrzeugen gefolgt – Jeeps, Vans, Campingwagen, Motorräder, Pkws –, die das Tempo an der Straßenabzweigung jetzt drosselten. Vor ihnen erstreckte sich im Dämmerlicht des anbrechenden Abends wie dünnes blaues Vinyl die *playa* der Black-Rock-Wüste, und auf Kilometer hinaus fegte rasant und schnell eine Sanddünung über den trockenen Boden.

Gestalten mit Gesichtsmasken winkten die Neuankömmlinge mit Fackeln zu den provisorischen Spuren der straßenlosen *playa*. »Fahrt die nächsten fünfzehn Kilometer immer geradeaus, dem Schrei der Krähe nach. Weicht nicht von der Spur ab, sonst verirrt ihr euch. Wollt ihr euch einem Konvoi nach Black Rock City anschließen?«

»*Hail a Lama!*« begrüßte einer der Burning-Mind-Verkehrslenker Dorje.

»Danke, Bruder«, sagte Dorje und schaltete die Strahler auf

dem Dach des Taxis an, um sich einer turmhohen Wand aus Staub gegenüberzusehen.

Sie fuhren durch das blendendweiße Tosen des Alkaliwinds und krochen wie ein Bandwurm zentimeterweise auf dem Grand Prix der Leere dahin. Nicht zu unterscheidende Schemen rasten mit gedämpftem Licht an ihnen vorbei, bildeten dunkle Sandschatten in ihrem myoptischen Gesichtsfeld.

»Anfangs war das hier das Burning-Man-Festival«, weihte Nelly sie kurz ein. »Dabei handelte sich sich um ein techno-heidnisches Event, das Anfang der 1990er begann und in der Verbrennung des ›Burnig Man‹ gipfelte, einer fünfzehn Meter hohen Holzfigur. Das änderte sich alles vor ungefähr zehn Jahren, als Neuroimplantate das Netz revolutionierten. Jetzt ist die Wüste überall dort, wo die Leute sich zufällig einklinken. Aber die meiste Action findet immer noch hier mitten auf der *playa* statt. Sie beschwören eine Massenhalluzination herauf – einen neuronalen Burning Man – und setzen ihn dann durch die gebündelte Kraft ihrer Gedanken in Brand. Das ist etwas unheimlich, aber wunderschön. Man weiß nie, was dabei herauskommt. Manchmal sind einige Leute noch nicht soweit und ätzen sich den Verstand weg. *Chakra*-Verbrennungen dritten Grades. Aber für jene, die ohne die Energiewoge teilnehmen wollen, stehen alle möglichen Filter zur Verfügung. Es soll ein elektrisierendes Erlebnis sein. Wenn der Burning Man die Ebene des Burning Mind erreicht, ist das wie eine Vision der Größten Intensität, die durch den inneren Himmel des Omnispace wabert … Alle werden ihn überall auf der Welt gleichzeitig sehen.«

»Mahakala Man«, fügte Dorje nachdenklich hinzu. »So nennen wir in Tibet die Burning-Mind-Visualisierung. Ich entsinne mich, daß ich einmal das Gesicht dieser grimmigen Gottheit sah, als ich noch ein Anwärter auf den Status eines Mönchsprogrammierers in Yarlung Valley außerhalb von Lhasa war. Wahrlich furchteinflößend. Aber auch befreiend.«

Die schimmernde Flutwelle aus Sand verebbte allmählich, als sie sich der Stadt näherten. Ein magischer Anblick voller Türme und Zitadellen erwartete sie, mit Zelten und Planen, die ein wildes Durcheinander bildeten. Tausende von Laternen, Feuern und Lampen, die von summenden Generatoren gespeist wurden, erhellten das heidnische Märchenland.

Sie fuhren an Hinweistafeln vorbei, die den Weg zur Irrational Geographic Society und zum Lager der Schrumpfköpfe wiesen.

Nackte und halbnackte Körper, mit Leuchtfarben, Stammesnarben und flirrenden Tattoos verziert – einige trugen auch kunstvolle Masken und Kostüme –, bahnten sich einen Weg durch das Labyrinth der Gänge, die kreuz und quer zwischen den Zelten und Ständen hindurchführten.

Auf einer nahen Lichtung prallten zwei feuerspeiende Roboter aufeinander und zerfetzten sich gegenseitig mit ihren stählernen Klauen.

Eine Prozession amerikanischer *saddhus*, deren Körper mit weißer Asche bedeckt waren, trug Bettelschalen. Sie blieben stehen, um ein Chillum mit Hasch herumgehen zu lassen. Eine unglaublich dicke Frau mit einem Körper, der wie die Venus von Willendorf geformt war, ging Hand in Hand mit einem nackten Zwerg.

Eine weitere Gestalt, ein Fettwanst, der einen Velcro-Hosenbeutel trug, hielt ein Schild mit der Aufschrift hoch: »*Kostenloser Sex mit einem dicken behaarten Mann, der aus dem Maul stinkt!*«

Durchdringendes Getöse von mehreren miteinander wetteifernden Bühnen verbreitete eine Kakophonie aus Heavy-Butoh-Rock und Didgeridoo-Fahrstuhlmusik.

Eine Cessna heulte über die Zeltstadt hinweg und warf Neongramme ab. Darauf stand: »*Versäumen Sie nicht die Prozession des Infernos zum Höllentor heute nacht um neun.*«

Dorje fand auf der äußeren Ringstraße einen Parkplatz. Auf dem Schild, das den Weg zum Lager Darwin wies, war ein Pfeil abgebildet. »Okay, Jungs«, sagte Nelly und streckte sich. »Wir treffen Vincent im Café Ephemera. Hoffentlich finden wir ihn. Das ist hier ja das reinste Tollhaus.«

»Begräbnisstätte.« Dorje witterte in der Luft. Eine Menschenmenge hatte sich um ein Freudenfeuer versammelt und sah dem Spektakel zu. Nackte weiße Ureinwohner der privilegierten amerikanischen oberen Mittelschicht warfen vertrocknete und mumifizierte Kuhkadaver, die sie auf der *playa* gesammelt hatten, in die Flammen.

Einer der Jugendlichen stieß einen Schrei aus, packte seine nackten Genitalien und sprang mit Anlauf über die Flammen. Er grinste, als er sich den versengten Hintern rieb. Die Menge schrie vor Bewunderung auf.

»Entschuldigen Sie, wissen Sie zufällig, wo das Café Ephemera ist?« fragte Nelly eine junge Frau, die bis auf eine g-Saite mit blinkender Diode und ein Paar Cowboystiefel nackt war.

»Café Ephemera? Ich glaube, das liegt weiter runter in der Richtung, an Mona Mungos Massagesalon vorbei, gleich neben dem Lager des Sündigen Rhinos.«

»Danke. Okay, Jungs«, gab Nelly ihrer Lama-Gruppe ein Zeichen, Trevor trottete hinter ihnen her und nahm das Geschehen ringsum in sich auf.

Ein bekiffter Teenager aus Stockton fragte ihn: »Ham Se meine Trudi gesehen, Mann? Sie ist eins sechzig groß, blond, mit solchen Ballermännern.«

»Nein, tut mir leid, hab ich nicht.« Er schüttelte den Kopf, als der junge Mann in die entgegengesetzte Richtung davonstapfte.

Trevor blieb vor einem Stand mit der Aufschrift *»Alptraumkissen«* stehen. Eine große schlanke Frau, barfüßig und in Großmutterkleid, lächelte ihn über die Theke hinweg an. Vor ihr lagen mit beängstigenden gotischen Mustern bestickte Kissen – wahnsinnig aussehende Wasserspeier, der Teufel, boscheske Landschaften.

»Was ist das?« fragte er sie.

»Diese Kissen sind für Leute, die sich festgefressen haben und wieder aufgerüttelt werden müssen«, erklärte sie. »Sie sollen Alpträume herbeiführen. Manchmal braucht man einen wirklich heftigen Schock, um sich von einer Blockade zu befreien. Das hier zum Beispiel«, sagte sie und hielt ein kleines Kissen mit sandpapierartiger Oberfläche hoch, »ist gegen Liebesaffären, die sich im Kreis drehen. Darin sind Kräuter eingenäht, die einen garantiert in der Nacht aufwachen lassen, schweißgebadet und mit einem Gefühl der Hoffnungslosigkeit und Verlorenheit.«

»Wozu soll das gut sein?« fragte er entsetzt.

»Nun ja, es bringt einen dazu, entweder zu seinem Herzblatt zurückzukehren oder sich umzubringen.« Sie lachte und enthüllte dabei einen Mund voller Zahnlücken. »Möchten Sie eines?«

Er schüttelte den Kopf. »Im Augenblick nicht, vielleicht ein andermal.« Sein Blick fiel auf einen weiteren Artikel auf dem Tisch. »Und was ist das?«

»Oh, die stammen aus Neu-Nippon. Ich habe nur noch zwei übrig. Das sind ›Antiquitäten‹ aus Satori City – vor dem Absturz. Sehen Sie das Garantiesiegel? Das heißt, sie sind noch intakt – ihr Kode ist noch nicht geknackt. Unbeeinflußt vom Fallout.«

Sie deutete mit ihrem knorrigen Finger. »Diese Ideogramme sind japanisches *kanji* und lesen sich ›Vacharu-no-yu‹. Es sind Kyocera-Meta-ROM-Schalen, die für Online-Teezeremonien benutzt wurden. Oder für ›Virtuelle Realität‹-Zeremonien, wie man auch dazu sagte.«

Trevor nahm eine Schale zur Hand. Sie war grob gefertigt, fühlte sich jedoch toll an. Sie strotzte nur so von holotropen Schadstellen – die braun, fast schwarz waren -, machte insgesamt aber einen schweren und irdenen Eindruck.

»Wieviel?« fragte er. »Für beide.«

»Nun ja, ich wollte den Laden gerade dichtmachen … Wissen

Sie was, ich mach Ihnen ein Angebot. Kaufen Sie mir ein Alptraumkissen ab, und Sie kriegen die beiden Schalen zum halben Preis. Neunundneunzig Dollar für die Schalen, hundert für das Kissen.«

»Was soll ich denn mit dem Kissen anfangen?«

»Das ist Ihre Sache, mein Freund«, keckerte die Alte vergnügt. »Ich will das Zeug einfach loswerden. Sie sollten sich aber schnell entscheiden. Der Burning Man lodert bald auf.«

Trevor neigte den Kopf, um nachzudenken. *Zwei Opferschalen. Ein Alptraumkissen.* Vor seinem geistigen Auge sah er deutlich die Linien des Orakels. »*Versenkung*« und »*Rückgang*«. Als Alex Fortuna und er Tattoosex miteinander hatten, waren auf ihrer gemeinsamen Haut diese beiden Hexagramme entstanden.

»›*Die Ablution ist schon erfolgt*‹«, erinnerte er sich. »›*Doch noch nicht die Opferung. Voller Vertrauen blicken sie zu ihm auf ... Man muß zwei kleine Schalen für das Opfer verwenden ...*‹«

»Was sagten Sie gerade?« fragte ihn das alte Hippieweib.

»Nichts«, erwiderte Trevor und blickte zerstreut zu ihr hoch. »Würden Sie sie mir bitte einpacken? Einzeln.«

Verdammt, wo sind sie nur hin? Trevor blieb mitten im Strom der dichtgedrängten Leiber stehen. Sie waren zum äußeren Rand des Lagers gegangen, wo das Bild des Burning Man stand, die Hände zum Himmel ausgestreckt.

»Nelly! Dorje!« Er hatte sie verloren. *Mist! Wie sollte er sie in dem Gewimmel jemals wiederfinden?*

»Entschuldigen Sie«, rief er zu einer hageren jungen Frau hoch, die auf Stelzen ging. »Wo geht's hier zum Lager Darwin?«

Sie hielt die Hand hinters Ohr und schüttelte mit einer Geste den Kopf, die soviel besagte wie: »Ich kann Sie nicht hören!« Dann stakste sie davon, fünf ihrer Schwestern nach, die vor ihr auf Stelzen dahineilten.

»Lager Darwin?« fragte er die Passanten.

In einer endlosen Woge der Körperlichkeit prallten ihre Leiber gegen ihn, Gesichter, Münder, Augen, Hände, Füße, Schultern. Doch im zunehmenden Fieber der Prozession zum apokalyptischen Holzmann in der Wüste bekam er auf seine Frage keine Antwort.

Trevor fühlte sich plötzlich von allem und jedem endgültig abgeschnitten.

In dem Augenblick sah er den Wüstenbeduinen in seinem weißen Burnus, der neben seinem Fahrradtaxi stand. Soweit es Trevor anging, hätten die Kissen auf dem Rücksitz auch Alptraumkissen sein können, es war ihm gleich.

Er näherte sich dem Mann und fragte mit Grabesstimme: »Sind Sie noch frei?«

Der Fahrradbeduine war ein Amerikaner in den Dreißigern mit schmalem Gesicht und Bart und nachdenklichen braunen Augen. Er rauchte eine Zigarette und fuchtelte damit spöttisch in der Luft herum.

»Normalerweise nicht.« Er musterte Trevor eingehend. »Doch wie es der Zufall will und weil die Wüste Sie nun mal zu mir geführt hat, *bin* ich so frei.«

Trevor stieg in den Fond des Dünentaxis, das von zwei Kerosinlampen, die an den Seitenbrettern festgeschraubt waren, beleuchtet wurde.

»Verirrt?« fragte der Beduine.

Trevor nickte.

Der Beduine raffte sein Gewand und sicherte es mit einem elastischen Strumpfband. Er nickte. »Ich befördere nur jene, die sich wahrhaft verirrt haben.« Er trat in die Pedale und fuhr ihn in die Nacht hinaus.

Im Café Ephemera biß Nelly sich auf die Lippen und krauste die Stirn. »Wo ist *Trevor*? Gottverdammt, ich kann nicht glauben, daß er verlorengegangen ist. Nicht schon wieder.«

»Schon wieder?« Dorje neigte den Kopf und sah sie an.

Nelly sagte: »Das tut er mir immer wieder an. Immer, wenn ich denke: ›Ein Glück, endlich sind wir wieder zusammen‹, verschwindet er.«

Dorje fragte: »Was meinst du, warum er das macht?«

Nelly sah verwirrt aus, aber nicht gekränkt. Nicht so gekränkt, wie es früher vielleicht der Fall gewesen wäre. »Es gibt eine alte Redewendung, die ich im Selbstverteidigungskurs gelernt habe, Dorje. ›*Abwesenheit des Körpers ist besser als Gegenwart des Geistes.*‹ Ich nehme an, daß ich mich vor Trevors Abwesenheit schützen muß. Ich muß das einfach akzeptieren und weitermachen.«

Vincent van Too saß mit Dongzhen und Yeshi am Kaffeetisch. Sie begutachteten seine Unterarme. Yeshi hatte die Ärmel von Vincents guatemaltekischem Hemd hochgekrempelt und bewunderte die tibetische Ikonographie – die Gebetsschriftrollen, das Tattoo mit dem rituellen *phurbu*-Dolch und die sitzende gestalt der Göttin Tara.

»Okay, das reicht jetzt, Leute«, sagte Vincent und krempelte die Ärmel wieder runter. »Ich weiß, daß sie tibetisch sind, aber sie gehören *mir*.«

Er fuhr sich mit den Fingern durch den rauhen Bart. »Also, entweder hat dein Freund sich abgesetzt oder verirrt. Oder beides.« Er erhob sich zu seiner vollen Größe von fast zwei Metern und rückte den Gürtel zurecht. »Es wird Zeit, denke ich. Die Show fängt gleich an.«

Dorje legte Nelly die Hand auf den Arm. »Er kommt sicher wieder.«

»Hin und her zwischen Nichts und Nirgends –«

»Es ist alles hier, Nelly – *jetzt*«, sagte Dorje und breitete die Hände aus. »Nichts und niemand ist je weg. Alles ist jetzt hier.«

»Ja, aber zuerst muß man es loslassen, Dorje.« Nelly lächelte ihn traurig an. »Sonst kann es nicht in neuer Gestalt zu einem zurückkehren. Und wenn es schließlich kommt, besitzt man selbst eine neue Gestalt. Also was soll's? Es ändert sich doch ohnehin immer alles.«

Der Beduine strampelte mit den langen Beinen, die sich hoben und senkten wie bei einem *yogi*, der vor aller Welt ein uraltes geheimes Ritual durchführt. Nur daß es niemand bemerkte.

Trevor spürte die Brise in seinem Haar und die sengende Wärme der Fackeln, die die Menschen bei ihrer anhaltenden Prozession ins Inferno trugen.

Nelly war sein magnetischer Nordpol, doch auf dem Kompaß der Gesundheit war es gesünder, sich nach Osten zu wenden. Im Osten setzte sein Herz das stumme Zwiegespräch mit dem Kopf fort. Er liebte Nelly, wollte sie nicht verlieren, *wollte* bei ihr sein – er wollte es *wirklich*.

Aber da war dieses Etwas, diese seltsame Kraft, die ihn wie ein Elektronensturm vor sich hertrieb. *Er trieb ihn auf die Verlorenheit zu.* Er durchkreuzte mit unendlicher Geduld seine Pläne. Er raubte ihm die innere Ruhe. Er sagte zu ihm … *»Das hier ist* deine *innere Ruhe. Doch es nicht* die *innere Ruhe. Die liegt woanders …«*

»Halt!« rief Trevor dem Beduinen zu. Da, er sah sie in der Menge! Ihr flammend rotes Haar! Jetzt wandte sie sich zu ihm um, und er sah – nicht seine Zukunft, sondern seine unabgeschlossene Gegenwart.

»Alex!« schrie er ihr zu. »Alex Fortuna!«

»Trevor, bist du das?« Alex Fortuna kam mit verblüffter Miene auf das Fahrradtaxi zu. Sie trug *jodhpurs* und Reitstiefel und ein weißes T-Shirt. Sie lachte und zeigte ihre weißen Zähne. Ihr rotes Haar war zu einem Rasta-Pferdeschwanz zurückgebunden.

Sie stieg auf das Seitenbrett. Sie stupste ihn mit dem Finger an und lächelte. »Du bist verhaftet.«

»Was machst *du* denn hier?«

»Was meinst du wohl? An diesem Ort wimmelt es von denen – es ist das reinste Woodstock der Verdammten.« Sie musterte ihn mißtrauisch. »Sieht aus, als wärst du noch *clean*. Wie geht's Nelly? Ihr habt euch ja rasend schnell aus der Stadt verabschiedet, was?«

»Du glaubst noch immer, daß sie sich verändert, nicht wahr?« sagte Trevor zu ihr. »Nun ja, du hast recht. Sie verändert sich wirklich. Genau wie ich. Jedenfalls *hoffe* ich das. Aber nicht so, wie du denkst. Hier, Alex – ich habe etwas für dich.« Er reichte ihr das Alptraumkissen. Ein marokkanisches böses Auge war darauf eingestickt.

»Für mich?«

»Für Hakim. Wenn du ihn siehst, gib es ihm. Ich glaube, sein Alptraum wird bald vorbei sein.«

»Aber das ist doch nur ein Kissen?«

»Er soll darauf schlafen, Alex. Es wird alle seine bösen Träume vertreiben. Und deine hoffentlich auch – Lebewohl, Alex.« Trevor berührte sanft ihre Wange, dann wandte er sich an den Beduinenfahrer. »Geben Sie Gas.«

»Wohin?« fragte der Beduine.

»Wohin wohl? Bringen Sie mich zum Burning Man.« Dann fügte er mit angehaltenem Atem hinzu: »Bringen Sie mich zu mir selbst.«

Das Getrommel konnte einen in den Wahnsinn treiben, und das Fieber der Menge trug das Geräusch bis tief in die Wüste hinein. Ein fernes Echo brachte es als gedämpften Widerhall geradewegs ins Lager zurück.

Die Black-Rock-Wüste antwortete, indem sie ihre Basaltsynapsen wie Steinlohen knacken ließ.

Der Burning Man begann sich zu rühren. Seine Füße erbebten auf den dünnen pyrotechnischen Schienen, als das Feuerwerk in wirbelnden Rädern aus flirrenden bunten Farben seine Hüften hinabprasselte.

Die Menge tobte. Doch das war erst der Anfang. Plötzlich hörte das Getrommel auf, das Echo verklang, und aus einem Augenblick jäher Stille entstand allmählich ein Crescendo äußerster Konzentration.

Ein gewaltiger Kranich erschien am Nachthimmel und trug eine Tanzbühne auf seinem Rücken, die gespenstisch hin und her schaukelte. Eine Frauengestalt befand sich darauf, die bedauerlich klein aussah, doch dann wuchs ihre Statur an, während die Bühne sich auf Bodenhöhe herabsenkte.

Der Griechische Chor der Butoh-Tänzer folgte wie Chamäleons, die plötzlich ihre Stimme entdeckten. Es war ein einziges Quaken von Fröschen, Kläffen von Hunden, Blöken von Schafen, Miauen von Katzen, Flattern von Taubenschwingen und Kratzen von Metallplatten, deren Nieten und Bolzen miteinander kopulierten.

Natascha Nijinskaya trat auf die Bühne hinaus. Sie war in ein wallendes Flüssiggewand aus gleißendem Licht gehüllt.

Die Butohs verteilten sich am Rand der Menge, wischten imaginäre Spinnweben zur Seite, kehrten die negative Synchronizität der Nachtmahre und Wachträume weg. Sie schnitten Grimassen, und ihre blutroten Zungen wirkten wie Sternchen aus Fleisch.

Der Burning Man machte einen weiteren Schritt nach vorn. Doch die Menge blieb stumm. Sie war sich nicht sicher, wer das Sagen hatte, der Tänzer oder der Tanz, der Gedanke oder der Denker. Der Burning Man hob seine mechanischen Skelettarme und schoß abermals eine Kaskade wirbelnder Feuerräder ab. Nun ertönte donnernder Applaus, als die ganze Welt sich dazuschaltete. Eine Stimme irgendwo in der Menge schrie: *»Habkrieger! Habkrieger! Er ist der Habkrieger!«*

Trevor erschauderte, als er das hörte. Er stand eingekeilt zwischen Blöße und Zweifel, und Tränen traten ihm in die Augen, als er bereit, mit beiden Schalen in der Hand, auf dem Wüstenboden auf die Knie sank.

Einen Moment lang gestattete es sich Natascha Nijinskaya, an *ihn* zu denken.

Andrej ... ich komme zu dir. Nichts kann uns jetzt mehr trennen. Andrej hörte sie im Gulag ihres Herzens.

Tu es für mich, Natascha. Tanze ... tanze ... tanze ... Es ist schon so lange her. Ich höre den Wind. Den Berg. Das Meer. Weshalb ist es so tot? Das sind Salztränen, die vor langer Zeit getrocknet sind, Natascha, so trocken wie sein schlafendes Herz. Laß uns tanzen ...

Der Burning Man schlurfte auf sie zu, ein schüchterner unbeseelter Liebhaber, der sich nun seiner Geliebten näherte. Natascha hielt den Atem an. *Er war es! Andrej!* Sie tanzten miteinander, der Burning Man und die Nijinskaya. Ein hinreißender *pas de deux* – auf der einen Seite das fünfzehn Meter hohe Gestell eines Kabelmanns auf intelligenten Stelzen und unter ihm anmutig die schlanke Gestalt einer Frau im Liebesschmerz.

Mit ihrem Körper verbunden, im Mieder ihres Kostüms, bekam Sindbad, als das infrarote Tattoo auf seinen großen Auftritt wartete, zusehends Lampenfieber. Er hörte das Klappern und Knirschen von Tattoozähnen überall im Tattoouniversum. *Warum läßt sie mich nicht gehen? Sie hat ein Herz aus Stahl*, dachte er hilflos. Einerseits sehnte er sich nach Erlösung, andererseits fürchtete er sie.

Die Camera obscura seines Herzens spürte die neuronalen Verbindungen, doch der Springmechanismus sprach nicht an. Er hörte das Tosen des Windes im Netz. Doch nein! Was er hörte, was überhaupt nicht das Geräusch des Windes. Es war das Geräusch des Weinens.

Ich werde für immer mit dir tanzen, und die Nijinskaya warf dem Burning Man eine Kußhand zu.

Ja, das wirst du, erwiderte er.

Anmut

Vincent van Too wandte sich an Nelly. »Es ist vorbei. Hast du es gesehen?«

»Irgendwas habe ich gesehen.«

»Dann hast du es gesehen.«

»Es ist nichts passiert«, sagte sie.

»Genau«, erwiderte er. »Du hast es gesehen, okay. Yep. Das reicht.«

Nelly empfand ein Frösteln, als die Kälte allmählich aus ihrem Herzen wich. Das Narkotikum ihrer Liebe zu Trevor befreite sie. Ihr Herz war gebrochen, doch sie brauchte dieses Herz jetzt nicht mehr. Sie hatte ja ein neues. Sie lachte leise auf.

Dorje stand mit seltsamer Miene neben ihr. Dongzhen und Yeshi waren zur Bühne vorgelaufen, um die Nijinskaya um ein Autogramm auf einem Tablett mit Sand zu bitten. »Sandautogramme sind wie Sand-Mandalas. Nur daß wir jederzeit Kopien davon herstellen können.«

»Ist mit dir alles in Ordnung, Nelly?« fragte Dorje sie zaghaft.

«Ja, ja, mir geht's gut. Ich dachte nur gerade nach. Es ist so eigenartig. Ich fühle mich so frei. Grenzenlose Liebe, ich dachte, ich empfände sie schon. Doch ich habe sie gar nicht empfunden. Ich glaube, ich empfinde sie erst jetzt. Was *ist* grenzenlose Liebe eigentlich, Dorje? Was meinst *du*?«

Er kratzte sich am geschorenen Schädel. »Ich bin mir nicht ganz sicher, Nelly –« Dann grinste er. »Aber es könnte ein eigenartiger Zug der Evolution sein. Wie fühlst du dich denn jetzt?«

»Eigenartig.«

»Das ist gut. Eigenartig ist gut.«

Boris stand im Schatten des Burning Man. Er dachte: *Sie hat großartig getanzt. Empfindest du jetzt, nachdem du Zeuge des*

Tanzes der Nijinskaya geworden bist, noch Angst vor dem eigenen Tod? Sein Leben lang hatte er sich vor dem Tod gefürchtet. Sich so sehr gefürchtet, daß er großzügig gewesen war, wenn es darum ging, ihn mit anderen zu teilen. Ihn den Armen wie ein Almosen zu geben. All den erbarmungswürdigen Fällen, die er ins Jenseits befördert hatte. Er war nur zu froh gewesen, dabei behilflich sein zu können. Wenn er seine Hände beim Tod mit ihm Spiel hatte, konnte er ihn sich auf Armeslänge vom Leib halten. *Mein Gott,*dachte er, *ich werde nie ein alter Mann werden. Das ist ein Mythos. Vielleicht bin ich eines Tages tot, aber ich werde nie alt werden.*

Dann fragte er sich: *Welche Rolle spielt ein Revolutionär noch, wenn es* keine *Revolution mehr gibt?*

Irgendwie verlieh ihm diese Frage ein Gefühl der inneren Ruhe. *Und das war eine* andere *Art von Revolution ...*

»Hakim Beijing –«, rief Einauge Chin ihn leise.

Große Gefahr und Kleine Gefahr standen hinter ihm, und die Hände baumelten entspannt an den Seiten herunter. Einen Moment verspürte Hakim das Bedürfnis zur Flucht. Doch dann wurde ihm die Vergeblichkeit eines solchen Tuns bewußt. Der Moment der Abrechnung war gekommen.

»Du hast mich sehr wütend gemacht«, sagte Einauge zu ihm. »Große Gefahr und Kleine Gefahr hatten strikten Befehl, dich zu finden und zu mir zu bringen. Und jetzt bist du hier. Was soll ich mit dir machen? Du bist mir für einige sehr schlechte Tattoos etwas schuldig.«

«Ja, sie waren sehr schlecht«, gab Hakim zu, und sein Herz hämmerte wie wild. »Sie stammen von einer schlechten Batch-Datei. Es tut mir wirklich leid. Was kann ich tun, um das wiedergutzumachen?«

Einauge warf Hakim einen durchdringenden Blick zu. »Ich bin bereit, das Gewesene zu vergessen, vorausgesetzt, du gibst mir die richtige Antwort auf meine Frage. Nach diesem Abend denke ich ernsthaft darüber nach, ob ich meine Investitionen nicht breiter streuen soll. Du hast gesehen, was wir gesehen haben. Erst war da dieser mechanische Mann. Dann liefen die ganzen nackten Menschen überall herum. Worin liegt die Zukunft? In der Robotik? Oder heißt es zurück zur Natur? Denk gründlich darüber nach. Von deiner Antwort hängt dein Leben ab.«

»Nein, nicht in der Robotik«, erwiderte Hakim, dann befiel ihn auf einmal Bestürzung. *Jetzt gab es kein Zurück mehr ...*

»Wenn nicht in der Robotik, worin dann?« wollte Einauge wissen.

Hakim wußte nicht, was er sagen sollte. Dann wurde ihm plötzlich leichter ums Herz, als das Abbild seiner Frau Alex vor seinem geistigen Auge auftauchte. Er würde sich später persönlich bei ihr bedanken.

»*Ungehobelte Ärsche*«, erwiderte Hakim, als aus heiterem Himmel sein Selbstvertrauen zurückkehrte. Schließlich gab es noch eine Zukunft, und die Zukunft sah verdächtig nach Alex' Hinterteil aus. »Ich würde eindeutig in ungehobelte Ärsche investieren.«

Hakim war wieder verliebt. Auf Einauges Gesicht breitete sich ein Grinsen aus. Er schlug Hakim heftig auf die Schulter. »Es gibt da einen Job, über den ich mit dir sprechen möchte, wenn wir wieder in der Stadt sind. Du scheinst eine Menge ungewöhnlicher Einsichten zu besitzen. Das bewundere ich an einem Mann.«

»Nimm es dir nicht so zu Herzen«, sagte Vincent van Too zu Nelly, als sie auf den Rücksitz von Dorjes Taxi kletterte. »Du hattest zu sehen erwartet, daß der ganze Omnispace tätowiert wird, was? Beinahe hätte es ja auch geklappt, aber eben nur beinahe. Es gab mal einen großen Tätowierer, einen Engländer namens George Burchett, der seine besten Arbeiten in Liverpool ausführte, gegen Ende des neunzehnten Jahrhunderts. Orientalia.

Die Spezialeffekte des Britischen Empire. Indien, China, Japan. Diese Art Sachen. Eines Tages sucht ihn also dieser Typ auf, ungemein eitel, und bittet ihn um seine Meinung über sein Tattoo. Spielkarten waren das. Er hatte sich einen Royal Flush auf den Bauch tätowieren lassen, und der Rest der Karten war über den ganzen Körper verstreut. ›Was halten Sie von meinen Tattoos?‹ will der arrogante Knilch von ihm wissen. George Burchett wirft einen Blick auf ihn und macht ihn mit einem einzigen Satz nieder. ›Ein Jammer‹, erwidert er, ›daß die Asse nur hauttief sind.‹ So etwas in der Art geschah auch heute nacht. Doch die Asse sind sehr viel tiefer gegangen. Ich glaube, wir können verdammt noch mal von Glück reden, daß es so ausgegangen ist, wie es ist.«

Nelly lachte. »Danke, Vincent.« Sie küßte ihn auf die Wange und tätschelte sein drittes Ohr. »Ich bin dir wirklich für alles unglaublich dankbar.«

»Vielleicht sieht es nicht danach aus, aber das ist ein ganz neues Spiel, mein Zuckerschnäuzchen. Die guten Tattoos haben gewonnen. Man bekommt auch das, was man nicht sieht. Manchmal jedenfalls.«

»Ich werde versuchen, es nicht zu vergessen«, sagte sie, in Gedanken bei Trevor.

»Nelly –«

Nelly wandte sich um. »Trevor! Wo hast du denn nur gesteckt???« Ihr Herz machte einen Sprung.

Er stieg neben ihr in den Wagen. »Es ist nie zu spät, oder?« Er schlang die Arme um sie. »Ich hatte mich für eine Weile verlaufen, das ist alles. Jetzt bin ich zurück.«

Nelly wußte nicht, ob sie erstaunt sein oder laut auflachen sollte. Von ihm ging etwas Neues aus, etwas Stabileres, Sichereres. Etwas Rätselhaftes und Lebendiges.

»Was trägst du denn da mit dir herum?« Sie war bereit, sich erneut überraschen zu lassen.

»Das sind zwei Schalen«, sagte er. »Eine ist für dich, eine für mich. In beiden befindet sich die Asche des Burning Man. Ich habe sie nach der Show in der Wüste zusammengeklaubt. Wenn wir wieder zu Hause sind, stellen wir sie auf den Altar, damit wir etwas haben, woran wir uns immer erinnern können.«

Nelly lachte, als sie eine der Schalen entgegennahm. »Das ist süß von dir, Trevor. Vielen Dank für die Asche. Bist du sicher, daß du noch genug für dich selbst hast?«

Er spähte in die Schale hinein, dann verglich er die Inhalte miteinander. »Beide sehen für mich ungefähr gleich aus. ›Die Ablution ist erfolgt, und damit ist die Opferung nun abgeschlossen.‹«

»Nein, noch nicht«, sagte Nelly und leerte beide Schalen in der Wüste aus. »Das hier gehört zu meinem persönlichen Ritual. Leere zu Leere. Ich glaube, wir können jetzt nach Hause zurückkehren, Trevor. Dort können wir dann die Scherben auflesen.«

An der Ecke Eddy und Turk im Tenderloin District von San Francisco seufzten Zeitungsblätter in heftigen Windböen einander ihre Botschaften zu. Streunende Hunde und Stadtstreicher kauerten in den Eingängen. Vietnamesische Kinder rannten in Geschäfte, um für die Familie daheim etwas zu besorgen.

Motorola-Mike hatte Probleme. Er ging vor einem Häuserblock auf und ab und murmelte leise vor sich hin. »Thunfisch in Ia-Soße ... Maisbrei, grüner Kohl, Scotch mit Soda, zwölf Pfund Spaghetti.« Er fing etwas aus dem Äther auf. Heute war die Nacht der Nächte. Er *wußte* es einfach. Dorje hatte ihm gesagt, wenn er nur fest genug daran *glaube*, werde das sein Leben verändern. Sein Hirn war ausgebrannt, sein Herz erschöpft. Doch einmal wollte er es noch versuchen.

Wütend stampfte er mit dem Fuß auf das Pflaster. »Gottverdammt!« Er hob die Faust zum Nachthimmel, der so leer war wie immer, so weit entfernt wie ein in Bernstein verlorener Traum. »Gottverdammt!«

Dann erstarrte er, als er das Zirpen in seinem zerfetzten Mantel hörte. Mit zitternder Hand holte er es aus der Innentasche, das Motorola Lite. Er hielt es in der Hand und sah zu, wie es läutete – purpurn, grün, rot, gelb, blau und orange zirpte es.

Als er schwungvoll den Hörer aufklappte und an sein Ohr hielt, huschte ein Lächeln über sein verschmutztes Gesicht. »Klar bin ich zu Hause!« sagte er. »Wo steckst du denn, Liebling? Ich habe schon auf deinen Anruf gewartet.«

Epilog

Hongkong,
Volksrepublik Multi-Maodien

In Hongkong, im Bezirk Tsuen Wan, war das neunzehnte Stockwerk des Hotels Panda damit beschäftigt, das achtundzwanzigste Stockwerk zu trösten. Sie hatten schon ihre Auseinandersetzungen, seit sie erbaut worden waren, doch nun lagen die unterschiedlichen Ansichten offen zutage. Die Abbruchkugel schwebte den ganzen Tag neben ihnen, während die Eigentümer sorgsam überlegten, ob sie das Gebäude abreißen lassen sollten oder nicht. Am Tag zuvor hatte ein riesiges Pendel eine verspiegelte Kugel monton vor dem sich drehenden Restaurant hin und her schwingen lassen, und ein Lautsprecher hatte unablässig geplärrt: »*Sie entspannen sich jetzt mehr und mehr …*«

Dann war der böse Kran auf einmal entfernt worden, und man hatte die Fensterputzer gerufen. Es wurde beschlossen, daß das Panda erhalten bleiben sollte.

»Das war knapp«, seufzte das neunzehnte Stockwerk. »Hast du all den Unsinn gehört, den sie vorhin über uns redeten, Ehrenwertes Achtundzwanzigstes? Wahrlich, ich dachte schon, unser letztes Stündlein habe geschlagen. Jetzt planen sie, zusätzlich noch einen linken Flügel anzubauen und die Zimmerpreise zu erhöhen. Das Nationalmuseum in Taipeh stellt eine Ausstellung unserer ›meisterhaften Handtuchbilder‹ zusammen, und die Galerien in New York, Zürich, Schanghai, Paris und London können sich gar nicht retten vor Anfragen. Die Kritiker sind außer sich vor Begeisterung über unsere ›neue Schule des Taoistischen Impressionismus‹. Sind wir ein Irrenhaus oder ein Hotel?«

»Was macht es schon für einen Unterschied, *was* sie sagen, Ehrenwertes Neunzehntes?« erwiderte das achtundzwanzigste Stockwerk. »Denk an das alte Sprichwort: ›*Worte sind wie Vögel, du mußt den Baum erleben, in dem sie nisten. Die Macht der inneren Wahrheit wurzelt im Baum. Vögel kommen und gehen.*‹ Und vergiß nicht: ›Einchecken und Auschecken ist ein und dasselbe, und die Gäste werden immer wiedergeboren.‹«

»Schön gesagt. Konfuzius?«

»Nein, Ehrenwertes Neunzehntes. Der Pförtner.«

Anhang

Nachdruck mit freundlicher Genehmigung, aus der Enzyklopädie der Psychosynkretistischen Virologie. (Herausgegeben von Sergej und Wladimir Kaminsky) © 2046 bei Neuromanski Press Ltd. Alle Rechte vorbehalten. Dieser Artikel darf ohne ausdrückliche Erlaubnis von Neuromanski Press WEDER zur Gänze NOCH teilweise kopiert/geklont/regeneriert werden.

Aryudashigda B9 (AyDDA B9)

320.000 × vergrößert

- Allgemein: Intelligenzspezifischer Psylovirus
- Funktionen: (Klonen/unklar)
- Selektion: (B9)
- Reprokode: 01101011 11001110 101000 010100 010 010 0100 010011
- Wirte: (Mensch)
- Hersteller: (Daiichi Seiyaku)

- Div. Kommentare: (Vertrieb in Aliquoten von 50 ng.) (NLTN-Stab) Jede Phiole enthält gereinigtes ECN des Aryudashigda-B9-Virus (AyDDA 59). (NLTN-Stab)
  ACHTUNG: Dieses Material ist unter dem russischen Patentrecht registriert. Verstöße gegen das Patenrecht werden nach Abschnitt 3 der Psychoneuronalen Gulag-Konventionen bestraft. Der Aryudashigda-B9-Virus ist ein Klasse-9-Virus.
- Eltern: (unbekannt)
- Verwandte: (unbekannt)
- Nachkommen: (unbekannt)

Geschichte

Der Aryudashigda-B9-Virus wurde zum ersten Mal an Bord der russischen Raumstation MIR bei einer mehrjährigen Orbitmission im Jahr 2029 festgestellt. Im Laufe dieser Mission wurde die ursprüngliche Spielart des Aryudashigda-B9-Virus erstmals zur Erde gebracht. Sie wurde zur Stammform für die Klassifizierung oder Nomenklatur der Luminalsynkretistischen Künstlichen Intelligenz. Der Aryudashigda-B9-Virus wurde auch als Lichtwellen-KI bekannt; ein binär kodiertes Informationsbündel, das per Frequenzmodulation im infraroten Wellenbereich von einem Ort in 11.5 Lichtjahren Entfernung übermittelt wurde. Es kam mit dem Satelliten MIR in Kontakt, als dieser bei der Durchführung wissenschaftlicher Experimente unter Verwendung des bordeigenen Clark-Ustinov-IR-Teleskops für das Projekt »Planetengeburt« in den Sendekegel geriet. Rima Aryudashigda war eine sich besuchsweise an Bord des Neun-Personen-Flugs enthaltende Infrarot-Astronomin. Sie war die erste, die das exotische Signal des »Aryudashigda B9«-Virus auffing.

Taxonomie und Klassifikation

Der Aryudashigda B9 ist das einzige Mitglied einer Familie von Viren mit doppelt negativen Fäden, den *Psyloviridae.* Dieser Virus ist der erste seiner Art, der im Anschluß an seine biophysikalischen Attribute auch noch eine psychische Komponente aufweist. Die Psyloviren ähneln in Morphologie, Dichte und ihrem polyacrylamiden Gel-Elektrophorase-Profil den Filoviren und Rhabdoviren. Je nach Zustandsform (schlafender Binärtransport bzw. Reproduktion und allgemeine Entwicklung) bringen sie zwei ausgesprochen unterschiedliche Typen von physikalischen und Verhaltenseigenschaften hervor. Deshalb war es erforderlich, eine Nomenklatur für beide Stadien festzulegen: Luminalsynkretistische Künstliche Intelligenz heißt der Virus im schlafenden Transportzustand, und als Aryudashigda B9 bezeichnet man seine Form, wenn er sich im KI-Reproduktionsmodus (Klasse 9) befindet.

Physikalische Eigenschaften des Virions

Psyloviruspartikel ähneln morphologisch Rhabdoviruspartikeln, sind jedoch beträchtlich länger. Bei der Elektronenmikroskopie erscheinen die Virionen pleomorphisch und als lange, fibröse, manchmal verzweigte Formen oder in »@«förmiger oder »a«-förmiger Gestalt. Die Partikel schwanken stark in der Länge (bis zu 7000 nm) und haben einen unregelmäßigen Durchmesser… 30–100 nm.

Reproduktion

Der Mechanismus des Viruseintritts in die Wirtszelle ist unbekannt, doch es ist wohl vernünftig anzunehmen, daß Glykoprotein als einziges bekanntes transmembranes Protein des Virionpartikels bei Absorption und Penetration eine Vermittlerfunktion zukommt. Virales Glykoprotein und die Anordnung von viralen membranassoziierten Proteinformen bilden 1,5' noch unübersetzte Bereiche des Genoms und tragen ein Poly(A)Endstück, das durch die Polymerase am Schluß aller Transkriptionssequenzen erzeugt wird. Das Endstück besteht aus zwölf einzelnen Strichen, die eine Zickzacklinie mit sechs zulaufenden Punkten bilden: VVVVVV. Im weiteren Verlauf der Infektion wachsen die viralen Partikel, strukturieren sich *äußerst stark* und reproduzieren sich ungewöhnlich schnell.

Pathologie und Histopathologie

Der Virus wurde erstmals aktiviert oder aus seinem Schlafzustand geholt, als der Raumsignalkode einen ruhenden DNS-Prozessor anregte. Wie sich herausstellte, wies er eine Affinität wie auch eine symbiotische Beziehung zur Transskrptionssequenz der Pigmentierung des intelligenten Tattoos oder seiner chronoepidermischen Programmierung auf. Beim ursprünglichen Ausbruch verbreitete der Patient die Krankheit durch zufälligen und Intimkontakt auf die nächsten Mitglieder seiner Gemeinschaft. Die Krankheit verbreitete sich rasch durch »intelligente Tattoos« oder Epidermisprogrammierung. Das demographische Profil führt hauptsächlich 13- bis 48jährige postmoderne Primitive der Subkultur auf. Obwohl der erste Ausbruch 2035 in Nowosibirsk erfolgte, fand die erste Infektion wahrscheinlich imn ersten Jahr des ersten Kontakts im Jahr 2035 in St. Petersburg statt.

Übertragung und Gewebetropismus

Die Art und Weise der Primärinfektion in einer beliebigen natürlichen Umgebung mit dem Aryudashigda-B9-Virus ist unbekannt. Alle Sekundärfälle waren nosokomikal, erfolgten also in Kliniken oder wurden durch zufälligen oder Intimkontakt mit einem Patienten verursacht. Die Übertragung erfolgt gewöhnlich durch kontaminierte chrono-epidermische Ströme. Der Virus reist psychoenergetisch mit dem Transskriptionskode der intelligenten Epidermisprogrammierung verschmolzen (intelligente Tattoos) von Wirt zu Wirt.

Klinische Merkmale der Infektion

Die klinischen Symptome unterscheiden sich von denen anderer bekannter Virusinfektionen. Beim Aryudashigda-B9-Virus ist jedenfalls eine Inkubationszeit von 4 bis 16 Tagen Standard. Der Ausbruch erfolgt plötzlich und kann psychozerebrale Symptome wie Euphorie, Größenwahn, optische und auditive Halluzinationen sowie Epiphanien nach sich ziehen. Einige Patienten haben von Erlebnissen eines Informationserwerbs unbekannter Herkunft berichtet. Physikalische Symptome schließen beschleunigte Denkprozesse, leichtes Fieber, Orientierungslosigkeit und Pigmentveränderungen von Dermis und Epidermis mit ein.

Verhalten bei Psyche-EM-Strahlungssymbiose

Zwar ist bekannt, daß Virenpartikel des Aryudashigda B9 sich für extrasolare Übertragungen auch der Gamma- und Röntgenstrahlen bedienen, doch ist Infrarotstrahlung die am häufigsten beobachtete Lichtfrequenz, die ein Virus als Trägersubstanz verwendet.

Immunreaktion

Die humorale Immunreaktion auf den Aryudashigda-B9-Virus erfolgt unter Umständen erst 21 bis 36 Tage nach der Infektion. Wenn er gleichzeitig einer Synchronen Epidermisprogrammierung (SEP) ausgesetzt ist, erfolgt eine Transformation des Virus, die zu einer Veränderung führt, die einen Gegensatz zum isolierten Viruszustand vor der Integration darstellt. Der Patient zeigt die üblichen Immunreaktionen und keinerlei Symptome, während der Heilprozeß der Epidermis voranschreitet. Erst wenn das epidermisprogrammierte Bild verheilt ist (annähernd 14 Tage) und die Anzahl der weißen Blutkörperchen und der Makrophagen sich normalisiert hat, tritt der Aryudashigda-B9-Virus in die Reproduktion/Mutation-Phase ein, bei der er von einem Wirt zum anderen wechselt.

Prävention und Kontrolle

Nicht bekannt.

GOLDMANN

Der phantastische Verlag

Literatur für das nächste Jahrtausend. Romane, wie sie rasanter, origineller und herausfordernder nicht sein können. Autoren, die das Bild der modernen Science-fiction für immer verändern werden.

Snow Crash 23686

Diamond Age 41585

Schattenklänge 23695

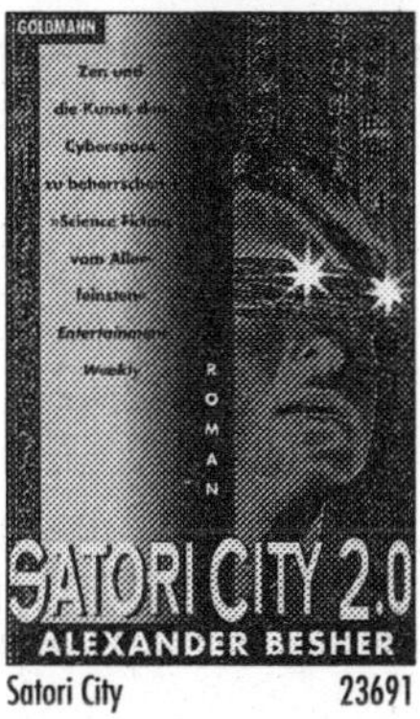

Satori City 23691

Goldmann · Der Taschenbuch-Verlag